Die Lehrerin und der

Kommissar

Christel Maneth

Die Lehrerin und der Kommissar

Eine Schul- und Mordgeschichte

Prien am Chiemsee 2014

Herstellung und Verlag:
BoD - Books on Demand, Norderstedt
ISBN 978-3-7347-3936-1

Teil I: Die Lehrerin

Sie wachte auf mit schmerzenden Gliedern, das T-Shirt feucht von Schweiß. Vorsichtig streckte sie sich und atmete langsam und tief, denn sie fürchtete den Stich in der Brust, aber er blieb aus. Sie entspannte sich.
Während sich der Krampf in den Muskeln langsam löste, fingen ihre Gedanken an zu kreisen: Was ist los mit mir? Bin ich krank?
Es war nicht das erste Mal, dass der Schmerz in ihrem Körper sie weckte. Welch quälender Albtraum folterte sie? Sie konnte sich an nichts erinnern.
Draußen war es noch dunkel. Wieder fehlte ihr eine Stunde kostbaren Schlafes.
Neben ihrem Gesicht spürte sie das aufgeschlagene Buch, die oberen Seiten zerknautscht, der neue Mankell, in dem sie gelesen hatte, bis ihr die Augen zugefallen waren. Sollten die grausamen Morde in Schweden sie bis in den Traum verfolgt haben? Aber sie konnte sich nicht in Erinnerung rufen, was zuletzt geschehen war, dagegen fiel ihr Baiba ein, die Sehnsucht Kommissar Wallanders nach Baiba, Baiba, was für ein Name!

Von draußen sickerte langsam graues Licht durch die Spalten der Läden ins Zimmer. Vorsichtig drehte sie den Kopf zum Wecker. Ihr Nacken war immer noch steif. Gleich würde es läuten.
Die Pflicht ruft.
Dumme Redensart, die nicht einmal stimmt. Pflicht ist, nach Immanuel Kant, ein Handeln aus freier moralischer Überzeugung. Aber sie, sie würde jetzt gleich aufstehen und ihrem Beruf nachgehen, weil sie Geld verdienen musste. Sie rief keine Pflicht. Nur Notwendigkeit und Gewohnheit. Also bin ich unfrei. Immanuel Kant. Ethik-Unterricht der 12. Klasse. Ah, es ist so weit.
Der Wecker war nicht in Reichweite. Sie musste aufstehen um das nervtötende Piepen abzustellen. Ein Trick: denn einmal in der Vertikalen war es leichter, der Versuchung zu widerstehen, noch für zwei, drei Minuten, die sich unmerklich lange ausdehnen konnten, liegen zu bleiben.

Trick Nummer zwei: Den Ton hielt man nicht länger als eine Minute aus. Sie hatte sich absichtlich kein Gerät mit einem melodischen Klingeln gekauft oder gar einen Radiowecker, der auf den Klassik-Sender zu programmieren war.
Wozu etwas beschönigen? So kommt man in den Tag.

In der Schule führte sie ihr erster Weg auf die Toilette.
Bei Tageslicht sehe ich fürchterlich aus!
Das stellte sie jedes Mal fest, wenn sie auf der Lehrertoilette in den Spiegel neben dem großen, dick verglasten Fenster starrte.
Die Schminke war wieder zu dick aufgetragen. Sie gab die Schuld ihrem Badezimmer mit der künstlichen Beleuchtung.
Aber es blieb keine Zeit mehr etwas zu ändern. Konnte man überhaupt je etwas ändern? Es würde nur noch schlimmer, wenn sie mit Papier versuchte, die schwarzen Partikel von ihren Wimpern zu zupfen. Alles verschmiert! Der Lippenstift: viel zu dunkel.
Wie sehe ich aus! Die Kinkel, die Hexe!
Hoffentlich kommt niemand herein.
Morgens roch es hier noch nach Putzmitteln. Antiseptisch. Die einzige Zeit, in der man aufs Klo konnte. Später dann die Ausdünstungen der Kolleginnen und die Rückschlüsse, die sich einem aufdrängten: Kaffee zum Frühstück, Kohlgemüse am Vorabend. Makrobiotische Kost, wenn es sehr säuerlich roch.
Sie starrte ihr Spiegelbild an. Wer würde im Laufe des Tages schon so nah an sie herankommen wie sie sich selbst am Morgen im Spiegel?
Sie trat einen Schritt zurück
Und wer würde erraten, dass diese Person in dem tomatenroten Etuikleid erfolgreich eine Rolle spielte, hinter der sich eine andere Carmen Kinkel verbarg, in verzweifelter Lage Lehrerin geworden, mittlerweile Oberstudienrätin, 41 Jahre alt, und noch immer verzweifelt.
Es klingelte zum ersten Mal.
Sie verließ die Toilette und machte sich auf den Weg in das Klassenzimmer, noch immer ihr Spiegelbild vor Augen und die Stimme ihrer Friseurin im Ohr: die harten Konturen verwischen, abdämpfen, Linien kaschieren, schattieren und

mehr Pastellfarbenes tragen: Apricot zum Beispiel, das schmeichelt, die sanfte Farbe für den schwierigen Übergang.
Margit Gerke fiel ihr ein, die in einem Jeansanzug, blue-bleached, herumlief mit Schlaghose, boot-cut, und bestickter Jacke! Das hatte man vor zwanzig Jahren getragen, als sie jung war; heute würde sie sich darin fühlen wie ein Dinosaurier im Vergnügungspark.
Gleich wird es zum zweiten Mal läuten. Ich muss in die Klasse!
Die langen, fast fensterlosen Flure, durch elektrisches Licht hell erleuchtet, leerten sich bereits, die letzten Schüler verschwanden schnell hinter den Türen der Klassenräume.
Verflixt, ich habe das Klassenbuch vergessen. Muss zuerst noch ins Lehrerzimmer.
Eine Kollegin, auf den Armen einen Stapel Schulbücher balancierend, trat ihr rückwärts an der Tür entgegen. Margit, wie immer spät unterwegs, hatte es eilig, das konnte ihr nur recht sein.
„Grüß dich, Carmen!" „Morgen."
„Wenn du etwas kopieren willst,..." „Nein, nein, ich will nur...."
„...der Kopierer ist defekt." „...das Klassenbuch holen."
„Dann bis...." „...bis später."
Es hilft ja alles nichts.
Noch sechs Wochen bis Pfingsten.

Stumm betrachtete Kommissar Wieland die Tote. Eine unauffällige Erscheinung, hübsch waren eher die Details: das dichte Haar, ein matt glänzendes Aschblond, leicht lockig. Die Haarspange war aufgegangen, mit der sie es nach hinten gebunden hatte. Feine Gesichtszüge, aber etwas streng durch die Falten, die zu den Mundwinkeln liefen. Der Mund, eher klein, die Lippen zart geschnitten, die Augen dunkelblau, fast violett, mit langen, dichten Wimpern, schwarz getuscht. Alter um die Vierzig. Mittelgroß, Figur sehr schlank, trotzdem weiblich, vor allem die Oberweite. Er konnte nicht umhin, das zu registrieren, obwohl sie tot war. Waren Tote nicht sakrosankt? Es war ihm etwas peinlich.

Angezogen ganz in Weiß, schmaler Leinenrock und eine dünne Bluse aus Baumwollchiffon, darunter ein schmuckloser weißer BH. Ein weißes Totengewand. So bestattete man in Asien die Toten. Er war irritiert: Sie konnte nicht gewusst haben, dass sie so sterben würde.

Beige Sandalen an den Füßen, die Nägel perlmuttfarben lackiert, das hatte er schon lange nicht mehr gesehen.

Eine eher unauffällige Frau, wäre da nicht das Loch in der Brust und das Blut, das auf der Bluse und dem weißen Leder der Couch einen braunen Fleck hinterlassen hatte.

Sie lag ganz entspannt da, in die zitronengelben Seidenkissen gesunken, etwas zur Seite geneigt, als wäre sie, sich bequem zurücklehnend, gestorben. Aber ihr Gesichtsausdruck war verschlossen und gab nichts Preis.

Wieland sah sich um.

Der Raum, in dem die Tote lag, das Wohnzimmer, wirkte hell und freundlich mit den schlanken Regalen und Vitrinen aus naturbelassenem Pinienholz, den pastellfarben getönten mintgrünen Wänden, der weißen Sitzgarnitur. Perfekt. Er meinte dergleichen in Schaufenstern schon gesehen zu haben oder in Zeitschriften, die beim Zahnarzt auslagen. *Wohnstil* und dergleichen. Eine Glastür führte auf die Terrasse, die Tür war nicht geschlossen, ein Flügel nur angelehnt, die gelb-weiß gestreiften Vorhänge aber zugezogen. Ein Couchtisch mit einer Platte aus gefrostetem Glas, darauf ein verchromtes Tablett mit einer Flasche Rotwein und zwei Gläsern, die Flasche ungeöffnet, die Gläser unbenutzt. Sie schien einen Gast erwartet zu haben.

Den Mörder?

In der Küche der durch einen Raumteiler abgetrennte Essplatz gedeckt für zwei Personen, aber es gab keine Nahrungsmittel, nicht auf dem Tisch, nicht im oder auf dem Herd. Das überraschte ihn.

Dagegen stapelten sich in der Spüle sechs Gläser mit Resten von ...er roch daran... Apfelsaft, Apfelschorle.

Leere Flaschen standen in der Ecke neben dem Küchenschrank. Er hatte richtig geraten, Mineralwasser, Apfelsaft und eine leere Rotweinflasche.
Sechs Gläser? Wieso sechs benutzte Gläser? Die Küche war ansonsten aufgeräumt, keine Küchenabfälle, im Kühlschrank keine Speisereste. Etwas Gemüse im Schubfach, Eier, Käse. Was hatte sie servieren wollen?
Das Bad war weniger aufgeräumt. Die Frau musste es kurz vor ihrer Ermordung noch benutzt haben. Handtücher, Kosmetikartikel und Haarbürsten lagen herum, ein weißes Top aus Leinen war unachtsam über einen Hocker aus Rohrgeflecht geworfen, der – Wieland hob den Deckel - auch als Wäschecontainer diente. Er fand darin marineblaues Leinenzeug und weiße Unterwäsche.
Es gab viel Rosa in dem Bad, was er unpassend fand, es zerstörte das Bild, das er sich von der Toten gemacht hatte: Sie hatte nichts übrig für Kitsch.
Die Toilette war separat, typisch für den Baustil der 70er Jahre, heute würde man zwei WC einbauen, eines für Gäste und eines im Bad, und, wenn es der Platz erlaubte, daneben ein Bidet.
Das kleine Waschbecken fiel ihm auf, es war antik, aus weiß emailliertem Metall, rund, mit blumenartigen Verzierungen am Beckenrand, der Hahn, ziemlich hoch angebracht, aus Messing, glänzte frisch poliert, als wäre er aus Gold. Am Boden fand er Spuren von Metallstaub, einen kaputten Dichtring und getrocknete Wasserspuren auf den empfindlichen schwarzen Steinfliesen. Das Becken musste erst vor kurzem installiert worden sein und es war offenbar nicht einfach gewesen, das alte Ding an das moderne Rohrsystem anzuschließen.
Hatte sie einen Handwerker da gehabt oder hatte ihr ein Freund, ein Kollege, ein Nachbar geholfen?
Ein Arbeitszimmer, an drei Wänden Bücherregale bis zur Decke, er tippte auf Esche, ein alter ausladender Kirschholz-Schreibtisch, etwas beschädigt, schräg ans Fenster gestellt, voll mit Stapeln verschiedenfarbiger Hefte, Schulhefte vermutlich. Dafür war später noch Zeit.
In der Aktentasche, die neben dem Stuhl lehnte, suchte er nach dem Portefeuille und fand auch gleich den Ausweis. Das Bild war neueren Datums und zeigte die Tote. Carmen Theresa

Kinkel. Geboren in Bad Göppingen. Sie sah jünger aus als sie dem Datum nach war. Wieland schob den Ausweis zurück, die Kollegen würden die wichtigen Papiere mitnehmen.

Das Schlafzimmer war in fernöstlichem Stil eingerichtet, die Wände weiß, in der Mitte ein ebenholzfarbenes Futonbett mit zerwühlten Kissen aus glänzendem roten Satin. Der Kleiderschrank, der eine ganze Wand einnahm, hatte aus Peddigrohr geflochtene Schiebetüren, eine davon stand halb offen und ließ den Blick zu auf eine Reihe dicht gedrängt hängender Blusen und Jacken. Vor den Fenstern waren Rollos aus weißem Reis-Papier, sie gaben dem Raum eine angenehm milchige Helle. Wann hatte sie das Bett zuletzt benutzt? Allein? Oder mit ihrem Mörder?

Eine interessante Wohnung, fand er: drei Räume – drei verschiedene Eindrücke: Am auffälligsten das Schlafzimmer mit seinen sinnlichen Farben; das Wohnzimmer in zarten Pastelltönen wirkte dagegen blass, das Arbeitszimmer antiquiert, mit den verstaubten Bücherwänden, der gestreiften Stiltapete, dem chinesischen Teppich.

Die Einbau-Küche überaus einfach, ohne modernes Schnickschnack. Funktional. Hellgraues Resopal. Sie war wahrscheinlich keine große Köchin gewesen.

Lebte in drei verschiedenen Welten. War sie eine multiple Persönlichkeit? Sinnlich – mondän – altmodisch?

Sie hatte einen gewissem stilistischen Ehrgeiz. Nahm die Dinge nicht so, wie sie kamen, sondern hielt ihre Erwartungen dagegen. Formbewusst.

Er war geneigt, sie am ehesten in ihrem Wohnzimmer zuhause zu finden. Kühl, elegant.

Das Arbeitszimmer hatte etwas von einem Museum – eine gebildete Frau, zweifellos.

Wieder betrat er das Schlafzimmer. Die Schlichtheit des asiatischen Stils kontrastierte wirkungsvoll mit den schweren Farben. Aber das Rot sprach eine zu deutliche Sprache, weiß passte besser zu ihr, die Farbe der Unschuld - an einem reifen Körper. –

Nicht ausgelebte Erotik?

Ein nicht serviertes Abendessen. Nicht getrunkener Wein.

Aber: ein benutztes Bett.

Sie ließ die Klassenzimmertür hinter sich ins Schloss fallen.
Die Zehnte war verhältnismäßig still, wie oft an Dienstagen, wenn die Wochenenderlebnisse schließlich in den Hintergrund traten. Schreckenstage waren die Montage, wenn kein Schüler mitarbeitete, weil jeder mit den Gedanken noch ganz woanders war und man sich in den Pausen aufeinander stürzte, um die angeblich existenziell wichtigen Informationen auszutauschen, so dass in den folgenden Unterrichtsstunden jeder wieder ausreichend Stoff hatte um ins Privatleben abzutauchen. Aber am Dienstag konnte man in der Regel mit den Schülern arbeiten.
„Guten Morgen!"
Man nahm ihr Erscheinen geflissentlich zur Kenntnis.
Das Klassenbuch.
Ihre Hände machten fahrige Bewegungen auf dem Pult.
„Absenzen?" Sie beugte sich über das Buch. Einen Augenblick Zeit gewinnen.
Ihre Schrift war krakelig. Wie schaffen es manche Kollegen bloß, in Schönschrift einzutragen! Ich kann kaum lesen, was ich geschrieben habe.
Wo sind meine Notizen?
Sie suchte nach der orangefarbenen Mappe in ihrer Tasche und schlug sie auf.
Wie wollte ich anfangen? Ich hatte mir doch eine Einstiegsfrage überlegt. Moment, wo ist denn das Blatt?
Hastig blätterte sie ihre Unterlagen durch, konnte das Gesuchte nicht finden. Aufkommende Leere im Kopf.
Nur langsam.
Vielleicht sollte ich einfach mit den Hausaufgaben beginnen.
Sie sichtete noch einmal den Inhalt der Mappe: Es kann doch nicht sein, dass ich das Blatt gestern Abend nicht eingepackt habe?! Ich werde doch nicht meine ganzen Unterrichtsvorbereitungen zu Hause auf dem Tisch liegen gelassen haben?! Sie fühlte Panik in sich aufsteigen.
Nur die Ruhe bewahren! Schließlich werde ich von niemandem mehr examiniert! Also...
„Besprechen wir die Hausaufgaben, die ihr auf heute zu machen hattet." - - - Ihr Blick flog durch die Klasse, blieb an einem aufmerksamen Gesicht hängen.

„Brenda?"
„Was meinen Sie, Frau Kinkel? Wir sollten uns doch aussuchen... Ich weiß jetzt nicht, was Sie hören wollen."
Mein Gott, Brenda, auf dich ist doch sonst immer Verlass. Lass mich jetzt nicht im Stich.
Es gab von gestern keinen Eintrag im Klassenbuch unter der Rubrik „Aufgaben".
„Sage uns doch einfach, was du gemacht hast, Brenda."
„Ich habe mich für das Plädoyer des Verteidigers entschieden."
Mit einem Schlag wusste sie wieder Bescheid.
„Ah, ja, genau. Du hast also eine Verteidigungsrede für den des Mordes Angeklagten Christian Wolf geschrieben?"
Jetzt wusste sie, wie es weiter gehen konnte.
„Schön. Aber dann wäre es doch angebracht, wenn wir zuerst die Anklage hören könnten. Wer hat sich dafür entschieden, die Rede eines Staatsanwalts zu schreiben?"
Die Schüler beugten sich träge nach ihren Mappen. Langsam füllten sich die leeren Tische mit Heften, Ordnern, Büchern und Federmäppchen.
Die Unruhe lud zum Schwätzen ein, es wurde laut in der Klasse. „Ruhe!"
Ob es ihr gelungen war, die Schüler mit dieser Aufgabe mehr für Friedrich Schiller zu begeistern? Seine Erzählung „Der Verbrecher aus verlorener Ehre" müsste doch eigentlich ankommen. - Aber der pathetische Stil Schillers stieß die Schüler ab. Dazu kam, dass viele kaum lesen konnten! Jedes nicht so häufig vorkommende Wort buchstabierten sie langsam und verloren darüber den Sinnzusammenhang des Satzes.
„Nun, meldet sich keiner freiwillig? Dann werde ich jemand aufrufen...... Patrick?"
Ich Idiotin! Warum muss ich gerade den aufrufen? Was treibt mich dazu, den Konflikt mit ihm zu suchen? Ich weiß doch, dass es völlig aussichtslos ist!
Er stiert mich an. Da ist er wieder, dieser Blick.
Die Klasse schweigt erwartungsvoll.
Einige Mädchen schauten sie mitleidig an: Blöd genug ist sie ja, dass sie sich immer wieder mit Patrick und seiner Clique anlegt. Sie konnte ihnen die Gedanken von den Gesichtern ablesen.

„Nun, Patrick?" Sie versuchte kühl zu bleiben. „Was hast du ausgearbeitet? Eine Anklagerede?"
Immer noch der hypnotisierende Blick. Was glaubt er denn, wer er ist?!
Sie versuchte keine Miene zu verziehen und näherte sich seinem Tisch. Da lag etwas, das aussah wie eine Zeitschrift. Könnte aber auch ein in Illustriertenpapier eingeschlagenes Heft sein. Also Vorsicht.
„Patrick, ich will, dass du deine Hausaufgabe vorliest."
„Ja. Moment." Patrick bückte sich langsam und wühlte in seinem Rucksack. Dann kam er wieder hoch. „Ich habe sie nicht dabei."
„Was heißt das, du hast sie nicht dabei?!"
„Dass ich sie nicht dabei habe."
„Hast du sie vergessen?"
Die träge Stimme sprach ihr nach: „Ich habe sie vergessen."
„Ich meine, hast du sie denn überhaupt gemacht?"
„Ich habe Ihnen doch gesagt, dass ich sie nicht habe."
„Ja, aber hast du sie gemacht?"
„Ich habe sie vergessen."
„Du hast sie also nicht gemacht?"
Er stierte sie mit seinen blauen Augen unverwandt an. Neuerdings trug er seine blonden Locken kurz und mit Gel zu einer Igelfrisur gestylt. Trotzdem wirkte er unauffällig. Ganz anders als Agneta, die neben ihm saß, ein Punk-Mädchen, mit zerrissenen Netzstrümpfen und einer zur Zeit rot gefärbten Haarmähne auf der linken Schädelhälfte - die andere wirkte immer noch kahl, obwohl sich bereits wieder dunkler Flaum bildete.
Wenn ich nur wüsste, woran ich bei Patrick bin. – „Also?"
„Was wollen Sie hören?"
„Die Wahrheit. Wo sind die Hausaufgaben?"
Dieser Blick ist so etwas von idiotisch! Natürlich weiche ich ihm aus. Da steckt doch eine Absicht dahinter! Will er mich in Verlegenheit bringen, oder was?
„Also, in Wahrheit..." „Ja?"
„Wollen Sie's wirklich wissen?" „Natürlich."
„Also, ich hatte keinen Bock." „Aber das geht nicht!"

„Was?" „Dass du mir sagst, dass du einfach keinen Bock hattest, die Hausaufgaben zu machen!"
„Aber es ist die Wahrheit." „Patrick, ich trage dich jetzt ins Klassenbuch ein."
Da schaltete sich Tobias ein. Sie hatte eigentlich schon die ganze Zeit darauf gewartet.
„Wieso wird man bestraft, wenn man die Wahrheit sagt?"
„Er wird ja nicht dafür bestraft, sondern weil er seine Hausaufgaben nicht gemacht hat."
„Aber er hat gesagt, warum er sie nicht gemacht hat."
„Aber das ist doch kein ausreichender Grund, sie nicht zu machen!"
„Aber es ist die Wahrheit."
Patrick fing den Spielball. Sie wusste, was jetzt kam. Wie konnte ich nur so dumm sein, ausgerechnet ihn aufzurufen!
„Geben Sie doch zu, man wird bestraft, wenn man die Wahrheit sagt."
„Darum geht es hier nicht! Das weißt du genau!"
„Wenn ich gesagt hätte, dass ich sie gemacht, aber zu Hause liegen gelassen habe, dann würden Sie mich nicht bestrafen, oder?"
„Dann würden Sie ihm glauben müssen, denn jeder kann ja mal etwas vergessen!"
Zwei Augenpaare starrten sie herausfordernd an.
Die Klasse schien unbeteiligt.
„Ja..." Sie zögerte. Worin verwickelte sie sich da? Sicherlich, jeder kann mal etwas vergessen... Ich sollte nicht so misstrauisch sein. Vertrauen bilden.
„Also hast du deine Hausaufgabe nur zu Hause liegen lassen. Sicher, das kann jedem passieren. Lege sie mir dann morgen vor."
In die blauen Augen trat ein hämisches Funkeln. Oder bildete sie sich das nur ein?
Sonst war kein Blick mehr auf sie gerichtet.

Als sie zwei Stunden später die Klasse wieder verließ, war sie schweißgebadet. Zum Glück hatte sie eine Freistunde, Zeit, sich mit dem folgenden Unterrichtsstoff zu beschäftigen, aber das war weiter kein Problem, sie würde nur ein Referat

abnehmen müssen. Was hatte sich die Schülerin aus der Literaturliste ausgesucht? Ah, ja: Erich Maria Remarque „Im Westen nichts Neues", den weltberühmten Antikriegsroman. Sie ließ ihre Mappe auf ihrem Platz im Lehrerzimmer stehen und machte sich auf den Weg in die Schulbibliothek, mit der Absicht, noch einen Blick in den „Kindler", das vielbändige Literaturlexikon, zu werfen, um sich der wichtigsten interpretatorischen Gesichtspunkte zu versichern, und auch um den Roman selbst noch einmal in die Hand zu nehmen. Möglich, dass sie Detailfragen stellen musste. Schließlich konnte man sich heutzutage Referatstexte über das Internet mühelos besorgen. Wie sollte sie sonst feststellen können, ob ein Schüler das Buch wirklich gelesen hat?
Ihr fiel ein, dass im letzten Jahr ein Junge einen Band mitgebracht hatte, in welchem Kriegsverletzungen aus dem Ersten Weltkrieg im Detail abgebildet waren. Er ließ das Buch in der Klasse herumgehen. Kaum jemand, der nicht die abstoßenden Fotos fasziniert betrachtet hatte.
„Geilt euch nicht an diesen schrecklichen Tatsachen auf", hatte sie gemahnt, den Jargon der Jugendlichen benutzend.
Doch die Schüler hörten gar nicht hin. „Haben Sie das schon gesehen?", fragte einer und hielt ihr das Buch mit der Abbildung eines halb zerfetzten Gesichts unter die Nase. „Eine Handgranate!"
Es entsprach wohl kaum der erzieherischen Absicht Remarques, dass sich Jugendliche an der kriegerischen Gewalt und deren Folgen sensationslüstern delektierten. – Was einmal abschrecken sollte, schien heute eher zu animieren.
Sie hoffte, die Referentin würde nicht die Friedhofszene, die scheinbar recht beliebt war unter Schülern, vorlesen und einige Mädchen der Klasse zu Igitt und Iii und Mir-wird-schlecht-Ankündigungen veranlassen. -
In der Bibliothek sah sie Konrad an einem Tisch vor einem Stoß Bücher sitzen. Seit er sich von seiner Frau getrennt hatte, verbrachte er viel Zeit in der Schule. In seiner Ein-Zimmer-Wohnung fiel ihm wohl die Decke auf den Kopf. Vermutlich fehlten ihm auch seine Kinder, obwohl die Jungen, wie es hieß, rechte Muttersöhnchen sein sollen. –

Früher hätte sie vielleicht einen Vorstoß unternommen, ... aber heute?
„Grüß dich, Carmen". Er hob den Kopf mit den grau gewordenen Locken und sah sie an, wie ein Bittsteller, fand sie, das machte sie zornig. Kein vertrauliches Gespräch über die Beziehungskrise! Verarbeite du die Trennung erst mal, dann sehen wir weiter!
Sie wollte nur noch Männer ohne Altlasten: oft genug hatte sie das Porzellan zerbrochener Ehen entsorgt, nur damit sie dann, wenn das vergiftete Terrain abgetragen und der Boden wieder sauber war, in die Ecke gestellt werden konnte, mit salbungsvollen Worten bedacht: du bist ein wirklicher Freund, du hast mir über diese schwere Zeit hinweggeholfen, ohne dich hätte ich es nicht geschafft, hast mir den Glauben an die Frauen zurückgegeben...
Nein, ich will mich nicht mehr ausbeuten lassen!
Sie wandte sich schnell dem Bücherregal zu: Deutsche Literatur Moderne. R. Remarque. Da war er. Sie zog den Roman heraus und das Buch öffnete sich von selbst. Sie überflog die aufgeschlagene Seite: „...knallt es gegen meinen Schädel...Nicht ohnmächtig werden!... versinke in schwarzem Brei...Vor mir ist ein Loch aufgerissen...will ich hinein...rasch krieche ich zusammen, greife nach der Deckung, fühle links etwas, es gibt nach, ich stöhne, die Erde zerreißt...ich krieche unter das Nachgebende, decke es über mich..."
Das war sie, die Szene, in welcher der Held vor dem feindlichen Angriff Schutz zwischen den kaum beerdigten Toten auf einem Friedhof suchte. Aber kann man die Jugendlichen von heute damit überhaupt noch beeindrucken? Der Text kam ihr eigentlich recht harmlos vor im Vergleich zu den Horrorbildern, die das Fernsehen Nacht für Nacht ausstrahlte. Dass es sich um die widergespiegelte Realität des Ersten Weltkrieges handelte, wurde den wenigsten Jugendlichen bewusst. Das Fernsehen hatte sie gelehrt: Realität und Fiktion waren oft nicht zu unterscheiden. Aber ich sollte nicht so pessimistisch sein. Vielleicht geht eine literarische Schilderung den Jugendlichen tiefer unter die Haut, weil sie innere Bilder dazu entwickeln? Ihre eigene Vorstellungskraft benutzen? –

Bei guten Lesern mag das so sein, schränkte sie ihre Überlegungen ein, aber viele waren bereits zu passiv und in ihrem Konsumverhalten festgefahren, als dass sie die nötige Fantasie aufbrachten, das Gelesene selber zu visualisieren.
„Sag mal", unterbrach sie Konrads Stimme aus dem Hintergrund, „was würdest du als Deutschlehrerin mir denn zur Lektüre empfehlen an lesenswerten Neuerscheinungen? Ich habe das Bedürfnis, mal wieder ein gutes Buch in die Hand zu nehmen, aber nichts Klassisches. Du kennst dich da doch sicher aus..."
Was für eine Art, mich anzumachen! Fantasieloser geht's kaum noch!
- Oder war das etwa ernst gemeint? Ohne Hintergedanken? -
Ich darf mich nicht lächerlich machen. Was sage ich nun? – Lasse ich durchblicken, dass ich seinen Annäherungsversuch durchschaue, könnte er mich für eingebildet halten, wenn er gar nichts von mir will. – Andererseits, bleibe ich sachlich, gebe ihm nur einen Buchtipp, muss er mich für bieder und langweilig halten. - Besser, wenn ich mich geschmeichelt fühle, so oder so...
Entschlossen wandte sie sich ihm zu. Das Licht fiel seitlich durch das Fenster auf sein Gesicht. Er sah müde aus und älter als sonst. Aber es stand ihm.
Ihre Blicke trafen sich kurz, glitten aneinander ab, als wären sie vom Anblick des anderen erschrocken. Dann sagte er: „Entschuldige, dass ich dich gestört habe. Du hast sicher hier zu tun."
Sie hatte schon einen Schritt in seine Richtung getan und blieb nun abrupt stehen.
„Ja. Ich kann mir ja mal was für dich überlegen..." Ihre Stimme klang heiser.
Schnell wandte sie sich wieder dem Regal zu, beugte den Kopf über das Buch in ihrer Hand, damit er nicht bemerkte, dass eine Hitzewelle in ihr aufstieg.
Idiot!

Was für ein zauberhafter Frühlingsnachmittagtag! Noch etwas verschlafen trat sie hinaus auf die Terrasse.

Seit sie nachts so wenig schlief, legte sie sich mittags gern hin. Meist nickte sie ein, oft nur ganz kurz, aber es half ihr, den Erschöpfungszustand zu überwinden, so dass sie später wieder arbeiten konnte.

Bei warmem Wetter packte sie ihre Sachen zusammen und setzte sich nach draußen, obwohl sie wusste, dass die Umgebung sie von den Korrektur-Aufgaben ablenken würde.

Ihr Blick schweifte über die blühenden Büsche auf der Wiese zu den Bäumen in frischem Grün, welche die Straße säumten, und blieb am Blumenbeet vor der Terrasse hängen: Die Rosen treiben gut dieses Jahr. Oh je, die Stiefmütterchen von den Schnecken ganz und gar abgefressen! Ob ich nicht doch Schneckenkorn streue? Letztes Jahr habe ich sie mitleidlos aufgespießt. - - - Aber sie hätte sich nicht dabei zuschauen wollen. -

Der Wind blätterte heftig in ihrem Buch und schlug auch die aufgeschlagenen Heftseiten um. Wo waren die Steine zum Beschweren? Sie hatte immer Halbedelsteine auf der Brüstung parat liegen, einen Rosenquarz, einen Bergkristall und dazu einen schwarzen Obsidian.

Die Sonne schien noch immer sehr intensiv, obwohl es bereits auf 16 Uhr zuging, aber der Wind frischte auf.

Sie stand auf, ging ins Haus um ihr Plaid zu holen. Die Schularbeiten blieben draußen liegen mitsamt dem Notenbüchlein. Es würde schon nichts passieren.

Wissen die Schüler denn, wo ich wohne?

Eigentlich mussten sie es wissen. Schließlich war sie vor nicht allzu langer Zeit der Clique um Patrick in der Nähe des Hauses begegnet. Sie konnten nur aus dem Wäldchen weiter hinten gekommen sein. Was sie da wohl getrieben haben? Geraucht? Getrunken? Gekifft?

Natürlich hätte sie fragen müssen, ob sie eine Freistunde haben. Aber - sie war nicht „im Dienst"! Man durfte auch als Lehrer einmal Privatperson sein!

Das war selbst zuhause alles andere als einfach, sie seufzte, als sie an ihre Nachbarin, die alte Frau Wunsch dachte, die sie den ganzen letzten Sommer fest im Auge gehabt hatte: wann immer sie auf ihrer Terrasse hatte arbeiten wollen, war sie aufgetaucht. Ganz zu schweigen von Manfred Scheurer, dem

Hausmeister, unter dessen Blicken ihr im Bikini unbehaglich geworden war. Sie fühlte sich auf dem Präsentierteller; obwohl noch kein Kollege hier aufgetaucht war, trotz der Nähe zur Schule.
Ich sollte mich einölen.
Sie bekam leicht einen Sonnenbrand und die gebräunte Haut würde sich schnell wieder abschälen.
Lieber nicht. Die Hefte könnten fettig werden.
Sie hatte die Gewohnheit, sich mit den Fingern ins Gesicht zu fahren.
Überhaupt Scheurer: Biedert sich an, weil er glaubt, dass ich eine Art Verbündete bin gegen die Spießer in der Wohnanlage! Dabei fand sie ihn eher unsympathisch. Aber er war clever, spielte seine dubiose Vergangenheit geschickt aus, indem er erzählte, dass er Sozialarbeiter habe werden wollen und dann selber wegen eines Drogendelikts in die Fänge der Justiz geraten sei, jetzt aber solide geworden...Wenn man politisch korrekt sein wollte, durfte man keine Vorurteile gegen ihn hegen, so spekulierte er.
Aber sie brauchte ihn. Er musste ihr endlich das antike Waschbecken installieren! Sie hatte sich so über das Schnäppchen auf dem Flohmarkt gefreut, und jetzt lag es schon seit Wochen in der Toilette und Manfred Scheurer behauptete, es gäbe keine passenden Anschlüsse in der Größe, er müsse dafür erst in ein Fachgeschäft.
Ich muss sehen, dass ich ihn dazu bekomme, mir das Becken anzuschließen. Er ist ja kein Kostverächter, es wird mir schon etwas einfallen. Ein reizendes, altes Ding aus Emaille.
Ärgerlich beugte sie sich über die Hefte. Draußen fiel es ihr in der Tat noch schwerer, sich auf die Arbeit zu konzentrieren.
Das war Agnetas Aufsatz.
Was für eine Schrift! Sie starrte einen Augenblick verblüfft auf die in einander verschlungenen Schnörkel und blätterte dann zurück: Das Mädchen hatte sich eine völlig neue Schrift zugelegt. Die aber auch nicht lesbarer war als die alte. Die Pubertät. Sie wusste Bescheid.
Dass sie am Morgen in der Klasse ihr Blatt mit der Unterrichtsvorbereitung nicht gefunden hatte konnte sie nicht begreifen: sie musste es mehrmals überblättert haben.

Als sie wieder auf die Uhr schaute, fröstelte sie, es war bereits nach 17 Uhr und die Zeit wie im Flug vergangen, aber sie war mit dem erledigten Pensum zufrieden. Zeit ins Haus zu gehen.
Aus dem Gefrierfach holte sie ein Paket Frutti di mare und begann zu kochen, lustlos, obwohl sie inzwischen Hunger hatte.
Ich mache Pasta.
Das klang immer gut, nach Gourmet-Küche, aber es würde ihr nicht besonders schmecken, das wusste sie schon.
Der Blick in die Programmzeitschrift sagte ihr, dass Fernsehen am Abend keine Alternative wäre. Mit dem Mankell würde sie aber bald fertig sein. Gut, dass sie noch einen weiteren Krimi aus der Leihbücherei hatte. Ein neuer Fall dieses italienischen Kommissars, ganz unterhaltsam. Obwohl sie seine Eheprobleme etwas nervten.
Aber nach dem Essen musste sie sich erst noch auf morgen vorbereiten, das würde sie bestimmt noch eine Stunde kosten. – Sie nippte an einem Glas Wein. Trank Brunetti nicht auch, während er kochte?
Um 22 Uhr ging sie ins Bad. Sie fühlte sich erschöpft.

Wieland rekapitulierte: Der Anruf war gegen Mittag eingegangen, die Sekretärin der Schule war am Apparat. Frau Kinkel sei heute unentschuldigt dem Dienst ferngeblieben. Man habe mehrfach versucht, sie zu Hause zu erreichen, erfolglos. Der Hausmeister der Wohnanlage, ein Herr Scheurer, dessen Telefonnummer Frau Kinkel für Notfälle angegeben habe, sei, laut Auskunft seiner... Lebensgefährtin, gegen 10 Uhr zu einer in der Umgebung gelegenen Baumschule gefahren, da die Eigentümerversammlung beschlossen habe, das Rasenstück hinter dem Wohnblock im Herbst neu zu bepflanzen, und sei noch nicht zurück, sie selbst aber habe keine Befugnis, die Wohnungen der Eigentümer oder Mieter mit dem Universalschlüssel ihres Mannes zu betreten. Die Frau habe aber dann doch, auf Wunsch der Schule, mehrmals bei der vermissten Lehrerin geklingelt, ohne Erfolg.

Da sie, die Sekretärin, ab 13 Uhr dienstfrei habe, wolle sie die Polizei bitten, einmal nachzusehen. Sie sei doch etwas beunruhigt über Frau Kinkels Absenz, denn Frau Kinkel lebe allein, und das sei ja für eine Frau nicht immer ganz einfach... Es könnte natürlich auch sein, dass sie gestern mit dem Auto einen Unfall hatte, das wäre andererseits aber eher unwahrscheinlich, da sie ihr Auto selten benutze, sie wohne ja ganz in Schulnähe. Andererseits könne die Polizei ja klären, ob sie in ein Krankenhaus eingeliefert worden sei. Man mache sich jedenfalls Gedanken, Frau Kinkel sei eine sehr gewissenhafte und zuverlässige Kollegin und es sehe ihr gar nicht ähnlich, unentschuldigt vom Dienst fernzubleiben. Das habe ein rechtes Chaos heute Morgen verursacht, da keine Vertretungen vorgesehen waren...
Die Sekretärin gab die Durchwahl des Direktors an, weil der noch länger an der Schule zu tun habe, und folglich erreichbar sei, eben unter besagter Nummer sodass man ihn, falls etwas Schlimmes passiert sei, informieren könne...
Wieland hatte zwei Streifenbeamte zur Wohnung der vermissten Lehrerin geschickt.
Deren Bericht zufolge hatte sich auf mehrfaches Klingeln hin niemand gemeldet. Eine aufmerksam gewordene Nachbarin, eine ältere Dame, sie wohnte in dem Appartement gegenüber, sagte, dass Frau Kinkel wohl noch im Dienst, an der Schule, sei. Die Anwesenheit der Polizeibeamten in Uniform schien sie jedoch zu beunruhigen. „Ist etwas passiert? Betrifft es Schüler von Frau Kinkel...? Diese jungen Leute heutzutage..."
Die Beamten baten sie, Frau Kinkel, wenn sie zurückgekommen sei, zu veranlassen, das Präsidium anzurufen, und hinterließen eine Karte.
„Ach", rief sie noch den beiden hinterher, „Frau Bohn hat heute auch schon ein paar Mal umsonst hier geläutet, aber ich habe nicht aufgemacht, diese dumme Person, wissen Sie, ich dachte, die sollte doch wissen, dass Frau Kinkel im Dienst ist, schließlich ist sie mit unserem Hausmeister... liiert und weiß über uns Bescheid."
Einer Intuition oder nur ihrer Beamtenmentalität folgend, stiegen die beiden dann nicht in ihr Auto um zurückzufahren, sondern gingen ums Haus und fanden die Terrassentür nur

angelehnt. Sie drangen in die Wohnung ein und entdeckten die Tote. Das war um 13 Uhr fünfzehn.
Die Tatwaffe war bislang nicht gefunden worden.

Ich hätte doch mit den Kollegen mitgehen sollen! Aber die Reue – bereute sie denn? - kam zu spät.
Sie zog sich aus und machte sich fürs Bett zurecht, ließ sich Zeit, es eilte nicht, sie wusste, sie würde nicht gleich einschlafen können. Als sie sich übers Kinn strich, spürte sie hart und widerständig die Hexenhaare. Mutlos starrte sie in den Spiegel. Ich werde alt.
Sie wollten zusammen ins Kino gehen, es gab einen neuen Kultfilm, Cecilia war ganz begeistert davon und schaute ihn sich bereits zum zweiten Mal an. Eine skurrile Geschichte. Drei verrückte alte Männer, die aus der Anstalt ausbrechen.
Irgendwann würde der Film im Fernsehen laufen, dann konnte sie ihn sehen. Alte Kino-Filme waren die Highlights des Programms! Wenn sie sich an ihre Kindheit erinnerte, dann sah sie sich mit roten Backen und klopfendem Herzen bei den Nachbarn sitzen und ganze Nachmittage in deren verdunkeltem Wohnzimmer vor dem Fernsehgerät zubringen. Ihre Eltern kauften sich erst spät einen Apparat und durften nicht wissen, dass sie bei Bärbel so oft vor der Mattscheibe saß. Damals hatte ihr Fernsehen unglaublich viel Spaß gemacht.
Sie massierte die Waschcreme mit den feinen Körnern für den Peeling-Effekt langsam mit kreisenden Bewegungen in die Gesichtshaut ein.
Vielleicht hätte ich doch mit ins Kino gehen sollen.
Aber Cecilia wird ihre neue Freundin dabei haben. Eben. Ich will keinen Zuschauer für diese Demonstration abgeben. Das fehlte noch! Mir zur Strafe das junge Glück vorführen lassen, weil ich nicht angebissen habe. Ich bin nicht lesbisch. Ich könnte es sein. Meint Cecilia.
Sie wusch die Creme ab, erst lauwarm, dann kalt.
War richtig, dass ich mich auf die Einladung erst gar nicht gemeldet habe. Sie werden denken, dass ich selber unterwegs bin. Das ist gut.

Cecilia, die Künstlerin. Alles Attitüde. Anderssein als Prinzip. Für mich als Literaturwissenschaftlerin leicht durchschaubar! Wozu hat man sich mit Künstler-Romanen und Außenseitern Semester lang beschäftigt?
Sie hat eine schöne Stimme. Man merkt, dass sie nicht immer Lehrerin war. Konzertsängerin. Aber sie schafft es tatsächlich, den Schulchor zu leiten. -
Ich sollte meine Frisur verändern. Die Haare schneiden lassen? In der Frauen-Illustrierten im Wartezimmer des Gynäkologen die Vorher – Nachher –Bilder: alle hatten sie nach der Beratung kürzere Haare. Die Frauen wirkten weniger individuell, aber bewusster. Wie werden sie weiter machen? Ob sie jedes Mal überlegen, was „Anne-Claire" jetzt wählen würde? Finde heraus, welcher Typ du bist, indem du es dir sagen lässt. Erkenne dich in dem, was andere aus dir machen. Aber es stimmt schon, Kurzhaarfrisuren sind flotter, Langhaar wirkt auf gewisse Weise konventionell, altmodisch. Warum wohl so viele Männer für Langhaarige schwärmen? Für einen Frauentypus mit dem sie selten zurecht kamen. Das sanfte, anschmiegsame Weibchen – ein Anachronismus im Zeitalter der Doppelverdiener.
Ich fürchte, eine Enthaarung der Beine ist auch schon wieder fällig. Die kleinen Stoppeln kommen durch die feinen Strümpfe durch.
Was hat eigentlich Konrad von mir gewollt? Einen Buchtipp doch wohl nicht! Ich bin ihm später an der Tür zum Lehrerzimmer direkt in die Arme gelaufen. Aber gesagt hat er nichts mehr.
Wieso ist die Pinzette nicht an ihrem Platz? Ich werde heute den Hexenhaaren damit zu Leibe rücken.
Wahrscheinlich gehen sie nach dem Film wieder zum Griechen. Und werden sich wieder genieren, Alkohol zu trinken. Seitdem bekannt ist, dass Hubert ein Schluckspecht ist, haben alle Hemmungen. Die Heuchler!
Es könnte sein, dass sie Konrad mitgenommen haben. Der ist ja jetzt disponibel.
Das hätte mir früher einfallen sollen.

Ich muss ins Bett, es wird zu spät. Dabei werde ich eh wieder lange nicht einschlafen können. Ob ich Konrad beichte, was meine Bettlektüre ist?

Sie hatte kurz geschlafen, die Uhr sagte ihr, eine knappe Stunde. Was hatte sie geweckt?
Sollte sie Licht machen und weiterlesen?
Aber ich bin so müde. –
Die Referentin von „Im Westen nichts Neues" – dass sich ein Mädchen das martialische Buch aussuchte! – hatte nicht die Friedhofsszene ausgewählt und vorgelesen, sondern eine andere, die sie offenbar mehr beeindruckt hatte.
„...Ich habe noch nie Pferde schreien gehört und kann es kaum glauben. Es ist der Jammer der Welt, es ist die gemarterte Kreatur, ein wilder, grauenvoller Schmerz, der da stöhnt. Wir sind bleich...Wir setzen uns hin und halten uns die Ohren zu....Die Leute kommen nicht an die verwundeten Tiere heran, die in ihrer Angst flüchten, allen Schmerz in den weit aufgerissenen Mäulern......die allergrößte Gemeinheit, dass Tiere im Krieg sind."
Maria fand das auch.
Natürlich regte sich Widerspruch: Millionen Menschen hätten gelitten und wären gestorben. - Aber da erhob vor der Klasse laut und klar Maria ihre Stimme: „Die Menschen sind selber schuld. Sie verdienen es nicht anders! Aber die Tiere, die Tiere sind unschuldig!"
Der Widerspruch verstummte.
Sie glaubte Maria zu verstehen: Warum soll das Leben von Menschen, die sich verbrecherische Kriege ausdenken und durchführen, mehr wert sein als das Leben schuldloser Kreaturen?
Wird die Zahl der militanten Tierschützer in den nächsten Jahren zunehmen? Es schien so, wenn sie sich die radikal vegetarische Einstellung einiger ihrer Schüler vor Augen führte.
Ein Blick auf die Leuchtziffern: sie lag bereits seit zwanzig Minuten wach.

Der Unterricht heute in der Zehnten.
In dem von ihr geplanten frei nachgestellten Gerichtsverfahren gegen Friedrich Schillers Hauptfigur, den Wilddieb und Mörder Christian Wolf, hatten die Schüler sie völlig aus dem Konzept gebracht, als es zum Urteilsspruch durch die Klasse selbst kommen sollte. Zunächst verlief alles nach Plan. Ganz im Sinne des Autors konnten sich die Schüler mit der Rolle des Verteidigers des Angeklagten stark identifizieren. Nikole hatte eine klassische Verteidigungsstrategie nach Schillers Vorgaben aufgebaut; sie hatte den Aufsatz am Nachmittag korrigiert:
„Hohes Gericht!
Christian Wolf, der Angeklagte, ist als Halbwaise bei seiner Mutter aufgewachsen. So fehlte Christian von Anfang an das männliche Vorbild, der Vater, der ihm in seinem Leben eine Richtung hätte weisen können. Die allein erziehende Mutter war durch die Doppelbelastung überfordert. Sie musste das Wirtshaus führen, das wenig Einnahmen brachte, und ihr Kind betreuen. Man kann sich leicht vorstellen, dass die Umgebung eines Wirtshauses für die Entwicklung des Jungen ungünstig war. Entlastend für meinen Mandaten ist jedoch auch, dass er äußerlich verunstaltet war durch einen Unfall...."
Simone war darauf gekommen, dass die Tat kein Mord sein könne, da Christian ja nicht mit einem Tötungsvorsatz in den Wald gegangen sei. Er wusste ja nicht, dass er seinen Widersacher, den Jäger, dort treffen würde.
Roger wandte zu Recht ein, dass ein Wilderer die Möglichkeit, den Jäger, der ihn erwischt, zu erschießen, mit einkalkuliert, also billigend in Kauf nimmt, dass ein Mord geschehen kann.
Das waren stichhaltige Argumente, wie man sie von den guten Schülern erwarten durfte.
Zunächst herrschte auch Einstimmigkeit bezüglich des Strafmaßes, alle die sich meldeten, forderten im Höchstfall eine lebenslange Haftstrafe für Christian Wolf.
So weit, so gut. Dann die Überraschung nach zehn Jahren humanistischer Bildung – oder hätte ich es besser wissen sollen?
Eine kleine Gruppe von „Anklägern", die sich zunächst zurückgehalten hatten, plädierte für die Todesstrafe nach dem alten Motto „Wer einen Menschen umbringt, soll selber auch

sein Leben verlieren. Auge um Auge, Zahn um Zahn" und befürwortete damit genau den Urteilsspruch, den Schiller in seinem Text anprangerte.
Aber es kam noch schlimmer: Ein Teil der Schüler, die gegen die Todesstrafe argumentierten, taten dies mit der Begründung, dass diese „zu leicht" sei: der Verbrecher müsse lebenslänglich eingesperrt werden, weil er unter der Strafe leiden, sich quälen müsse. Todesurteil – das hieße ohne Sühne kurz und schmerzlos davonkommen.
Diejenigen, die den Film „Dead Man Walking" kannten, widersprachen: Eine Hinrichtung sei äußerst grausam und unmenschlich.
Aber das hätte der Mörder ja verdient. Also wenn das Todesurteil nicht gleich vollstreckt werde, der Mörder noch genug Zeit habe, sich Gedanken zu machen über das, was er getan hat und was ihm bevorsteht, wenn er so ein bis zwei Jahre „schmoren" müsste, dann sei die Todesstrafe wohl doch die gerechteste Lösung. -
Brenda meinte, dass es aber immer wieder Fehlurteile gebe und bei der Todesstrafe dann keine Wiederaufnahme eines Verfahrens mehr möglich sei. Ein Einwand, der abgelehnt wurde mit dem Argument, dass es unrealistisch sei, immer darauf warten zu wollen, bis etwas perfekt ist. Das lähme einen nur. Irren ist menschlich.
Sie hielt beim Zuhören den Atem an.
Und dann nahm das Gespräch eine weitere überraschende Wendung. Patrick sagte: „Ich bin dafür, Christian Wolf freizusprechen." - - -
Es ging auf zwei Uhr morgens. Sie schaltete die Nachttischlampe ein und griff nach dem Kriminalroman. Gegen halb drei fielen ihr dann fast die Augen zu und sie löschte schnell das Licht.

Vor dem Haus hielten zwei Autos, Türen schlugen, wahrscheinlich die Kollegen von der Spurensicherung.
Wieland ließ seinen Blick noch einmal durch den Schlafraum wandern, dann beschloss er, das Feld zunächst zu räumen und

mit der Nachbarin zu sprechen. Er streifte Handschuhe und Überschuhe ab und klingelte an der gegenüberliegenden Wohnungstür.
Die Frau hatte, obwohl es auf dem Grundstück von Polizisten nur so wimmelte, die Kette vorgelegt und machte die Tür erst ganz auf, als er seinen Ausweis zückte.
„Entschuldigen Sie, das ist Gewohnheit... Es passiert ja so viel, heutzutage..."
„Seit wann wohnen Sie schon hier?"
„Das sind nun schon bald fünfzehn Jahre. Wir haben die Wohnung später gekauft, als mein Mann in Pension ging, als Altersruhesitz sozusagen, das war vor sieben Jahren. Aber wer hätte ahnen können, dass alles anders kommt. Nun wohne ich schon so viele Jahre allein hier, und am liebsten möchte ich die Wohnung aufgeben." -
Er sah sich um. Die Wohnung war ähnlich angelegt wie die gegenüber liegende, nur war sie mit zu großen und zu schweren Stilmöbeln vollgestopft und wirkte dunkel.
„Warum gefällt Ihnen die Wohnung nicht mehr?"
„Ja, sehen Sie, damals dachten wir, dass eine Wohnung im Parterre für alte Leute doch am zweckmäßigsten ist. Die Aufzüge gehen doch immer kaputt, und mein Mann hatte damals schon seine Arthrose. Gestorben ist er ja dann an einem Herzinfarkt, am zweiten bereits. Ja, das war ein schwerer Schicksalsschlag. Und sehen Sie.... Wollen Sie sich nicht setzen, Herr Kommissar?...Ich selber muss mich hinsetzen... Ja, sehen Sie, ich habe seit acht Jahren ein künstliches Hüftgelenk, und mir fällt das Treppensteigen auch nicht leicht."
Er nickte. „Ich verstehe." Ich verstehe allerdings nicht, weshalb sie dann unzufrieden mit der Wohnung ist, dachte er und stand wieder auf, um auf die Terrasse zu schauen. Sie musste auf die andere Seite hinausgehen, nach Osten, wenn er die Himmelsrichtungen richtig im Kopf hatte, während die der Kinkel auf der Südseite lag.
Er schob die schweren Stores beiseite und entdeckte, was er zuvor nicht deutlich hatte sehen können: die Terrassentür war vergittert. Ein schmiedeeisernes Tor, das mit einem massiven Vorhängeschloss ausgerüstet war, versperrte den Ausgang ins Freie. Er drehte sich um. Auch die Fenster waren durch

schmiedeeiserne Gitter gesichert. Wohl auch deshalb war es in der Wohnung so düster.

„Darf ich Ihnen etwas zu trinken anbieten, Herr Kommissar?" Die alte Dame fühlte sich verpflichtet aufzustehen und nach ihrem Besucher zu sehen.

„Nein, nein, vielen Dank. – Frau Kinkel hat keine Gitter vor den Fenstern, soweit ich gesehen habe."

„Leider nein, sie wollte das nicht. Mein Mann hat diese Sicherheitsmaßnahmen noch vor seinem Tod veranlasst und die Gitter und das Sicherheitsschloss an der Tür anbringen lassen. Es wäre natürlich schöner gewesen, wenn das einheitlich, verstehen Sie, für das ganze Erdgeschoss, gemacht worden wäre, aber wir konnten Frau Kinkel nicht davon überzeugen, dass die Gitter notwendig sind. Wer weiß, vielleicht musste sie es am Ende bereuen..."

„Wie kommen Sie darauf?"

„Nun, die viele Polizei, und Sie sind doch auch nicht ohne Grund hier..."

„Wann haben Sie denn Ihre Nachbarin zuletzt gesehen?"

„Ach, das war gestern Morgen. Sehen Sie," die alte Dame führte ihn in die Küche. Wie in der gegenüber liegenden Wohnung war der Essplatz abgetrennt von der Küchenzeile und befand sich im Hintergrund des Raumes. Sie stellte sich vor die Arbeitsplatte und wies aus dem davor liegenden Fenster. „Sehen Sie, ich koche mir immer um die Zeit meinen Tee. Und dann sehe ich, wie Frau Kinkel das Haus verlässt und zum Dienst geht. Sie ist Oberstudienrätin, aber das wissen Sie ja inzwischen sicherlich. Bestimmt eine sehr gute Lehrerin..."

Das Küchenfenster zeigte auf einen Plattenweg, der über die Grünanlage in Richtung Hauptstraße führte.

„Und wann genau hat Frau Kinkel am Donnerstag das Haus verlassen?"

„Wie gesagt, ich bereite mir um die Zeit meinen Tee, das ist so gegen halb acht."

„Frau Kinkel ist also gestern wie immer gegen 7.30 Uhr in die Schule gegangen?"

„Ja, das könnte man so sagen. Sie hatte es eilig. Sie hat es immer eilig am Morgen. Die jungen Frauen legen ja so viel

Wert auf ihr Aussehen... Nun, so jung war Frau Kinkel ja nicht mehr, aber morgens pressierte es immer..."
Wieland. sah eine weiß gekleidete Gestalt mit einer schweren Umhängetasche den Weg hinunter laufen. Das Morgenlicht tauchte die Figur in erbarmungslose Helligkeit. Sie wirkte gehetzt und bewegte sich unbeholfen.
„Und heute Morgen? Haben Sie Frau Kinkel da auch weggehen sehen?"
„Nein, heute morgen nicht. Ach, wie furchtbar, das ist ja ganz furchtbar, denn sehen Sie, heute habe ich etwas länger geschlafen. Ich hatte eine schreckliche Nacht und muss erst gegen vier Uhr früh eingeschlafen sein, nachdem ich eine Schlaftablette genommen hatte, jedenfalls bin ich erst um neun Uhr aufgewacht, und dann war Frau Kinkel natürlich schon längst weg. Sie hat immer um acht Uhr Dienst, ausgenommen am Montag, da geht sie später. Das ist schön, wenn man gerade am Montag nicht so zeitig aufstehen muss, nicht wahr? Ich habe Frau Kinkel gesagt, dass ich sie darum beneide, denn wissen Sie, mein Mann, der musste immer schon um Viertel nach sechs aus dem Haus, weil er so einen langen Dienstweg hatte... und das jeden Tag, Sommer wie Winter, ach Gott, als ich jung war, hat mir das ja nichts ausgemacht, aber in den letzten Jahren vor der Pensionierung, da war das doch manchmal sehr hart, wissen Sie... Mein Mann war übrigens auch Lehrer, nur Hauptschullehrer zwar, aber am Ende war er dann doch noch Konrektor geworden..." Die Alte redete zuviel, wie viele allein lebende Menschen.
„Warum haben Sie so schlecht geschlafen, Frau...", er überlegte, wie der Name draußen auf dem Türschild gelautet hatte, „Frau.." „Wunsch, Elisabeth Wunsch", kam sie ihm zu Hilfe.
Er zog sein Notizbuch heraus, die Frau würde eine wichtige Zeugin sein, er sollte sich Notizen machen und sie auf jeden Fall für Morgen ins Präsidium bitten, um ein Protokoll zu verfassen.
„Sehen Sie, das ist es ja, was ich Ihnen erzählen wollte..." Sie nahmen wieder im Wohnzimmer Platz. „Ich fühle mich hier im Parterre nicht mehr sicher, so ganz ohne Mann, wenn Sie verstehen, was ich meine. Frau Kinkel war zwar noch jung und

gesund, aber besonders kräftig wirkte sie gerade auch nicht. Und dann ist immer noch die Frage, ob sie einen Hilferuf auch hören würde. - Jedenfalls, seit dem Tod meines Mannes bin ich etwas ängstlich geworden. Und wenn Unbekannte sich im Haus oder auf dem Grundstück aufhalten, dann mache ich mir immer gleich Sorgen und kann nicht schlafen. Ich telefoniere dann mit meiner Tochter... Die wohnt in Stuttgart, ja, leider etwas weit weg, ihr Mann ist von Berufs wegen örtlich gebunden, weshalb meine Tochter ihre Existenz hier aufgegeben hat und fortgezogen ist, sie war selbstständig, müssen Sie wissen, recht erfolgreich, denken Sie, sie hat Sport studiert und dann ein Studio aufgemacht... Wellness, Ernährungsberatung, was die jungen Leute eben heutzutage alles machen..."

„Haben sich denn gestern Unbekannte hier aufgehalten? Wen haben Sie gesehen, was ist Ihnen aufgefallen?"

Er beugte sich vor, um der alten Frau direkt ins Gesicht zu sehen. Sie wirkte auf eine altmodische Art gepflegt, mit dem Haarknoten im Nacken, dem hochgeschlossenen, hellen Sommerkleid mit langen Ärmeln; alles in allem machte sie einen vernünftigen Eindruck. Ihre Sorge, die Parterrewohnung betreffend, war ja nicht völlig unbegründet. –

„Ja, sehen Sie, Frau Kinkel lebte eigentlich sehr zurückgezogen... Das ist natürlich einerseits bedauerlich, für eine so junge, hübsche Frau. Aber Frau Kinkel hatte eben Stil, Sie verstehen sicher was ich meine."

„Sie bekam nicht oft Besuch?"

„Nein, sehr selten. An Feiertagen kam manchmal ihre Schwester, die wohl auch alleinstehend ist. Sie muss die Ältere der beiden sein."

„Hatte Frau Kinkel keinen Freund?"

„Nein, das wollte ich eben damit sagen, dass Frau Kinkel sehr zurückhaltend mit Männerbekanntschaften war..."

„Und am Donnerstag? Was war am Donnerstag?"

„Am Donnerstag hat es siebenmal bei Frau Kinkel geläutet."

Er war verblüfft. „Wie meinen Sie das? Siebenmal hintereinander?"

„Nein, nein. Zweimal hintereinander und dann in größeren Abständen...."

„Und Sie konnten das hören?"
Er hatte den Eindruck, dass sie errötete. „Ja, sehen Sie", sie stand wieder auf und führte ihn in den Gang. „Die Wohnungen sind so ausgelegt, dass das Ende des Flurs und die Küchen aneinander grenzen, was ja nun wirklich vom Architekten gut durchdacht ist, denn so kann man sich gegenseitig am wenigsten durch Lärm stören. Wenn ich in der Küche bin, kann ich hören, wenn es bei Frau Kinkel klingelt. Und gestern, sehen Sie, gestern habe ich den Schrank ausgeräumt und geputzt. Ich war den ganzen Nachmittag in der Küche beschäftigt. Deshalb habe ich gehört, wie es siebenmal bei Frau Kinkel geklingelt hat, ich weiß das so genau, weil mich das überrascht hat. Sie bekommt, das sagte ich Ihnen ja bereits, sonst selten Besuch..."
„Konnten Sie denn sehen, wer da geklingelt hat?"
„Das kann ich normalerweise nicht, denn da müsste ich ja ums Eck und durch die Tür sehen können, nicht wahr?" Ihre Stimme klang etwas schrill. Wieland verzog keine Miene.
„Aber gestern haben Sie jemanden gesehen?"
„Ja, ich war gerade auf dem Weg ins Schlafzimmer, um neue Geschirrtücher zu holen, da klingelte es schon wieder, und ich sah einen Mann draußen stehen."
„Kannten Sie ihn? Ich meine, hat er Frau Kinkel schon öfters besucht?"
„Nein, er schien mir fremd."
„Können Sie ihn beschreiben?"
„Groß, er schien recht groß zu sein. Aber ich sah ihn ja nur von hinten."
„Haarfarbe?"
„Schwarz, glaube ich."
„Wie war er angezogen?"
„Hell, ja ganz hell. Er trug einen hellen Anzug. Ja... und er hatte etwas im Arm..."
„Blumen?"
„Nein, keine Blumen. Es sah eher so aus wie ein Paket."
„Wie ein Paket? Können Sie das nicht genauer bezeichnen?"
„Nein, nein. Ich sah es nur einen Augenblick, als er sich zur Seite wandte."
„Hat denn Frau Kinkel nicht aufgemacht?"

„Doch sie machte dann auf und ließ ihn hinein. Es schien, als habe sie ihn erwartet."

„Um welche Zeit war das?"

„Das war gegen 18 Uhr, das weiß ich genau, denn ich war gerade damit fertig geworden, den Schrank wieder einzuräumen und wollte mir die Nachrichten ansehen."

„Und das wievielte Klingeln war das? Das erste?"

„Das vierte, glaube ich."

Einen Moment verschlug es ihm die Sprache. Der Alten war gar nicht bewusst, als was sie sich entpuppte...

„Dann hat es später also noch dreimal geklingelt?"

„Ja, viel später noch einmal und ungefähr eine Viertelstunde darauf noch zweimal."

„Und wen haben Sie gesehen?"

„Die Haustür wird um 20 Uhr immer abgeschlossen, wissen Sie. Dann kann man den elektronischen Türöffner nicht mehr benutzen, sondern muss nach unten gehen und von Hand aufsperren. Das ist zwar etwas umständlich, aber doch wesentlich sicherer. Tagsüber steht die Tür leider oft auf, was ich nicht richtig finde, aber die Leute über uns haben Kinder, und die laufen ständig auf und ab und deswegen entriegeln die Eltern immer die Tür, so dass sie nicht zufallen kann. Dann nützt die automatische Anlage ja gar nichts, weil sowieso jeder herein kann. Ich habe mich schon oft bei Herrn Scheurer, das ist unser Hausmeister, beschwert, aber auf die Sorgen alter Leute nimmt man heutzutage wenig Rücksicht."

„Hat denn Frau Kinkel den elektronischen Türöffner betätigt und die Besucher hereingelassen?"

„Ja, sehen Sie, die ersten Male, glaube ich, hat sie das wohl getan, ich hörte das Summen, aber es war ganz umsonst, weil die Haustür nicht eingeschnappt war und jeder herein konnte; aber als es dann nach 20 Uhr noch dreimal klingelte, also einmal und dann später noch zweimal kurz hintereinander, da kam es mir so vor, als hätte sie gar nicht mehr aufgemacht, jedenfalls habe ich sie nicht ihre Wohnung verlassen hören, um die Eingangstür aufzuschließen. Es war ja auch schon spät, so gegen einundzwanzig Uhr. Aber ich weiß es natürlich nicht genau. Ich hatte den Ton des Fernsehers zwar leise gestellt, konnte aber nichts hören... und durch den Türspion schauen

wollte ich nicht, weil man das natürlich von gegenüber sehen kann. Frau Kinkel sollte nicht denken, dass ich neugierig bin."
Erst jetzt fiel ihm auf, dass sich die Wohnungstüren von einander unterschieden. Die Tür gegenüber hatte keinen Spion, sondern in der Mitte ein Glasfenster.
„Und davor? Sie sagen, dass es insgesamt siebenmal geklingelt hat. Wer hat denn vor 18 Uhr geklingelt?"
„Also der Hausmeister war da, ich habe gehört, wie Frau Kinkel ihn hineingebeten hat. Er hatte seinen Werkzeugkasten dabei und seinen Arbeitsanzug an, Sie wissen schon, so einen blauen Anzug..." „Overall." „Ja, einen Overall, und ich dachte, dass er bei Frau Kinkel etwas reparieren muss. Also sonst hätte sie ihn, glaube ich, nicht hereingelassen. Frau Kinkel und ich, wir sind in Bezug auf Herrn Scheurer einer Meinung, wissen Sie, und dieses Verhältnis, das er hat, mit dieser Frau, Sie wissen schon, das macht ihn nun auch nicht gerade vertrauenswürdiger!"
„Um wie viel Uhr war das?" Die Frau schien den ganzen Tag nichts anderes getan zu haben, als die Nachbarswohnung zu beobachten! Ob die Kinkel das wusste? Genützt hat es ihr jedenfalls nichts.
„Das war am späten Nachmittag, ich war ja in der Küche und spülte gerade alle Gläser neu, und es war so ein Durcheinander, der ganze Tisch war voller Lebensmittel, auf der Anrichte das Geschirr...Glauben Sie mir, ich hatte genug zu tun und keine Zeit, mich weiter darum zu kümmern. Ich wollte bis 18 Uhr fertig sein, dann beginnt der gemütliche Teil, wissen Sie, ich sehe zu gern diese Vorabendserien an, auch wenn man sagt, dass sie nicht gut sind, aber was wird denn ab 20 Uhr gezeigt, meist nur Verbrechen und Sex!"
„Und davor. Was war davor?"
„Ja sehen Sie, seit einigen Tagen ist Frau Kinkel öfter spazieren gegangen, das hat sie früher nie getan."
Wieland unterdrückte eine heftige Aufwallung von Antipathie. Die Frau war Miss Marple in Person. Aber die Schnüfflerin hinter der Fassade ehrwürdigen Alters war ihm zuwider.
„Erzählen Sie. Wann ist Ihnen das zum ersten Mal aufgefallen?"

Bevor sie noch antworten konnte, läutete es an der Wohnungstür. „Wahrscheinlich die Kollegen, Frau Wunsch." Er ging um mit ihnen zu sprechen. Es war Erik Gutzke, sein engster Mitarbeiter. „Die Spurensicherung ist soweit fertig, jede Menge Fingerabdrücke, keine Tatwaffe, bis jetzt. Willst du sie noch mal sehen, sonst würden die Kollegen sie zur Obduktion abholen..."

„Ja, doch, ich komme mit." Er ließ die Tür zu Frau Wunschs Wohnung hinter sich offen um in der Nachbarwohnung noch einmal einen Blick auf die Tote zu werfen.

Der Blick durch die Argusaugen der Nachbarin veranlasste ihn, seinen eigenen Eindruck von der Toten noch einmal zu überprüfen: war Carmen Kinkel tatsächlich prüde oder bereits altjüngferlich, eine pflichtbewusste Lehrerin mit programmiertem Tagesablauf? Sie erschien ihm immer noch verletzlich und sensibel, in ihren weißen Kleidern in diesem hellen Zimmer. Unnahbar, wie die meisten Toten. Streng. Andererseits: Er dachte an die rote, zerwühlte Satinbettwäsche auf dem schwarzen Futon: Sollte sie sich auf irgend etwas eingelassen haben, um ihrem geregelten, spannungslosen Dasein zu entkommen? Was war schief gelaufen?

Er wandte sich an den Gerichtsmediziner, der jetzt mit zwei Trägern und der Bahre wieder hereinkam. „Was können Sie bereits sagen über Todesursache und –zeitpunkt?"

„Der Stich war gut platziert, direkt ins Herz. Sie wird innerlich verblutet sein und nicht mehr allzu lange gelebt haben. Exitus zwischen 20 und 22 Uhr."

Er nickte. Für die Untersuchung reduzierte sich somit die Zahl der klingelnden Besucher auf die letzten zwei oder drei.

Während die Tote auf die Bahre gelegt wurde, ging er zurück zu Frau Wunsch. Er wollte es jetzt kurz machen, denn die Besucher des frühen Nachmittags kamen offensichtlich als Täter nicht mehr in Frage, und er musste die alte Dame auf jeden Fall bitten, morgen alles noch einmal zu Protokoll zu geben.

Frau Wunsch erwartete ihn an der Wohnungstür. Als sie die geschlossene Bahre erblickte, schrie sie kurz auf. Mit zitternden Händen hielt sie sich am Türrahmen fest.

„Ja, Ihre Nachbarin ist letzte Nacht gestorben, leider kein natürlicher Tod."
„Oh Gott, oh Gott", stöhnte sie. „Vielleicht hätte ich ihr ja helfen können, wenn ich... Hat sie denn viel leiden müssen?"
„Nein, der Tod scheint schnell eingetreten zu sein. – Frau Wunsch, sie haben viele ganz wichtige Aussagen gemacht und sind im Augenblick unsere Haupt-Zeugin. Darf ich Sie bitten, morgen gegen 10 Uhr ins Polizeipräsidium zu kommen, damit Ihre Aussage aufgenommen werden kann?"
Sie schien etwas verwirrt. „Ja, sicher, Herr Kommissar, sicher. Aber wollen Sie nicht noch einmal hereinkommen...? Ich wollte..."
„Morgen, Frau Wunsch, morgen machen wir weiter." Wenn es keine näheren Verwandten gab, würde die alte Frau die Tote in der Gerichtsmedizin identifizieren müssen. "Und vielen Dank, dass Sie sich die Zeit genommen haben und so kooperativ waren! Fragen Sie auf dem Revier nach mir, dann bringt man Sie gleich ins Morddezernat. Also nochmals vielen Dank Frau Wunsch und bis morgen!"
„Ja, bis morgen, Herr Kommissar...?"
„Wieland."
Er mochte nicht mehr in diese wässrigen, farblosen Augen blicken und dem fast lippenlosen faltigen Mund zuhören. Wie war Carmen Kinkel mit der Alten zurecht gekommen?

Beinahe hätte sie vergessen, dass für diesen Nachmittag die vierteljährliche Konferenz anberaumt war. Ausgerechnet! Das Wetter so herrlich, der Frühling erreichte seinen Höhepunkt, alle Farben wurden leuchtender, das Sonnenlicht goldener.
Sie lief im Eilschritt zur Schule.
Die Konferenz war so bedeutungslos wie immer. Im Lehrerzimmer – inzwischen viel zu klein geworden - saß jeder Kollege an „seinem" Platz, keiner rückte auf für die später Kommenden, die sich hinter den besetzten Stühlen vorbeizwängen mussten. Kaum jemand hatte sich die Mühe gemacht und Unterlagen weggeräumt: überall lag Papier – Stöße von bunten Heften, Aktenordner, Zeitschriften,

Werbebroschüren für Unterrichtsmaterial und jede Menge lose Blätter, bedenkenlos zusammengeschoben.
Um diese Zeit war es viel zu warm im Raum, denn die Sonne schien den ganzen Vormittag ungehindert durch die großen Glasfenster und heizte ihn auf. Die Kastanie, die bis vor kurzem davor stand und noch im letzten Jahr dem Zimmer eine dunkelgrüne, schattige Kühle geschenkt hatte, war kürzlich gefällt worden. Das Schulhaus musste schon wieder erweitert werden, mit dem Anbau wollte man noch vor Schuljahresende beginnen.
Die meisten Kollegen korrigierten nebenbei, lasen oder unterhielten sich, kaum einer hörte wirklich zu. Haußmann trug das schon vorbereitete Konferenzprotokoll vor, ergänzte, was aktuell zu ergänzen war für die Protokollantin. Natürlich war das wieder Brigitte. Mit der konnte er am besten.
Alle vermittelten den Eindruck, als laufe der Unterricht wie am Schnürchen, als gäbe es keine Probleme. - Ich scheine die einzige zu sein, die nicht zurecht kommt, immer weniger zurecht kommt... Aber das weiß zum Glück keiner.
Lohaus meldete sich, um auf die anstehende Feueralarmübung hinzuweisen. In jedem Klassenraum hänge inzwischen wieder ein Fluchtplan. Wir bestätigten per Unterschrift, dass wir mit unserer Klasse über das Verhalten im Brandfall gesprochen hatten.
Weiß jemand nicht, wo er sich mit seiner Klasse draußen auf dem Sammelplatz einfinden soll?
Und dass die Zufahrt für die Feuerwehr frei bleibt!
Kollege Neumann behauptete, dass die Formulierung: „Die Türen sind zu schließen" missverständlich sei. Ist gemeint, dass der Lehrer sie nach dem Verlassen zusperrt oder sind die Türen lediglich zuzumachen?
Gelächter. Es liegt doch wohl auf der Hand, wie das zu verstehen ist...
Nach zwei Stunden Ende der Konferenz.
Das Lehrerzimmer leerte sich erstaunlich schnell.

23 Uhr 45 zeigen die Leuchtziffern. Sie hatte noch kein Auge zugetan, konnte nicht abschalten.

Ich habe mich heute in der Zehnten nicht durchsetzen können. Patrick, Tobias und Christian störten dauernd den Unterricht. Sie schoben sich heimlich irgendetwas zu, ein Blatt aus einer Zeitschrift, schien mir. Sie hatte die beiden aufgefordert, das verschwinden zu lassen und blickte in blanke, undurchdringliche Gesichter: Ja, schon gut.
Irgend etwas beschäftigte die Jungen. Schließlich unterhielten sie sich ganz ungeniert in halblautem Ton und sie wurde wütend.
„Was regen Sie sich auf?"
„Ihr stört den Unterricht!"
„Ich glaube nicht, dass Ihr Unterricht hier irgend jemanden interessiert."
„Das kannst du überhaupt nicht beurteilen!"
„Aber Sie vielleicht?!"
„Ruhe jetzt, sonst setze ich euch auseinander!"
Natürlich waren sie nicht ruhig und wenn sie sich pädagogisch nicht unglaubwürdig machen wollte, musste sie ihre Drohung wahr machen.
„Christian, du setzt dich jetzt auf den freien Platz neben Simone!"
Christian starrte sie an.
„Hast du nicht gehört! Setz dich neben Simone!"
Er rührte sich nicht.
Schweigen in der Klasse.
Sie musste drauf bestehen, dass er den Platz wechselte.
„Christian, ich will, dass du dich woanders hinsetzt! Du schwätzt ununterbrochen mit Patrick und Tobias!"
Der starre Blick machte sie unsicher. Was hatten die drei?
Dann sagte Patrick: „Ich glaube, Christian will das nicht. Haben Sie das nicht begriffen?"
Und Christian wiederholt träge: „Ja, ich glaube, ich will das nicht...."
„Es ist mir völlig egal, was du willst! Setz dich sofort neben Simone!"
„Das find' ich aber seltsam, dass Sie sagen, dass es Ihnen egal ist, was ich will.... Sie haben doch studiert, Pädagogik, oder?"
Jemand in der Klasse sagte: „Komm, setz dich weg."

Patrick antwortete ohne den Blick von mir zu wenden: „Halt's Maul."
Jemand anderes in genervtem Ton: „Können wir jetzt weiter machen?"
Sie spürte ihr Herz.
War es ein Fehler weiter zu machen? Hatte sie ihre eigene Autorität untergraben?
Sie wollen glauben machen, dass ich ihnen nicht beikommen kann.
Ist das so?
Ich habe Patrick heute nicht nach der Hausaufgabe von gestern gefragt.
Aber meine Stunde kommt! – Die Übstunde übermorgen...

„Ich gebe euch heute eure Diktate zur neuen Rechtschreibung zurück! Den Notenschlüssel kennt ihr ja! Es ist nur leider so, dass man ihn e r w e i t e r n müsste, denn die Fehlerzahl, die ihr aufbringt, ist schlechterdings nicht vorgesehen! Note acht haben fünf von euch! Bei dreißig Fehlern und mehr!
Christian, wenn ich auch noch jeden Buchstaben, den du nicht richtig ausgeschrieben hast, zählen würde, dann kämst du auf – ich schätze - noch einmal so viel Fehler! Deine Schrift ist schlechterdings eine Zumutung! Du musst dir klar machen, dass man sich als Korrektor schlichtweg weigern kann, dein Geschmier zu entschlüsseln! Wenn du jetzt nicht endlich anfängst, ordentlich zu schreiben, werde ich das in der nächsten Konferenz ansprechen!
Patrick hat einen Lückentext abgeliefert. Sag mal, ist Deutsch für dich eine Fremdsprache, dass du nur bestimmte Wörter schreibst?
Tobias dagegen hat – wenn ich das recht entziffere – das eine oder andere Wort dazu erfunden! Deine Phantasie solltest du dir für den nächsten Aufsatz aufheben! Hier ist sie völlig fehl am Platz!
Aber auch der Rest von euch ist nicht gerade berauschend!
Wir haben einen Schnitt von 4,1. Das beste Diktat hat – wie immer – Brenda geschrieben. Sie hat eine Eins minus.
Nikole, kommst du an die Tafel? Du hast eine schöne Schrift. Wir machen die Verbesserung!

„Tobias, wiederhole doch mal die Regel für das – dass!"
„Keine Ahnung."
„Keine Ahnung! – Wie oft muss man dir denn eine Regel vorsagen, damit du sie kannst? -
Wer sagt sie ihm noch einmal? – Patrick? Hilf deinem Freund!
– Du kannst nicht? – Zu schade! Kein Verlass auf den Freund, gell, Tobias!
Ich habe eine bessere Idee! Ihr beiden sucht die Regel in unserer Grammatik und lernt sie! Ich frage euch in der nächsten Übstunde ab.
Nikole, bist du so weit?" - - -
Endlich einmal eine Stunde, die glatt über die Bühne ging.

Es war bereits nach 15 Uhr und er wollte auf jeden Fall bei dem Hausmeister und seiner Lebensgefährtin vorbei schauen. Seltsam, dass keiner von beiden bisher aufgetaucht war.
Wo wohnten die beiden denn?
Er griff zu seinem Notizbuch. Irene Andresen, sein guter Geist, hatte ihm die Adresse zugesteckt. Nummer acht, ebenfalls Parterre, das schien am anderen Ende des Wohnblocks zu sein. Drei Stockwerke, vier Eingänge, und gegenüber noch einmal derselbe Bau, dazwischen Rasen mit wenigen Büschen. Schön war eher das Stadtteil, hier könnte es ihm auch gefallen, relativ ruhig, alter Baumbestand, villenähnliche Häuser aus der Vorkriegszeit, eingewachsene Gärten, und das Zentrum nicht weit. Bestimmt keine billige Gegend.
Da war das Schild: Scheurer/Bohn. Er läutete. Die Frau, die ihm öffnete, musste ihn erwartet haben, denn sie winkte ihn gleich herein und in die Küche. Sie nahm die Zigarette, die sie in einem Aschenbecher hatte liegen lassen, zog heftig daran und stieß dann den Rauch durch die Nase aus. Es stieß ihn ab, wenn Frauen so rauchten.
Sie mochte Ende zwanzig sein, war eigentlich attraktiv, wirkte aber vulgär. Das kurz geschnittene schwarze, lockige Haar hatte sie sich mit viel Gel kunstvoll um den Kopf drapiert wie eine Kappe. Die Frisur betonte die großen goldenen Kreolen in ihren Ohrläppchen und den breiten, fast schwarz geschminkten

Mund. Sie trug Leggins, was er auch nicht ausstehen konnte, und ein langes T-Shirt mit einem tiefen Ausschnitt im Rücken, beides in Violetttönen, und an den Füßen mit grün lackierten Zehen goldfarbene Pantoletten mit kleinen Absätzen.
„Frau Bohn." Sie nickte nur stumm zwischen zwei Zügen.
In der Tat machte sie nicht unbedingt einen Vertrauen erweckenden Eindruck und er fragte sich, was für ein Typ der Hausmeister sein mochte, der mit einer solchen Frau liiert war, wie Frau Wunsch sich vornehm ausgedrückt hatte. Er hatte sie sich älter vorgestellt, aber es gab ja in den Zeiten der drohenden Arbeitslosigkeit inzwischen auch junge Hausmeister, Burschen, die keine Arbeit fanden und froh um einen Job waren, den früher nur Rentner übernommen hätten.
Als er wieder zu sprechen ansetzte, unterbrach sie ihn.
„Mein Lebensgefährte, ich meine Herr Scheurer, ist noch nicht zurück."
„Wann ist er weggefahren?"
„So gegen zehn. Er wollte nach Geroldshausen, in die Baumschule, wegen der Bestellung für die Neubepflanzung..."
„Wann erwarten Sie ihn denn zurück?"
„Er könnte schon da sein", war die knappe Antwort.
Sie drückte ihre Zigarette aus, blieb weiter an den Tisch gelehnt stehen.
„Sie wissen, was passiert ist?"
„Sie ist tot, nehme ich an."
Da er schwieg, setzte sie hinzu: „Ich habe das Auto wegfahren sehen." Sie fügte nicht hinzu: ohne Sirene.
„Wann haben Sie Frau Kinkel zum letzten Mal lebend gesehen?"
„Fragen Sie mich was Leichteres...Da muss ich erst einmal drüber nachdenken."
Er war sich sicher, dass sie bereits darüber nachgedacht hatte.
„Letzte Woche, gegen Abend, vor dem Haus. Sie schien noch einmal weggehen zu wollen."
„Können Sie sich vorstellen, wohin?"
„Ach, ich kann mir alles Mögliche vorstellen. Dass ihr die Decke auf den Kopf gefallen ist, beispielsweise, dass sie einfach mal raus musste aus ihren vier Wänden und ihrer Nachbarin entkommen wollte..."

„Frau Wunsch?"
„Na klar, haben Sie etwa noch nicht mit der gesprochen?"
„Doch, schon. – Sie sagte mir, Sie hätten heute Morgen ein paar Mal bei Frau Kinkel geläutet."
„Die Schule hatte angerufen, eine Frau Möller oder Müller, weil die Kinkel nicht zur Arbeit erschienen ist. Sie machten sich Sorgen, denn sie darf nicht unentschuldigt fehlen.
Ich bin dann rüber gegangen und habe geläutet, es war aber niemand da... Ich meine, sie machte nicht auf. Konnte sie ja wohl nicht mehr..."
„Sie kannten Frau Kinkel nicht näher."
„Nein, kann man so sagen." Er ärgerte sich, weil er falsch gefragt hatte.
„Aber Sie haben eine Meinung über sie. Ich meine: was war sie für ein Mensch?"
„Na, ne frustrierte Lehrerin eben, das sah man ja 100 Meilen gegen den Wind. Und mit Männern lief wohl auch nichts mehr..."
„Ihr Mann, wann hat der Frau Kinkel zuletzt gesehen?"
Sie zündete sich eine neue Zigarette an, warf das abgebrannte Streichholz in den Mülleimer im Spülschrank.
„Das müssen Sie ihn schon selber fragen."
„Ich meine, hatte er in den letzten Tagen offiziell etwas mit ihr zu tun, in seiner Funktion als Hausmeister?"
„Ach, sie kam alle naselang angetanzt und wollte dies und das von ihm, einfach einen Mann, einen Kerl im Haus haben."
„Und er ist dann hingegangen?"
„Na, klar doch, ist ja sein Job."
„Wurden Sie nicht eifersüchtig, wenn Ihr Lebensgefährte ...quasi den Witwentröster spielte..."
„Solange es ein gutes Trinkgeld fürs Trösten gab...Im übrigen ist Manni mir treu, wenn Sie das meinen!"
Sie zog sich einen der bunt bemalten Stühle unter dem Tisch hervor und setzte sich. „Wie ist sie denn gestorben?"
Die Frage kam sehr spät. „Keines natürliche Todes. Wir ermitteln."
Er zog sich ebenfalls einen Stuhl zurecht, „Darf ich?", und setzte sich auf ihr Nicken.

„Ihre Einrichtung gefällt mir. Unkonventionell, aber gemütlich."
Die Küche erinnerte ihn an seine erste Wohngemeinschaft. Damals hatten sie auch so gewohnt, mit Ikea- und Flohmarktmöbeln, offenen Regalen, einem Sammelsurium an Geschirr.
„Hm, Mannis Geschmack. Ich bin hier sozusagen nur zur Untermiete."
„Ist Ihnen in letzter Zeit etwas aufgefallen? Hat sich Frau Kinkel in ihrem Verhalten irgendwie verändert?"
Sie schüttelte den Kopf. „Könnt' ich nicht sagen, dazu kannten wir uns nicht gut genug. Vielleicht weiß Manni was."
„Wann war er das letzte Mal bei Frau Kinkel, um... ihr zu helfen?"
„Weiß ich nicht genau. Fragen Sie ihn."
„Ungefähr?"
„Bevor ich was Falsches sage", - sie lächelte breit – „fragen Sie ihn".
Sie spielte Katz und Maus mit ihm, war nicht bereit, ihren Geliebten in die Bredouille zu bringen. Es hatte auch keinen Sinn, hier noch weiter auf Manfred Scheurer zu warten.
Er erhob sich. „Wenn er zurück ist, sagen Sie ihm bitte, dass er mich anrufen soll. Hier ist meine Nummer." Er gab ihr seine Karte.
Im Flur blieb er stehen und sah sich neugierig um. Die Tür zu dem Raum, den er als Wohnzimmer erkannte, stand offen, ebenso die Terrassentür. Offenbar waren alle Wohnungen gleich ausgelegt.
„Vielen Dank, Frau Bohn, und vergessen Sie nicht, Ihrem Mann das auszurichten."
„Bestimmt nicht." Mit der Zigarette in der Hand schloss sie die Haustür hinter ihm.
Dann ging sie nicht zurück in die Küche, sondern ins Wohnzimmer.
Er erwartete sie hinter der Tür.
„Witwentröster, haha, das war gut! – *Du* warst gut, Baby", er zog sie an sich und fasste ihr an die runde Brust. Sie trug nichts weiter unter dem T-Shirt.

Es war fast zu warm für den April. Im Lehrerzimmer standen die Türen, die auf den Dachgarten führten, offen, Margit hatte sich einen Stuhl herausgestellt und hielt ihr Gesicht in die Sonne. Sie wurde schnell braun. Ihrem aufgehellten Haar allerdings tat das UV-Licht bestimmt nicht gut. Es wirkte strohig.
Die Kaffeemaschine brodelte. Sie ging, angezogen von dem Duft, in die Kochnische. Aber leider war wieder keine Milch da und schwarzer Kaffee schmeckte ihr nicht.
Sie packte einen der schweren gepolsterten Holzstühle des Lehrerzimmer-Inventars und hievte ihn nach draußen. Margit blinzelte ihr zu.
„Ich bin gespannt, ob der Etat einmal für Gartenmöbel reicht!"
Sie murmelte beifällig.
„Aber selbstverständlich darf nicht der Eindruck entstehen, dass die Lehrer jetzt auch schon an der Schule das Dolce far niente pflegen!" Margit, spitzzüngig, wie immer.
„Weißt du noch, wie sich letztes Jahr der Hausmeister aufgeregt hat, weil jemand seinen Stuhl hat draußen stehen lassen und ein Gewitterregen ihn ruiniert hat...."
Konrad trat durch die Glastür.
Meine Güte, er hat kurze Hosen an! Wie finde ich denn das?!
Er musterte seine beiden Kolleginnen, kam dann heraus, lehnte sich an die Eisenbrüstung.
Seine langen Beine waren schwarz behaart.
Nicht unattraktiv. Aber trotzdem! Wie die Elftklässlerinnen wohl darauf reagieren?
Na ja, Sportlehrern ist alles zuzutrauen! Sport und Evangelische Religion! Ui!
Er bot sich an, beim Italiener Eis zu holen. Margit war begeistert und verlangte nach Pfefferminz-Eis.
Sie konnte das synthetisch schmeckende Zeug mit der giftgrünen Marmorierung nicht leiden. Außerdem wollte sie sich nicht ihre schlanke Figur verderben.
Obwohl – hielt Konrad sie für einen Spielverderber, wenn sie ablehnte?

Ihr Blick fiel auf die Uhr, ihr inneres Zeitgefühl warnte sie schon, dass es sowieso gleich läuten würde. Sie musste wieder in den Unterricht.
Konrad hatte noch eine Freistunde, Margit auch.
Sie sah die beiden zusammen weggehen. Zum Italiener.
Es klingelte zur nächsten Stunde.

18 Uhr. Geschafft! Sie steckte die Unterlagen für den morgigen Unterricht in verschiedenfarbige Mappen und alles zusammen in ihre Ledertasche, die wieder beträchtlich an Umfang annahm. Für die Primärliteratur war sowieso kein Platz mehr. Es waren fast immer die Deutschlehrer, die neben ihrer Kollegtasche noch einen Beutel voll Bücher mit sich herumschleppten! Oder unter den Arm klemmten, das sah professioneller aus.
Eigentlich wollte sie während der Woche nichts mehr trinken. Aber was soll's. Ein Glas Rotwein soll sogar gesund sein. Mit der Vorbereitung war sie ja fertig. Und wenn ich mich nicht selbst belohne, tut's niemand.
War man denn schon süchtig, wenn man regelmäßig kleine Mengen trank? Lächerlich! Dann müssten ja ganze Völker, die Italiener, die Franzosen, süchtig sein!
Andererseits, es fiel ihr tatsächlich schwer, auf das Glas Wein am Ende des Tages zu verzichten, denn es brachte sie ein wenig in Stimmung, half ihr, sich zu entspannen, bevor sie zu Bett ging.
Ihre Schwester meinte allerdings, dass ihre Schlaflosigkeit damit zusammenhängen könnte. Unsinn! Typisch Cordula, sie wurde zunehmend zur Miesmacherin.
Sie setzte sich mit dem Glas in die Korb-Schaukel und zog die Tageszeitung über die Knie, nippte nur am Rotwein, damit er recht lange vorhielt, außerdem schmeckte er erdig.. Sie kaufte nur noch Biowein, um mögliche Kopfschmerzen am nächsten Tag zu vermeiden. Die billigeren von ihnen kosteten so viel, wie ein guter Wein sonst auch.
Die Bildungsmisere machte Schlagzeilen. Breit gestreute Schuldzuweisungen. Pauschal-Urteile über die Lehrer. Ausgedachte Kompromisse irgendeines Round Table, die allen Biss verloren haben, damit jeder zustimmen kann. So ging das seit

Jahren. Aber natürlich musste die Bildungspolitik nach der verheerenden Evaluation der deutschen Schulen im internationalen Vergleich sich einen neuen Anstrich von Handlungskompetenz verpassen. Außerdem: Das dritte Attentat an einer Schule in den letzten sechs Monaten. Es musste etwas geschehen. Eine Kommission wird gebildet. Man redet. Sprechen als Akt. Der Sprechakt. Dem nichts mehr zu folgen brauchte.

Nicht einmal im Bett war es ihr bequem. Es war warm, trotzdem zog sie die schwere Zudecke hoch bis ans Kinn; sie schlief sonst nicht ein.
Morgen wieder die Zehnte. Patricks Argumentation ging ihr nicht aus dem Kopf. Christian Wolf sei für nichts zu verurteilen. Er habe völlig zurecht gewildert, schließlich sei Mundraub nicht strafbar, und dass er dabei seinen uneinsichtigen Gegner, den Jäger Robert, erschießen musste, habe der letztlich selbst herausgefordert, indem er seinerseits auf ihn angelegt habe. Wolf habe schließlich auch ein Recht auf Freiheit und Selbstverwirklichung und wenn man ihn nicht seinen Weg gehen lasse, sei es ganz in Ordnung, dass er trotzdem versuche, seinen Willen durchzusetzen und sich mit seinen Mitteln zu wehren.
„Aber doch nicht mit Gewalt!"
„Wieso, der Staat übt ja auch Gewalt aus. Geldbußen, Gefängnisstrafen – ist das keine Gewalt?"
„Aber das ist doch zum Schutze der Allgemeinheit..."
„Sie selbst sagen doch immer, man solle nicht mit der Masse schwimmen! Ich finde, jeder hat das Recht, seinen eigenen Weg zu gehen! Dafür darf man nicht bestraft werden!"
„Ich glaube du bringst da etwas durcheinander...!"
„Eher bringen Sie etwas durcheinander! Wenn ich frei bin, dann will ich auch tun dürfen, was ich will! Wenn die Gesellschaft mir dazu keine Möglichkeit bietet, muss ich mir nehmen, was ich brauche!"
„Das ist doch billiger Anarchismus..."
„Wieso billig? Billig ist es ja wohl, einem Freiheit und Menschenwürde und was weiß ich zu versprechen, und einen dann in Zwangsjacken zu stecken!"

Sie spürte, wie ihr die Diskussion entglitt.
„Lasst uns zum Text zurückkehren. - Eurer Meinung nach hat Christian Wolf also das Recht zu wildern..."
„Na klar doch. Wenn er Geld braucht. Für sein Mädchen."
„Dann seid ihr damit einverstanden, wenn gestohlen wird? Nur weil einer Geld braucht?"
Jetzt hatte sie den Text verlassen.
Christian sprang seinem Freund bei: „Ist doch jedem seine Sache, wie er sich das beschafft, was er braucht."
Patrick sekundierte: „Ich finde Ihr Moralisieren einfach widerlich. Das darf man nicht und jenes darf man nicht! – Ist jedem seine Entscheidung, was er tut, oder!"
„Na schön, aber die Gesellschaft kann dann doch wohl darauf reagieren und sich verteidigen! Das Recht auf Eigentum verteidigen und solche Leute hinter Gitter bringen, die glauben sich alles nehmen zu können, was sie brauchen!"
„Klar, doch, klar. Und wissen Sie, was dann passiert? H a s s!"
Er sprach langsam und betont und wiederholte: H a s s!
Die Klasse schwieg.
Sie fand die Stimmung bedrückend. Niemand schaute sie an.
Morgen werde ich versuchen, die Rollen zu vertauschen. Soll Patrick doch einmal derjenige sein, der beklaut wird! Wie wird er dann argumentieren?!
Morgen... Sie spürte den wohlbekannten Stich in der Herzgegend. Nicht an morgen denken. Moment, ich habe da etwas vergessen, was habe ich denn vergessen, irgendwas habe ich vergessen... Morgen ist der... genau! Der Elternabend!

Kommissar Wieland hatte das dringende Bedürfnis ins Dezernat zurückzufahren, um mit seinen Kollegen seine Erlebnisse und Gedanken zu sortieren.
Er bestand immer darauf, sich zunächst selbst ein Bild zu machen und mit den Leuten allein zu reden, ohne dass der Kollege mit dem Notizblock daneben stand. Das schüchterte die Leute nur ein, gab jedem Gespräch einen offiziellen Charakter, und das wollte er nicht; seiner Erfahrung nach musste man zu Beginn einer Untersuchung informell mit den

Zeugen und den Verdächtigen sprechen. Sie teilten einem mehr mit, als sie wussten, erzählten Dinge, von denen sie selbst nicht ahnten, dass sie wichtig waren, von denen auch er noch nicht wusste, ob sie auf die richtige Fährte wiesen.
Aber jetzt hatte er das Bedürfnis mit seinen Kollegen zu sprechen. Das Gefühl, mit einem Wust an Informationen überschwemmt worden zu sein, bereitete ihm plötzlich Unbehagen: Frau Wunsch und selbst Frau Bohn hatten sich nicht gescheut, intime Dinge über die Tote zu verraten und kritische Urteile über ihr Privatleben abzugeben. Frau Wunsch war ihm wie ein Fass ohne Boden erschienen in ihrem Mitteilungsdrang... Trotzdem hatte er das Gefühl, etwas übersehen zu haben. Er musste heute noch mit Andresen und Gutzke sprechen.
Irene Andresen, er hatte sie einmal, spaßeshalber, quadratisch, praktisch, gut genannt, und das war sie auch: von kräftiger Gestalt, sehr bodenständig und gründlich, war als sein nüchternes Alter Ego für die Ermittlungsarbeit unverzichtbar. Erik Gutzke, eher ein Mann der Tat, sehr sportlich, sehr belastbar, war lieber im Einsatz als in der Lagebesprechung. Zu Dritt waren sie kein schlechtes Team.
Er winkte die beiden im Vorbeigehen in sein Büro und nahm hinter seinem Schreibtisch Platz.
Seinem Sessel gab er einen kleinen Kick nach hinten, worauf er in Schaukelstellung ging. Er verschränkte die Arme hinter seinem Kopf und legte die Füße auf die Schreibtischkante und wippte. Sie würden ihm ein solches Benehmen nicht übel anrechnen, das wusste er, denn es gehörte zu ihm, war ihm gewissermaßen zugeschrieben durch sein jungenhaftes Aussehen, die schlaksige Figur in den immer etwas zu locker sitzenden Anzügen.
Sie hielten ihn für einen Sunnyboy, der er nicht war, aber das sollte sein Geheimnis bleiben.
„Was macht die Kunst?"
„Carmen Kinkel hatte vor ihrem Tod Geschlechtsverkehr." Das war Irenes emotionslose Stimme. „Keine Vergewaltigung. Der Stich mit einem langen Messer, wahrscheinlich ein Klappmesser mit einer Klinge von 20 cm Länge, 2,5 cm Breite, war

gut platziert, traf genau ins Herz, Sie können sich die Bilder ansehen, die Frau war binnen weniger Sekunden tot."
„Keine Gegenwehr, Kampfspuren?"
„Nichts. Hautpartikel unter den Fingernägeln könnten auch vom Liebhaber stammen..."
„Sie hat ihren Mörder also hereingelassen..."
„Höchstwahrscheinlich kannte sie ihn."
„Ich habe da heute von der Nachbarin eine tolle Story gehört: Sieben Mal hätte es bei Carmen Kinkel am Donnerstag Nachmittag und Abend geklingelt!"
„Woher will die denn das wissen?" Erik reagierte eher ablehnend, er hielt im Gegensatz zu Kommissar Wieland nicht viel vom Geschwätz der Nachbarn, denn er fürchtete immer, dass man sich in der Untersuchung verzettelte und durch die Hinweise zahlreicher vermeintlicher Zeugen auf zu viele falsche Spuren gesetzt werde.
„Hört euch das mal an..."
Der Kommissar gab seinen Bericht.
„Das heißt letztlich, dass wir für die Tatzeit zwischen 20 und 22 Uhr von keinem Besucher irgend etwas Genaueres wissen!"
Wieland musste Irene Recht geben. Der Hausmeister, der fremde männliche Besucher läuteten vor 20 Uhr. Sie hatten also nicht den Schimmer eines Verdächtigen. Es sei denn, der Mörder war bereits im Haus, überlegte Wieland. Er fuhr fort:
„Ab 20 Uhr soll die Haustür verriegelt sein, Frau Kinkel hätte ihren Besuchern per Hand aufschließen müssen, was sie, laut Aussage von Frau Wunsch, *wahrscheinlich* nicht getan hat, denn sie hat Frau Kinkel nicht ihre Wohnung verlassen *hören*. Weil Frau Wunsch aber keine neugierige Nachbarin ist, wollte sie nicht durch den Spion beobachten, wem Frau Kinkel da eventuell Einlass gewährt. Jedenfalls behauptet sie das." Er zögerte einen Moment. „Sie hatte aber nichts dagegen, die Besucher zu begutachten, die am Nachmittag vor der Tür standen... Ihre Aussage die Zeit nach 18 Uhr betreffend ist nicht ganz überzeugend, weil sie – entgegen ihren Angaben – sehr wohl ihre Nachbarin bespitzelt und nicht vor dem Fernseher im Wohnzimmer, sondern öfters in der Küche gewesen sein muss, denn nur dort kann sie, laut eigener Aussage, hören, wenn es in der Nachbarwohnung klingelt.

Behauptet hat sie hingegen, dass sie sich die Vorabendserien, die kurz nach 18 Uhr beginnen, gerne ansehe und sich deshalb mit ihrer Putzarbeit in der Küche beeilt habe... Es könnte also auch sein, dass sie uns entgegen ihrem offensichtlichen Mitteilungsdrang etwas verheimlicht."
„Muss ja ein schreckliches Weib sein, diese Nachbarin!"
„Nein, eine ganz reizende alte Dame", widersprach Wieland und grinste.
„Wenn die Tatzeit bestätigt wird, kann der Mörder derjenige gewesen sein, der vor 21 Uhr einmal klingelte. Auf das spätere doppelte Läuten konnte Carmen Kinkel nicht mehr reagieren, da war sie bereits tot." Irenes Schlussfolgerung war zwar logisch, schloss aber nicht aus, dass der Mörder der letzte der Besucher war. Es könnte sich sogar um ein und dieselbe Person handeln, die insgesamt dreimal bei Carmen Kinkel geläutet hatte, bevor sie Einlass fand.
„Oder..." Wieland. ließ seine Phantasie spielen, „...oder sie war noch im Bett mit ihrem Liebhaber und zu beschäftigt, um die Türe zu öffnen ...und der spätere Mörder war also schon bei ihr im Haus..."
„Vorausgesetzt derjenige, der kurz vor 18 Uhr gekommen ist, ist der Liebhaber..." Erik rieb sich das Kinn. „Dieser könnte der Mörder sein, wenn er bei Carmen Kinkel geblieben ist und niemand anderes mehr eingelassen wurde."
Wieland seufzte: „Nein, das ergibt keinen Sinn. Die Zeit ist zu lang, zwei Stunden, von 18 bis mindestens 20 Uhr, die sie mit einander verbracht haben müssten, sich im Schlafzimmer, auf einem schwarz-roten Futon geliebt haben – warum sollte das mit einem Mord enden? Getötet wurde sie erst später, komplett weiß angezogen, im Wohnzimmer, auf der Couch, wie es aussah. – Der Mörder kann nicht der Liebhaber gewesen sein."
Der Gedanke enttäuschte ihn etwas, er wusste selbst nicht, warum.
„Es sei denn, er hat sie am Schluss im Affekt ermordet", gab Erik Gutzke zu bedenken.
„Wir müssen herausfinden, wer der Besucher um 18 Uhr, der vermutliche Liebhaber, ist."
Niemand widersprach Irene.
„Hat jemand in der Schule Bescheid gesagt?"

„Ich habe dort niemanden mehr erreicht." Wieland schaute auf die Uhr, es war spät geworden. „Ich fahre Montag Morgen hin. Mal sehen, ob die Lehrer-Kollegen etwas über das Privatleben der Carmen Kinkel wissen."
„Irene, kannst du das Protokoll mit Frau Wunsch aufnehmen? Ich habe sie für morgen 10 Uhr bestellt..., falls ich noch nicht da bin", schloss Wieland lahm. Es war ihm etwas peinlich, dass ihm die alte Frau so unangenehm war und er ihr aus dem Weg gehen wollte.
„Und, Erik, sprich doch morgen bitte mit dem Hausmeister. Scheint eine etwas unorthodoxe Figur in diesem Amte zu sein..."
Er fand, dass sie jetzt verdient hatten, nach Hause zu gehen. Es war Freitag und der Abend war wunderbar, man sollte ihn genießen und draußen verbringen, in einem Biergarten bei einem Pils beispielsweise...Er könnte Johanna anrufen oder... auch Evamaria, ja...
Seine beiden Mitarbeiter nickten brav, als er „Feierabend" sagte und verfolgten stumm seinen Abgang.
Die beiden machen sich bestimmt ganz falsche Vorstellungen, dachte er, als er nach Hause fuhr. Er hieß zwar nicht Wallander, sondern Wieland und kannte jede Menge hübscher Frauen, aber er war, verdammt noch mal, ebenfalls schon sehr lange mit keiner Frau mehr im Bett gewesen.
Das ahnten die beiden gewiss nicht, und das war gut so.
Er sah die Tote wieder vor sich und sie schien ihm irgendwie bekannt vorzukommen. Ich täusche mich selbst, dachte er, ich sehe jemanden zum zweiten Mal und glaube, ich kenne die Person von früher. – Irgend etwas an ihr hatte ihn angerührt. Ihre Hilflosigkeit, Wehrlosigkeit? Oder der Widerspruch zwischen Unschuld und Sinnlichkeit? Verletzlichkeit und Strenge?
Er seufzte. Ich lerne die interessantesten Frauen immer erst kennen, wenn sie schon tot sind. –

Was für ein Tag! Und jetzt war auch noch die Weinflasche leer. Sie hätte heute dringend noch etwas gebraucht. Ob sie die Sektflasche öffnete? Aber dann würde sie überhaupt nicht schlafen können. – Eigentlich war es doch idiotisch, kein Alkoholdepot im Haus zu haben aus purer Vorsicht. – Aber es stimmte schon: wenn sie etwas da hatte, konsumierte sie es auch, wie früher die Schokolade. Der einzige Schutz: keine Vorratshaltung. Trotzdem war es ärgerlich, weil sie heute wirklich einen kräftigen Schluck nötig hatte. Sie hatte gestern beim Einkaufen nicht bedacht, dass die Flasche im Kühlschrank schon zu drei Vierteln leer war. Normalerweise ging sie kaum jemals ohne eine Flasche aus dem Laden, denn der Gedanke, keinen Tropfen Alkohol im Haus zu haben, beunruhigte sie. Ausgerechnet heute war es passiert, das war wirklich zu dumm!
Sie ging in die Küche und griff nach der Sektflasche für unvorhergesehene Anlässe. Riesling, trocken. Ungekühlt würde er nicht schmecken.
Egal. Sie riss die Folie vom Hals und lockerte den Draht. Sektflaschen öffnete sie äußerst ungern. Der Knall erschreckte sie jedes Mal. Vorsichtig drehte sie am Korken. Da kam er schon!
Der Sekt zischte aus der Flasche und lief über, bildete eine Lache auf der Arbeitsplatte. Schade drum! Habe ihn doch kaum geschüttelt. War wohl zu warm.
Sie trank in durstigen Zügen und musste aufstoßen.
Gleich würde sie total benebelt sein.
Nach dem zweiten Glas stellte sie die Flasche in den Kühlschrank.
Und nun ins Bett. Sie zog die Decke hoch bis zum Kinn und griff zum neuen Mankell, den sie sich am Wochenende gekauft hatte Sie hatte nicht widerstehen können. Baiba. Wo hatte sie zu lesen aufgehört?
Ihr war schlecht. Außerdem musste sie pinkeln. Der Sekt. Auf Sekt musste sie immer pinkeln.
Als sie zurück ins Schlafzimmer kam, roch sie den säuerlichen Schweiß. Der Geruch erinnerte sie an ihr Zuhause, ihre Eltern. Bei jedem Besuch hatte sie moniert, dass sie zu wenig lüfteten. Und konstatiert, dass sie sich im Alter weniger wuschen.

Mein Gott, war sie auch schon so weit?
Sie kippte das Fenster auf und kroch wieder ins Bett. Ihr war immer noch schlecht.
Sie konnte Kommissar Wallanders Gedanken nicht folgen.

Am Montag rief er gleich um acht Uhr in der Schule an, um seinen Besuch anzukündigen. Die Sekretärin bestätigte, dass sie am Freitag im Präsidium angerufen hatte.
„Frau Kinkel ist...?"
„Ja leider, kein natürlicher Tod. Ich muss Sie aber bitten darüber zunächst Stillschweigen zu bewahren. Informieren Sie lediglich den Direktor..." "Herrn Haußmann."
„In einer halben Stunde bin ich bei Ihnen. Wenn Sie Herrn Haußmann meinen Besuch ankündigen..."
Das Schulgebäude bestand zur Hälfte aus einem alten Bau aus dem vorigen Jahrhundert, mit einem riesigen Treppenaufgang, grauen Steinfliesen und blendend weißer Stuckdecke, Geländer aus dunklem Nussbaum, und einem angehängten Neubau aus den 60er Jahren, gesichtslos, aber praktisch und funktional. Er registrierte den vertrauten Duft von Bodenwachs, der den Geruch der schlecht gelüfteten Räume überdeckte. Aus den Klassenzimmern drangen die Geräusche sprechender Stimmen, anschwellend und leiser werdend, wenn der Lehrer auf und ab ging beim Reden; weiter weg wurde gesungen, „In einem Bächlein helle...", er kannte das Lied von Schubert. Dann ein Klavier. Von irgendwoher Lachen. Wie wenig sich die Schule verändert hatte! Banken, Supermärkte, Fahrkartenschalter, Telefonzellen – überall hat die Elektronik die Welt verändert, nur an der Schule scheint die Entwicklung vorbeigegangen zu sein. Er kam sich vor wie in einer Geschichte von Heinrich Böll, es fehlten nur noch die Gipsköpfe der alten Lateiner auf den Sockeln. Wie hieß sie nur gleich? Der Titel war ein Zitat. „Wanderer, kommst du nach Spa..." Nun, er war hier, um Carmen Kinkels zu gedenken. - Die Verwaltungsräume befanden sich im alten Gebäudeteil, er wandte sich nach rechts und entdeckte den als „Lehrerzimmer" gekennzeichneten Raum, klopfte aber an die Tür links davon, „Sekretariat" stand

auf einem Messingtäfelchen, denn er musste zunächst mit dem Direktor sprechen. Die Sekretärin wirkte etwas aufgelöst, schien sogar geweint zu haben.
Schwache Nerven, dachte er, oder sollte sie der Toten näher gestanden haben? Er würde sie hinterher befragen. Immerhin hatte sie ja einiges Engagement aufgebracht, um den Verbleib der Lehrkraft festzustellen.
Die Frau dirigierte ihn durch ihr Büro in das holzgetäfelte Amtszimmer des Direktors. Dieser, ein gut aussehender Endfünfziger in hellem Anzug, ohne Krawatte, gab sich weltmännisch und kulant.
„Sie bringen uns keine guten Nachrichten..."
„Frau Kinkel ist Freitag Mittag in ihrer Wohnung erstochen aufgefunden worden."
„Mord?" „Davon gehen wir aus."
Der Direktor schwieg, als müsse er diese Nachricht denn doch erst einmal verdauen.
„Was für ein Mensch war Frau Kinkel? Was wissen Sie über sie?"
„Nun, sie war...ich würde sagen kein einfacher Mensch. Sie hatte...Ansprüche, ja Ansprüche an sich selbst, an das Leben, den Beruf, die Kollegen, die Schüler.., was Sie wollen. Das heißt nicht, dass sie keine gute Lehrerin oder geschätzte Kollegin gewesen wäre. Ganz im Gegenteil! Sie war fachlich überaus kompetent und kollegial in der Zusammenarbeit."
„Worin bestand dann das Problem?"
„Es gab keine Probleme mit Frau Kinkel. Ich meine, sie leistete wirklich Hervorragendes als Lehrkraft in ihren Fächern. Ich sagte ja schon, dass sie überaus kompetent war..."
„Sie sagten auch, dass sie kein einfacher Mensch war." Er dachte an die zur Seite gesunkene weiße Gestalt auf der Couch, die veilchenblauen Augen, den kleinen, zarten Mund. Zurückhaltend war offenbar nicht das richtige Wort gewesen. Auch der Direktor schien kein passendes für sie zu haben.
„Nun, wer ist schon einfach oder möchte einfach sein..."
Nach dem aussagekräftigen Auftakt verließ den Direktor offenbar der Mut.
„Was wissen Sie über Frau Kinkels Privatleben?"

„Wenig, sehr wenig. Sehen Sie, wir sind ein großes Kollegium, man kennt sich kaum privat, hält auch lieber etwas Abstand, da sich Berufliches und Privates oft in die Quere kommen..."
„Was wissen Sie über Verwandte?"
„Soweit ich weiß, lebte Frau Kinkel allein. Die Eltern sind beide tot, nur eine ältere Schwester gibt es, glaube ich, noch."
„Hatte Frau Kinkel mit jemandem aus dem Kollegium näheren Kontakt?"
„Nicht dass ich wüsste..."
„Wir suchen nach Personen, die uns etwas mehr über das Umfeld von Frau Kinkel sagen können."
„Nun, sie schien sich in der letzten Zeit etwas mit Herrn Kuhn, Konrad Kuhn, Sport und evangelische Religion, angefreundet zu haben. Herr Kuhn lebt seit ein paar Wochen getrennt von seiner Familie, und ich könnte mir vorstellen, dass die beiden...Ich meine, es war vielleicht eine Möglichkeit für beide, der Isolation zu entkommen..."
„Frau Kinkel war isoliert?"
„Nun, nicht generell, nur vielleicht in mancher Beziehung, wenn Sie verstehen, was ich meine."
„Nein. Inwiefern war sie isoliert?"
„Sie hatte, soviel ich weiß, keinen Partner."
„Und Herr...Kuhn hätte, nach der Trennung von seiner Familie, diesen Platz bei Frau Kinkel einnehmen können?"
„Verstehen Sie mich nicht falsch. Ich meine nur, sie waren beide in der gleichen Situation und haben sich vielleicht zusammengetan. Jedenfalls stellte ich mir das so vor, als ich sie zusammen sah. Etwas Genaues weiß ich natürlich nicht!"
„Wann sahen Sie die beiden zusammen?"
„Nun am vergangenen Mittwoch im Lehrerzimmer. Da standen sie zusammen am Kopierer und machten einen recht vertrauten Eindruck."
„Was verstehen Sie unter einem „vertrauten Eindruck"? Gab es Körperkontakt?"
„Nicht was Sie denken. Die beiden befanden sich an ihrem Arbeitsplatz, aber ich würde sagen, sie haben miteinander geflirtet."
„Ich würde gern mit Herrn Kuhn sprechen."
„Selbstverständlich." „Wann...?"

„Meine Sekretärin kann uns sagen, wann und wo Herr Kuhn Unterricht hat."
„Gibt es sonst noch jemanden, der mir etwas über sie berichten könnte?"
„Nun, jeder wird Ihnen sagen können, dass sie sehr kooperativ war. Fragen Sie meine Sekretärinnen! Sie hat in Stoßzeiten, in den Pausenzeiten, oft im Büro ausgeholfen."
„Ich werde anschließend auch mit Ihrer Sekretärin sprechen, wenn Sie gestatten."
„Selbstverständlich."
Die Beflissenheit des Direktors erschöpfte sich mittlerweile in diesem einen Wort.
Wieland überlegte: eine Frau mit hohen Ansprüchen, die im Schulbüro aushalf? Die sich dem nächstbesten Scheidungs-Single anbot? Irgendwie passte das nicht zusammen.

Der Blick in den Spiegel: wieder viel zu wenig Schlaf.
Sie hatte dunkle Ringe unter den Augen und war ungewöhnlich blass. Ihr war leicht schwindelig. Nichts ging ihr von der Hand, die Zeit wurde knapp, sonst hätte sie sich noch die Haare gewaschen, sie waren strähnig und wirkten fettig, kein Wunder nach der halb durchwachten, verschwitzten Nacht.
Es war kalt, sie fröstelte. Am liebsten wäre sie umgekehrt und nach Hause zurück gegangen.
Aber da waren die Notwendigkeiten, die sie riefen: ein wichtiger Schulaufgabentermin, der nicht verschoben werden konnte.
Wenigstens brauchte sie nicht gleich selbst unterrichten.
Sie musste sich beeilen und wusste, ihr Gesicht würde sich mit einem glänzenden Schweißfilm überziehen.
Hatte sie am Morgen etwa das Deo vergessen? Ich darf heute niemandem zu nahe kommen. Die Arme nicht heben.

Sie schrieb in Augenhöhe an die Tafel, die Ellenbogen eng am Körper: „Eduard läuft mit Störzer, Stopfkuchen liegt vor der Roten Schanze. – Erörtern Sie das jeweilige Lebenskonzept, das sich hinter diesen beiden Sätzen verbirgt".

Sie war sich sicher, dass einige Schüler der 12. Klasse den Roman Wilhelm Raabes nicht ganz gelesen hatten und war gespannt, wie sie sich durchmogeln wollten.
Ich werde auf jeden Fall so korrigieren, dass genaue Textbezüge honoriert werden! Allgemeine Aussagen, auch wenn sie richtig sind, werde ich kaum bepunkten, die gibt's ja inzwischen als Reader und im Internet gratis!
Vielleicht hätte sie die Aufgabe sogar noch konkreter stellen sollen - so, dass nur einer, der mit dem Text vertraut war, wirklich etwas damit anfangen konnte!
Sie setzte sich ans Pult und beobachtete, wie die Schüler die Aufgabe von der Tafel auf das Schulaufgabenblatt abschrieben, einige langsam um Zeit zu gewinnen.
„Ja und natürlich mit Gliederung, das wissen Sie ja. Kein Aufsatz mehr ohne Gliederung!"
Ein Stöhnen kam als Antwort..
„Dürfen wir den Text benutzen?"
„Ja, habe ich doch gesagt!"
„Ich habe mein Buch vergessen...." „Dann haben Sie Pech gehabt!" „Könnte ich nicht mit Johannes zusammen..." „Nein, das geht nicht, das wissen Sie genau." „Mein Gott, können Sie nicht etwas großzügiger sein? Niemand legt die Schulordnung so eng aus wie Sie!"
„Das ist mir egal. Ich halte mich an die Vorschriften!" „Typisch deutsch!" „Was haben Sie gesagt?" „Dass Sie eine Deutsche sind. – Oder etwa nicht?" „Werden Sie nicht frech. Ich weiß genau, was Sie sagen wollen!"
„Können Sie jetzt vielleicht still sein?! Ich denke, wir sollen hier eine Schulaufgabe schreiben!"
„Genau. Ihretwegen fallen wir noch durchs Abitur!"
„Also Schluss jetzt! Jeder arbeitet für sich!"
Die nächsten zwei Stunden würde sie Ruhe haben und dann kam Konrad um sie bei der Aufsicht abzulösen.
Sie zog ihre Notizen vom Elternabend aus der Tasche. Da war ein schöner Stoß Papier zusammengekommen. Wieder einmal hatten sich die meisten Eltern in ihre Besucherliste eingetragen. Die Kollegen lästerten schon darüber, wie populär sie sei.
„Umfrage: Welcher Lehrer, welche Lehrerin wurde am

häufigsten genannt? Frau Carmen Kinkel, Deutsch, Geschichte, Sozialkunde, Ethik. Sie steht auf dem obersten Treppchen!..."
Sie wusste, was das in Wirklichkeit bedeutete. Ein guter Lehrer ist ein Lehrer, bei dem es keine Konflikte gibt, ist ein stromlinienförmiger Fisch im Kielwasser von Ministerium, Direktor, Eltern und Schülern, der ständig seine Farbe wechselt – schwarz, gelb, grün, rot.. Der beste Lehrer ist der Lehrer, den niemand kennt, der unauffällig seine Aufgaben erfüllt. Sie dagegen zog Konflikte buchstäblich an.
Hier waren die Notizen, die sie von dem Gespräch mit Tobias' Mutter gemacht hatte. Wie aufgedonnert und geschmacklos die Frau schon daher gekommen war. Ihr langer weißer Wickelrock öffnete sich bis oben hin und man erwartete bei einer entsprechenden Bewegung ihrer langen braunen Beine einen Blick auf ihren Slip werfen zu können. Wahrscheinlich ein Tanga. Dazu ein Bauchnabel freies Top, orangerot. Nagellack passend. Zugegeben, sie wirkte attraktiv, irgendwie aufreizend, vor allem deshalb, weil sie eigentlich für diesen Aufzug schon zu alt war, irgendwie halbseiden, wie eine Schlampe, so hieß das neuerdings, trotz des echten Goldschmucks an Händen und Armen. Das blau-schwarz getönte Haar hatte sie locker hochgesteckt, so dass es ihr in wilden, langen Strähnen über die Wangen und den Nacken fiel. Wie alt mochte sie sein? Tobias war ihr einziges Kind. Sicherlich an die vierzig. Fast so alt wie ich...
Sie selbst hatte sich bewusst professionell gegeben, ihr aschblondes Haar mit einer großen cremefarbenen Schleifenspange hinten ordentlich zusammengefasst und ein graues Kostüm mit lachsfarbener Seidenbluse angezogen. Als Schmuck eine einreihige Perlenkette. Nur die Schuhe waren leger, etwas zu flach, aber angesichts der kaum absehbaren Länge des Abends hatte sie sich nicht entschließen können, die hochhackigen anzuziehen.
„Sie müssen Tobias davon überzeugen, dass Ihre Entscheidungen richtig sind!"
„Frau Mäuerle, bei 25 Kindern in der Klasse kann ich nicht jeden...."

„Ich weiß, was Sie sagen wollen. Aber verstehen Sie denn nicht, Sie behindern Tobias' Persönlichkeitsentwicklung, wenn Sie nicht auf ihn eingehen!"
„Ich kann unmöglich vor der ganzen Klasse jedes Mal eine Privatdiskussion mit ihm führen, um ihn davon zu überzeugen, dass er sich an die Schulordnung zu halten hat."
„Frau Kinkel, Sie wissen doch selbst, dass die Jugendlichen heute eine Schulordnung nicht allein schon deshalb respektieren, weil es eine Schulordnung ist. Das mag für Ihre Generation gegolten haben, dass man das noch geachtet hat, was von oben verordnet wurde, aber die Zeiten haben sich geändert, das müssen Sie als Pädagogin doch wissen. Es kommt heute darauf an, die Akzeptanz herzustellen, und dazu müssen Sie auf die Jugendlichen eingehen!"
„Diese Akzeptanz muss ich nicht herstellen, die haben Sie mir per Unterschrift gegeben, als Sie die Schulordnung zur Kenntnis genommen haben."
„Es geht doch nicht um mich, sondern um Tobias. Sie können ihn nur erreichen, wenn Sie auf ihn eingehen."
„Ich habe Ihnen gerade erklärt, dass ich nicht auf 25 Kinder eingehen kann, um jedes davon zu überzeugen, dass die Schulordnung sinnvoll ist."
„Warum ziehen Sie sich immer hinter diese äußeren Zwänge zurück? Führen Sie doch die Diskussion offen in der Klasse, und Sie werden sehen, dass Sie gar nicht 25 Kinder überzeugen müssen, wie Sie behaupten."
„Ich verstehe nicht, was Sie wollen, und ich frage mich, ob Sie selbst denn in diesem Punkt noch mit uns als Schule zusammenarbeiten."
„Aber selbstverständlich tue ich das. Ich will Ihnen lediglich helfen, das Problem zu erkennen..."
„Ich habe kein Problem, aber offensichtlich hat Ihr Sohn eines damit, die Hausaufgaben zu machen und so seinen Pflichten als Schüler nachzukommen."
„Frau Kinkel, darum geht es doch die ganze Zeit. Ich möchte Ihnen sagen, dass Sie die Diskussion darüber mit Tobias führen müssen."

„Aber der Sinn von Hausaufgaben ist so sonnenklar, dass ich nun wirklich nicht weiß, wie darüber noch zu diskutieren wäre."

„Für Sie ist das sonnenklar, aber nicht für die Jugendlichen. Es ist doch naheliegend, dass Jungen in diesem Alter alles in Frage stellen, dass sie ihre Grenzen erweitern wollen. Deshalb sind sie ja in der Pubertät, um die Welt neu zu definieren..."

„Ich sehe keine Veranlassung, die Schulordnung in diesem Punkt neu zu definieren."

„Frau Kinkel, es geht doch nicht um Sie, sondern um Tobias, er wird die Schulordnung nur einhalten, wenn er sie versteht!"

„Ich verstehe nicht, was man daran nicht versteht."

„Sehen Sie, das sagt Tobias auch immer, dass Sie die Klasse nicht verstehen, dass man mit Ihnen nicht reden kann."

„Aber über gewisse Dinge braucht man nicht erst zu reden, die müssen selbstverständlich sein, die müssen Konsens sein, sonst kann man als sozialer Organismus Schule doch gar nicht funktionieren!"

„Sehen Sie, Sie sagen es selbst, die Schulordnung muss konsensfähig sein. Stellen Sie mit Tobias diesen Konsens her, und Sie werden sehen, er macht Ihnen keine Schwierigkeiten. Er wartet doch nur darauf, dass Sie mit ihm in diesen Diskurs eintreten."

„Ich wüsste wahrhaftig nicht, wie ich das angehen sollte!"

„Sehen Sie! Vielleicht muss man ja die Schulordnung in der Tat einmal überdenken. Man kann heutzutage die Kinder nicht mehr einfach dazu zwingen, irgendwelche Pflichten zu erfüllen. Die Kinder wollen innerlich Ja sagen können zu dem, was ihnen abverlangt wird."

„Aber hören Sie, ich kann doch nicht Tag für Tag 25 Kinder jeweils davon überzeugen, dass es gut und richtig ist, jetzt genau diese Hausaufgabe zu machen! Das ist doch utopisch!"

„Also, wie Sie das machen, ist eine Frage der Methode. Ich kann Ihnen nur versichern, dass Tobias darauf wartet, dass Sie sich mit ihm in diesem Punkt auseinandersetzen."

Ein Blick auf die Uhr sagte ihr, dass die für jedes Gespräch anberaumten 15 Minuten inzwischen vorbei waren. Ein falsches Lächeln zum Schluss. „Sie sind sehr wichtig für Tobias, das kann ich Ihnen versichern."

Sie war nassgeschwitzt unter den Achseln. Hoffentlich nicht auch die Kostümjacke, sie würde sie jetzt anbehalten müssen, um die Schweißflecken zu verbergen.
Nur wenige Eltern schienen mit ihrem Stil einverstanden zu sein, die meisten hielten sie, „die Kinkel", für zu streng, unzugänglich, veraltet.
Da flanierten sie vorbei, von Klassenzimmer zu Klassenzimmer, von Kollege zu Kollege, begrüßten sich laut, lachten, standen in Gruppen zusammen, man kannte sich, man sah sich. Es roch nach Parfüm, nach Rasierwasser. Die meisten trugen teure Kleider und Hosen. Es war fast wie eine geschlossene Vorstellung im Theater. –
Und sie hatte die Rolle der bösen und hässlichen Alten zu spielen...
Wie schnell die Zeit verging. Gleich würde Konrad sie bei der Aufsicht ablösen.
Die meisten Zwölftklässler schrieben inzwischen emsig.
Sie stand auf und ging durch die Reihen.
Der Roman von Raabe lag in der Mitte zwischen Johannes und Markus. Ich möchte wetten, dass sie das Buch hin und her geschoben haben! Sie hätte ein Auge auf die beiden haben müssen.
Jakobs Gliederung lag fast bei Andreas drüben. Sie nahm sie und legte sie ostentativ auf die andere Tischseite. „Was soll das?!", motzte Jakob.
„Oh, das ist nur zu Ihrem Schutz. Nicht dass etwa die Gliederung von Andreas der Ihren allzu ähnlich wird, so dass ich Ihnen beiden keine Punkte auf Ihre Arbeit geben kann!"
„Was ist los?", fragte Andreas scheinheilig. „Was unterstellen Sie mir?"
„Kann man denn hier nicht in Ruhe arbeiten!" meldete sich entnervt Jolanda. „Ich denke Sie sind hier um für Ruhe zu sorgen! Dabei quatschen Sie selbst am meisten!"
„Mäßigen Sie sich, Jolanda! – Jeder behält seine Unterlagen bei sich! Die Tische sind groß genug. Sie kennen die Bedingungen, also arbeiten Sie selbstständig."
Sie ging schnell zum Pult zurück und schaute auf die Uhr.
Da kam Konrad ja schon.

Diesmal war er formeller angezogen, trug einen naturfarbenen Leinenanzug und ein dunkelrotes Seidenhemd.
Er stellte seine Tasche auf das Pult und sie stand auf.
„Ach", sagte er im Flüsterton und beugte sich über den Tisch zu ihr herüber. „Was ist denn das Hübsches?" Und nahm ihren Kettenanhänger in die Hand.
Erschrocken wich sie etwas zurück. Hoffentlich werde ich nicht rot. Meine Güte, vor der ganzen Klasse. Sechzehn Augenpaare können uns sehen. Er hat beinahe meinen Busen berührt.
„Das ist ja wunderschön. Ein Skarabäus, nicht wahr? Und unter den Flügeln eine Uhr! Nein, wirklich, wie originell. Das ist ja etwas ganz Besonderes!"
Sie hatte den Skarabäus nicht wieder zugeklappt, so dass man in der Tat sein Innenleben, die kleine elektronische Uhr, sehen konnte.
„Ja", murmelte sie, „aber nicht ganz so praktisch wie eine Armbanduhr..."
Konrad blieb völlig unbefangen. Er nahm seinen Platz hinter dem Pult ein. „Und sonst? Läuft alles nach Plan?" Sie nickte und klemmte sich ihre Tasche unter den Arm.
„Um 11.30 Uhr, wenn es läutet, kannst du die Arbeiten einsammeln. Die Schüler sollen die Gliederung nicht vergessen. Und dass überall der Name draufsteht!"
Er grinste und hob zum Abschied leicht die Hand..
Als sie das Klassenzimmer verließ, waren die Köpfe der meisten über das Papier gebeugt. Nur Jolanda warf ihr einen Blick zu. Als wäre sie froh, dass ich endlich weg bin.
Wahrscheinlich haben die Schüler gar nichts mitgekriegt. Konrad stand ja halb vor mir, mit dem Rücken zur Klasse und hat nur mit leiser Stimme gesprochen.
Und außerdem.... Nein, es überraschte sie doch. In der Schule war jede körperliche Berührung zwischen Lehrer und Schüler ein Tabu. Irgendwie übertrug sich diese Einstellung auf das ganze Kollegium. Es gab keine freundschaftlich-kameradschaftlichen Berührungen, kein Schulterklopfen, kein In-den-Arm-nehmen. Und die, die es heimlich miteinander trieben, die ließen sich im Dienst nicht das geringste anmerken. Nicht das geringste. Sie hatte so ihre Vermutungen.

Aber Konrad war vorhin beinahe intim geworden, als wollte er die unsichtbare Grenze überschreiten... Hatte das etwas zu bedeuten?

Er konnte Konrad Kuhn gleich in der nächsten Stunde sprechen, da dieser nur eine Vertretung zu leisten hatte, für die man ohne große Schwierigkeiten Ersatz finden konnte. Der Direktor stellte für das Gespräch sein Besucherzimmer zur Verfügung und Frau Möller, die Sekretärin, brachte Kaffee.
Kuhn machte auf ihn einen unausgeschlafenen, fahrigen Eindruck. Er wirkte blass unter seiner gebräunten Haut. Ein attraktiver Mann, groß, schlank, aber nicht eigentlich dynamisch wie ein Sportler, eher etwas verklemmt, verhalten, dachte er. Die mit grauen Fäden durchzogenen schwarzen Locken verstärkten diesen eher individualistischen, künstlerhaften Eindruck.
Konnte er der Mann sein, den Frau Wunsch um 18 Uhr vor der Wohnungstür der Kinkel gesehen hatte?
„Sie wissen, was passiert ist?"
„Herr Haußmann sagte, Frau Kinkel sei unter tragischen Umständen ums Leben gekommen."
„Es sieht so aus, als sei Frau Kinkel Donnerstag Abend von einem Besucher ermordet worden. – Wie gut kannten Sie Frau Kinkel?"
„Wir waren Kollegen, ich schätzte sie, sie war sehr gebildet, wusste sehr viel...wenngleich..."
„Wenngleich?"
„Nun, sie vertrat auch bestimmte Ansichten, die..."
„Welche Ansichten?" Der Mann ließ sich jedes Wort aus der Nase ziehen!
„Nun sie war sehr streng, in gewisser Hinsicht..."
„Welcher Hinsicht? Moralisch?"
„Sie unterrichtete Ethik, Ethik und Philosophie."
„Muss man deswegen streng sein?" Er konnte die ironische Bemerkung nicht zurückhalten, aber erstaunlicherweise schien sie dem Lehrer das Stichwort zu liefern.

„Ja, wahrscheinlich. Sehen Sie, das Denken zwingt einen zu einer gewissen Konsequenz, es verlangt, Schlussfolgerungen zu ziehen aus dem, was einem logisch erscheint. Frau Kinkel war im Grunde sehr klar in ihren Ansichten und das hatte etwas Faszinierendes, verstehen Sie, ein Mensch, der sich so ganz dem verschreibt, was ihm widerspruchsfrei erscheint, ganz ohne Rücksicht auf Gefühl oder Ansehen... Sie war, würde ich sagen, im Herzen ein Kantianer, wenn Sie verstehen..."
Wahrscheinlich gehörte es zur Didaktik eines Religionslehrers, vieles offen zu lassen. Wollte er Genaueres wissen, würde er im Lexikon nachschauen müssen, was es mit Kant auf sich hatte, denn er erinnerte sich nur noch vage an den kategorischen Imperativ: Was du nicht willst, dass man dir tut, das füg auch keinem andern zu! So oder zumindest so ähnlich musste die Formulierung lauten. Klang ganz vernünftig, schien aber im Fall von Carmen Kinkel nicht funktioniert zu haben.
„Kannten Sie Frau Kinkel auch privat?"
„Nein, kaum, ich meine, wir haben uns natürlich hin und wieder einmal unterhalten..."
„Was wissen Sie über ihre Lebensumstände? Hat sie Ihnen etwas darüber erzählt?"
„Nein, überhaupt nichts, sie ist... sie war eine sehr diskrete Person, sehr zurückhaltend. Ich glaube niemand im Kollegium kannte sie wirklich näher. Ich meine, wir haben gefachsimpelt, wie man so sagt, sie kannte sich gut aus in der neueren Philosophie, Frankfurter Schule und Habermas, wenn Sie wissen... und wir haben durchaus kontrovers diskutiert..."
Er konnte sich nicht vorstellen, dass man mit diesem Mann eine kontroverse Diskussion führen konnte. - Wenn er weiter kommen wollte mit der Untersuchung, musste es konkreter werden.
„Haben Sie privat mit Frau Kinkel verkehrt?"
„Nein, nein, nur beruflich."
Das reichte im Grunde nicht einmal für ein Protokoll. Er erhob sich. „Vielen Dank, Herr Kuhn, für Ihre Aussagen. Wir werden uns vielleicht noch einmal an Sie wenden müssen."
Frau Wunsch hatte den Besucher nur von hinten gesehen und würde ihn nicht erkennen, wenn man ihr ein Foto des Mannes zeigte. Er wagte noch einen letzten Vorstoß:

„Sie schienen aber eine gewisse Sympathie für Frau Kinkel zu hegen, man hat Sie beide zusammen beobachtet und als sehr vertraut im Umgang miteinander beschrieben..."
Kuhn wurde sekundenlang rot. Wahrscheinlich überlegte er fieberhaft, wer ihn wo mit der Kinkel gesehen haben könnte.
„Wer hat das erzählt? Margit Gerke?"
„Wer ist Margit Gerke? Eine Kollegin?"
„Ja, sie unterrichtet Biologie und Chemie. Sie und Frau Kinkel hatten recht unterschiedliche Ansichten zu manchen Fragen..."
Aha, möglicherweise war diese Kollegin der kontradiktorische Diskussionspartner gewesen und nicht Kuhn.
„Welchen Fragen?" Er kam sich vor wie... - er unterdrückte ein Lächeln, denn der Begriff entstammte auch der Philosophie, der klassischen Philosophie des Platon, wenn er sich recht erinnerte - ...wie eine Hebamme, die sich bemühte, etwas ans Licht der Welt zu bringen. –
„Frau Kinkel und Frau Gerke hatten verschiedene Ansichten, was den Umgang der Schüler mit Drogen betraf. Ich meine, natürlich waren sie sich darin einig, dass Drogen eine Gefahr darstellen, aber Frau Gerke vertrat eher die Auffassung, dass man erzieherisch nichts erreicht, wenn man den Drogenkonsum kriminalisiert, während Frau Kinkel für ein härteres Vorgehen plädierte." –
Und wo stehst du? dachte Wieland, der Mann schien ein einziges Fragezeichen zu sein, doch das machte ihn auch irgendwie sympathisch und als Lehrer wohl sogar zu einer Ausnahme, jedenfalls, wenn er an seine eigenen Lehrer dachte, die einem immer genau sagten, wo es lang ging und alles sowieso immer besser wussten.
Wie ein Mörder kam er ihm allerdings nicht vor, nicht einmal im Affekt hielt er ihn für fähig, zuzustechen, dafür war Kuhn zu unsicher, zu lethargisch auch, ein Melancholiker. Und als Liebhaber, wäre er ein Liebhaber für die Kinkel gewesen? Wieland fühlte sich unbehaglich bei dieser Vorstellung. Zwar, einerseits, der nicht sehr selbstsichere Mann und die frustrierte, alternde Frau..., froh einander gefunden zu haben, landen ganz schnell im Bett...andererseits stimmte etwas nicht, die beiden gehörten nicht wirklich zusammen. Auch nach dem, was Kuhn über die Geradlinigkeit der Kinkel gesagt hatte, war es kaum

vorstellbar, dass sie an dem eher zu Winkelzügen neigenden Kollegen wirklich Gefallen gefunden hatte. Es sei denn, Kuhn war im Bett aktiver...
Wieland schob die ihm unangenehme Vorstellung beiseite.
Falls es, wie Kuhn angedeutet hatte, ein Drogenproblem an der Schule gab, würde er mit Direktor Haußmann darüber reden müssen.

Der große Leucht-Zeiger des Weckers stand senkrecht, in spitzem Winkel daneben der kleine. Ein Uhr.
Sie war, wie so oft, nach einem kurzen Einnicken wieder aufgewacht. Sollte sie das Licht anmachen und im Mankell weiter lesen? Diesmal kam er ihr nicht so spannend vor, wie sonst. Oder lag es daran, dass nicht einmal mehr der bewährte Krimi sie von der Schule ablenken und entspannen konnte?
Ob sie nicht doch auf den Rotwein verzichten sollte? Angefangen mit dem Alkohol hatte sie damals mit Roland, als er und sie ihre Arbeiten für die Uni schrieben und halbe Nächte lang über den Büchern saßen und debattierten. Zur Belohnung waren sie dann oft eins trinken gegangen, in die Studentenkneipe, in der man zu später Stunde noch Leidensgenossen antreffen konnte. Manchmal gab es politischen Streit, manchmal spielte einer spontan auf der Gitarre, jeder schien teilzunehmen am richtigen Leben... Damals war sie glücklich gewesen...
Alkohol – machte er nun müde oder munter? Oder zuerst schläfrig und dann unruhig? Egal.
Sie war froh, wenn sie überhaupt einschlief. Der Moment, in welchem sie mit schweren Lidern das Buch zuschlug und den Lichtschalter ausknipste, war ihr heilig.
Roland. Wie es ihm wohl ging?
Seit ihrer Trennung hatte sie nie wieder von ihm gehört, konnte auch gar nichts von ihm hören, denn er wusste nicht, wo sie jetzt wohnte und wie sie lebte. Sie hatte damals alle Bande zerschnitten. War das richtig gewesen? Die Frage hatte sie sich inzwischen oft gestellt, aber sie erübrigte sich. Nichts war mehr rückgängig zu machen.

Roland war es gewesen, der damals gemeint hatte, sie sei die geborene Lehrerin. Er hatte ihr eine ausgezeichnete Beurteilung gegeben, als er in ihrem Kurs hospitierte. Aber es war ein großer Unterschied, ob man sich mit gleichgesinnten Studenten über Literatur austauschte oder vor pubertierenden desinteressierten Jugendlichen Deutschunterricht abhielt.
Ihr war warm geworden unter der schweren Decke und sie stieß sie mit den Füßen zur Seite.
Ihr Versuch, die renitenten Jungen in der Zehnten zur Räson zu bringen, war total daneben gegangen. Tobias fand es ganz in Ordnung, dass man beklaut werden kann. Jeder sei selber schuld, wenn ihm das passiere. Es setze sich eben immer der durch, der besser sei. So oder so.
Welch ein Musterbeispiel für Sozialdarwinismus! Die Logik des Rechts des Stärkeren musste viele überzeugt haben, jedenfalls meldete sich niemand protestierend zu Wort.
Auf ihre Frage, was denn mit den körperlich Schwächeren sei, ob die dann von Haus aus schuld daran seien, dass man ihnen Gewalt antun könne, bekam sie keine direkte Antwort.
„Es gibt ja so etwas wie ehrlichen Wettbewerb", erläuterte Christian. „Ich meine, mit einem Behinderten prügelt sich doch keiner, oder? Jedenfalls nicht ohne Grund."
„Und wer bestimmt denn die Gründe und welche Gegner gleichrangig genug sind, um verprügelt zu werden?", wollte sie neugierig wissen.
„Wir natürlich." „Aber nach welchen Maximen?"
„Na, nach Kant doch, Frau Kinkel, nach Immanuel Kant!" Sie musste wohl recht verdutzt dreingeschaut haben, denn er fuhr, sich über sie lustig machend, fort: „Schließlich muss jeder wollen, so heißt es doch im kategorischen Imperativ, dass man diejenigen, welche die Macht für sich beanspruchen, bekämpft, weil keiner wollen kann, dass es Mächtige gibt."
Ihr war dazu nichts mehr eingefallen. Eins zu Null gegen mich. Sie drehte das Kissen um, mit der kühleren Seite nach oben.
Roland kannte mich viel zu wenig, oder er kannte mich nur von einer Seite, meiner besseren Seite sozusagen. Seite... Saite. Er hat nur meine wohltönenden Saiten zum Klingen gebracht, die misstönenden, überdehnten, ausgeleierten kamen ihm nie zu Gehör. Vielleicht hat es sie damals auch noch nicht gegeben. -

Die Vorstellung, ein Musikinstrument zu sein, gefiel ihr. Eine Gitarre? Violine? Eine Harfe? Bouzuki, Balaleika? Ein Cello! Ja, ein Cello wäre schön. Für die weichen Untermalungen sorgen... Dunkler Wohlklang. Was wäre das für ein schönes Leben gewesen. Roland – einzige Liebe meines Lebens. Wann hatte sie aufgehört zu hoffen, dass da noch etwas nachkommen würde, dass noch nicht aller Tage Abend war....Sie wusste es nicht. Roland - wenn er sie heute so sähe, vor der Klasse, in der Rolle als strenge Lehrerin, verbiestert, unzugänglich, humorlos. – Sie spürte, wie ihr bei der Vorstellung die Hitze ins Gesicht stieg. - Nein, sie wollte nicht, dass er entdeckte, was aus ihr geworden war nach der Trennung. Er trug ein anderes Bild von ihr in sich, das musste so bleiben.
Wie unbequem ihr im Bett war! Zu heiß. Oder kalt. Sie fröstelte. Ich habe geschwitzt.
Sie zog die Bettdecke wieder hoch.
Aber es war nicht schwer, damals so zu sein, mit Roland, während des Studiums an der Universität, in der kurzen Zeit ihrer gemeinsamen Arbeit am Lehrstuhl für Germanistik, er Assistent, sie noch studentische Hilfskraft, er kurz vor dem Abschluss seiner Doktorarbeit, sie noch ganz am Anfang.
Mit Roland zusammen hätte ich mich anders entwickelt, das weiß ich.
Vergiss es!
Er fehlt mir, fehlt mir seitdem, fehlt mir immer noch und ich weiß, ich habe es ohne ihn nicht geschafft.
Er hat mir viel zugetraut. Zuviel. Ich bin nicht die geworden, die ich mit ihm hätte werden können.
Dass unsere Entwicklung doch so stark davon abhängt, wem wir begegnen, mit wem wir es zu tun bekommen. Prägungen, Weichenstellungen. Alternativen. Fehlende Alternativen.
Wenn das so weiter geht, verbringe ich die Nacht schlaflos.
Das Thema des Aufsatzes in der Zwölften zu Wilhelm Raabes Erzählung „Stopfkuchen", das sie für die Schulaufgabe ausgewählt hatte, gefiel ihr: „Eduard läuft mit Störzer", dem Land-Briefträger, und wandert später aus, wird ein Welt-reisender. Erst beim Besuch in der alten Heimat wird ihm deutlich, dass „laufen" auch „davonlaufen" heißen kann: Davonlaufen vor

der Schuld, dem schlechten Gewissen, der Bluttat. Der Junge folgte einem Mörder, einem Totschläger, der versuchte der Strafe zu entkommen. Doch er ist ihr nicht entkommen.
Ihre eigene, nicht mehr abgeschlossene Dissertation fiel ihr ein.
Sie schob die Erinnerung schnell beiseite.
Vielleicht sollte ich einen Artikel verfassen für eine der Literaturzeitschriften.... Ist denn meine wissenschaftliche Karriere wirklich zu Ende?
Sie war es, sie wusste es.
Irgendwann war ihr klar geworden, dass die Germanistik sich nur noch mit sich selbst beschäftigte und den Bezug zur Gesellschaft verloren hatte. Wer las denn schon die Hunderte von Aufsätzen in all den Jahrbüchern, Gedenkschriften und Fachzeitschriften, wenn nicht ausschließlich Germanisten oder solche, die es werden wollten? Wer sonst interessierte sich für die Detailanalyse von Literatur? Der germanistische Diskurs kreiste in sich selbst und blieb gesamtgesellschaftlich irrelevant. Ein selbstreferentielles System. Wie die moderne Soziologie es nannte. Wozu daran teilnehmen?
Früher hatte sie nicht so gedacht, sondern geglaubt, die wissenschaftliche Karriere öffne ihr den Weg zum Glück. Roland war es gewesen, der sie für begabt hielt. Sie war seine Entdeckung gewesen, im Seminar. Mit ihm hatte sie das Thema für ihre Dissertation ausgetüftelt. „Der Wahrheit auf der Spur. Das diskursive Gespräch in den Kriminalromanen des 19. Jahrhunderts."
Es wurde zwei Uhr. In gut vier Stunden war die Nacht vorbei und sie hatte noch immer kein Auge zugetan.
Wie lange kann das noch so weiter gehen?

Heute – das heißt, das war ja schon gestern – war sie auf Wunsch der Musiklehrer bei der Chorprobe dabei gewesen. Sie musste Cecilia wirklich bewundern, wie sie mit Witz und Esprit den Unterricht durchzog, obwohl höchstens ein Drittel der Schüler ernsthaft am Singen interessiert war. Viele ließen sich jedoch zur Mitarbeit bewegen, so dass das letzte Drittel, das für permanente Unruhe sorgte, nicht die Oberhand gewann.

Ich könnte so nicht arbeiten, mich macht schon das Zusehen krank. Aber Cecilia ignorierte einfach die Störer. Woher nahm sie die Nerven, bei dieser Geräusch-Kulisse zu arbeiten?
Sie selbst würde vermutlich zornbebend, mit rotem Kopf und schriller Stimme ihre Ermahnungen und Drohungen brüllen und nur Feixen, Gelächter, Ignoranz ernten.
Cecilia machte selbst vor, was sie von den Schülern wollte. Und sie hatte eine schöne Stimme, einen Mezzosopran, passend zu ihrer fülligen Figur, dem braunen Haar, sie war ein Typ mit Ausstrahlung. Eine geborene Lehrerin.
Ich nicht.
Zum Schuljahresende sollte es ein Schlusskonzert geben: Ausschnitte aus den Carmina burana. Ein ehrgeiziges Projekt. Die Musiklehrer hatten schon Solisten engagiert, Sänger aus der Elternschaft und dem Freundeskreis der Schule, und die Kollegen sollten ebenfalls im Chor mitsingen... Ein kluger Schachzug, das würde nicht wenige Schüler zur Räson bringen.
Cecilia hatte sie trotz ihrer Zurückhaltung wieder zu sich eingeladen, zu einem ihrer Kunst-Abende, wo musiziert, rezitiert, debattiert wurde.
„In dir steckt doch eine verborgene Dichterin, Carmen! Es wird Zeit, dass der Schmetterling aus der Puppe schlüpft!" Das fehlte noch, dass sie von den Kollegen als heimliche Schriftstellerin gehandelt wurde! Sie hatte das Schreiben schon vor Jahren aufgegeben, als sie merkte, dass sie der einzige animierte Leser ihrer Gedichte bleiben würde. Und dass sie in den letzten Osterferien einen Malkurs in der Toskana besucht hatte, ging niemanden etwas an. Sie würde niemals, niemals ihre dilettantischen Malversuche aushängen!
Wie hieß es doch gleich im letzten „Tatort", als es um Bilderfälschungen ging: „Jeder ist ein Künstler." Replik des Kommissars: „Aber nicht jeder ein guter." Joseph Beuys. Zurechtgerückt.
Das meiste würde Gerede sein, Gerede über Kunst, das Kunst auf alles und nichts reduzierte. Das anti-elitäre Gehabe, das selbst nichts anderes war als kleinbürgerlicher Snobismus. Man spricht darüber, was man bei Kunst empfindet und adelt sich durch seine Gefühle selbst zum Künstler. Ihr wurde bei diesen seichten Veranstaltungen immer schlecht.

Wie weit müssen Menschen kommen, um ihr eigenes Geschwätz ernst zu nehmen? Um das Odium der Selbstbeweihräucherung nicht zu bemerken?
Trotzdem sollte sie einmal hingehen. Sonst kam Cecilia noch auf die Idee, sie nähme ihr die neue Freundin übel.
Konrad heute im Lehrerzimmer. Die Kaffeetasse in der Hand, große Stammtisch-Rede schwingend: „Emanzipation der Frau, wenn ich das schon höre! Das gehört ins 19. Jahrhundert, jawohl, ins 19. Jahrhundert gehört das. Heutzutage ist keine Frau, das wage ich zu behaupten, ist keine Frau nicht gleichberechtigt. Im Gegenteil, es sind doch wir Männer, die sich inzwischen emanzipieren müssen, die um ihre Gleichbehandlung kämpfen müssen. Man muss sich nur die Scheidungsraten ansehen! Es sind doch immer mehr Frauen, die ihre Männer verlassen, als umgekehrt. Ja, früher, war das einmal anders. Damals sind hauptsächlich die Männer fremd gegangen, die Frauen waren ja materiell von ihnen abhängig, aber heute ist das doch nicht mehr so. Heute suchen sich die Frauen einen Liebhaber, wenn's der Gatte nicht mehr bringt. Und die Männer sind nur noch da um zu zahlen: für den Unterhalt der Frau und für die Kinder. Keiner fragt danach, ob ein Mann sich noch einmal eine Existenz aufbauen, ob er noch einmal eine Ehe eingehen kann, mit einer solchen finanziellen Belastung."
Jeder wusste, dass er von sich selber sprach.
Er war aus dem erst neu gebauten gemeinsamen Haus in guter Wohnlage ausgezogen, hatte es Frau und Kindern überlassen, obwohl, seiner Rede nach, es seine Frau war, die ihm die eheliche Treue aufgekündigt hatte. Es musste zuletzt viel Streit gegeben haben, sie hatte sagen hören, dass Konrads Frau Haare auf den Zähnen hat.
Sie selbst kannte sie nur vom Sehen, von einem Betriebsausflug, Donau abwärts mit dem Dampfer, da war sie mitgefahren, eine kleine, zierliche blonde Frau, aber wenn sie lachte, was sie jedoch selten tat, sah man ihr Gebiss – große, etwas vorstehende Zähne, wie bei einem Pferd. Vielleicht stimmte ja, was gesagt wurde. Konrad ist andererseits auch ein rechtes Weichei. –

Selbst bei der Erziehung seiner Kinder, hört man, habe er sich nicht durchsetzen können. Sie gehen, wie die meisten Kollegenkinder, auf eine andere Schule, aber jemand hatte erzählt, dass die Buben häufig im Unterricht fehlen und ziemlich schwache Leistungen erbringen, die Mutter aber die Versäumnisse ihrer Söhne voll und ganz decke.. Dann soll Konrad sich ruhig mal emanzipieren! Er ist eigentlich ein netter Kerl.
Ob sie ihn noch einmal auf den Buchtipp, den er von ihr haben wollte, ansprechen sollte? Ich glaube, das sollte ich tun.
Jetzt war ihr wohler zumute, richtig kuschelig, zum Einschlafen.

Im Sekretariat erwartete ihn eine auf jung gemachte Frau von Ende dreißig, blondiert, braun gebrannt, und ganz in Pastell gekleidet, Ton in Ton, hellblau: die Schuhe, die Hose, der Pullover, die Umhängetasche und sogar die Sonnenbrille, die sie hoch ins Haar geschoben hatte.
„Sie sind Kommissar Wieland? Gerke, Margit Gerke." Das läuft ja wie von selbst, dachte er überrascht. Sie reichte ihm die Hand. „Mein Gott, was für ein Ende. – Ich meine den Tod von Carmen. Wir waren durchaus nicht immer einer Meinung, aber dass sie ein solches Ende nehmen würde..."
Es war wohl am besten, er ergriff die Gelegenheit. „Kommen Sie bitte mit, Frau Gerke, wir können uns hier ungestört unterhalten, Herr Haußmann war so freundlich, uns dieses Zimmer für die Untersuchung zur Verfügung zu stellen." Er schloss die Tür hinter ihr. „Sie kannten Frau Kinkel näher?"
Sie setzte sich auf den Stuhl, auf welchem noch vor wenigen Minuten Konrad Kuhn gesessen hatte, doch ihre Ausstrahlung war eine völlig andere. Wirkte jener zweifelnd und grüblerisch, so erweckte sie einen sehr selbstbewussten und kompetenten Eindruck.
„Nun, wir waren uns näher gekommen, zwangsläufig, wie man sich näher kommt, wenn man zusammenarbeiten muss, aber unterschiedlicher Meinung ist. Herr Kuhn wird Ihnen das ja sicher schon gesagt haben..." Er nickte bestätigend.

„Konrad und ich, wir waren der Meinung, dass Carmen überzog. Sie war manchmal...sie zeigte sich...so unzugänglich, so kompromisslos. Wir wollten sie davon überzeugen, dass es besser wäre, mit den Schülern das Gespräch zu suchen, statt auf Konfrontationskurs zu gehen."
„Können Sie mir sagen, um welchen Konflikt es dabei ging? Herr Kuhn erwähnte Drogen."
„Ja, Carmen hatte den Verdacht, dass einige ihrer Schüler Drogen nehmen und sie wollte unbedingt herausfinden, ob das stimmt. Sie muss die Schüler regelrecht verfolgt haben mit ihrer Idee, jedenfalls kamen die drei, die sie wohl besonders im Visier hatte, zu mir und beklagten sich darüber, dass Frau Kinkel alle möglichen Gerüchte über sie in die Welt setze und ihnen privat nachspioniere. Ich riet den Schülern – ich bin die Vertrauenslehrerin hier an der Schule – also ich riet den Schülern, das Gespräch mit Frau Kinkel zu suchen, und sie versprachen mir, das auch zu tun. Sollte Frau Kinkel sich verweigern, würde ich mich einschalten und auf einem Konfliktlösungsgespräch bestehen. Ich meine, ich wollte nicht, dass sich Carmen einfach aus der Affäre zieht, wenn sich der Verdacht als unbegründet erweist, wovon ich übrigens überzeugt bin, weil ich finde, als Pädagoge hat man eine Verantwortung gegenüber den Jugendlichen, und man darf sie mit Verdächtigungen nicht einfach vor den Kopf stoßen. Misstrauen seitens der Erwachsenen ist für einen pubertierenden Jugendlichen Gift. Ich wollte, dass Carmen das einsieht, dass sie aufhört, sich wie ein Sheriff im Law-and-Order-Country aufzuführen." –
„Haben die Schüler denn mit Frau Kinkel gesprochen?"
„Ich weiß es nicht, ich werde sie fragen."
„Ja, das würde uns auch interessieren. Und Konrad Kuhn? Ist der Ihrer Ansicht?"
„Selbstverständlich. Herr Kuhn und ich sind uns in den vergangenen Monaten näher gekommen, verstehen Sie, und..."
„Wie stand denn Herr Kuhn zu Frau Kinkel?"
„Oh, er hat sie geschätzt. Wir alle haben sie geschätzt, denn sie war sehr gebildet. Ich glaube, er wollte sogar, dass sie ihm irgendwelche Materialien zukommen lässt, Unterlagen für den Unterricht, glaube ich."

„Hat Sie das nicht irritiert, dass Herr Kuhn sich von Frau Kinkel unterstützen lassen wollte?"
„Ich hatte eher den Eindruck, dass die Initiative von Carmen ausging." Sie wurde rot. „Konrad und ich, wir waren gerade dabei, unsere Beziehung aufzubauen, und ich empfand Carmens Auftreten dabei schon störend. Sie schien nicht wahrnehmen zu wollen, dass Konrad sich für mich interessierte. Nicht, dass ich kein Verständnis für sie hätte, sie lebte wohl schon seit Jahren ganz allein, aber sie hatte so eine Art, so eine kalte, berechnende Art...Ich meine, sie war sehr intellektuell, aber oft völlig gefühllos."
Diese Beschreibung passte genauso wenig zu den anderen Beschreibungen von der Toten, die er inzwischen erhalten hatte, wie zu dem Bild, das er selbst sich von ihr gemacht hatte. Aber vermutlich waren alle Toten auf dieselbe Art hilflos und schutzlos einem nachtodlichen Urteil ausgeliefert, das selten um Objektivität und Gerechtigkeit bemüht war, allen Sprichwörtern zum Trotz, die von den Toten nichts als Gutes zu reden verlangten. Er würde seine positiven Eindruck von der Verstorbenen nach dem Gehörten wohl revidieren müssen: anspruchsvoll, fordernd, hart, kompromisslos, gefühlsarm – in der Tat ein eher schwieriger Mensch und offenbar lange nicht so verletzlich, wie er gerne angenommen hatte.
Nur Frau Möller schien sie für einen hilfsbereiten, mitfühlenden Menschen zu halten.

Heute also wieder die Zehnte. Sie musste noch das Klassenbuch aus dem Lehrerzimmer holen.
Margit kam ihr auf dem Gang entgegen. Sie wollte nicht von ihr in ein Gespräch verwickelt werden und verschwand schnell in der Klasse. Es würde gleich zum Stundenbeginn läuten.
In den Bänken fehlte eine ganze Reihe von Schülern. Da klingelte es schon.
„Wieso ist denn heute die Hälfte der Klasse nicht da?"
„Die kommen noch."
Da ging auch schon die Türe auf, herein traten Patrick, Tobias und Christian, Agneta im Schlepptau.

„Der Unterricht beginnt um acht, falls ihr das nicht wisst!"
„Wir wissen es." Das war Christian.
„Und warum haltet ihr euch dann nicht dran?"
„Tun Sie immer, was Sie wissen?"
„Es geht hier nicht um mich, sondern um euch! Ihr seid zu spät zum Unterricht erschienen!"
„Genau eine halbe Minute zu spät! Macht es Ihnen Spaß, sich daran aufzugeilen?"
„Ihr wisst genau, dass ihr schon fünf Minuten vor dem Läuten im Klassenzimmer zu sein habt!"
„Haben Sie diese Regel erfunden?", höhnte Tobias.
„Ich trage euch ins Klassenbuch ein!" Ach herrje, das hatte sie, um Margit auszuweichen, glatt vergessen. Zu dumm. Was mache ich jetzt? Nichts anmerken lassen.
Sie zückte ihr Notenbüchlein und machte ein Zeichen hinter die Namen der vier Zuspätkommer. Sie spürte ihr Herz.
„Wir wollen uns heute abschließend mit der Frage beschäftigen, warum Friedrich Schiller seine Erzählung vom Verbrecher aus verlorener Ehre geschrieben hat. Dazu muss man sich den Beginn, der eigentlich ein Vorwort darstellt, noch einmal vor Augen führen. Das solltet ihr zuhause tun, die ersten Seiten noch einmal lesen. Nun, was habt ihr herausgefunden?"
Sie begegnete Nikoles Blick, das war eine Aufforderung, sie aufzurufen, denn melden durfte man sich nicht, das wäre uncool.
„Schiller will, dass man berücksichtigt, in welche Verhältnisse Christian Wolf hineingeboren wurde. Man soll auch nicht zu schnell über einen Menschen urteilen."
„Damit hast du bereits zwei Gründe genannt. Bleiben wir beim letzten: Warum sollen wir, laut Schiller, nicht zu schnell über einen Menschen urteilen, Nikole?"
„Man kann niemandem ins Herz sehen. Dem Christian Wolf tat es am Ende leid, was er getan hat, und er wollte alles wieder gut machen."
„Brenda?"
„Eigentlich beschreibt Schiller das Schicksal des Christian Wolf so, als ob er selbst gar nichts für sein Verbrechertum könnte. Ich meine, er hatte einfach viel Unglück und Pech..."

Bevor sie noch etwas dazu sagen konnte, ertönte Patricks träge Stimme: „Wieso? Soll der jetzt unzurechnungsfähig sein, oder was?"
Brenda verteidigte sich. „Nein, sicher nicht. Ich meine nur, welche Chance hatte er denn, Erfolg im Leben zu haben, bei dem Aussehen, den sozialen Verhältnissen..."
„Na und? Er ist seinen Weg gegangen, das ist doch das einzige, was zählt."
„Genau. Was soll das Gewäsch. Sind wir hier auf dem Sozialamt? Echt ätzend.", sekundierte Tobias.
Ich verstehe diese Jungen nicht.
„Soll das heißen, dass Schiller völlig falsch liegt, wenn er mildernde Umstände für den Verbrecher zur Geltung bringen will?", schaltete sie sich in die Auseinandersetzung ein.
„Ich finde gar nicht, dass es Schiller um mildernde Umstände geht. Er beschreibt, wie einer zum Verbrecher wird und wie er endet."
„Aber er wird doch nur zum Verbrecher, weil er seine Ehre verloren hat."
„Das ist doch ganz egal, warum. Er hat sich für das Verbrechen entschieden, und ich finde, man muss seinen Weg zu Ende gehen. Mit voller Konsequenz."
„Also keine Gnade für den Sonnenwirt Christian Wolf?"
„Ja. Nein."
Da ertönte Christians schneidende hohe Stimme: „Ich finde dieses Sozialgelaber voll daneben. Wieso mildernde Umstände? Wolf hat sein Schicksal erfüllt. Das will Schiller doch so, sonst hätte er ihn entkommen lassen, er hätte ein Happyend schreiben können. Aber der Christian Wolf soll sterben. Das ist das logische Ende seines Weges."
„Ja, schon..."
Sie wusste nicht, war das nun ein rechtsradikaler oder ein anarchistischer Standpunkt. Soll die Todesstrafe herrschen oder das Gesetz der Straße? Ein eisernes Gesetz oder gar keines?
„Aber wir als Leser müssen uns doch zu dem Fall Christian Wolf irgendwie verhalten..."
„Das meinen Sie. Weil Sie immer Moral predigen wollen. Der Schiller wollte einfach nur sagen, wie's läuft!"

Da fiel Agneta, die selten einmal etwas sagte, ins Gespräch ein: „Das macht den Deutschunterricht so langweilig, dass man immer alles zerredet."
„Aber es ist nun einmal die Aufgabe des Unterrichts nach der Intention des Autors zu fragen. Schiller, das wisst ihr bereits, dichtete nach den Idealen der Aufklärung und der Klassik. Stichwort: Humanität. Schiller zeigt, dass ein Mensch zum Verbrecher werden kann, wenn man seine Würde verletzt. Deshalb muss man, wenn man den Fall des Christian Wolf beurteilen will, nicht die Tat anschauen, sondern das Motiv. Das sagt Schiller uns in der Einleitung."
„Frau Kinkel, so läuft das nicht."
„Aber sollte es nicht so laufen?"
Einige nickten und schauten sie zustimmend an.
Es läutete.
Tobias stand auf, die Colaflasche in der Hand. „Meine Menschenwürde verlangt jetzt eine Pause." Er ging aus der Tür, noch bevor sie den Unterricht offiziell beendet hatte.

Sie schnappte sich die Tageszeitung und kroch damit ins Bett. Das Essen konnte warten.
Manchmal wurde es ihr zu heiß, weil sie nur halb ausgezogen war. Aber es hatte immer noch etwas vom Reiz des Verbotenen, in Kleidern am helllichten Tag im Bett zu liegen.
Der Raum war verdunkelt, so dass sie zum Lesen die Nachttischlampe anknipsen musste. Manchmal half ihr auch die Tagespolitik sich abzulenken und einzuschläfern. Es gab auch schon Tage, da war sie erst gegen Abend wieder aufgewacht.
Dann stand sie auf, kochte etwas. Meist nur Reis oder Nudeln. Gemüse aß sie am liebsten roh oder leicht gedünstet. Nicht selten gab es einfach nur Brot. Sie machte sich nichts aus Essen. Aber eine Kanne Kaffee brauchte sie dann, die nahm sie mit ins Arbeitszimmer und fing mit der Unterrichtsvorbereitung und den anfallenden Korrekturen an.
Die Zeitung war zu sperrig für eine Lektüre im Bett. Sie legte sie unordentlich zusammen, schob sie beiseite und schloss die Augen. Heute Abend, so hoffte sie, würde sie vielleicht

schneller einschlafen können, weil ihr am Nachmittag keine Entspannung gelungen war.

Langsam wuchs der Stapel der korrigierten Hefte neben ihr an, morgen würde der andere Stapel abgearbeitet sein.
Deutschlehrer waren wirklich im Nachteil. Sie hatte immer irgendwelche Diktate oder Aufsätze zu korrigieren, und sie konnte nicht behaupten, dass ihr das leicht von der Hand ging. Irgendwann hatte sie sich dazu entschlossen, alles zweimal zu korrigieren, als sie feststellen musste, dass sie ihre eigenen Korrekturanmerkungen beim Wiederdurchlesen oft nicht verstand, weil sie dazu neigte, sich in eine rasende Pedanterie hineinzusteigern und alles anzustreichen, was ihr irgendwie unpassend erschien. Beim zweiten Durchlesen begriff sie plötzlich, wie es der Schüler gemeint haben könnte, dann musste sie ihre Rotstiftkorrekturen mit Tipp-Ex rückgängig machen. Inzwischen benutzte sie für den Erstdurchgang nur einen Bleistift, denn es war ihr peinlich, sich immer wieder selbst korrigieren zu müssen.
Manchmal konnte sie an sich beobachten, wie die Korrigierwut entstand. Meist, wenn sie einen Aufsatz vor sich hatte, der ihre Meinung über den Schüler wieder allzu sehr bestätigte. Sie geriet in einen regelrechten Furor teutonicus, weil das Gefühl in ihr übermächtig wurde, dass ihr Unterricht wieder einmal ganz umsonst gewesen war.
Gut war es dann, wenn sie die Arbeit unterbrechen konnte. Wäsche aus Waschmaschine und Trockner nehmen. Geschirr abspülen. Oder auf einen Einkaufstrip in die City gehen.
Gestern war sie in der Welser-Passage Haußmann begegnet.
Es war immer ein wenig peinlich, Kollegen außerhalb der Schule zu treffen, ganz besonders den Direktor. Sie wusste nichts zu sagen und spürte, dem anderen ging es ebenso. Haußmann gab sich wie immer sehr jovial. Er war ein wirklich gut aussehender Mann und erinnerte sie an einen alten deutschen Schauspieler, an Joachim Fuchsberger. Er bewegte sich auch wie ein Mann, der wusste, dass er schön ist, sehr gerade und selbstsicher, manchmal tänzelte er beinahe. Haußmann war nicht besonders groß und eher muskulös als schlank, wirkte immer dynamisch und energisch und war sehr

kommunikativ. Sein gut geschnittenes grau meliertes dichtes Haar gab ihm einen eleganten Touch. Ein Mann für Frauen. Im Kollegium war bekannt, dass er mit Männern eher schlecht auskam, mit Emanzen aber auch. Er hatte tatsächlich etwas von einem Kavalier der alten Schule an sich, konnte überaus höflich und zuvorkommend sein, hielt den Kolleginnen die Tür auf, half in den Mantel, hob heruntergefallene Füllfederhalter auf – wenn er wollte.

Zu ihr hielt er eher Distanz, wusste wohl nicht so genau, zu welcher Kategorie Frau sie zählte.

Aber gestern war er doch ganz freundlich, schob sie am Ellbogen fürsorglich auf die Seite, als ein Inline-Skater den Bürgersteig unsicher machte. Ein Gentleman eben.

Er hätte sie ins Café einladen sollen, dann würde sie ihm den Gefallen getan und ihn ein wenig angehimmelt haben. Mädchen, die das konnten, fuhren unheimlich gut mit ihm.

Er hatte auch einen Blick für schöne Frauen. Aber er riskierte nichts, sobald er sich bei einem Flirt ertappt sah, machte er einen Rückzieher. Er war verheiratet mit einer stillen Person, die ihm unvermeidlich wie ein Schatten überall hin folgte. Auch gestern war sie plötzlich aufgetaucht, mit einer Einkaufstüte des Reformhauses, vor dem sie Haußmann getroffen hatte.

War er nun treu oder einfach nur feige?

Er war einer der wenigen Direktoren, die auch gute Lehrer sind. Zumindest war sein Englisch-Unterricht berühmt; obwohl durchaus anspruchsvoll, schaffte er es, dass die Schüler gute Noten bei ihm schrieben, selbst die Jungen. Er soll Grammatik sehr gut erklären können und den Schülern so vermitteln, dass jeder sie verstehen konnte. Die Schüler applaudierten immer, wenn sie zu Schuljahresbeginn erfuhren, dass sie ihn in Englisch bekommen würden. - Schnell verdrängte sie die Erinnerung an das Stöhnen, das durch die Reihen ging, wenn ihr Name fiel. - Dabei wirkte er eigentlich elitär, war keiner, der sich bei den Schülern anbiederte. Trotzdem mochten sie ihn. - Er war der Inbegriff des erfolgreichen Lehrers. Wenn sie mit ihm zusammentraf, kam sie sich immer steif und unbeholfen und wie ein Versager vor.

Er und sie – ein Paradebeispiel für Menschen, die sich nicht wirklich verstehen, ohne sich unsympathisch zu sein.
Liegt das an den Erfahrungen, die man im Laufe seines Lebens gemacht hat?
Reagierte sie allergisch auf schöne, erfolgreiche Männer?
Roland war ein schöner Mann.
Sie warf einen kurzen Blick in den vom Wasserdampf blind gewordenen Spiegel und verließ das Bad um zu Bett zu gehen.

Ihr Bett war voller Salz. Sie hatte die Tüte mit den gerösteten Erdnüssen ungeschickt aufgerissen, so dass sie ihr über die hohle Hand in die Kissen gerollt waren. Was soll's. Allemal waren Salzkörner kleiner als Erbsen.
Aber ideal war das ja nicht, Erdnüsse im Magen, vor dem Einschlafen. Sie seufzte.

Müde schleppte sie sich nach Hause. Es war schwül, der Himmel grau und verhangen, eine drückende Atmosphäre. Vielleicht entluden sich abends Gewitter.
Die dunkelblaue Leinenbluse und die dazu gehörende Hose klebten ihr am Körper. Sie schälte sich aus den Kleidungsstücken, ließ sie auf den Bodenfallen und warf sich aufs Bett. Heute war ja allerhand los. Sie wusste noch gar nicht, wie das alles einzuordnen war. Aber sie wollte jetzt nicht daran denken.
Sie suchte die Seite „Vermischtes" in der Zeitung und überflog die Überschriften, betrachtete die Photos. Abschalten.
Wenigstens eine halbe Stunde schlafen können...

Nach dem politischen Magazin um 22.30 Uhr schaltete sie den Fernseher aus und beschloss zu Bett zu gehen. Die Krimis hatte sie inzwischen fast alle ausgelesen, höchste Zeit, der Stadtbücherei wieder einen Besuch abzustatten und für Nachschub zu sorgen.
Während sie Gesicht und Dekolleté reinigte, die Augenbrauen zupfte und das Haar ausbürstete, richteten sich ihre Gedanken unweigerlich auf die Ereignisse, die sie den ganzen Tag versucht hatte auszublenden.

In der Pause hatte es eine Auseinandersetzung zwischen Schülern gegeben. Tobias Mäuerle hatte einen Achtklässler mit einem Messer bedroht, soll ihm sogar das Hemd am Ärmel aufgeschlitzt haben. Tobias behauptete, sich nur verteidigt zu haben. Das Konflikt-Gremium war gleich nach der Mittagspause zusammengetreten. Morgen würde es ein weiteres Gespräch geben, bei dem auch die Eltern anwesend sein mussten. Wie man hörte, erwogen die Eltern von Kevin Thiel, dem Opfer, Strafanzeige zu erstatten. Natürlich wurde auch sofort nach dem Lehrer, der Pausenaufsicht hatte, gefragt. Sie war es nicht, Gott sei Dank. Sie übernahm lieber andere Aufgaben, als in der Pause losgelassene Schüler zu beaufsichtigen!
Wenn sie an ihre eigene Schulzeit zurückdachte! Wir mussten draußen im Pausenhof im Kreis gehen, und im Winter marschierten wir in langen Reihen den dunkel getäfelten Gang unseres Stockwerks auf und ab, untergehakt, eine kichernde Mädchenreihe, immer hoffend, dass der letzte Schwarm, nach dem Französischlehrer wurde es der junge Mathelehrer, der neu an das Gymnasium gekommen war, Aufsicht hatte und einen doch, bitte, wahrnehmen möge...
Wann hatte sich das geändert, dass die Schüler nicht mehr geordnet im Pausenhof herumspazierten? Muss eigentlich noch zu meiner Schulzeit gewesen sein, sie konnte sich aber nicht daran erinnern. –
Jetzt ging sie in den Pausen, wenn die Schüler das Büro stürmten und alles Mögliche wollten, immer ins Sekretariat und half dort aus. Die Sekretärinnen waren dann immer heillos überlastet, zudem auch die Kollegen in der kurzen Pause ihre Verwaltungsangelegenheiten regeln wollten, und, allen voran natürlich Haußmann, geschäftig hin- und hereilend seine Damen mit Aufgaben eindeckte. Sie stempelte dann Schülerausweise, Fahrkartenanträge, nahm Elternbriefe entgegen etc. etc. Und erntete den Dank des Personals. Neben Hubert war sie die einzige aus dem Kollegium, die am Kopierer einen Papierstau in Minutenschnelle beheben konnte, die wusste, wie man den Toner wechselt und auch auf der Rückseite fotokopiert. –

Sie würde morgen Nachmittag bei der kurzfristig anberaumten Konferenz zu der Messerstecherei dabei sein müssen, denn schließlich unterrichtete sie ja in der Zehnten... Ich kann mich nicht ausschließen.

Sie stieß die Fenster auf und atmete tief die frische Morgenluft ein. Es versprach ein wunderbarer Tag zu werden, die Sonne strahlte bereits vom bilderbuchblauen Himmel. Der Mai wurde doch noch schön dieses Jahr.
Sie sollte sich nicht wieder zu warm anziehen, besonders, da sie zur Zeit so leicht ins Schwitzen geriet. Aber eben gerade darum konnte sie auch nichts Ärmelloses anziehen, man sah dann die Schweißränder deutlicher. Wie wäre es mit einem leichten Blazer über dem kurzärmeligen Sommerkleid? Das könnte gehen. Seide zu Viskose, farblich etwas gewagt, limonengrün auf zitronengelb, na ja. Ich muss heute besonders vorsichtig mit der Schminke umgehen, Wimpern und Brauen nur ganz leicht tönen, auf keinen Fall schwarz; grau, ja grau wäre nicht schlecht. Mein Teint ist ja schon leicht gebräunt, dank der vielen Korrekturen draußen im Garten. Bis auf die Halspartie unterm Kinn, die ist noch fast weiß, das kommt vom geneigten Kopf, ganz klar, eine ungünstige Haltung, um sich zu sonnen. Ich muss wohl mit Selbstbräuner nachhelfen. Aber nicht jetzt. Das gibt einen fettigen Kleiderausschnitt und einen speckigen Jackett-Kragen. Es fehlt noch etwas Schmückendes. Eine Edelsteinkette - Jade, grün würde passen. Nein, die war zu klein. Lapislazuli, farblich zu hart. Ach, ich nehme die bunte Kette aus Muranoglas. Und den orangefarbenen Seidenschal. Genau. Und jetzt noch die Schuhe. Eigentlich kommen nur die beigen in Frage, sind leider farblich nicht sehr originell, aber ich halte es in hohen, engen Schuhen einfach nicht mehr aus.
Die männlichen Kollegen haben es gut, es gibt immer noch welche, die im Sommer in Birkenstock-Sandalen kommen, oft ohne Socken.
Sie fand den Anblick nackter männlicher Zehen peinlich, wie einen unerlaubten Einblick in die Intimsphäre. Schon die Form der Zehen war obszön: bei manchen der zweite Zeh länger als der große und stand wie ein Eidechsenkopf vor. Manche Zehen

waren behaart, manche Nägel sehr kurz geschnitten, schlimm waren die gewölbten, langen, sie erinnerten an Krallen. Fußpflege hatte sich bei den Männern noch nicht durchgesetzt.
Sie konnte auf Anhieb sagen, ob ihr ein Mensch sympathisch war oder nicht, wenn sie seine Zehen zu Gesicht bekam. Füße sind wie Hände. -
Bei den Frauen hatte die Kosmetikindustrie dagegen Erfolge zu verbuchen und die Individualität reduzierte sich hauptsächlich auf die Farbe des Nagellacks. Selbst die älteren färbten noch die Fußnägel, allerdings konventionell, meist knallrot. Die progressiven Kolleginnen trugen dagegen grün und blau. Früher hatte sie ihre Nägel schwarz lackiert, aber das war schon lange her.

Sie beugte sich über den Terrassentisch und saugte genüsslich am Strohhalm ihres Eiskaffees. Dann setzte sie den Rattanschaukelstuhl in Bewegung. Was für ein märchenhafter Frühlingstag! Sie schloss die Augen und genoss die Wärme auf der Haut. Zur Feier des herrlichen Wetters hatte sie ein Top mit Spaghettiträgern und Shorts angezogen.
Ein leises metallen klingendes Geräusch ließ sie die Augen wieder öffnen. Offenbar arbeitete Frau Wunsch in ihrem Garten. Irgendwann würde sie freundlich um die Ecke schauen, es war nur eine Frage der Zeit.
Ob sie nicht lieber gleich ins Haus flüchten sollte? Im Arbeitszimmer war es kühl und dunkel, dort ließ sich gewiss gut korrigieren.
„Ah, guten Tag, Frau Kinkel." Da war sie schon. „Frau Wunsch, guten Tag."
„Ich habe Sie in der Sonne sitzen sehen und..." „Ja, herrliches Wetter, heute."
„Das ist recht, dass Sie die schöne Zeit genießen. Der schwere Beruf muss doch auch seine Vorteile haben dürfen, sagte mein Mann immer." „Da haben Sie Recht."
„Versäumen Sie nur nicht, sich gegen die Sonne zu schützen, Frau Kinkel. Ich sage immer, die Strahlen sind viel intensiver als früher, man kann es merken, dass in der Natur auch alles in Unordnung geraten ist..."

Sie wies auf das Tischchen, darauf stand der leere Kelch mit den milchigen Schaumresten: „Wollen Sie einen Eiskaffee, Frau Wunsch?"
„Wie freundlich von Ihnen, Frau Kinkel, eigentlich darf ich um diese Zeit keinen Kaffee mehr...aber ein kleiner Schluck, mit viel Milch vielleicht..."
Sie erhob sich und Frau Wunsch nahm auf einem Gartenstuhl Platz.
In der Küche holte sie den Krug mit dem Milchkaffee aus dem Kühlschrank und aus dem Gefrierfach den Rest Vanilleeis. Ich gebe ihr eine halbe Stunde, nicht länger! Die anstehenden Korrekturarbeiten würden ihr die beste Entschuldigung liefern, die es geben konnte, schließlich war Frau Wunsch eine Lehrerwitwe.

Sie hatte eine Freistunde, die sie zur Unterrichtsvorbereitung nutzen wollte und kopierte einen Zeitungsartikel, die Rezension einer Neuerscheinung auf dem Büchermarkt. Während das Gerät Seite für Seite ausstieß, beschäftigten sich ihre Gedanken mit den Kommentaren und Äußerungen der Kollegen zur Messerstecherei.
Gestern hatte sie nicht dabei sein müssen, bei dem Konfliktgespräch Mäuerle versus Thiel, niemand war auf den Gedanken verfallen, sie dazuzubitten. Wie man hörte, soll es heftigen Streit gegeben haben. Thiel war Rechtsanwalt und kündigte an, gegen Mäuerle gerichtlich vorzugehen. Die Frage war natürlich
a), wieso hatte der Junge ein Messer bei sich? Ein richtig großes Klappmesser, kein Taschenmesser, versteht sich, und
b) wo war die Pausenaufsicht?
Möglicherweise zeigte der Vater auch noch die Schule an, weil die Aufsichtspflicht verletzt worden war.
Hubert hatte an dem Tag Dienst im großen Pausenhof, der arme. Er habe von dem Streit und der Messerstecherei überhaupt nichts mitbekommen, sagt er. Das ganze flog erst auf, als ein Sechstklässler aufgeregt vor dem Lehrerzimmer erschien und die kaffeetrinkenden Kollegen aufscheuchte: Auf dem Pausenhof ist eine Messerstecherei! Dann waren einige

Männer beherzt losgesprintet. Sie fanden die beiden Kampfhähne in einem Ring von zuschauenden Schülern, Mäuerle mit dem Klappmesser in der Hand.

Tobias behauptete, Kevin habe ihm etwas weggenommen, was er zurückhaben wollte. Er weigerte sich jedoch zu sagen, was. Kevin leugnete selbstverständlich, er habe Tobias nichts weggenommen und sei plötzlich angemacht worden.

Selbst Frau Mäuerle hat gemerkt, dass ihre Verteidigung auf schwachen Beinen steht, solange Tobias nicht mit der Sprache herausrückt, was der eigentliche Gegenstand des Streits war.

Thiel setzte selbstverständlich genau an diesem Punkt an, um Tobias unglaubwürdig zu machen: Tobias könne den „Diebstahl" nicht nachweisen und habe verbotenerweise ein Messer bei sich getragen, das er auch benutzte..

Eigentlich überraschte sie das alles nicht. Tobias war eine undurchsichtige Person. Sie hatte oft den Eindruck, er führt etwas im Schilde, lässt sich aber nicht in die Karten schauen. Schon dieses unbewegliche Gesicht, dieser starre Blick machten ihn für sie zu einem potentiellen Täter. Manchmal kam er ihr überhaupt nicht wie ein Sechzehnjähriger vor. Sie fragte sich nur, wann seine Freunde, Patrick und Christian, die Arena betreten würden. –

Für diesen Nachmittag war eine außerordentliche interne Konferenz zu dem Vorfall anberaumt worden, bei der sie auch anwesend zu sein hatte. Als sie etwas verspätet eintrat, saßen alle schon da, es lag Spannung in der Luft.

Haußmann war sichtlich nervös. Er referierte den Stand der Dinge und stellte die möglichen disziplinarischen Konsequenzen vor.

Klar war, dass Mäuerle gegen die Hausordnung verstoßen hatte, denn es ist selbstverständlich untersagt, Waffen in die Schule mitzubringen. Zudem war er laut Zeugenaussagen der umstehenden Schüler und der dazugekommenen Lehrer eindeutig der Aggressor gewesen. Der aufgeschlitzte Ärmel von Kevin bewies zudem, dass es nicht bei der Drohung geblieben, sondern wirklich zu einem tätlichen Angriff gekommen war.

Die Schule konnte als Sanktion einen verschärften Verweis erteilen und die Demission androhen. Haußmann befürwortete diese Maßnahme und hoffte, dass Thiel sich damit zufrieden geben würde; ein sofortiger Rausschmiss des Tobias Mäuerle wäre dagegen problematisch, pädagogisch und sozial gesehen.
Lohaus meinte, Thiel solle das Jugendamt einschalten und ein Verfahren anstreben. Ein kleiner Dämpfer könne dem Mäuerle nicht schaden. Haußmann fand diesen Vorschlag nicht gut, denn es gehe auch um den sozialen Frieden an der Schule: die beiden Jungen und die Eltern müssten dazu kommen, wieder miteinander zu kommunizieren und einen Schlichterspruch zu akzeptieren. Im Moment sei man noch nicht so weit, Frau Mäuerle verteidige ihren Sohn wie eine Kampfhenne, Herr Thiel betreibe juristische Pfennigfuchserei. -
Haußmann war sichtlich verärgert über das Verhalten der Eltern.
Völlig ungeklärt war nach wie vor der Anlass für den Streit der beiden Jungen. Beide ließen sich darüber nicht aus.
„Offenbar handelt es sich dabei um etwas Verbotenes", sagte sie in das Schweigen hinein. „Beide haben Angst, dass sie sich noch weiter hineinreiten, wenn sie damit herausrücken."
„Man hat aber bei den Jungen nichts gefunden. Keine Computerspiele, CDs, Kassetten etc. mit verbotenem Inhalt. Sie hatten nichts Auffälliges bei sich."
„Thiel kann das dem Mäuerle ja schon vorher entwendet haben, vielleicht nicht einmal erst heute, sondern schon früher."
„Durchsucht worden sind die Jungen nicht, oder?", fragte sie.
„Durchsucht?!" Haußmann war perplex.
„Ja, ich meine, es könnte sich ja beispielsweise um ein kleines, unscheinbares Tütchen mit einem weißen Pulver handeln oder um ein Röhrchen mit Tabletten...."
„Sie meinen Drogen?" Haußmann war alarmiert. „Ja glauben Sie, dass die beiden auf dem Schulhof dealen wollten?"
„Möglich wäre es schon", warf Hubert ein. „Das würde erklären, warum keiner der beiden etwas zum Gegenstand des Streites sagt."
„Ja haben Sie denn einen konkreten Verdacht, Frau Kinkel, oder reden Sie einfach nur so ins Blaue hinein....?"

Haußmann war die Vorstellung sichtlich unangenehm. Denn falls sich der Verdacht erhärten würde, müssten eine ganze Reihe von Maßnahmen eingeleitet werden, die Polizei informiert, das Jugendamt eingeschaltet etc. Nicht zuletzt müsste der Drogenbeauftragte der Schule aktiv werden. Wer war denn für dieses Amt ernannt worden? War es nicht Margit? Margit mit den Fächern Biologie und Chemie war ein gefundenes Opfer für bestimmte ministerielle Erlasse, wie das Durchführen von Sexualkunde, Aids-Aufklärung, Drogenberatung an der Schule.
Margit hatte sich für diese Konferenz entschuldigt, wie so oft, sie litt häufig unter Migräne. Haußmann war in solchen Fällen sehr sozial; heute bereute er seine Großzügigkeit wahrscheinlich.
„Frau Kinkel, ist Ihr Verdacht denn begründet? Gibt es Anzeichen von Drogenmissbrauch bei Tobias Mäuerle und Kevin Thiel?"
„Ich bin natürlich kein Experte in diesen Dingen, Herr Haußmann, aber ich unterrichte ja in der Zehnten Deutsch, und mir ist aufgefallen, dass Tobias immer so glasige Augen hat und oft einen starren Blick. Sein Freund, Patrick Polenz, übrigens auch."
„Haben Sie die Burschen mal darauf angesprochen?"
„Nein, ich....nein. „
„Vielleicht sind die beiden einfach nicht ausgeschlafen. Man weiß ja, wie manche Jugendliche ihre Nächte verbringen, am Internet oder mit indizierten Videofilmen...." Haußmann möchte den Verdacht herunterspielen. „Gibt es denn außer dem glasigen Blick und dem - Vorsichhinstarren sagten Sie? – weitere Indizien, die auf Drogenkonsum hindeuten? Verhalten sich die beiden auffällig? Ist jemandem etwas Ungewöhnliches an den beiden aufgefallen?" „Frau Kinkel?"
Sie schüttelte in Kopf. „Nein, ich bin wirklich keine Expertin auf dem Gebiet, ich kann nicht mit Sicherheit sagen, ob einer Haschisch nimmt oder nicht. Ich wollte nur bemerken, dass ich das eben an Tobias Mäuerle wiederholt festgestellt habe."
Es war wohl ein Fehler, diesen Verdacht in der großen Runde ausgesprochen zu haben. Sie beschloss, sich nicht mehr zu Wort zu melden.

Als Wieland gehen wollte, informierte die Sekretärin den Direktor, der aus seinem Büro kam, um ihn zu verabschieden.
„Bei dieser Gelegenheit, Herr Haußmann, möchte ich noch etwas ansprechen. Haben Sie Drogenprobleme an Ihrer Schule?"
„Nun, ich glaube nicht mehr, als andere Schulen auch, obwohl Frau Kinkel in der letzten Konferenz einen konkreteren Verdacht geäußert hat. Sehen Sie, wir sind alle keine Fachleute in Sachen Drogenkonsum, aber natürlich fällt uns auf, wenn ein Schüler sich seltsam verhält, und wir vermuten dann, dass er Drogen nimmt...und eine solche Vermutung hat Frau Kinkel ausgesprochen."
„Heißt das, sie war sich ihrer Sache nicht sicher?"
„Nun, so ganz wohl nicht, denn sie sagte, sie wolle die Schüler noch weiter beobachten, bevor wir offizielle Maßnahmen einleiten."
„Um welche Schüler bzw. um wie viele Schüler handelt es sich denn?"
„Es sind vermutlich drei oder vielleicht auch vier Zehntklässler, die Frau Kinkel aufgefallen sind."
„Die Schüler wussten aber, aus irgend welchen Quellen, dass sie unter Verdacht stehen, und haben die Vertrauenslehrerin, Frau Gerke, eingeschaltet."
„Ach, das wissen Sie schon? Ich habe Frau Gerke und Frau Kinkel gebeten, in dieser Angelegenheit doch zusammenzuarbeiten, was offenbar beiden nicht leicht fällt, weil sie in punkto Drogenprophylaxe sehr unterschiedliche Anschauungen vertreten."
„Und Sie, zu welcher Auffassung tendieren Sie?"
„Ich würde, ehrlich gesagt, immer den Einzelfall anschauen. Kommt das Kind aus einer intakten Familie, ist sonst sozial unauffällig, intelligent, ein potentiell guter Schüler, aus gesicherten finanziellen Verhältnissen – das ist wichtig bei der Frage, ob einer zum Dealer wird – dann wäre ich bereit das Delikt unter Jugendsünden abzubuchen, verstehen Sie?"
Der Direktor schien wenig Ahnung davon zu haben, dass die meisten Süchtigen aus eben dem Wohlstandsmilieu stammten,

das er gerade geschildert hatte, aber es war nicht Wielands Aufgabe, ihn jetzt darüber aufzuklären, es bestätigte ihn nur wieder einmal mehr in seiner Vermutung, dass sich die Gesellschaft sehr schwer tut mit ihren Opfern.
„Für mich stellt sich natürlich die Frage, ob Frau Kinkels Verdacht eventuell die Leute im Hintergrund, die Dealer, erreicht hat und diese sich gezwungen sahen, etwas zu unternehmen gegen die strikt vorgehende Lehrerin..."
„Sie meinen der Mord könnte im Zusammenhang mit Rauschgiftdelikten verübt worden sein?"
„Nun, möglich wäre es."
Nein, dachte er, es ist unmöglich, sie hat ihren Mörder hereingelassen, sie kannte ihn.
„Ich hätte gern die Namen der drei oder vier Schüler gewusst, um die es geht, und, bitte, Herr Haußmann, informieren Sie das Kollegium in dem Sinne, dass alles, was unseren Ermittlungen dienen kann, uns auch mitgeteilt wird."

Die Nackenrolle unter ihrem Kopf rutschte weg, sie schob sie zurecht und blätterte um: Es war beruhigend: Kommissar Wallander hatte eindeutig wieder ein Tief.

Kaum hatte sie das Licht gelöscht, liefen die Bilder des Tages wie ein Film vor ihr ab, aber sie wusste, wann der Film anhalten würde: die Szene in der Bibliothek.
Eigentlich hatte sie vermutet, dass sie Konrad dort treffen würde. Seit seinem Auszug von zuhause hielt er sich oft dort auf und sie wollte ihm den versprochenen Buchtipp geben. Aber er war nicht allein. Margit saß bei ihm, sie saßen fast auf gleicher Höhe, ganz eng beieinander und ließen sich nicht stören, schauten beide nur kurz auf, als sie hereintrat, Konrad hob leicht die Hand, dann steckten sie wieder die Köpfe zusammen.
Natürlich interessierte sie brennend, worüber da so heimlich gesprochen wurde. Sollte sie einfach hingehen und versuchen an ihrem Gespräch teilzunehmen? Dann würde sie ja merken, ob die beiden abbrachen... Sie beobachtete sie aus den

Augenwinkeln. Wahrscheinlich werden sie das Thema wechseln, sah ganz danach aus. Also würde sie nichts herausbekommen. - Ich könnte mich aber auch an den Tisch links daneben setzen. Ich sitze oft an dem Tisch. Sie können nicht vermuten, dass ich lauschen will. Und schließlich war dies ein öffentlicher Raum und sie hatte das Recht, sich dahin zu setzen wo sie wollte. Aber wenn es ein intimes Gespräch ist, werden sie es in meiner Nähe nicht fortsetzen. -
Am Besten wäre es wohl, sie holte sich den nächsten Roman von Remarque und ginge wieder. Die Schüler waren ganz erpicht darauf, die Fortsetzung von „Im Westen nichts Neues" kennen zu lernen: „Der Weg zurück". Sie hielt es nicht für besonders gut, aber sollen sie das Buch ruhig lesen. Das Thema Krieg stieß bei vielen Jugendlichen auf großes Interesse, obwohl sie im allgemeinen unpolitisch waren.
Sie zog den Band aus dem Regal und schlenderte zum Tisch mit den Karteikarten und war damit in Hörweite von Konrad und Margit, aber sie sprachen wirklich sehr leise.
Sie konnte nichts verstehen.
Plötzlich wandte sie sich um und trat zu ihnen.
„Was sagt ihr denn zu den neuen Entwicklungen im Fall Mäuerle-Thiel? Wie fandet ihr die Konferenz gestern?" Sie ignorierte bewusst die Tatsache, dass Margit gar nicht daran teilgenommen hatte.
Beide schwiegen einen Augenblick. Offensichtlich hatten sie sich über etwas anderes unterhalten.
„So ganz abwegig scheint mir das nicht zu sein, was du gesagt hast", meinte Konrad dann.
„Ich hoffe nur, dass Haußmann die Sache nicht an die große Glocke hängt", sagte Margit.
„Aber wenn bei uns auf dem Schulgelände gedealt wird, dann können wir das nicht einfach ignorieren!" Ihr Protest klang schärfer als beabsichtigt.
„Wenn denn überhaupt gedealt wird", konterte Margit und sah sie herausfordernd an.
„Vielleicht wäre es gut, wieder einmal eine Aufklärungsstunde zum Thema Drogenmissbrauch zu halten!" Die Anspielung an ihr mögliches Versäumnis als Drogenbeauftragte musste Margit verärgern.

„Ja, das könnte nichts schaden", meinte Konrad unbefangen.
„Man sollte jemand von der Polizei dazu einladen."
Irgendetwas reizte sie, Margit zu provozieren.
„Nein, auf keinen Fall!". Der Widerspruch kam prompt und heftig. "Ich halte nichts davon die Jugendlichen zu kriminalisieren."
„Was heißt kriminalisieren? Es ist doch illegal, zu dealen, oder?"
„Du weißt genau, was ich meine. Jeder Jugendliche muss in der Pubertät einmal etwas Verbotenes tun. Das gehört zum Reifungsprozess dazu. Diese Handlungen als Straftaten zu behandeln, halte ich für absolut kontraproduktiv."
„Wie willst du den Jugendlichen also beibringen, dass sie etwas Ungesetzliches tun?"
„Das wissen die, dass das ungesetzlich ist."
„Das hält sie aber offensichtlich nicht davon ab..."
„Mein Gott, Carmen, hast du noch nie in deinem Leben etwas Ungesetzliches getan?"
Konrad griff ein: „Wir haben doch alle einmal Haschisch ausprobiert, oder. Ich erinnere mich noch gut. In der WG, in der ich damals gewohnt habe, gab's einige, die hatten immer was auf Vorrat, wenn man sie fragte...Und die Bude roch manchmal ganz schön danach, da hätte kein Bulle hereinkommen dürfen..."
Wie sie alle mit ihrer wilden Studentenzeit angaben, diese angeblichen Nachfolger der 68er! Alle wollten sie gehascht und auf Demos skandiert haben! Wenn sie sich heute diese Spießer anschaute, kamen ihr allerdings Zweifel, dass das jemals so gewesen sein könnte. Wahrscheinlich kannte Konrad nur jemanden, der jemand kannte, der kiffte, und jemanden der jemanden kannte, der auf die Friedensdemos ging und wirklich politisch aktiv war.
Margit wühlte in ihrem toupierten blonden Haar, das sie, im Stil der wieder modernen 60er Jahre, kinnlang mit leichter Innenrolle trug. Sie war nicht sehr groß, was sie durch Plateau-Schuhe auszugleichen suchte. Konrad starrte auf ihren nervös wippenden Fuß. Ihre Blicke kreuzten sich. Margits Fußnägel waren lila lackiert und passten zu dem bedruckten Rock aus

dünnem Chiffon mit einem Volant am Saum. Knielang. Sie hatte sehr schmale Knie.
Aber eine Carmen Kinkel ließ sich nicht so leicht mundtot machen! Schließlich las sie alle Artikel in den Zeitungen zu diesem Thema. „Das kannst du doch gar nicht miteinander vergleichen, Konrad! Wir waren damals Studenten, alle schon über 21 Jahre alt. Wir konnten die Verantwortung, die wir für uns hatten, erkennen. Aber das hier, das sind doch Kinder, einfach nur Kinder! Gerade sechzehn geworden! Man darf sie nicht mit den Studenten von damals vergleichen!"
„Ja, vielleicht hast du recht", gab er klein bei.
Aber da fuhr Margit dazwischen: „Um so weniger darf man sie in eine kriminelle Ecke stellen! Sie sind Kinder und man muss ihnen helfen die Gefahren zu erkennen."
„Von der Raucherprophylaxe weiß man, dass „Erkenntnis" überhaupt nichts nützt! Die Schüler wissen, dass Rauchen schädlich ist, aber das hält sie nicht davon ab. Die Erwachsenen übrigens auch nicht!"
„Und, was willst du tun? Rauchen auch unter Strafe stellen? Offiziell verbieten?"
„Ich finde, dass Strafe durchaus eine abschreckende Wirkung hat!" Das gilt natürlich nicht für die Todesstrafe, schoss es ihr in Erinnerung an die Debatten mit der 10. Klasse durch den Kopf.
„Auf einige wenige vielleicht. Aber aus der Zeit der Alkohol-Prohibition in den USA wissen wir auch, dass ein riesiger Schwarzmarkt entsteht, den man dann kaum noch kontrollieren kann."
„Ah, du bist dann wohl auch für die Legalisierung der sogenannten weichen Drogen?"
„Bevor ich Kinder in das kriminelle Milieu der Anschaffungsprostitution abdränge – ja!"
Margit schaffte es, dass ihr der Geduldsfaden riss: „Aber woher sollen die Kinder denn wissen, dass das, was sie tun verkehrt ist, wenn wir es ihnen höchstoffiziell erlauben?!"
„Man muss ihnen die Folgen klar machen..."
„Aber kapierst du denn nicht, dass die Folgen allen Süchtigen egal sind?!" Sie schrie schon beinahe.

„Den Süchtigen schon, man muss vorher aufklären! Ich kann durch Gespräche viele Jugendliche erreichen, wenn sie Vertrauen zu mir haben, wenn sie wissen, dass ich sie nicht hinhänge..."

„Diese Art von Drogenprävention wird seit zwanzig Jahren betrieben, mit dem Erfolg, dass das Einstiegsalter immer weiter sinkt!"

„Dafür muss man aber ganz andere Entwicklungen in der Gesellschaft verantwortlich machen!"

„Natürlich". Der Hohn in ihrer Stimme war nicht zu überhören.

„Der Teufel entschuldigt sich damit, Beelzebub zu heißen!"

Ihr ging dieses sozialpädagogische Gewäsch unheimlich auf die Nerven.

„Sag mir eins", sie wandte sich an Konrad, „du unterrichtest doch auch Religion. Wie soll man Jugendliche zu moralischem Handeln erziehen, wenn man gleichzeitig die Gesetze, welche die Moral unterstützen, abschafft?"

„Ja,", sagte er und rieb sich das dunkel umschattete Kinn, „das ist schon ein Problem. Manchmal denke ich, Moral ist überhaupt nicht mehr vermittelbar."

Die Schulglocke läutete, die Pause war vorbei.

Sie ließ die beiden zurück, die es offenbar weniger eilig hatten. Worüber sie so vertraulich miteinander gesprochen haben, hatte sie nicht herausgefunden.

Als Wieland ins Kommissariat zurückkam, lag die getippte Aussage von Manfred Scheurer, dem Hausmeister, vor; Frau Wunsch, bereits zum zweiten Mal vorsprechend, war noch nicht fertig mit ihren Schilderungen und schien Irene Andresen noch länger am PC festhalten zu wollen.

Erik Gutzke setzte sich in den Sessel gegenüber. „Der Hausmeister sagte, dass er, wie mit Frau Kinkel vereinbart, um 15.30 Uhr bei ihr aufkreuzte, um ein Rohr abzudichten. Er habe Frau Kinkel Tage zuvor ein antikes Waschbecken installiert, was ihn Mühe genug gekostet hätte, aber am Ende sei immer noch ein Rohr undicht gewesen, das habe er am Donnerstag Nachmittag richten wollen, nachdem er in einem

Fachgeschäft schließlich passende Dichtringe und Verbindungsstücke gefunden hatte.
Er erzählte, dass Frau Kinkel an dem Nachmittag Besuch gehabt habe von einer Gruppe von jungen Leuten, die er für ihre Schüler hielt.
Die saßen, so sein Bericht, alle im Wohnzimmer, er habe sich weiter nicht darum gekümmert. Frau Kinkel schien etwas nervös zu sein, vielleicht weil sie zwei Dinge auf einmal tun sollte, aber er habe ihr dann gesagt, dass er allein zurecht käme und sie zu ihren Gästen geschickt.
„Er sagte in etwa...", Gutzke blickte auf seinen Block: „Die Carmen, die benimmt sich in allen praktischen Fragen wie ein aufgeregtes Huhn, man muss ihr immerzu den Arm um die Schulter legen um sie zu beruhigen. Aber ich habe den Umgang mit diesen vereinsamten Singlefrauen inzwischen ganz gut drauf."
„Was für ein Typ ist er, dieser Scheurer? Ich meine, könnte er der Kinkel zu nahe getreten sein?"
Erik überlegte. „Er ist nicht sonderlich vertrauenswürdig, läuft herum wie ein Rocker, mit Ring im Ohr und Lederklamotten, kurz geschorenem Haar, aber er ist nicht dumm und offenbar versteht er was von seinem Handwerk."
„Wir sollten mal nachschauen, ob er nicht ein früherer Kunde von uns ist."
„Wird gemacht, Boss." Erik grinste.
Wieland erhob sich, um Irenes Mittagspause zu retten.
„Frau Wunsch, schön dass Sie noch einmal gekommen sind. Sie haben Ihre Aussage ergänzt?"
„Ach Herr Kommissar, wie gut, dass ich Sie endlich persönlich treffe! Mir ist es doch ein Anliegen, Ihnen zu erzählen, was mir noch aufgefallen ist und wozu am Samstag keine Zeit mehr war, weil Sie zu einem anderen Fall mussten." -
Irene verdrehte die Augen.
Er wollte versuchen es kurz zu machen und blieb vor der alten Dame stehen. „Nun, Frau Wunsch, was ist Ihnen denn noch eingefallen?"
„Wir wurden unterbrochen, als ich Ihnen gerade von den jungen Leuten erzählen wollte."

„Den jungen Leuten?" Sie meinte bestimmt die Gruppe von Schülern, die der Hausmeister bei Carmen Kinkel angetroffen hatte, als er um 15 Uhr 30 läutete.
„Ja, die waren mir schon öfters aufgefallen, die strichen so ums Haus, als ob sie jemand suchten, und gerade als ich hinaus wollte, um den Abfall wegzuschaffen, da kamen sie ins Haus. Sie hatten bei Frau Kinkel geläutet und ich dachte mir gleich, dass das Schüler von ihr sein müssten."
„Hat Frau Kinkel denn aufgemacht?"
„Ja, aber erst nach dem zweiten Läuten. Ich wollte gerade den jungen Leuten sagen, dass Frau Kinkel wahrscheinlich ihr Nachmittagsschläfchen macht. Wissen Sie, Frau Kinkel und ich, wir werden am frühen Nachmittag immer so müde, und da haben wir beschlossen, täglich ein wenig zu dösen. Manchmal bin ich ja richtig eingenickt…Aber am Donnerstag, da hatte ich mir den Schrank vorgenommen, und weil ich abends „Das Traumhaus" im Fernsehen anschauen wollte, ich habe Ihnen davon erzählt, und doch nicht mehr so flink bin wie früher, hatte ich beschlossen auf mein Nickerchen zu verzichten."
„Frau Kinkel offenbar auch?"
„Ich weiß nicht, ich bin an der Tür stehen geblieben, um zu sehen, ob sie aufmachen würde, und, wie gesagt, sie öffnete dann nach dem zweiten Läuten. Sie schien die jungen Leute aber nicht erwartet zu haben…" Kommissar W. zog fragend die Brauen hoch und Frau Wunsch sprach weiter. „Sie wirkte ganz verschlafen, so ein bisschen zerknittert, wissen Sie, wahrscheinlich wurde sie geweckt, denn sie schien sich nicht über den Besuch ihrer Schüler zu freuen."
„Haben Sie mitbekommen, was geredet wurde?"
„Die Schüler sagten, sie müssten Frau Kinkel unbedingt sprechen, es sei ganz wichtig. Na und dann hat Frau Kinkel die jungen Leute eben hereingelassen. Sie ist wirklich eine gute Lehrerin…gewesen, glaube ich. Wissen Sie: so engagiert. Selbst in ihrer Freizeit hat sie der Beruf nicht losgelassen. Mein Mann war übrigens genauso…"
„Haben Sie die Schüler denn auch wieder weggehen sehen?"
„Nein, ich habe den Abfall hinaus getragen und bin dann zurück in meine Wohnung. Durch Wände kann ich nicht hindurchschauen, auch wenn mich manche für eine alte Hexe

halten mögen, wie Herr Scheurer... Der hat dann später geläutet, das habe ich Ihnen ja schon erzählt."
„Wissen Sie, wann die Schüler bei Frau Kinkel geklingelt haben?"
„Das war so gegen drei. Bis um halb vier schlafen Frau Kinkel und ich meistens...Aber oft ist sie ja schon vor mir wieder auf den Beinen."
Er überlegte. Wer die ersten drei Mal geklingelt hatte, war damit erwiesen: zweimal die Schüler, einmal der Hausmeister. Der würde eventuell auch sagen können, wie das Gespräch mit den Schülern verlaufen war oder wie lange sie geblieben waren. Offenbar handelte es sich um die vier, die Margit Gerke aufgefordert hatte, mit Carmen Kinkel zu reden.
Es mutet aber doch etwas seltsam an, dachte er, dass die Schüler in die Privatsphäre ihrer Lehrerin eingedrungen waren. Oder hatte Carmen Kinkel das nicht so eng gesehen? Woher hatten die Schüler die Adresse ihrer Lehrerin? Oder haben sie zufällig entdeckt, dass die unbeliebte Lehrerin ganz in Schulnähe wohnte?
„Sind Ihnen die Schüler schon früher einmal aufgefallen?"
„Ja, ich hatte sie schon seit Wochen beobachtet, wissen Sie. Zuerst dachte ich, die gehen nur spazieren, vielleicht haben sie eine Freistunde, das machen Schüler doch gern, dass sie in einer Freistunde das Schulgelände verlassen..., obwohl sie das nicht sollen, sagte mein Mann immer. – Aber später kam es mir dann so vor, als suchten sie jemanden."
„Wie lange geht das denn schon so...ich meine, seit wann gehen die Schüler denn hier spazieren?"
„Ich glaube das erste Mal habe ich sie Mitte Mai gesehen, das war vor dem Muttertag, da kamen sie aus der Straße, die zum Friedhof führt. Dort ist ein Blumenladen, und das Mädchen hatte einen kleinen Fliederstrauß in der Hand. Später sind sie mir immer mal wieder aufgefallen. Aber ich wusste ja nicht wirklich, dass das Schüler von Frau Kinkel waren... Zwar ist die Schule nicht weit, aber es ist doch ein großes Gymnasium mit vielen Schülern und Lehrern, Frau Kinkel hat mir mal die genaue Zahl genannt, es müssen über siebenhundert Schüler sein."

„Aber später haben Sie dann geahnt, dass es sich um Schüler von Frau Kinkel handeln könnte?"
„Geahnt, ja geahnt habe ich schon etwas, denn, sehen Sie, Frau Kinkel fing selber auch an, Spaziergänge in Richtung des Friedhofs zu machen. Dort ist ein kleiner Park, das Wäldchen, wie wir sagen, und es ist recht grün und still dort, aber es hat mich doch gewundert, denn sie war gar nicht der Mensch, der in der freien Natur sportlich aktiv war. Ich wollte sie eigentlich fragen, ob sie nicht Angst habe, ganz allein, und dass es doch besser wäre, zu zweit zu gehen, aber sie hat dann diese abendlichen Spaziergänge wieder aufgegeben und ich bin ja auch nicht mehr so gut zu Fuß."
„Dachten Sie, dass sie sich mit den Schülern dort im Wäldchen treffen will?"
„Nein, das eigentlich nicht, die Schule war ja schon vorbei, ich meine es war Abend...Nur etwas seltsam kam es mir schon vor, dass Frau Kinkel plötzlich spazieren ging und ihre Schüler offenbar auch."
„Und wieso glaubten Sie, dass die Schüler jemanden suchten?"
„Nun, das war erst in den letzten Tagen so, da sah ich sie hier an der Wohnanlage in verschiedenen Eingängen stehen."
„Danke, Frau Wunsch, Ihre Aussagen decken sich mit anderen Informationen, die wir erhalten haben."
„Das freut mich. Es freut mich wirklich, dass ich nützlich sein konnte."
Er bat einen Streifenbeamten, die Frau nach draußen zu bringen.

Er würde Margit Gerke fragen, ob sie den Schülern die Privatadresse von Carmen Kinkel gegeben hatte, denn ganz offensichtlich ging es bei dem Besuch um das von der Vertrauenslehrerin empfohlene Gespräch.

Ich werde heute nicht wieder das Klassenbuch vergessen! Da steckt es, richtig, im Fach der Zehnten.
Ob die Zeit reicht, um noch einmal aufs Klo zu gehen?

Sie fühlte sich immer besser, wenn sie noch mal gegangen war, denn später fehlte oft die Zeit dafür, bis zur großen Pause...
Ah Margit, im weißen Jeanskostüm, würdigt mich kaum eines Blickes.
„Guten Morgen!" Keine Antwort auf meinen Gruß. Eine Frechheit! Wahrscheinlich nimmt sie mir übel, dass ich letztens in der Bibliothek während der Diskussion doch die besseren Argumente hatte! Spielt die beleidigte Leberwurst, lächerlich.
Was sie wohl mit Konrad hatte?
Er braucht heute erst später zum Unterrichten kommen, sie hatte auf der Stundenplantafel nachgeschaut, aber mittags sollte es ihr gelingen, ihn in der Bibliothek zu treffen. Es sei denn, er wäre wieder mit Margit dort verabredet.
Ah, da läutete es schon. Dann war keine Zeit mehr für das Klo. Lieber schnell ins Klassenzimmer um die Zuspätkommer zu erwischen.

Jetzt, um 16 Uhr, war es sehr angenehm draußen. Sie musste sich einen neuen Sonnenschirm für die Terrasse kaufen, einen weißen, viereckigen, mit Holzgestell, die gab es jetzt überall, Marktschirme nannte man sie, sie waren inzwischen auch nicht mehr so teuer wie am Anfang und sahen einfach schick aus. Das Weiß konnte die Sonne nicht so ausbleichen, wie ihren uralten bunten Schirm, dessen Farben kaum noch erkennbar waren.
Sie legte den Stapel Hefte auf die Tischkante: Oh je, lauter Blütenstaub! Da musste man erst mal sauber machen; sie ging zurück in die Küche um einen Schwamm und etwas Glasreiniger zu holen, aber es gelang ihr nicht gleich, den Tisch zu säubern, denn der Blütenstaub schmierte und sie musste noch einmal hinein, den Schwamm ausspülen und brauchte Küchenkrepp zum Nachwischen.
Hoffentlich tauchte Frau Wunsch nicht wieder auf. Manchmal half ihr nur die Flucht nach drinnen vor der aufdringlichen Nachbarin. Dann ärgerte sie sich über sich selbst. Warum hatte sie nicht den Mut der alten Frau zu sagen, dass sie ihr lästig ist? Dass sie ihre konservativen Ansichten bei Gott nicht teilt?! - Weil sie Mitleid mit der Frau hat, die alt und einsam ist? - Ein

Schicksal, das ihr selbst bevorstand? - Oder wollte sie bloß keinen Ärger in der Nachbarschaft?
Es wurmt mich, dass sie glaubt, ich wäre ihresgleichen! Genauso spießig, kleinbürgerlich-bigott! Der Gedanke erschreckte sie. Konnte man sie wirklich dafür halten? Sie kam sich immer noch so progressiv vor, als kritischer unabhängiger freier Geist - wie in ihren Studientagen. – Als wäre seitdem die Zeit stehen geblieben. Als hätte sie seit damals nicht gelebt. Als wäre nicht viel Zeit vergangen.
Auch das zweite Diktat zur neuen Rechtschreibung war nicht allzu lang gewesen und sie konnte die Hälfte der Hefte schaffen, wenn sie sich nicht ablenken ließ.
Kaffee wäre auch nicht schlecht, die Wirkung des Koffeins bis heute Nacht wieder abgeklungen, jedenfalls hatte der Verzicht auf den nachmittäglichen Kaffee sie noch nie besser schlafen lassen. Sie ging nochmals in die Küche und setzte Wasser auf, gab drei gehäufte Löffel in die kleine Bodrum-Kanne, nachdem sie sie unter fließendem Wasser ausgespült hatte. Es war noch der Kaffeesatz vom Morgen darin. Wie sollte sie es mit der Milch halten? Würde sie ihr draußen nicht sauer werden? Ich könnte sie ja gleich in die Kanne geben... Aber die war ziemlich voll und außerdem wollte sie die Möglichkeit haben, nachzugießen, wenn der Kaffee nicht hell genug war... Ich werde es riskieren müssen. - Risiko! Von den Risiken des Alltags - ich könnte ein Buch darüber schreiben! Gib uns unser tägliches Risiko – je kleiner desto feiner! Weil vertrackter. -
Sie nahm das Tablett mit dem Gedeck und balancierte es durch das Wohnzimmer nach draußen, stellte es ab, schenkte Kaffee und Milch ein und ließ sich hinter dem Stapel Hefte nieder.
Jetzt konnte es losgehen.
Verflixt, sie musste den Duden für die neue Rechtschreibung herausholen, ohne den würde es nicht gehen. Noch nie hatte sie so viele Wörter nachschlagen müssen wie zur Zeit und es wäre wünschenswert, wenn die Übergangsphase bald dem Ende zuginge und man sich wieder auf eine Schreibweise würde konzentrieren dürfen. Allerdings waren die meisten Fehler der Schüler sowohl nach der alten wie nach der neuen Rechtschreibung zu beanstanden.

Sie schlug verschiedene Schüler-Hefte auf und überflog den Text, um sich zunächst einen Überblick von den Leistungen zu verschaffen. Brenda, natürlich, hatte die wenigsten Fehler gemacht, Nikole, Simone, auch ganz gut. Christian....Ein Zettel fiel aus dem Heft, herausgerissen aus einem Spiral-Block, die Fransen hingen noch dran. Er war mit zwei verschiedenen Handschriften bedeckt, eine davon identifizierte sie sofort als diejenige Christians, die andere...musste Patricks sein. Hatten die beiden versucht zu spicken und sich die Schreibweise der Wörter gegenseitig mitgeteilt? Nein, es sah eher nach zusammenhängenden Sätzen aus, einem Dialog. Neugierig begann sie zu lesen.

Wieland beschloss, in die Wohnung von Carmen Kinkel zu fahren.
Warum wurde ein Mensch ohne deutlich erkennbares Motiv getötet?
Es bestand natürlich auch die Möglichkeit eines im Affekt verübten Mordes, aber danach sah es in der Wohnung nicht aus, ein Streit handgreiflicher Art hatte nicht stattgefunden, der Todesstoß war gezielt ausgeführt worden, darüber konnte kaum ein Zweifel bestehen. Es war natürlich möglich, dass Carmen Kinkel, wenn sie so intellektuell war, wie man sagte, ihren Mörder mit Worten gereizt, ihre geistige Überlegenheit zu spüren gegeben hatte... Aber woher sollte ein Affekttäter die Waffe nehmen? Denn das Mordinstrument war kein gewöhnliches Messer, sondern ein Kampfmesser, eine Waffe, wie sie auch in bestimmten radikalen Kreisen gebräuchlich war. Der Mörder muss es dabei gehabt und wieder mitgenommen haben. Wenn Mord im Affekt ausschied, blieb nur die Suche nach einem motivierten Mörder.
Aber welches Motiv könnte es geben, diese Frau umzubringen? Und wer hatte in der Tatzeit die Gelegenheit dazu gehabt?
Wieland überließ sich ganz seinen Vorstellungen. Er liebte es, in ein Szenario einzutauchen.
Da war die Nachbarin, die sich der jüngeren Frau aufgedrängt und vielleicht nicht genug beachtet gefühlt hat, aber die

Annahme, dass Frau Wunsch einen Mord begeht, war absurd. Sie hatte sich nicht wie eine Schuldige verhalten, obwohl ihre harmlosen Erklärungen über das Hören der Klingel in der Nachbarwohnung eher fragwürdig waren.
Der Hausmeister konnte die Tat am Nachmittag nicht begangen haben, denn er war gesehen worden, sowohl von Frau Wunsch – was er sicherlich ahnte – als auch von den bereits anwesenden Jugendlichen. Er hätte es – wenn schon – dann später noch einmal versuchen müssen. Als Motiv käme in Frage lästige Eifersucht seitens der Kinkel, vielleicht sogar erpresserische Versuche ihrerseits und seine wütende Abwehr. Oder es war umgekehrt und Scheurer hatte geglaubt Ansprüche an die Kinkel zu haben, worauf die ihn in die Schranken verwies, was ihn wiederum zum Messer greifen ließ. Wie ihn Erich Gutzke beschrieben hatte, könnte er durchaus im Besitz einer solchen Waffe sein, denn er schien zu der radikalen Szene Kontakt zu haben - eine etwas zwielichtige Figur. Wieland seufzte: der Posten musste zunächst offen bleiben. Mal abwarten, was die Datenbank preisgab, vielleicht wurde Manfred Scheurer ja bereits im Täterregister geführt. – Interessanter als der Hausmeister schien ihm jedoch das Kollegenpärchen: Konrad Kuhn und Margit Gerke, zusammen mit Carmen Kinkel ergab das eine Dreiecksbeziehung mit Konrad als Hypotenuse und Margit und Carmen als Dreiecksschenkel, die aber nicht gleich lang waren. Der Vergleich gefiel ihm und er musste grinsen. Welche der beiden Frauen hatte die größeren Chancen? Direktor Haußmann hat nur Carmen Kinkel in der Rolle der zukünftigen Geliebten gesehen, und die Vorstellung hatte ihn nicht gestört, im Gegenteil. Konrad Kuhn selbst hat sich bedeckt gehalten. Aus der Rivalität der beiden Frauen machte er eine pädagogische Streitfrage. Zu stimmen scheint, dass es dabei um die Frankfurter Schule und den Sozialphilosophen Habermas ging, und Margit Gerkes Vermutung, dass Kinkel dem männlichen Kollegen Unterlagen darüber habe anbieten wollen, standen im Einklang zu Konrad Kuhns Wertschätzung der Kenntnisse von Carmen Kinkel auf diesem Gebiet. Möglich, dass er mit Carmen nur intellektuell, mit Margit dagegen sexuellen Kontakt gepflegt hatte. Andererseits hatte der Direktor die

beiden sehr nahe zusammen stehen sehen und Carmen erhielt um 18 Uhr Besuch von einem großen, dunkelhaarigen Mann und hatte am Abend ihres Todes Geschlechtsverkehr.
Der Besucher um 18 Uhr – wann hatte er die Wohnung von Carmen Kinkel wieder verlassen? Möglicherweise während der Zeit, in welcher im Fernsehen die Seifenoper lief, die Frau Wunsch sich unbedingt anschauen wollte.
Wer waren die Personen, die vor und nach 21 Uhr bei Carmen geläutet hatten? War eine davon Margit Gerke, auf der Suche nach ihrem untreuen Freund? Hatte Carmen ihr höhnisch erzählt, mit wem sie gerade auf dem Futon gelegen hatte? Wäre Eifersucht nicht ein glaubwürdiges Motiv? Die beiden Frauen waren sich in mehr als einer Hinsicht nicht grün, und wenn dann noch die Rivalität um einen Mann dazu kam...
Schon seltsam, dieses Konkurrenzverhalten zwischen Frauen. Beide waren eigentlich gut aussehend, wenn er auch Carmen den Vorzug gegeben hätte. Margit war etwas zu aufdringlich, gewollt jung und betont pädagogisch. Kuhn und Gerke zusammen – das ergab eine asymmetrische Beziehung, in der die Frau den Mann absolut dominierte. Wieland schüttelte sich, schon die Vorstellung von den beiden als Paar war unangenehm.

Vier Uhr morgens. Ein Traum hatte sie diesmal geweckt.
Es kam selten vor, dass sie sich erinnerte etwas geträumt zu haben. Ihrem Homöopathen musste sie zu dessen Leidwesen die Frage immer abschlägig beantworten: wenn ich träume, dann weiß ich jedenfalls nichts davon.
Aber jetzt, jetzt wusste sie, dass sie geträumt hatte. Von Roland, der mit ihr über die Straße zur Bushaltestelle an der Universität gegangen war. Sein Gesicht hatte sie nicht deutlich gesehen, aber die große, schlanke Gestalt neben ihr war zweifellos Roland. Sie hatte seine Nähe gespürt und die Wärme, die Vertrautheit, die zwischen ihnen war, damals, als sie bis spät in den Abend hinein in der Universitätsbibliothek arbeiteten, um dann gemeinsam ein Stück nach Hause zu

fahren. Sie kuschelte sich tief in die Kissen und versuchte lustvoll sich an den Traum in allen Einzelheiten zu erinnern.
In der Dämmerung waren sie ganz allein an der Haltestelle gestanden, nah beisammen. Sie fühlte sich eingehüllt in eine Woge liebender Zuneigung. Dann musste Roland etwas gesagt haben, sie wusste nicht was, war abgelenkt, weil der Bus kam, da waren die hellen Scheinwerfer, die sich schnaufend öffnenden Falttüren. Plötzlich war Roland nicht mehr da, sie fuhr allein, stand haltlos auf der mittleren Plattform, als der Bus heftig bremste und sie nach vorn stürzte. In diesem Moment musste sie aufgewacht sein.
Was hatte Roland im Traum zu ihr gesagt?
Ich habe seine Stimme nicht gehört. Er ist nicht mit eingestiegen. Er hat mich verlassen.
Aber in Wirklichkeit war er immer mit eingestiegen und sie waren zusammen bis zum Theodor-Heuss-Platz gefahren, wo er dann in die Straßenbahn umstieg. Bis auf die wenigen Male, da er bei ihr geblieben war...
Für einen Moment war das Gefühl wieder da, diese tiefe, randvolle innere Zufriedenheit, die nur seine Gegenwart in ihr hervorrufen konnte. Diese grenzenlose Zärtlichkeit, die sie für ihn spürte. Ganz anders als das, was sie später für Männer empfand.
Was hatte er ihr im Traum sagen wollen?
Damals, als er sich endgültig entschieden hatte, bei Angela zu bleiben und sie aufzugeben, da sagte er..."Beziehungen sind so komplex, Carmen. Du hast recht, zwischen uns beiden, das ist etwas Besonderes, aber es gibt so viele Facetten der Liebe, du wirst sie auch noch kennen lernen..."
Sie wollte, dass er ihr erklärte, was das für Facetten wären in seiner Beziehung zu Angela, aber er hatte nichts verraten, er war immer sehr diskret und auch loyal.
Ich habe bis heute nicht verstanden, was das war, das ihn dazu brachte, diese Beziehung fortzuführen, obwohl *wir* uns begegnet waren.
Angela war eine reizvolle Frau, das musste sie zugeben, nicht eigentlich schön, aber auf besondere Weise anziehend. Sie war ihr nicht sympathisch, wahrscheinlich, weil sie nicht ergründen konnte, worin diese Anziehungskraft genau bestand. Angela

hatte eine kleine Zahnlücke, einen schmalen Spalt zwischen den vorderen Schneidezähnen, und es wollte ihr scheinen als wäre dieser Spalt die Ursache für diese Attraktivität, eine verborgene, unvermittelt sichtbar werdende Öffnung, die eigentlich ein Makel war, der aber, so ausgestellt, wie ein geheimes Zeichen wirkte, eine Einladung zur Intimität.
Sie schob den Gedanken beiseite und konzentrierte sich auf den Moment des tiefsten Glücks, den der Traum ihr zurückgebracht hatte, diesen Augenblick der tiefen Übereinstimmung mit sich und der Welt, bevor der Bus kam...

Sie wachte lange vor dem Läuten des Weckers auf.
Auf dem Zettel hatte gestanden: „Die K. erzählt überall, wir würden kiffen." Antwort von Patrick: „Ich hasse diese Fotze. Sie steht mir bis dahin!" Wieder Christians Schrift: „Was können wir noch tun?" Antwort: „Ich habe es herausgefunden. Wir können anfangen. Treffen wir uns heute im Wäldchen?" „Kann nur bis 14 h. Habe Volleyball-Training. Meine Mutter bringt mich hin." Die restliche Kommunikation war dann wohl mündlich abgelaufen. Sie hatte den Zettel an sich genommen, aber sie wusste nicht, was sie damit tun sollte.

Wahrscheinlich würde sie vor dem Läuten des Weckers nicht mehr einschlafen können oder, und das war noch schlimmer, erst kurz davor eindämmern, so dass er sie wirklich wütend machte, dieser Alarm, der ihr den späten Schlaf wie einen letzten Rettungsanker, an den sie sich klammerte, entriss.

Wieso wissen die beiden Knaben, was ich in der Konferenz gesagt habe? Es ist schier nicht zu glauben, aber es muss so sein: jemand hat gequatscht. Aber wer? Theoretisch könnte es jeder sein. Konrad war es eher nicht, ist zu vorsichtig. Ob er aber Margit...? Ich muss nachlesen, was im Protokoll steht, das können alle Kollegen einsehen. Aber ich tippe auf Margit. Vielleicht hat sie mich deswegen heute ignoriert, weil sie ein schlechtes Gewissen hat.... Aber zu wem, mit wem hat sie darüber geredet? Das gibt's doch überhaupt nicht, dass man mit den Schülern über das redet, was in der Konferenz gesagt wurde. - Sie könnte es deren Eltern gesagt haben... Hat sie

denn Kontakt mit Frau Mäuerle? Mir ist da nichts bekannt...
Aber es ist unglaublich, unglaublich....
Sollte sie Haußmann den Zettel zeigen? Als Beweis dafür, wie lässig das Kollegium mit der Schweigepflicht umgeht?
Aber er wird sagen, aus dem Geschreibsel gehe nicht hervor, dass die Jungen von meiner Äußerung in der Konferenz erfahren haben, es könnte ja auch sein, dass ich meinen Verdacht schon bei anderen Anlässen geäußert habe. – Nur ist dem nicht so, Herr Haußmann. Ich habe – für mich selber überraschend – in der bewussten Konferenz zum ersten Mal diese Schlussfolgerung gezogen...
Klar, der Zettel ist kein Beweis gegen jemanden, aber vielleicht würde es ja schon etwas nützen, wenn Haußmann zu Beginn der nächsten Sitzung auf die Geheimhaltungspflicht der Kollegen hinwiese... Das wäre doch für die, die es angeht, ein nicht misszuverstehender Wink mit dem Zaunpfahl... Es muss Margit gewesen sein. Aber die könnte sich damit herausreden, dass sie in der betreffenden Konferenz nicht anwesend war. Jemand muss ihr von meiner Bemerkung erzählt haben. Das Protokoll hält zumeist nicht die Namen der Redner fest. Ich muss morgen nachsehen, was von meinem Redebeitrag aufgenommen wurde. Jedenfalls ist Margits Dissens zu meinen Ansichten nur allzu offensichtlich. Ob sie mit den Schülern ein vertrauliches Gespräch gesucht hat, um einer Aktion meinerseits zuvor zu kommen?
So könnte es gewesen sein.
Endlich der Wecker.

Sie trat aus dem Haus und lief eilig den Plattenweg hinunter zur Hauptstraße, die direkt zur Schule führte. Ihre Wohnlage war günstig: nicht weit zur Schule, kaum zehn Minuten zu Fuß, trotzdem zentral, zehn Minuten in die andere Richtung, und man war schon fast im Zentrum, in den Kaufhäusern, den Passagen, den Straßencafés, im Kino oder in der Konzerthalle, in der sie die Theateraufführungen verschiedener Gastensembles besuchte. Und hinter dem Friedhof, der sich an das Waldchen anschloss, lagen zwei große Supermärkte, ideal für den Großeinkauf am Wochenende.

Sie konnte aus ihren Augenwinkeln das dunkle Grün des Wäldchens zu ihrer Rechten wahrnehmen. Dort treffen sie sich, ich habe sie schon einmal gesehen, wie sie zu dritt von dort kommend an mir vorbei in Richtung Schule liefen. Wäldchen war eigentlich übertrieben, es handelte sich eher um ein kleines Eckchen Park mit einigen Laub- und Nadelbäumen und einer Bank zum Sitzen, ein unwirtlicher, düsterer Ort, wenig einladend wegen des anliegenden Friedhofs, wahrscheinlich wurde der Platz deshalb gemieden. Ich bin noch nie im Wäldchen spazieren gegangen. Ob ich es einmal tue?

Obwohl sie keinen langen Schulweg hatte, war sie immer eine der letzten. Das lag bestimmt an ihrer Schlaflosigkeit. Besonders schlimm war es in den Nächten vor dem Unterricht in der Zehnten. Aber ich lasse mich nicht unterkriegen!
Das Klassenbuch nicht vergessen.
Da klingelt es auch schon.
Es war verhältnismäßig still in der Klasse, schienen auch alle da zu sein. Ah, die Tafel war vom Klassendienst nicht geputzt worden!
„Guten Morgen!"
Sie bekam ein Murmeln zur Antwort.
Es war schon lange nicht mehr üblich, gemeinsam aufzustehen und zu grüßen order gar ein Gebet zu sprechen. Das ist nicht mehr durchsetzbar, hieß es im Kollegium, sei veraltet.
„Wer hat Tafeldienst?", fragte sie und schaute in die entsprechende Spalte im Klassenbuch. „Ah, Cornelie, dürfte ich um eine saubere Tafel bitten?"
Sie drehte sich zur Tafel um und sah erst jetzt, was da stand.
„Todesurteil für..." und „....wird gehenkt". Der Name des Delinquenten muss mehrfach ausgewischt worden sein, die Stelle war recht verschmiert. Darunter war ein typisches Galgenmännchen gemalt, wie sie es aus dem Wörterratespiel kannte, es war komplett aufgehängt, sein Schicksal besiegelt. Neben dem Galgen war ein dicker Pfeil, der auf den Todeskandidaten zeigte, und dahinter stand ein großes K.
„Was soll das? Wer hat das gemalt?"

Cornelie begann den rechten Flügel der Tafel, der voller englischer Vokabeln war, mit dem nassen Schwamm zu putzen.
Die Klasse schwieg, die Mehrzahl, verunsichert, wich ihrem Blick aus.
„Bekomme ich keine Antwort? Wer war das?"
Cornelie murmelte, „Wir hatten gestern in Englisch eine Freistunde, da haben wir Galgenmännchen gespielt."
„Und das K? Was ist mit dem K?"
„Vielleicht könnte das der Sonnenwirt sein?", meinte spöttisch Christian.
„Wieso der Sonnenwirt?"
„Na, der wird doch gehenkt, aufgehängt, wie Sie gesagt haben."
„Genau", fiel Tobias ein, „das könnte doch ChChChristian Wolf heißen, oder?"
Er artikulierte den Laut besonders deutlich.
„So ein Unfug! Aber ich kann mir schon denken, wer gemeint ist."
„So?", fragte Christian scheinheilig.
„Wer denn?" Patrick mit einem falschen freundlichen Lächeln.
Sie spürte einen Stich.
Cornelie hatte inzwischen begonnen, den Mittelteil der Tafel abzuwischen und das Galgenmännchen verschwand unter ihren kräftigen Zügen mit dem nassen Schwamm.
„Heute geht es um die Frage, ob Schiller sich die Geschichte des Verbrechers aus verlorener Ehre einfach nur ausgedacht hat. Was meint ihr? Denken sich Schriftsteller ihre Geschichten immer aus?"

Sie trat aus dem Haus und schlug die Richtung zum Wäldchen ein.
Wie man hört, soll Tobias Mäuerle lediglich einen verschärften Verweis bekommen. Rechtsanwalt Thiel will die ganze Geschichte auf sich beruhen lassen, wenn Tobias sich einsichtig zeigt und sich bei seinem Sohn für sein Verhalten entschuldigt.

Man denke an das soziale Klima, und dass die Jugendlichen lernen müssten, eine vernünftige Streitkultur zu entwickeln, um Konflikte gewaltfrei auszutragen.
Wieder einmal ist der Wunsch nach einem Schlichtergremium in aller Munde.
In der Nachbarschule wird das Modell schon im dritten Jahr sehr erfolgreich verwirklicht.
An unserer Schule dagegen hat die Schülermitverwaltung sehr reserviert auf den Vorschlag reagiert, dass Schüler dazu ausgebildet werden sollen, Konflikte zu schlichten. Typisch für unsere Schüler, dass die Idee keine Umsetzung findet, auch nicht im Kollegium.
Aber als vermutlich häufig zitierte Konfliktperson kann es mir nur recht sein, wenn ich mich nicht auch noch vor den Schülern für meine Ansichten rechtfertigen muss.
Der Park ist wirklich winzig.
Nur einige große, alte Tannen schufen Waldatmosphäre, sorgten für die bläuliche Dämmerung und den würzigen Waldduft, ihre Nadeln bedeckten den schwarzen Humus, so dass dort kein Gras wuchs, aber Pilze, keine Speisepilze, sondern blasse, weißlich-braune Gewächse auf langen, dünnen Stielen. Dazwischen einige Buchen und verwilderte Büsche, wahrscheinlich Hasel, hinter der Bank stand verkümmert im dämmrigen Schatten ein Fliederstrauch. Es hingen sogar noch einige magere, bräunlich verwelkte lila Blütendolden an den Zweigen.
Hier musste einmal ein Kinderspielplatz gewesen sein, wofür hätte sonst die kreisrunde Steineinfassung am Boden gedient? Sand war kaum mehr vorhanden, aber es gab noch einen Holzblock, nein, zwei sogar, verwittert und bemoost, wahrscheinlich die Auflagen für die lang schon entfernten Wippen oder Schaukelpferde.
Niemand begegnete ihr, aber die Fahrgeräusche der Autos waren deutlich zu hören, man konnte die Straße mit wenigen Schritten wieder erreichen.
Sollte das ein Ort sein, an welchen sich Jugendliche zurückziehen, um verbotene Dinge zu tun?

Ich könnte ja öfters mal vorbei kommen, interessieren würde mich das schon, was die drei in dieser Gegend zu suchen haben, so unmittelbar in der Nähe meiner Wohnung.

Heute Morgen bin ich tatsächlich etwas früher dran.
Hubert hilft Margit am Kopierer, er wechselt die Toner-Kartusche aus.
„Er wollte einfach nicht mehr", hört sie Margit sagen, „ihm ist der Saft ausgegangen". Sie kichert. Blöde. Bei Hubert wird sie damit kein Glück haben, der ist bestimmt inzwischen impotent! Gleich darauf bereute sie ihren hämischen Gedanken, weil ihr Hubert eigentlich leid tat. Bislang hatte er sein Alkoholproblem im Griff, im Dienst war er ganz unauffällig und still. Sein Unterricht soll eher langweilig sein, die Schüler machen, was sie wollen, aber offenbar halten sie bestimmte Grenzen ein. In den Geschichtsschulaufgaben schreiben sie ab wie die Weltmeister, jeder habe ein geöffnetes Buch unter der Bank, heißt es. Aber wer will das schon genau wissen, solange die Zensuren stimmen?
Die Kollegen sind froh, dass er im Schulgebäude noch nie mit der Flasche erwischt worden ist. Seine Frau mit der kleinen Tochter hat ihn vor Jahren verlassen, warum weiß man nicht genau, es heißt aber, dass er schon vorher getrunken habe. Zum Lehrer ist er nicht berufen, dazu ist er viel zu weich. Wahrscheinlich ein netter, umgänglicher Mensch, einer, von denen man sagt, dass sie keiner Fliege etwas zu Leide tun können. Auch der Alkohol macht ihn nicht aggressiv, jedenfalls war er auf dem Betriebsausflug vor zwei Jahren im Suff in eine Depression gefallen, hat zuerst nur stumm vor sich hingeglotzt, weiter Unmengen von Obstler in sich hineingeschüttet und schließlich angefangen zu weinen. Saß einfach da, völlig zu, und die Tränen liefen ihm übers Gesicht. Der Ausflug dauerte drei Tage, sollte etwas Besonderes sein, die Schifffahrt die Donau abwärts, durch die Wachau, und es war jeden Abend dasselbe mit Hubert. Man musste dafür sorgen, dass er im Hotel sein Bett fand. Am nächsten Morgen erschien er so wie immer, in freundlicher Wortkargheit, ohne Entschuldigung, ohne Erklärung. Vielleicht erinnerte er sich

gar nicht daran, dass man ihn auf sein Zimmer hat schaffen müssen, vielleicht wollte er sich aber auch einfach nicht erinnern, vielleicht war es ihm egal.
Sie fand, man sieht ihm den Alkohol inzwischen an. Er war dürr geworden, mit aufgedunsenem Leib, die Gesichtshaut sehr blass, fast grau und körnig wie Schmirgelpapier.
Zu den Kollegen hielt er kaum noch Kontakt, zwar gaben sich die Männer kumpelhaft, aber sie hatte ihn schon lange nicht mehr mit einem anderen länger sprechen hören. In der Konferenz saß er still da und blätterte in irgendwelchen Unterlagen, die er vor sich auf den Tisch gelegt hatte, Stundenblätter, Musterschulaufgaben, Schülerlisten oder dergleichen. Er saß immer im Hintergrund, am „Katzentisch", weil das Lehrerzimmer inzwischen zu klein geworden war und nicht mehr alle Kollegen im Kreis Platz fanden.

Wieland erreichte das Wohngebiet, stellte sein Auto auf dem Seitenstreifen der Straße ab, betrat mühelos das Haus durch die Tür, die, wie von Frau Wunsch beschrieben, entriegelt war, und öffnete die Wohnung von Carmen Kinkel.
Er wollte vor allem noch einmal einen Blick in das Arbeitszimmer werfen.
Der Raum mit den alten Möbeln und den Regalen voller Bücher hatte eine heimelige, gemütliche Atmosphäre, aber wieder fiel ihm der Kontrast zu den anderen Zimmern auf. Die Höhle war offenbar kein Zufluchtsort für Carmen Kinkel. Sie suchte nach Auswegen, dachte er.
Es standen fast nur gebundene Bücher in den Regalen, keine Taschenbücher, was wohl die Achtung widerspiegelt, welche die Besitzern für das Buch als Medium mit hoher Verfallszeit hegte, oder war sie eine Ästhetin, welche die farblich dezenten Leder- und Leineneinbände den bunten Pappebuchdeckeln vorzog?
Der ganze Kanon klassischer Schullektüre war vorhanden, vom Mittelalter bis zur Moderne, dann gab es die Regale mit Sekundärliteratur, Lexika, Schulbücher. Was las Carmen Kinkel denn privat? Oder las sie da nicht – übersättigt, wie sie

war? Er konnte sich vorstellen, dass man als Deutschlehrer in seiner Freizeit vielleicht lieber etwas ganz anderes machte. Aber was hatte Carmen Kinkel gemacht? Den Schilderungen der Nachbarin war zu entnehmen, dass sie weder sportlich aktiv war noch sich für Gartenarbeit begeisterte. Wie hatte Carmen ihre Freizeit verbracht? Denn selbst wenn sie als Deutschlehrerin viel zu korrigieren hatte, musste sie an den Wochenenden und in den Ferien Freizeit gehabt haben! War sie oft weggefahren? Hatte sie ihre Schwester besucht?

Endlich klingelte es zur Pause. Ich muss dringend aufs Klo. Morgens hatte die Zeit dazu nicht mehr gereicht.
Sie ging aufs Männerklo, jedenfalls offiziell war es das Männerklo, denn es gab in der Kabine neben der Schüssel noch ein Pissoir an der Wand, aber da Frauen öfter müssen als Männer, war sie nicht die einzige, welche die günstige Lage im ersten Stock nutzte statt ins Parterre, ins Damenklo, zu laufen.
Sie hörte, wie jemand den Vorraum betrat, das war natürlich etwas peinlich: es wird ein männlicher Kollege sein. Aber es half nichts, wenn sie nicht die ganze Pause abwartend im Klo verbringen wollte, musste sie raus aus der Kabine.
Es war Konrad.
„Ah, da schau her, ich hatte mir schon so etwas gedacht. Du bist doch nicht etwa lesbisch, dass du aufs Männerklo gehst?"
Blöder Witz.
„Entschuldige, es lag nur gerade auf dem Weg..."
„Lass doch mal sehen, wo hast du denn dein Frauenabzeichen...ich meine ich hätte das Ankh-Kreuz schon bei dir gesehen."
Und wieder, wie letztens schon, griff er nach ihrem Hals und zog die Kette heraus, die ihr in den Blusenausschnitt gerutscht war.
Sie hielt den Atem an. Was macht er da?
„Nein, doch nicht." Er lachte. „Aber schöne Anhänger hast du, das muss man sagen."
Wieder berührt seine Hand wie unabsichtlich ihren Busen, während er das goldene Gingko-Blatt befingerte.

Das gibt's doch nicht.
Er stand viel zu dicht vor ihr. Sie konnte nicht ausweichen, hatte die geschlossene Kabinen-Tür im Rücken.
Was sollte sie tun, unmöglich, ihm einen sexuellen Übergriff vorzuwerfen, ich mache mich ja im ganzen Kollegium lächerlich. Noch dazu in der Männertoilette! Sie spürte, wie ihr die Hitze ins Gesicht stieg.
Aber... vielleicht war es ja nur ein ungeschickter Annäherungsversuch?
Sie hatte seinen Hals in Augenhöhe, viel zu nah, starrte auf die dunklen Punkte, er hat sich schlecht rasiert, die Haut an manchen Stellen rot. Sie legte entschlossen den Kopf zurück, um ihm ins Gesicht sehen zu können. Er hob seinen Blick von ihrem Ausschnitt und einen kurzen Moment standen sie Auge in Auge.
Draußen ging eine Tür.
Konrad trat einen Schritt zurück. „Na, dann woll'n wir auch mal", sagte er, schob sie leicht beiseite und verschwand in der Kabine.
Sie verließ den Vorraum, ohne sich die Hände zu waschen.

Gegen 22 Uhr läutete zweimal das Telefon, ohne dass sich jemand gemeldet hätte. Das passierte immer wieder, war oft der Beginn einer Phase anonymer Anrufe zu jeder Tages- und Nachtzeit, die irgendwann abrupt endete. - Schülern war es vermutlich wieder einmal gelungen, ihre Telefonnummer herzufinden. Natürlich stand ihr Name nicht im Telefonbuch. Auch die Schule war gehalten, im Sinne des Datenschutzes, keine Adressen und andere persönliche Daten an Dritte weiterzugeben, aber nur allzu oft war man selber derjenige, der den Eltern, mit der Bitte um Rückruf, die eigene Telefonnummer verraten hat. –
Solange sie sich keine obszönen Sprüche anhören musste, ignorierte sie diese anonymen Anrufe.
Vielleicht aber waren das Patrick und Tobias, die ganz offensichtlich einen Hass auf sie hatten? Ich habe sie durchschaut, da bin ich mir ziemlich sicher, und ich sollte versuchen, an Beweise heranzukommen.

Aber eine Leibesvisitation der Schüler - wegen Verdacht auf unerlaubten Besitz von Drogen - welche ergebnislos blieb, würde sie nur lächerlich machen und der Häme aussetzen.
Und der Urintest zum Nachweis des Drogenkonsums konnte nur mit Zustimmung der Eltern gemacht werden, und um die zu bekommen, müsste die Schule schon etwas gegen die Jugendlichen in der Hand haben...
Ich sollte wirklich öfter im Wäldchen spazieren gehen, bestimmt könnte ich dann herausfinden, was dort abläuft. Nur lag ihr das Dahinschlendern nicht, schon gar nicht allein. - Anders wäre es, wenn sie einen Hund hätte...viele alleinstehende Frauen haben einen Hund, um bestimmte Dinge unternehmen zu können, wie beispielsweise abends spazieren gehen...Oder wenn sie joggen würde: dann könnte ich mir auch vorstellen allein unterwegs zu sein, in Joggerkluft, den Walkman im Ohr, keinen noch so geringen Anlass für irgend jemand bieten, sie anzusprechen...
Bald war es 23 Uhr.
Ich sollte jetzt an etwas Angenehmeres denken, so wie Kommissar Wallander an seine Baiba....Wie intensiv im Traum Rolands Nähe war! Als könnte ich dieses warme Glücksgefühl reproduzieren und im Traum abrufen – aber Träume lassen sich nicht befehlen, höchstens in einer Stunde der Not, so hört man doch immer wieder. Dann erscheinen einem die liebsten Menschen, um eine Warnung auszusprechen. Wenn ich mich nur daran erinnern könnte, was er zu mir gesagt hat, bevor der Bus kam. Es muss etwas Wichtiges gewesen sein.

Die Schwester musste unbedingt benachrichtigt werden, das durfte er nicht vergessen, schließlich war Carmen schon mehr als 72 Stunden tot.
Warum sie nicht von hier aus anrufen? Zumindest dürfte es keine Probleme bereiten, die Telefonnummer zu finden.
Der Apparat stand seitlich in einem Regal und war vom Schreibtischstuhl aus zu erreichen, ein in Leder gebundenes Adressbuch lag daneben. Wieland suchte unter K, in der

Annahme, dass die Schwester unverheiratet bzw. unter ihrem Geburtsnamen lebte.

Es gab drei Eintragungen unter dem Familiennamen, also gab es weitere Verwandte, vielleicht Onkel oder Tanten, Cousins, wer weiß, das machte die Sache nicht einfacher. Er würde recherchieren müssen um herauszubekommen, wie die Schwester hieß. Er überflog die Anschriften, keine war hier am Ort, die Angehörigen wohnten in ganz Deutschland verstreut. Da sah er in der letzten Zeile den Namen Cordula, nichts weiter, nur Cordula. Könnte das Cordula Kinkel sein? Cordula und Carmen Kinkel? Ihm war, als hätte er diese Namen schon einmal gehört, irgendwie klangen sie vertraut.

Er könnte es einfach versuchen und die Nummer anwählen. Denn die überregionale Presse würde wahrscheinlich ebenfalls einen Bericht über den Todesfall Carmen K. bringen, und es wäre fatal, wenn die Angehörigen erst aus der Zeitung davon erfuhren.

Zum Glück war es ihm noch eingefallen.

Er seufzte, wählte die Nummer und wartete. Sein Blick fiel auf ein Buch, das aufgeschlagen zwischen all den Papieren und Heften lag. Jetzt meldete sich eine Frau, Cordula Kinkel. „Hier spricht Wieland, Hauptkommissar im Morddezernat der Polizei in D." Er schwieg einen Augenblick und suchte nach den passenden Worten. „Ja?", fragte sie „Haben Sie bereits etwas herausgefunden?" Er musste schlucken. „Nein, wir ermitteln noch…Wer hat Sie denn vom Tod Ihrer Schwester informiert?" Nun schien sie überrascht: „Eine Beamtin hat angerufen, Samstag morgen, Anderson oder so ähnlich."

„Richtig, Irene Andresen, meine Kollegin. – Hat sie mit Ihnen auch über Ihre Schwester gesprochen?" „Über Carmen? Nein. Sie sagte nur, dass sie wahrscheinlich ermordet worden ist, ein Messerstich, und dass die Untersuchung in Gang sei." „Ich hätte Ihnen gern noch ein paar Fragen gestellt, zum Charakter Ihrer Schwester, zu ihrem Umfeld." „Ich fürchte, ich werde Ihnen nicht viel helfen können. Wir pflegten nur sehr losen Kontakt, besuchten uns, wenn's hoch kam, zweimal im Jahr und wissen nicht allzu viel voneinander."

„Hatte Ihre Schwester Freunde oder gute Bekannte?"

„Sie lebte sehr zurückgezogen. Ich kann Ihnen keine Namen nennen. Sie vermittelte mir den Eindruck, dass ihr Beruf sie ganz in Beschlag nimmt, was ihr, glaube ich, nicht unlieb war. Sie hatte sich nach ihrem Studium ziemlich verändert, und ich nahm an, dass das mit ihrem Beruf zusammen hing."
„Sie gehen davon aus, dass sie ihre Freunde aus dem Kollegenkreis gewonnen hat?"
„Ja, falls es überhaupt „Freunde" im engeren Sinne gibt. Ich sagte ja schon, dass sie seit dem Studium sehr zurückgezogen lebte." Die Stimme klang abweisend.
„Und Hobbys? Wissen Sie, was Ihre Schwester in ihrer Freizeit machte?"
„Wenn Sie so fragen, wird mir erst klar, wie wenig ich von ihr weiß, das macht mir ein schlechtes Gewissen, denn ich habe mich nie dafür interessiert. Sie selbst hat mir nichts von Hobbys erzählt. In den Ferien ist sie gern gereist, hat Studienreisen unternommen, geführte Gruppenreisen, sie berichtete sehr positiv davon."
„Keine Bekanntschaften, Affären?"
„Nichts, was sie mir gegenüber für erwähnenswert gehalten hätte."
Eine vieldeutige Antwort, dachte er.
„Tja, dann bedanke ich mich, dass Sie mir am Telefon Auskunft gegeben haben. Sie werden ja sicherlich in den nächsten Tagen vorbei kommen..."
„Ja, sobald sie zur Bestattung freigegeben ist."

Irene Andresen hatte wieder einmal an alles gedacht. Und vergessen ihm von ihrem Anruf zu berichten.

Es dämmerte bereits. Frustriert kehrte sie um.
Wenn ich die drei im Wäldchen ertappen will, muss ich am Mittag oder gleich nach dem Nachmittagsunterricht spazieren gehen, nicht erst am Abend! Dass ich das nicht bedacht habe! Die drei wohnen nicht hier in der Gegend, sie werden nur direkt nach der Schule oder in Freistunden diesen versteckten

Winkel aufsuchen. Das heißt konkret, ich muss auf mein Nachmittagsschläfchen verzichten...
Morgen prüfe ich auf dem Stundenplan der Zehnten, wann es für die drei günstig ist, sich heimlich davonzumachen. Dann werden wir mal sehen, was passiert.

Die leisen Motorgeräusche waren verstummt, Manfred Scheurer ist fertig mit dem Mähen. Zwei Stunden lang war er hier zugange gewesen, jetzt ist wieder Ruhe, und der Duft frisch geschnittenen Grases hängt in der Luft.
Sie hatte schon befürchtet, er würde von seinem Mäher steigen und zu ihr herüber kommen, um zu quatschen. Doch offenbar hat es ihm genügt, mir seinen durchtrainierten nackten Oberkörper aus der Ferne vorzuführen. – Wahrscheinlicher war jedoch, dass er das Gespräch vermieden hat, weil sie ihn auf die versprochene Waschbeckenmontage angesprochen hätte. Die Abflussrohre leckten, weil sie nicht zusammen passten. Er würde noch einmal kommen müssen.
Sie schaute in den Skarabäus-Anhänger: es ging schon auf 18 Uhr und es wurde kühl hier draußen. Angenehm, nach der Hitze des Nachmittags. Sie schob ihre Bücher und Aufzeichnungen zusammen. Noch zwei Unterrichtseinheiten, dann war sie mit dem Stoff zu Schillers „Verbrecher aus verlorener Ehre" fertig.
Ein gewisses Interesse fand die Tatsache doch, dass es für Schillers Christian Wolf ein historisches Vorbild gab. Wir werden Parallelen und Unterschiede der realen und der fiktiven Figur herausarbeiten.
Als sie aufstand, kam Frau Wunsch über den Rasen. Ganz hell gekleidet, mit weißem Sonnenhut. Sie sah blass aus, wahrscheinlich setzte ihr die Hitze zu.
Sie wolle ein wenig frische Luft schnappen, den ganzen Nachmittag habe sie im verdunkelten Zimmer verbracht. Ihr täte ein kleiner Spaziergang sicher auch gut...
Sie lehnte dankend ab: ich habe noch zu tun.
Trank im Stehen die Kaffeetasse leer, räumte zusammen und ging ins Haus. Das war ja das Allerneueste! Sie muss mich auf

einem meiner letzten Gänge ins Wäldchen gesehen haben! Und schon will sie dabei sein – unmöglich, diese alten Leute!

Zur Abwechslung könnte sie sich mal wieder etwas kochen, aber große Esslust hatte sie eigentlich nicht. Im Kühlschrank waren noch frische junge Möhren, sie holte sich zwei, drei kleinere heraus, putzte sie und nahm sie mit ins Arbeitszimmer. Das vorbereitete Stundenblatt für die Zehnte schob sie in eine Plastikhülle und packte die Mappe in ihre Tasche. Sie war aus schwarzem, weichem Leder, elegant und schmal, mit einem Überschlag, so dass man die Verschlüsse nicht sah, und einem zusätzlichen langen Riemen, um sie auch über die Schulter hängen zu können. Ich könnte damit glatt als Managerin durchgehen..., wenn ich nicht immer noch einen Stapel Bücher oder Hefte zusätzlich herumschleppen müsste!
Nun musste sie noch für die Zwölfte die literaturgeschichtlichen Daten zusammenstellen, damit die Schüler einen Überblick bekamen für die Zeit, in welcher Wilhelm Raabe seine „Mordgeschichte", den „Stopfkuchen" geschrieben hat. Das 19. Jahrhundert, die Zeit der gesellschaftlichen und politischen Ohnmacht des Bildungsbürgertums.

Ich muss sehen, dass ich mir den nächsten Band dieser unglaublich spannenden Spionageserie besorge. Der desillusionierte Spion – mindestens so gut wie mein düsterer Wallander.
Kaum hatte sie das Licht gelöscht, wanderten ihre Gedanken.
Sie hatte versucht, Konrad und Margit zu beobachten, um herauszufinden, wie die beiden zu einander standen.
Ich weiß immer noch nicht, worüber sie sich in der Bibliothek so vertraulich unterhalten haben.
Andererseits war an ihrem Verhalten nichts Auffälliges, vielleicht handelte es sich nur um ein ganz kollegiales Gespräch über Schüler... Obwohl, sie saßen so eng zusammen, die Stühle fast auf gleicher Höhe einander gegenüber... Konrad scheint ein Faible für weibliche Nähe zu haben...

Sie hatte ihm noch immer keinen Buchtipp gegeben. – Möglich, er hat das längst vergessen, weil es doch nur ein Vorwand war, um ins Gespräch zu kommen.
Gefiel er ihr eigentlich? Er sah nicht schlecht aus, groß und schlank, meist sonnengebräunt, war ja sportlich aktiv. Interessant machten ihn seine grauen Locken, damit wirkte er distinguiert. - Aber er war noch verheiratet, auch wenn er jetzt getrennt wohnte, und sie wurde das Gefühl nicht los, dass er sich mit seinen Versuchen Körperkontakt aufzunehmen, einfach etwas beweisen wollte. Es war so typisch für Männer in dieser Situation, zeigen zu müssen, dass sie bei Frauen noch immer gut ankommen und jede Menge Chancen haben. – Aber nicht mit mir, bitte, nicht mit mir! Sie hatte in Punkto Männer schon zu viel Lehrgeld bezahlt. –

Das Telefonat hinterließ einen befremdenden Eindruck in ihm. Ein distanziertes geschwisterliches Verhältnis, dachte Wieland. Wenn er etwas über das Seelenleben der Toten erfahren wollte, musste er offenbar woanders suchen als im Verwandten- und Bekanntenkreis. Dazu war er hergekommen.

Das obenauf liegende Buch war die Monografie einer Dichterin, die Ende des 18. Jahrhunderts gelebt hatte, eine Romantikerin mit dem Namen Karoline von Günderode. Ihr schwermütiger Blick auf dem Umschlagsphoto ließ auf ein trauriges Schicksal schließen. Er überflog den Klappentext: verarmter Adel, Stiftsdame, keine Aussicht auf reiche Heirat, unglückliche Liebe, heimliches Dichten, früher Tod, durch Selbstmord. Mit einem Messer. Wie ungewöhnlich. Mutig für eine Frau.
War das die Freizeitlektüre von Carmen Kinkel?
Er legte das Buch, geöffnet wie es war, zurück auf den Bücherstoß.
Selbstmord. Er spürte Hitze in sich aufsteigen. Selbstmord statt Mord. Einen Augenblick hatte er das Gefühl, als platze ihm der Kopf. War er so fixiert auf Verbrechen, dass er andere Todesarten von vornherein ausschloss?

Nein, das konnte nicht sein. Es gab keine Mordwaffe. Hätte sie sich umgebracht, dem Beispiel der romantischen Dichterin folgend, hätte man auch die Waffe bei ihr gefunden.
Ganz sicher war er auf dem richtigen Weg. Und er meinte zu ahnen, wer der Täter gewesen sein könnte...

Was war das denn für ein Wochentag gewesen, als Konrad ihr in der Bibliothek begegnet war? Könnte ein Dienstag gewesen sein. Gestern war Dienstag, den hatte sie also verpasst.
Mal sehen, wer heute in der Bibliothek ist!
Auf dem Weg nach oben wurde sie von Brigitte aufgehalten. Haußmann brauche in der nächsten Konferenz eine andere Protokollantin, weil sie verhindert sei und nicht teilnehmen könne. Ob ich bereit wäre, einzuspringen?
Warum nicht. Meistens sind die Protokolle schon vorbereitet und es kommt nur darauf an, das Aktuelle festzuhalten. Es gibt kaum etwas Langweiligeres als diese Schulkonferenzen!
Ah, Konrad ist da. Allein. Er grüßte nur knapp zurück und sie wandte sich frustriert dem Regal mit der deutschen Literatur des 19. Jahrhunderts zu. Etwas schien ihn sehr zu beschäftigen, er saß in der kleinen Abteilung für Philosophie, aufgeschlagene Bücher vor sich auf dem Tisch, wahrscheinlich ging es um seinen Religionsunterricht.
Mit der Literaturgeschichte Band VII in der Hand drehte sie sich schließlich zu ihm um. Aber nein, er schaute nicht her, war ganz vertieft in seine Lektüre.
Sollte sie ihn nun ansprechen oder nicht? Sein Verhalten war so typisch: Männer konnten sich geradezu aufdrängen oder aber einen angesichts irgendwelcher Sachen – Sachzwänge, was für ein schönes Wort, müssen Männer erfunden haben – völlig links liegen lassen und überhaupt nicht zur Kenntnis nehmen. Wie oft war sie sich schon dumm vorgekommen, in dieser Situation! Es gab ja Frauen, die ignorierten einfach die zeitweise Aufgabenfixiertheit der Männer und unterbrachen sie, störten sie mit einer Selbstverständlichkeit, einem Selbstbewusstsein, das sie immer wieder staunen machte. Weibchen. Sie erreichten meist was sie wollten. Weil die

Männer – Störung hin oder her – sich wichtig fühlen durften: Frau konnte ganz offensichtlich keine Minute auf Mann verzichten. Sie brachte das nicht fertig, also stand ihr nur der frustrierte Rückzug offen. Denn sie hatte es einmal anders gekannt. Bei Roland. Er hatte sie nie in die Ecke gestellt, sondern wie selbstverständlich mit einbezogen in das, was er gerade tat. Ja, Roland war anders, er war so ganz anders gewesen, und sie war nicht vorbereitet auf die Erfahrungen, die dann folgten.
Sie wandte sich zur Tür um zu gehen. Dann eben nicht.
Da erreichte sie Konrads Stimme: „Hast du dich während deines Studiums einmal mit dem Kommunikationsmodell von Habermas beschäftigt?"
Die Frage kam überraschend. Sie hielt inne und drehte sich um. Er hatte sie also die ganze Zeit wahrgenommen! „Wieso? – Ein wenig schon. Man kam gar nicht umhin, sich damit auseinander zu setzen. Damals war Habermas ziemlich ‚in'."
Sie näherte sich langsam seinem Tisch.
„Mich beschäftigt der Gedanke, über den wir neulich gesprochen haben, nämlich die Frage, ob Moral noch vermittelt werden kann." Sie erinnerte sich nur allzu gut.
Er wies auf das aufgeschlagene Buch: „Habermas geht davon aus, dass eine Gruppe vernünftiger Menschen durchaus in der Lage ist, im Konsens zu bestimmen, was moralisches Handeln beinhalten soll."
„Ja, Habermas ist der letzte Jünger der Aufklärung..."
Die Tür zur Bibliothek öffnete sich und Margit kam herein. Also doch! Aber war das nicht zu erwarten gewesen?
Sie maßen einander mit kalten Blicken und wandten sich gleichzeitig Konrad zu. Margit war schneller: „Ich bin aufgehalten worden und jetzt ist die Pause fast schon wieder vorbei, es steht kaum mehr dafür..., aber ich habe morgen in der Zweiten eine Freistunde, weil die Achte mit Hubert ins Museum fährt. Hast du da Zeit?"
Sie waren hier also so gut wie verabredet gewesen...
Konrad schüttelte den Kopf. „Nein, ich habe durchgehend Unterricht. Vertretung."
Dann fuhr er unbefangen fort: „Wir haben uns gerade über die Theorie von Habermas unterhalten. Ob es, wie er glaubt,

möglich ist, in einer Kommunikationsgemeinschaft vernünftiger Individuen einen Konsens darüber herzustellen, was Moral ist."
„Zweifellos", schnappte Margit zu, „zu kommunizieren, das ist für mich die einzig mögliche Art und Weise heute mit den Fragen der Moral umzugehen!"
„Vorausgesetzt, der Mensch ist ein vernünftiges Wesen..." Konrad klang eher skeptisch.
„Wie kannst du daran zweifeln, wurde er doch im Bilde Gottes erschaffen!" Ihre Enttäuschung brachte sie dazu ihn zu provozieren. Sie schaute ihn herausfordernd an. Doch er lachte bloß: „Ah, da verbünden sich die Soziologen wieder einmal mit den Biologen gegen den gläubigen Menschen..." Er schüttelte scheinbar erheitert den Kopf.
Als gläubigen Menschen hatte sie Konrad bisher nicht betrachtet. „Was heißt denn Glaube für dich?"
„Glaube, das heißt in der Gnade stehen..." Die Antwort kam automatisch, aber seine Stimme war so undeutlich wie der Sinn seiner Worte.
„Das heißt, man trägt keine Verantwortung!"
Er schüttelte abwehrend den Kopf, „Du weißt, dass es nicht so einfach ist."
„Wie verstehen denn deine Schüler das Wort Gnade?"
„Ich fürchte, sie können damit überhaupt nichts anfangen, wie mir überhaupt scheint, dass das Christentum jegliche Attraktivität für junge Menschen verloren hat. Sie können nicht einmal verstehen, warum der Mensch überhaupt der Gnade oder der Vergebung bedarf. Diese Vorstellung spricht sie nicht an. Der ins Nirwana führende Buddhismus übt mehr Anziehungskraft auf sie aus als die christliche Idee des gnädigen Gottes."
Da mochte er Recht haben.
Aber es müsste schön sein, in der Gnade zu stehen. Allein der sanfte Klang des Wortes war schon tröstlich, nahm die Härte des Lebens von einem. –
Es klingelte, die Pause war vorbei. Konrad hatte noch eine Freistunde, sie verließ zusammen mit Margit die Bibliothek.
Auf dem Weg ins Lehrerzimmer sprachen sie kein Wort.

Der Freitagskrimi war nicht besonders spannend, denn die Kommissarin erfüllte bis ins Detail das Klischee von Weiblichkeit, was sie einfach lächerlich fand. Kein guter Kommissar hatte jemals darauf verzichtet, seiner Intuition zu folgen. Kaum aber spielte eine Frau die Rolle, musste diese Gabe breit ausgewalzt werden, und natürlich von den untergebenen männlichen Mitarbeitern oder dem ungenießbaren Vorgesetzten permanent spöttisch in Frage gestellt werden. Unerträglich. Wenn sie ein Drehbuch für einen Fernsehkrimi zu schreiben hätte, würde sie die Kommissarin schärfer und logischer denken lassen als alle Männer im Revier!
Sie brachte die leere Rotweinflasche und das Glas in die Küche.
Morgen würde sie nach G. fahren, einen Einkaufsbummel machen.
Wann bin ich das letzte Mal in meinen Käfer gestiegen? Sie freute sich richtig aufs Auto fahren.
Schön, dass die meisten Läden am Samstag jetzt lange auf hatten. Sie liebte es, sich auf Sonderangebote zu stürzen und das Passende auszuwählen: T-Shirts, Blusen, Kleider, Wäsche, Taschen, CDs. Aber wenn sie sich dann für den optimalen Kaufgegenstand entschieden hatte, verzichtete sie meist und legte alles wieder zurück. Es machte ihr lediglich Spaß, Sachen anzuprobieren, auszusuchen, mit dem Gedanken zu spielen, dass sie sich das jetzt kaufen könnte, wenn sie wollte, aber eigentlich wollte sie nichts, brauchte nichts. Zwischendurch ging sie ins Café, ihr Lieblings-Café mit der österreichischen Kaffeehaus-Atmosphäre, es gab dort, trotz der Kronleuchter an der hohen Stuckdecke, keinen Schnickschnack, keinen Kitsch. Sie konnte ungestört lange sitzen bleiben und internationale Zeitungen lesen, wurde von Männern bedient, sachlich und zuvorkommend.
Keine Kellnerin kann so auftreten wie ein Ober, beflissen, jedoch ohne die gebotene Distanz zu verletzen.
Am Abend ging sie dann noch zum Italiener, zu einer Zeit, da man als Frau allein nicht auffiel, weil noch ganze Familien, mit Kind und Kegel, anwesend waren, um zu Abend zu essen.

Am Sonntag werde ich mich ausschlafen.
Und dann nur noch zwei Schulwochen bis Pfingsten. Sie hatte noch keine festen Pläne, notfalls ein Besuch bei Cordula...

Obwohl es inzwischen 18 Uhr sein musste, beschloss er noch ins Kommissariat zu fahren. Auf seinem Schreibtisch fand er eine alte Nachricht von Irene Andresen: Habe die Verwandten von Carmen Kinkel informiert. Daneben lag ein Zettel von Erik Gutzke: Manfred Scheurer vor fünf Jahren straffällig wegen Drogendelikt. Gefängnisstrafe ausgesetzt zur Bewährung.
Nun, das war doch wenigstens etwas! Er würde morgen den Herrn Hausmeister aufsuchen um ihm ein wenig auf den Zahn zu fühlen. Am Ende gab es einen Zusammenhang zwischen den Schülern und dem ehemaligen Dealer. Wer weiß, vielleicht war Carmen Kinkel wirklich einer Sache auf die Spur gekommen?
Aber jetzt nichts wie nach Hause, er war mit Perdita verabredet; sie wollten ins Kino, einen alten Kultfilm anschauen, ach ja, er erinnerte sich, sie schwärmte so für griechische Folklore: „Alexis Sorbas" mit Anthony Quinn.

Es war vormittags um halb zehn, als er an der Wohnungstür läutete, aber Manfred Scheurer öffnete im Morgenmantel, einem Stück aus schwarzer Kunstseide mit Drachen bestickt. In der Wohnung roch es nach Kaffee, immerhin.
„Wieland. Mordkommission. Wir haben noch ein paar Fragen im Zusammenhang mit dem Tod von Frau Kinkel."
Scheurer führte Wieland und Irene Andresen, die er heute mitgenommen hatte, in das Wohnzimmer. Es zeigte noch die Spuren des gestrigen Abends, der ein Fernsehabend gewesen war: leere Bierflaschen, eine halbleere Rotweinflasche, ein Weinglas, volle Aschenbecher, leere Erdnuss- und Chips-Tüten auf dem Tisch, die Kissen auf der Couch waren zerknautscht, eine Decke hing über die Lehne auf den Boden, aber immerhin war die Terrassentür geöffnet und der Raum füllte sich mit der frischen Morgenluft.
„Trinken Sie einen Kaffee mit?"

Es roch verführerisch und Wieland mochte das Angebot nicht abschlagen. „Gern."
„Sie auch?" Irene nickte.
„Dann einen Moment, die Herrschaften. Nehmen Sie inzwischen Platz." Scheurer räumte einige Kleidungsstücke von den Sesseln und schob diese seinen Besuchern hin, dann verschwand er in der Küche.
Das Wohnzimmer war preiswert, aber sehr modern eingerichtet; mit schrägen Regalen, einem asymmetrischen Sofa und runden Sesseln mutete es fast futuristisch an. Passend zu Glas und Chrom waren die Farben dunkelblau und rot, an der Wand über der Couch hing ein Andy-Warhol-Druck, die verfremdete aber unverkennbare Marilyn Monroe in Serie.
Als Scheurer zurückkam mit einem Tablett und drei Tassen sowie einer Glaskanne voll Kaffe, hatte er sich auch umgezogen und trug jetzt Jeans und ein weißes T-Shirt. Wieland fiel auf, wie muskulös seine Arme waren: das sah nach Bodybuilding aus.
„Wenigstens haben wir Sie nicht geweckt", sagte Wieland höflich. Der Mann benahm sich nicht im geringsten wie ein Verdächtiger, sondern strahlte, trotz seines nicht gerade konventionellen Aussehens – er musste einschränken: unkonventionell für die Rolle eines Hausmeisters – bewusst Gelassenheit aus.
„Herr Scheurer, als Sie am Donnerstag zu Frau Kinkel kamen, wegen einer defekten Dichtung, hatte, laut Ihrer Aussage, Frau Kinkel Besuch."
„Ja, das ist richtig." Scheurer trank den Kaffee schwarz, Wieland und Irene Andresen bedienten sich mit Milch und Zucker.
„Kannten Sie die Besucher?"
Scheurer schien überrascht. „Nein, natürlich nicht. Soweit ich sie gesehen habe, waren das Jugendliche, ich nehme an Schüler von Frau Kinkel."
„Wie viele?"
„Ich habe nur einen kurzen Blick ins Wohnzimmer geworfen, ich meine sie waren zu viert, drei Jungen und ein Mädchen, ich schätze sie auf sechzehn."
„Worum ging es bei der Unterhaltung? Was haben Sie gehört?"

Scheurer wurde vorsichtig. Er zündete sich eine Zigarette an, nachdem er seinen Besuchern die Schachtel kurz angeboten hatte, und machte einen tiefen Zug.
Irgendwo in der Wohnung rauschte Wasser, wahrscheinlich die Dusche im Bad.
„Herr Scheurer?"
„Es klang so, als ob es ein Problem gäbe. Frau Kinkel schien anderer Ansicht zu sein als die Schüler, und die waren wohl gekommen, um sie umzustimmen."
„Worum ging es konkret?"
Scheurer zögerte wieder.
„Hören Sie, ich habe damit nichts zu tun." Er stieß den Rauch seiner Zigarette heftig aus. „Sie haben mich inzwischen in Ihrem Strafregister gefunden?" Als Wieland nickte, fuhr er mit einem trockenen Lachen fort: „Das dachte ich mir, aber ich habe mit der Sache nichts zu tun, ich führe eine verdammt bürgerliche Existenz, wie Sie sehen, es war nicht einfach, diesen Job zu bekommen und ich will ihn nicht verlieren."
„Wie sind Sie denn da rangekommen?"
„Mein Bewährungshelfer von damals hat mir den Tipp gegeben. Er kannte jemand, der hier wohnte, und hatte erfahren, dass die Stelle frei wurde. Na ja, über Beziehungen eben, Vitamin B., Sie wissen schon, ohne das läuft doch nichts mehr in dieser Republik."
„Immerhin sind Sie nicht ganz unqualifiziert für diesen Job." In der Akte hatte gestanden, dass Scheurer nach einem abgebrochen Fachoberschulbesuch eine Lehre als Heizungsmonteur angefangen, aber erst Jahre später, während seiner Bewährungszeit, zu Ende gebracht hatte.
Scheurer zuckte nur mit den Achseln. „Man hat ein bisschen an das soziale Gewissen der Eigentümerversammlung appelliert."
„Sie wissen also, dass es Frau Kinkel um Drogenmissbrauch ging."
Scheurer schwieg.
„Wie verlief denn das Gespräch zwischen der Lehrerin und ihren Schülern?"
„Nicht zur allseitigen Zufriedenheit, würde ich sagen."
Scheurer grinste schief.
„Was haben Sie gehört? Nun reden Sie schon!"

„Ich habe nichts Konkretes gehört. Die Stimmung war etwas gereizt, das ist alles."
„Erzählen Sie von Anfang an. Als Sie kamen, waren die Jugendlichen schon da. Was sagte Frau Kinkel?"
„Na ja, sie schien nervös zu sein. Offenbar hatte sie keinen leichten Stand gegenüber den Jugendlichen." Er drückte seine Zigarette aus. „An der Tür war sie ganz freundlich, fast erleichtert, dass ich gekommen war. Ich dachte natürlich zunächst, dass das mit dem Waschbecken zu tun hat oder dass sie ein kleines Schwätzchen machen will, das war nämlich durchaus drin bei der Frau Lehrerin. Dann merkte ich, dass sie Besuch hatte und schickte sie zurück ins Wohnzimmer. Sie kam dann später noch einmal und fragte, ob ich nicht auch etwas zu trinken möchte. Ich lasse mich sonst gern einladen, sie hat immer einen guten Roten auf Lager, aber da war dicke Luft und ich fand, dass mich das nichts anging, was die miteinander hatten.
Ich tüftelte da im Klo rum, die Rohre passten nicht richtig aufeinander, war ja auch ein altes Ding, das Waschbecken. Dann bekam ich mit, dass die Kids gingen. Die Verabschiedung fiel wohl eher kurz aus." Er grinste wieder und zuckte mit den Schultern.
„Na ja, die Kinkel war wohl ein harter Brocken. Ich meine, wie die lebte, so ganz ohne...na ja, ohne dass mal etwas Aufregendes passierte, ohne Abwechslung, verstehen Sie, immer nur die Schule, die halben Ferien und das Wochenende gingen dafür drauf, keine Kontakte privater Natur, nur Disziplin und Verantwortung und Pflicht... Sie konnte einem leid tun, die Frau, aber da war, glaube ich, nichts mehr zu machen, war irgendwie verkorkst."
„Warum, was hätten Sie denn vorgeschlagen?"
Scheurer zögerte. „Ich hab sie mal eingeladen, in ne Disco, ne echt gute Disco, wo was los ist, nette Leute, gute Musik. Sie sollte mal so richtig einen drauf machen, hab ich ihr gesagt. Aber sie wollte nicht."
„Was hätte denn Ihre Freundin davon gehalten, wenn Sie mit Frau Kinkel in eine Disco gegangen wären?"
„Ach, das wäre schon klar gegangen. Sie arbeitet übrigens dort."

„Wie?" „Na, Susi arbeitet im „Crazy", in der Disco."
„Ach so. Und Sie meinen, es hätte ihr nichts ausgemacht, wenn Sie dort mit Carmen Kinkel den Abend verbracht hätten?"
„Was glauben Sie? Susi ist da selber voll beschäftigt..."
„Also hätten Sie genauso viel Grund zur Eifersucht wie Ihre Freundin, wenn Sie Carmen Kinkel mitgebracht hätten?"
„Hören Sie, ein bisschen Vertrauen muss sein, sonst taugt eine Beziehung nichts, und Susi und ich wissen, was wir aneinander haben." Das mochte stimmen, dachte Wieland.
„Hat Ihnen Frau Kinkel etwas über das Gespräch gesagt, als die Jugendlichen fort waren?"
„Nein, sie kam dann um zu sehen, wie weit ich war, und war ein bisschen blass, aber sonst ganz gefasst. Sie fragte noch mal, ob ich was zu trinken wolle, aber ich hatte keine Zeit mehr, musste noch zu einem anderen Mieter. Ich hörte, wie sie die Gläser zusammen räumte, machte etwas Krach. Dann brachte sie mich zur Tür und das war's."
Es war Zeit, sich zu verabschieden. „Können Sie mir den Namen des Mieters nennen, bei dem Sie anschließend waren?"
Scheurer zögerte. „Keine Sorge, wir gehen diskret vor."
„Ganzmüller, auf Nummer 14."
„Um wie viel Uhr haben Sie Frau Kinkels Wohnung verlassen?" „Das war kurz vor 16 Uhr, ich musste gleich zu Ganzmüller rüber."
Irene Andresen packte ihren Notizblock weg.
„Danke für den Kaffee."
Als die beiden gegangen waren, kam Susi Bohn ins Wohnzimmer, in einem weißen, ebenfalls mit Drachen bestickten Morgenmantel, eine Tasse und eine Zigarette in der Hand.
„Und?", fragte sie und ließ sich auf der Lehne der Couch neben Manfred Scheurer nieder.
„Ich habe einen Fehler gemacht", sagte er und zerknüllte die leere Zigarettenschachtel. „Ich habe das „Crazy" erwähnt."

Sie machte sich gleich mittags auf den Weg ins Wäldchen.
Wenn, dann wäre heute ein idealer Tag: Die Zehnte hatte um zwei wieder Unterricht, und nicht alle Schüler fuhren zum Essen nach Hause, weil sich das zeitlich nicht immer lohnte. Eigentlich sollten diese Schüler dann die Mittagspause in der Schule, im Aufenthaltsraum verbringen, aber sie kamen und gingen, wie es ihnen passte. Gut, dass die Schule dafür keine Verantwortung übernehmen musste, das war Sache der Eltern. Wir sind nur verantwortlich für das, was auf dem Schulgelände und dem direkten Schulweg passiert.
Es war wieder ziemlich heiß, schwül. Wahrscheinlich wird es Gewitter geben. Zum Glück ist schon der Weg zum Wäldchen schattig, eine Ahorn-Allee, ziemlich alter Baumbestand. Die Straße war zugeparkt, wie alle zentrumsnahen Straßen, trotz der Parkhäuser, von denen jetzt bereits das dritte gebaut wurde.
– Immerhin gab es kaum Durchgangsverkehr seitdem die Ringstraße fertiggestellt war, für die Anwohner, zu denen ja auch sie zählte, ein Segen.
Das Wäldchen wirkte wie immer nicht sehr einladend, nicht einmal an einem so heißen Sommertag. Der Papierkorb neben der Bank quoll über. Darunter hatte jemand seine Weinflaschen in einer Plastiktüte deponiert. Möglich, dass sich Penner nachts hier aufhielten.
Da kam schon die Friedhofsmauer in Sicht. Ich kann umkehren.
Nein, da sind sie.
Sie entdeckte die drei, und Agneta war auch dabei, wie sie im Kreis auf dem Boden kauerten, vor Blicken geschützt durch die wild wuchernden Sträucher.
Sie verließ den Fußweg und ging über den federnden Waldboden auf die Gruppe zu. Ein schönes Versteck.
„Was macht ihr denn hier?" Ihre Stimme klang kalt und zu laut. Die drei fuhren auf.
Christian hielt eine Zigarette in der Hand, aber sie konnte nichts Auffälliges riechen, oder doch...?
„Spionieren Sie uns nach?", das war Tobias' freche Stimme.
„Bist du schon sechzehn, dass du rauchen darfst, Christian?"
Er drückte die Zigarette aus, warf sie aber nicht weg, sondern behielt sie locker zwischen den Fingern.

Wieso rauchte nur einer? Das musste etwas zu bedeuten haben. Patrick steckte etwas in seine Hosentasche. „Was versteckst du da?"
Er grinste und zog seine Hand mit einem Feuerzeug aus der Tasche.
„Wieso seid ihr hier und nicht im Schulhof?"
„Und was machen Sie hier?", konterte Patrick in seiner trägen Sprechweise.
„Unverschämte Frage! Das geht euch gar nichts an!"
„Es geht Sie auch nichts an, was wir hier machen!" Christians Stimme war schneidend.
„*Ich* habe nichts zu verbergen!"
„*Wir* auch nicht."
Die vier waren inzwischen aufgestanden und begaben sich zurück auf den Parkweg. Sie folgte ihnen.
„Ich werde melden, wo und wie ich euch angetroffen habe!"
„So, wie denn?" Das war wieder Christians herausfordernde Stimme.
„Wir machen einen Verdauungsspaziergang, genau wie Sie." Tobias grinste hämisch.
„Was dagegen?"
„Beeilt euch, der Unterricht beginnt in zehn Minuten."
Die Schüler liefen mit weit ausholenden Schritten vor ihr her und wollten sie ganz offensichtlich abhängen. Da sie die Richtung zur Schule eingeschlagen hatten, gab sie die Verfolgung auf.
Sie hörte noch Christian, den Kopf halb nach hinten gewendet, sagen: „Die ist ja wirklich das Letzte, Allerallerletzte...!"
Sie hatte nicht viel ausrichten können. Es würde nicht so leicht sein, die drei zu überführen. Agneta gehörte jetzt also auch zu der Clique, schade, eigentlich ein kluges Mädchen, aber von zu Hause her ohne Führung, viel sich selbst überlassen, wie die anderen wahrscheinlich auch. Die meisten Eltern wissen, dass ihre minderjährigen Kinder rauchen und tolerieren es: Wir können nichts dagegen tun, hieß es lapidar, selbst von Eltern, die Nichtraucher waren.
Die vier bogen um die Ecke und verschwanden. Sie beschloss noch einmal umzukehren.

Was erwarte ich zu finden? Gebrauchte Spritzen? Eher unwahrscheinlich. Am Heroin hängen die drei sicherlich noch nicht, eher probieren sie synthetische Drogen aus, Partydrogen, das konnte sie sich gut vorstellen. Die Eltern von Christian und Tobias waren gut verdienende Leute, die Söhne erhielten wahrscheinlich reichlich Taschengeld und konnten sich in der Szene bestimmt ohne Mühe besorgen, was sie wollten.
Nein, da war nichts, eine leere Zigarettenschachtel, könnte aber schon länger hier liegen.
Aber da ist doch etwas. Sie haben auf den lockeren Waldboden, vermutlich mit einem Stöckchen, gezeichnet, einen großen Kreis, und Zeichen hinein gekritzelt, wie die Indianer beim Palaver. Es sind doch noch Kinder!
Sie beschloss zurückzugehen.

Sie knipste das Licht im Badezimmer an und begann sich auszuziehen.
Am Morgen hatte Haußmann sie angesprochen, ob sie den Ausgang des Verfahrens gegen Mäuerle befürworten könne, oder, sagte er, „anders gefragt: Haben Sie denn mittlerweile konkrete Anschuldigungen wegen Drogenmissbrauch vorzubringen, Frau Kinkel?"
Sie erzählte ihm, dass sie die drei respektive jetzt vier in der Nähe ihrer Wohnung in einem Park abseits im Gebüsch angetroffen hätte, offensichtlich beim Rauchen, aber was genau, das wisse sie nicht... Er meinte, es könne ja wirklich beim Zigarettenkonsum geblieben sein, er wolle aber ihren Verdacht nicht einfach beiseite schieben, und wenn sich eine konkretere Beweislage ergäbe, wäre er jederzeit bereit, die nötigen Schritte einzuleiten. Wenn sie wolle, könne er noch für dieses Schuljahr einen Termin mit dem Drogenzentrum vereinbaren, damit ein Sozialarbeiter an die Schule kam, um vor den Schülern über die Gefahren der neuen Drogen zu reden. – Diplomat, der er war und nicht ohne Grund in dieser leitenden Position, verstand er es immer, allen irgendwie entgegen zu kommen.

Sie wehrte ab, sie wolle die Schüler zunächst lieber selber weiter beobachten, da sie sich in ihrer Diagnose noch zu unsicher sei.
Das hatte er sehr freundlich aufgenommen.
Ob im Nachtprogramm noch etwas lief?
Aber es war unangenehm, im Sessel vor dem Fernseher einzuschlafen. Sie wollte es lieber weiter mit Mankell versuchen. -
Nach zwei Stunden schreckte sie aus dem Schlaf und fühlte sich am ganzen Körper zerschlagen.
Als hätte ich Schwerstarbeit verrichtet!
Sie erinnerte sich an nichts.
Die Zehnte hatte sie gestern völlig ignoriert. Nur wenn sie einen der besseren und willigen Schüler aufrief, hatte sie überhaupt eine Antwort bekommen.
Das wird sich hoffentlich ändern, wenn wir als nächstes Schillers „Räuber" lesen, in verteilten Rollen. Sie wollte das Motiv des Verbrechers aus verlorener Ehre vertiefend behandeln, am Beispiel des guten Sohnes aus diesem Drama, der einer Intrige des bösen Bruders zum Opfer fällt und eine Räuberbande gründet. - Aber vielleicht war das Theaterstück doch keine gute Wahl. Die Klasse schien an einer Fortsetzung des Themas nicht weiter interessiert zu sein. Die Alternative zu den „Räubern" wäre Goethes Ritterspiel „Götz von Berlichingen", mit diesem Stück könnte sie auch das mittelalterliche historische Umfeld behandeln, das wäre ein neuer Aspekt, der die Schüler ansprechen könnte, und außerdem enthielt es eine Liebesgeschichte. Ich muss das morgen entscheiden.

Halb zwei. Sie hatte gerade mal zwei Stunden geschlafen. Was hatte sie geweckt?
Sie überließ sich ihren Gedanken.

In der Zehnten hatte sie von Goethe erzählt, denn sie wollte nun doch den „Götz" mit der Klasse lesen. Tobias fragte, ob es stimme, dass Goethe Alkoholiker gewesen sei.
Wie er denn darauf komme, hatte sie unwirsch abgewehrt.

Ob sie den Film, „Die Braut", gesehen habe, wollte Agneta wissen.
Ihr wurde wieder bewusst, warum sie Schiller den Vorzug vor Goethe gegeben hatte: der führte von den beiden Dichtern nach den Jahren des Sturm und Drang das unverfänglichere Privatleben, zu Eskapaden und Extravaganzen ließen ihm seine finanziellen Sorgen kaum Zeit.
„Stimmt es, dass der „Faust" eigentlich ein ganz schlechtes Stück ist und dass Goethe den Stoff geklaut hat?"
„Wieso soll es schlecht sein?"
„Na, total zusammenhanglos. Mein Vater sagt, kein Schriftsteller könne sich heute noch erlauben, so ein Manuskript abzugeben." Nikoles Vater war Buchhändler.
„Ja, der „Faust" besteht gewissermaßen aus zwei Teilen, aus zwei Tragödien. Im übrigen gibt es das oft, dass bestimmte Stoffe in der Weltliteratur mehrfach bearbeitet werden."
„Goethe soll mit Vorliebe Rotwein getrunken haben." Das war wieder Tobias.
„Eigentlich sind die meisten Künstler süchtig...", meinte Agneta.
„Stimmt. Schiller war schwerer Raucher." Das wusste Christian. „Er soll sogar geschnüffelt haben."
„Unfug! Kein Künstler kann solche Werke schaffen, wenn er nicht seine fünf Sinne beisammen hat."
„Goethe war so abhängig, dass er sich seinen Rotwein hat nachkommen lassen, wenn er auf Reisen war."
„Meine Güte, Tobias, woher hast du denn diese fragwürdigen Informationen?"
„Das steht alles in dem Buch von Sigrid Damm, „Die Braut", Sie wissen schon."
Sollte Tobias tatsächlich dieses Buch gelesen haben? Sie konnte sich das kaum vorstellen.
„Wie bist du denn auf dieses Buch gestoßen?"
„Meine Mutter liest es gerade."
Ein solches Interesse hätte sie bei Frau Mäuerle nicht unbedingt vorausgesetzt.
„Oder würden Sie das Trinken von Rotwein nicht als Drogenkonsum bezeichnen?" Das war wieder Christian.

„Trinken Sie Alkohol, Frau Kinkel?" Agneta traute sich was, ihr diese Frage zu stellen.
„Wir wollen beim Thema bleiben. Goethe hat also in seinen Sturm-und-Drang-Jahren..."
„..angefangen zu saufen!"
„..den „Götz von Berlichingen" geschrieben, übrigens auch ein Stoff, den er nicht erfunden hat, vielmehr ist er in der Bibliothek seines Vaters darauf gestoßen..."
„Fragt sich, wer hier und warum das Thema wechselt!" Das war wieder Christian.
„Droge ist doch gleich Droge, oder Frau Kinkel? Sie würden doch keinen Unterschied machen, zwischen Alkohol, Nikotin oder Hasch...?"
„Es handelte sich dabei um eine alte Chronik..."
„Frau Kinkel, nun lenken Sie doch nicht immer ab! Wie stehen Sie zu Goethes Alkoholismus und zum Konsum von Rotwein im besonderen?"
„Hört auf damit, in so alberner Weise den Unterricht zu stören!"
„Wieso stören, wir haben eine Frage, die Sie uns nicht beantwortet haben!"
Ihr wurde etwas schlecht und sie setzte sich hinters Pult. „Ich weiß, was ihr wollt, warum ihr diese Fragen stellt. Aber es macht einen großen Unterschied, ob ein erwachsener Mensch, ein außergewöhnlicher Mensch noch dazu,..." „Hört, hört!", das war wieder Christian. „...Alkohol trinkt, oder ob unmündige Menschen Drogen zu sich nehmen."
„D e n Unterschied müssen Sie mir erst mal erklären!"
„Erwachsene übernehmen die Verantwortung für das, was Sie tun..."
„Und wir vielleicht nicht? Wir werden nicht verantwortlich gemacht für das, was wir tun?! Das ist ja fantastisch! Leute, habt ihr das gehört?!"
Das Johlen wurde von der Schulglocke übertönt. Meine Rettung.
Woher wussten die das mit dem Rotwein? Da musste irgendwer geplaudert haben. Oder ob mich jemand beim Einkaufen gesehen hat?
Unglaublich, einfach unglaublich.

Sie wollen mich fertig machen.
Ich muss unbedingt Beweise finden... Eigentlich haben sie ja heute indirekt zugegeben, dass sie Drogen nehmen. Soll ich es zur Anzeige bringen? Sie würden Urinproben abliefern müssen... Noch sitze ich am längeren Hebel!
Sie fiel in einen kurzen Schlaf.

Als sie wieder aufwachte war es fünf Uhr.

„Wir müssen die Fingerabdrücke überprüfen", sagte Irene auf der Fahrt ins Präsidium zu Kommissar Wieland.
„Stimmt", dachte er.
Die überregionale Zeitung, die er sich zuhause hielt, brachte nur eine kurze Nachricht: „Tod einer Lehrerin". Das Foto, das sie von Carmen K. zeigten, musste schon älter sein, denn sie sah darauf weniger verletzlich aus, weniger enttäuscht vom Leben, sondern zeigte ein kleines Lächeln, das sogar ihre Augen erreichte. In dem Bericht wurden keine Verdächtigen genannt, sondern nur von den mysteriösen Umständen ihres Todes gesprochen. Es gab aufregendere Ereignisse, die an diesen Wochentagen für Schlagzeilen sorgten. Krach in der Bundesliga, das Trainer-Karussell drehte sich wieder einmal. In Pakistan gab es eine neuerliche Überschwemmung. In Algerien mordeten die Fundamentalisten weiter. Die Arbeitslosenzahlen schienen auch im Sommer nicht sinken zu wollen. Wer war schon Carmen Kinkel? Wieland studierte aufs Neue das Foto: An wen erinnerte sie ihn?

Die Fingerabdrücke auf den Wassergläsern mussten diejenigen der vier Jugendlichen sein. Sie befanden sich auch noch auf dem Tisch und einer auf der Terrassentür. Das war auffällig. Sie waren ja durch die Eingangstür gekommen und wieder gegangen. Aber vielleicht war einer der Schüler aufgestanden, als Carmen Kinkel beim Hausmeister war oder in der Küche, um sich im Zimmer etwas umzusehen. Es war naheliegend, dass es sie interessierte, wie ihre Lehrerin wohnte.

Der Hausmeister hatte keine Fingerabdrücke im Wohnzimmer hinterlassen, dafür jede Menge auf der Toilette, auch gut sichtbare, verständlicherweise.

Bisher ebenfalls nicht identifizierbare Abdrücke befanden sich auf der Weinflasche. Dieselben aber auch auf einem Wasserglas, ferner im Schlafzimmer, im Bad und – das war wiederum auffällig – an der Außenseite der Terrassentür. Ganz offensichtlich stammten sie von dem mysteriösen Besucher, den Frau Wunsch um 18 Uhr hatte klingeln sehen. Die Weinflasche konnte ein Mitbringsel sein, das vermeintliche Paket, das der Besucher im Arm gehalten hatte. Ob es sich dabei nicht doch um Konrad Kuhn handelt, überlegte Wieland. Wenn er sich in den Örtlichkeiten auskannte und nicht das erste Mal bei Carmen Kinkel war – Frau Wunsch musste ja nicht alles sehen und hören, was ihre Nachbarin betraf – dann hätte er versuchen können, über die Terrasse die Wohnung zu betreten und dabei den Fingerabdruck hinterlassen haben. Weil die Tür aber zu war, musste er klingeln und war dabei von der neugierigen Nachbarin gesehen worden. – Aber dieses Szenario war eher unwahrscheinlich, die Terrassentür war an jenem heißen Frühsommertag gewiss auf, hatten doch gerade erst kurz vorher immerhin fünf Menschen in dem Raum eine erregte Debatte geführt, und sie war die ganze Nacht nicht verschlossen gewesen. Carmen hatte die Vorhänge vorgezogen, aber einen Flügel offen gelassen, weil es so warm war. Am Morgen war die Tür zugefallen gewesen, ohne allerdings versperrt zu sein, ein Windstoß konnte sie zugedrückt haben, überlegte er. Der Mann, der geklingelt hatte, musste demzufolge nicht jemand sein, der zuerst versucht hatte, über die Terrasse hereinzukommen.

Wenn man allerdings in Betracht zog, dass die Tür offen war, dann konnte jeder durch sie die Wohnung betreten haben und Frau Wunsch hatte ganz umsonst gelauscht und – in bester Absicht – die Polizei auf viele falsche Fährten geführt.

Wieland seufzte. Er hatte das Gefühl, dass sich seine Gedanken im Kreis drehten und es ihm nicht gelang, die wirklich wichtigen Schlüsse zu ziehen. Es gab noch immer kein durchschlagendes Motiv für den Mord an der Lehrerin und er wusste nicht, wer zur Tatzeit in der Wohnung war. Denn der

Liebhaber, der wahrscheinliche Liebhaber, der um 18 Uhr geklingelt hatte, musste Carmen K. wieder verlassen haben. Als sie ermordet wurde, war sie korrekt gekleidet gewesen und der Tisch in der Küche gedeckt. Sie musste noch jemanden erwartet haben – denjenigen, der später klingelte. Aber wo war das Essen, das serviert werden sollte? Der Kühlschrank war so gut wie leer. Er überlegte.
Es klingelt vor 21 Uhr einmal und danach noch zweimal kurz hintereinander. Erst kam der späte Gast und dann – weitere Gäste? Der Tisch war nur für zwei gedeckt...nur mit großen, flachen Tellern und Besteck...ein einfaches Essen, eine Pizza... der Pizza-Service? Na klar, dass er nicht gleich darauf gekommen war: Carmen Kinkel ließ die Mahlzeit kommen, deshalb war zwar gedeckt, aber die Küche „kalt". Auch würde der Pizza-Service mehrmals klingeln, wenn der Kunde nicht öffnete, denn er musste seine Schachteln los werden, solange der Inhalt heiß war. Aber leider hat um 21 Uhr niemand mehr geöffnet. Die Teller blieben leer. Zu dem Zeitpunkt könnte Carmen K. bereits tot gewesen sein.

Sie hatte nun doch beschlossen, bei Haußmann den Urintest zu veranlassen und den Direktor gleich am Morgen darauf angesprochen.
„Natürlich müssen die Eltern zustimmen, dass ihre Kinder den Test beim Schularzt machen lassen."
„Was versprechen Sie sich davon, Frau Kinkel?", fragte Haußmann ungehalten, „Sie wissen, wir können Schüler wegen Drogenkonsums nicht einfach von der Schule weisen, damit gäben wir ein schlechtes Bild in der Öffentlichkeit ab. Man erwartet viel eher von uns, dass wir den Jugendlichen helfen, auch wenn das völlig unrealistische Erwartungen sind..."
„Immerhin wissen wir dann Bescheid, und die Schüler wissen, dass wir es wissen und ihre Eltern auch. Sie müssen buchstäblich Farbe bekennen..."
„Ich spreche mit Doktor Faber und dem Jugendamt und kläre auch die rechtliche Seite."
Er zögerte.

„Wenn der Test negativ verläuft, was mir persönlich am liebsten wäre, stehen Sie natürlich am Pranger."
„Ich? Wieso?"
„Nun, die Schüler haben der Vertrauenslehrerin gegenüber geäußert, dass Sie sie sozusagen „auf dem Kieker" hätten..."
„Der Vertrauenslehrerin?"
„Ja, zwei Schüler sind zu Frau Gerke gegangen und haben mit ihr darüber gesprochen. Hat sie denn nichts zu Ihnen gesagt?"
„Keinen Ton!"
„Vielleicht sollten Sie einmal mit Frau Gerke reden, bevor wir etwas Offizielles unternehmen. Mir scheint, sie hat einen guten Draht zu den Schülern. Vielleicht gelingt es ihr ja, die drei zum Reden zu bringen. Das wäre natürlich ein großer pädagogischer Erfolg."
„Ja, sicher, ja....Ich glaube, sie hat etwas in der Richtung angedeutet...."
Ihr war gar nicht gut.
Sie setzte sich auf den Platz im Lehrerzimmer, auf dem sie immer saß, und starrte aus dem Fenster. Der Baum fehlte ihr.
So läuft das also.
Die Schüler waren zum Angriff übergegangen und sie unversehens in die Defensive geraten, weil die Kollegin es mit den Schülern hielt.
Ich muss herauskriegen, ob sie etwas mit Konrad hat.
Sie fühlte sich deprimiert, ausgelaugt, erschöpft. Und das vor ihrer ersten Unterrichtsstunde.

Am Nachmittag, im Buchladen.
Sie hatte den Klassensatz von Goethes „Götz" abholen wollen, eine billige Taschenbuchausgabe für die Schullektüre. Da stand Konrad. Er hatte einen Band mit Aufsätzen über die Diskurs-Theorie von Apel, Habermas und anderen in der Hand und blätterte eifrig darin. Das Thema schien ihn wirklich zu interessieren.
„Ah, du lässt nicht locker...", sagte sie mit einer Kopfbewegung zu dem Buch..
Er blieb ernst. „Ich finde es in der Tat immer schwieriger, mit jungen Menschen über Moral und Gesetze zu sprechen."

„Meines Erachtens müssen sie erst einmal den kategorischen Imperativ von Kant begriffen haben, bevor man mit ihnen in einen Diskurs über Moral eintreten kann."
„Den kategorischen Imperativ? Der ist überholt, meine Liebe, und passt nicht mehr in unsere individualisierte Welt!", tönte kalt Margits Stimme aus dem Hintergrund.
Sie hatte sie gar nicht gesehen.
Interessant. Die beiden wurden unzertrennlich.
„Das finde ich überhaupt nicht! Kants Maxime „werde allgemein" ist für mich immer noch der richtige Ansatz!"
„Ach, ich weiß nicht, es ist heute wirklich wenig überzeugend zu verlangen, dass man sich immer überlegen soll, ob man will, dass auch andere so handeln, wie man selber, wenn man doch weiß, dass sich vielen Menschen die Frage, die einen selbst beschäftigt, gar nicht stellt. Wir leben nun mal in einer …Nischengesellschaft ...in …verschiedenen… Lebenswelten."
Konrad suchte nach den richtigen Begriffen.
„Du verwechselst Moral mit Pragmatismus, mein Lieber!"
Margits arrogante Art hatte sie wütend gemacht.
„Nein", widersprach Konrad, „ich bin ja gerade auf der Suche nach der Synthese zwischen Theorie und Praxis und dachte, die Leute um Habermas hätten genau das versucht." „Aber", er unterbrach sich, „wir stören hier den Betrieb. Habt ihr Lust auf eine Tasse Kaffee? Gleich nebenan? Bis zum Nachmittagsunterricht sind es noch 15 Minuten..."
Sie nickten gleichzeitig, was ihr peinlich war.
Dass Konrad die kühlen Blicke nicht bemerkte, mit denen wir uns maßen?
Im Stehcafé beim Bäcker war noch ein Tisch frei, sie gruppierten sich um die kleine runde Platte.
„Die Theorie von Habermas basiert aber doch auf Kant, insbesondere dem kategorischen Imperativ!" Sie packte ihr Wissen aus.
„Ja", sagte Konrad gedehnt, „aber doch nur in einem eher formalen Sinn, ich meine, Apel und Habermas sagen, dass die jeweilige Kommunikationsgemeinschaft darüber entscheidet, was als moralisch gelten soll..."
„Wichtig ist, dass es ein Mitspracherecht für alle gibt", unterbrach Margit. „Die Menschen lassen sich heute nicht

mehr irgendeine Moral oktroyieren! Auch unsere Schüler nicht!"
„Also sollen Minderjährige jetzt auch schon Teilnehmer in der Kommunikationsgemeinschaft sein?!" Ihre Frage klang spöttisch. „Ich kann mir schon vorstellen, wie die Maximen lauten, die dann herauskommen. Das Lustprinzip steht an oberster Stelle!" Der höhnische Unterton in ihrer Stimme war nicht zu überhören.
Konrad schaute auf seine Armbanduhr.
„Ich muss gehen. Es dauert ein Weilchen, bis ich im dritten Stock bin." Er grinste, trank seine Tasse aus und stellte sie auf die Ablage für schmutziges Geschirr. Sie verbiss sich eine Anspielung auf seine Sportlichkeit. Margit beeilte sich mit Konrad mitzuhalten. Langsam folgte sie den beiden hinaus.
Tatsache war, dass Margit hinter Konrad her war.

Wieland rief Irene Andresen und gab ihr den Auftrag, bei allen in Frage kommenden Pizza-Ausfahrdiensten nachzufragen, ob am Donnerstag um 21 Uhr an die Adresse in der Gartenstraße 4 geliefert werden sollte.
Zum ersten Mal hatte er das Gefühl, in diesem Fall einen entscheidenden Schritt weiterzukommen.

Am Tag darauf erschien das Bild von Carmen Kinkel im Fernsehen. Der „Mord an einer Lehrerin" wurde in Zusammenhang gestellt mit den Bluttaten und Amokläufen des letzten Jahres und die Frage gestellt, ob auch diesmal aggressive Schüler am Werke waren. Zum Glück wurde hinzugefügt, dass die Polizei noch keine konkrete Spur verfolge. Es war möglich, dass die Journalisten die Parallele nur um der sensationellen Schlagzeilen willen zogen, aber selbst dann, dachte er, stehen die vier Schüler jetzt ganz schön unter Druck. Es konnte auch Unannehmlichkeiten geben, wenn die Eltern sich einmischten, weil sie angesichts der desolaten Beweislage zu Recht auf Unterlassung der nicht haltbaren Beschuldigungen klagten.

Es gab keine weiteren Fingerabdrücke in der Wohnung, der Mörder musste Handschuhe getragen haben oder unter den Besuchern des Nachmittags, die ihre Abdrücke hinterlassen hatten, gesucht werden.
„Wir müssen sehen, dass wir die Fingerabdrücke dieses Konrad Kuhn bekommen", meinte Irene Andresen. „Das dürfte doch nicht so schwer sein. Wir sollten ihm irgend etwas in die Hand drücken, das er uns dann zurückgibt, ein Buch beispielsweise."
„Du weißt, dass wir sein Einverständnis brauchen, solange wir keinen konkreten Verdacht gegen ihn haben."
„Wenn wir erst mal wissen, dass er der Besucher war, können wir ihn leichter festnageln." Das war typisch die praktisch denkende Irene.

Ihr war heiß geworden, sie warf die Bettdecke heftig zurück.
Bevor sie nach Hause gegangen war, hatte sie für die nächste Unterrichtsstunde noch ein Aufgabenblatt für die 12. Klasse kopiert. Sie hatte das Gerät eingeschaltet und gewartet, bis es warm gelaufen war. Da war Konrad hereingekommen.
„Hast du viel?"
„Nur einen Klassensatz."
„Dann lohnt sich ja das Warten. Das heißt, es lohnt sich immer, mit dir zu warten."
Wieder ein missglückter Annäherungsversuch! Sie verzog keine Miene.
„Warum bist du eigentlich so aggressiv in letzter Zeit? So kenne ich dich gar nicht..."
„Ich? Aggressiv?"
„Ja, ich meine vorhin im Café. – Du hast wohl etwas gegen Margit, ich meine,..."
„Gegen ihre Ansichten, ja!"
Er stellte sich ganz dicht hinter sie, viel zu dicht.
„Ich würde mich gern einmal ausführlicher mit dir über das Thema unterhalten. Schließlich hast du Philosophie studiert und unterrichtest Ethik...."

Der Kopierer hörte plötzlich auf zu arbeiten und zeigte „Papierstau" an.
„Verflixt!"
„Schau, da musst du hier öffnen, siehst du, so..." Sie wollte ihm sagen, dass sie das alles selber wusste und allein konnte, da legte er ihr eine Hand auf die Hüfte und zog sie zurück, damit er die Klappe öffnen konnte, wich aber keinen Schritt nach hinten, so dass sie in Tuchfühlung vor dem Kopierer standen.
Wenn jetzt jemand hereinkommt!
Zum Glück war nicht mehr viel los, der Nachmittagsunterricht bereits vorbei.
„Siehst du die grünen Knöpfe und Hebel? Du musst sie in der Reihenfolge ihrer Ziffern bedienen..."
Sie spürte seinen Atem im Ohr. „Ja, ich weiß..."
Nun musste er doch etwas zurücktreten. Er ging in die Hocke und zog sie an der Hand ebenfalls nach unten. „Schau!", drehte Knopf Nummer eins, klappte dann Hebel Nummer zwei herunter, drehte Knopf Nummer drei, und dabei hielt er immer noch mit seiner Linken ihre Hand fest. Als könnte ich davonlaufen.
„Voilà!" Jetzt drehte er ein zerknülltes Blatt heraus. „Das war's wohl."
„Und nun machen wir alles wieder zu." Er ließ sie los, stand auf und drückte den Start-Knopf, damit das Gerät die restlichen Kopien auswarf.
„Ich würde dich gerne einmal zu Hause besuchen. Du weißt ja, wie ich momentan lebe, ich habe es nicht sehr gemütlich... Natürlich bringe ich auch etwas zu essen mit, oder zu trinken, wie du willst, und dann zeigst du mir mal deine Unterlagen zur Diskurs-Theorie. Einverstanden?"
„Es ist schon recht lange her, dass ich mich damit beschäftigt habe..."
„Das schadet nichts, Wissen lässt sich schnell wieder aktivieren!"
„Ich weiß nicht so viel darüber, wie du denkst."
„Immerhin weißt du mehr als ich. – Also: einverstanden?"
Jemand trat ins Lehrerzimmer, durch die Glaswand, die den Kopierer räumlich abtrennte, konnte sie Haußmann erkennen.

Er steckte einigen Kollegen Post in die Fächer. Die Sekretärin schien schon gegangen zu sein. Er nickte herüber und verließ das Lehrerzimmer wieder.
Konrad kopierte drei Seiten aus einem Buch. Sie wusste nicht, was sie sagen wollte.
„Wie wäre es morgen Abend, so gegen 18 Uhr, wir könnten zusammen etwas essen und dann philosophieren. Was meinst du?"
Sie nickte, immer noch wortlos.
Margit würde sich wundern!
Als der Wecker läutete, war sie gerade dabei einzuschlafen.

Am Abend rief ihn Roland, sein Bruder, an. Wieland freute sich, seine Stimme zu hören und stellte Fragen nach seiner Schwägerin Angela und seinen beiden kleinen Neffen. Allmählich merkte er, dass Roland etwas bedrückte, bis dieser schließlich herausplatzte: „Ist es wahr, dass Carmen tot ist?" Wieland war einen Augenblick lang verblüfft. „Carmen Kinkel, ja, hast du davon übers Fernsehen erfahren?" Roland schwieg sekundenlang, dann sagte er leise: „Du kannst dich nicht mehr an sie erinnern, nicht wahr?" Wieland hatte das Gefühl, dass sein Gehirn plötzlich auf Hochtouren lief: Bildfetzen, Stimmen, Worte blitzten auf, und in das Chaos hinein sagte Roland: „Sie war mal meine Freundin, während meiner Assistenzzeit an der Uni." Schlagartig ordneten sich die Bilder in Wielands Gehirn. Er hatte sich also nicht getäuscht, als sie ihm so vertraut vorgekommen war, er hatte sie bereits früher gesehen, in Begleitung seines Bruders, und ihre ältere Schwester war ihm ebenfalls begegnet. Ihm wurde warm. Ob die sich an den Namen Wieland erinnert hatte? Er meinte, nur seinen Nachnamen genannt zu haben, und der kam schließlich häufiger vor – genauso wie der Name Kinkel.
Nein, sie würde sich wohl kaum an den kleinen Bruder des großen Roland Wolf Wieland erinnern, der immer etwas skeptisch abseits stand, zu den Freunden des Bruders Distanz hielt, weil er fühlte, dass er nicht dazugehörte, sondern anders war. Er wollte zur Bundeswehr, was damals nicht populär war,

und später zur Polizei, aber das konnte er niemandem sagen, das wäre nicht gut angekommen, und deshalb hielt er sich schweigsam im Hintergrund, was niemand störte, denn es war Roland, um den sich alle Mädchen scharten, der kluge, charmante, so gut aussehende Roland, dem alle glänzende Aussichten und eine steile Karriere prophezeiten, und der doch schon gebunden war...
Und die Tote, Carmen Kinkel, war *die* Carmen. Sie hatten damals einen anderen Namen für sie gehabt, unter dem auch er sie in seiner Erinnerung archiviert hatte, eine Art Spitznamen. Vielleicht war ihm deshalb nicht eingefallen, wer sie war. -

Es war stickig im Zimmer. Ihr war heiß. Aber um Licht und Lärm draußen zu halten, hatte sie Läden und Fenster geschlossen.
Wenn ich nur etwas abschalten könnte!
Sie wollte am Abend frisch sein. Schließlich hatte sie ein Date.
Aber sie konnte kein Auge zu tun.
Das Gespräch mit Haußmann ließ sich nicht aus ihrem Kopf verbannen.
Warum war ihm nicht aufgefallen, dass sie von ihrer Kollegin gemobbt wurde?
Für ihn zählte nur der Ruf der Schule.
Als es an der Wohnungstür klingelte, verließ sie ohne Zögern ihr Bett.
Die Störung kam ihr Recht. Sie quälte sich ja doch nur herum.
Ihre blauen Leinenhosen waren zerknautscht vom Liegen, die Bluse auch, roch auch etwas verschwitzt. Ohne sich auszuziehen, hatte sie sich aufs Bett geworfen. Sie strich ihre Bluse glatt.
Wer mochte es sein?
Hoffentlich hatte Konrad nicht seine Finger im Spiel.
Vor dem Spiegel im Flur fuhr sie sich mit der Hand über die Haare, Strähnen hatten sich aus der Spange gelöst. Aber, was soll's, es würde niemand Wichtiges sein, niemand für den es sich lohnte, schön zu sein.
Wenn es nun Roland wäre..!

Tagträume, hirnlose Fantasien!
Ob er noch immer in Göttingen lebt?
Seit dem Traum hatte sie Sehnsucht nach seiner Nähe.
Die gelöste Stimmung zwischen uns. Ich möchte mit Roland sprechen.
Warum fuhr sie Pfingsten nicht hin?
Was für ein Unfug – nach all der harten Zeit des Schweigens und Verzichtens!
Es läutete zum zweiten Mal.
Ich komme schon.
Was hat er mir im Traum sagen wollen?

Sie würden in die Schule fahren müssen. Der Direktor hatte am Morgen bereits angerufen und aufgeregt von der Wirkung berichtet, welche die Fernsehausstrahlung über den Tod der Lehrerin auf die Schüler hatte. Er fragte, ob es dem Kommissar möglich sei, mit den Schülern der Klassen zu sprechen, die Frau Kinkel im Unterricht hatten. Die Schüler fühlten sich durch die Art der Berichterstattung zu möglichen Tätern gestempelt.
Wieland fand, dass das ein vernünftiger Vorschlag war. Er würde kommen und mit Herrn Haußmann und dem Kollegium die Vorgehensweise beratschlagen.

Scheurer konnte es nicht sein, der hatte sich erst für später angekündigt.
Hoffentlich nicht Frau Wunsch!
Durch das Glas der Eingangstür konnte sie erkennen, dass mehrere Personen davor standen, die Kinder aus der Nachbarschaft vermutlich.
Ich habe eigentlich gar keine Zeit, schließlich erwarte ich heute Abend Besuch.
Ich muss mich frisch machen. Eine Augenmaske, unbedingt.
Sie öffnete die Tür.

Teil II: Der Kommissar

Sie waren alle drei sehr gespannt, als sie gegen neun Uhr ins Auto stiegen um zur Schule zu fahren. Irene Andresen hatte, seinen Anweisungen folgend, im Arbeitszimmer von Carmen Kinkel nach einem Buch über die Philosophie der Frankfurter Schule gesucht und war auch fündig geworden. Es lag im Regal obenauf, so als ob es erst kürzlich benutzt worden war, und Kommissar W. hatte beschlossen, es Konrad Kuhn in die Hand zu drücken, mit der Frage, ob dieses Buch Gegenstand ihrer Diskussionen gewesen sei. Irene hatte Recht, man musste versuchen die Fingerabdrücke im Schlafzimmer zu identifizieren, um eine weitere Person aus dem Kreis der Verdächtigen ausschließen zu können. Oder zu überführen, dachte Wieland.

Neben dem Direktor und seinem Vertreter, einem Herrn Doktor Bildt, und der Sekretärin, Frau Möller, waren Margit Gerke als Vertrauenslehrerin und die Klassenleiter der Neunten, Zehnten, Elften und Zwölften anwesend. Haußmann berichtete, dass die Schüler sehr betroffen auf die Fernsehberichterstattung reagierten. Sie hätten die – zugegebenermaßen recht polemische - Frage gestellt, ob man jetzt dazu übergehe, immer zuerst die Schüler zu verdächtigen, wenn Lehrer ermordet worden wären. Diese Reaktion mache deutlich, dass sich die Schüler in einem recht aufgebrachten Zustand befänden, insbesondere neigten einige Schülerinnen dazu, das ganze sehr zu dramatisieren... Das Kollegium bitte deshalb...
Aha, dachte Wieland, man hatte sich also bereits besprochen und bestimmte Vorstellungen entwickelt. Aber er war nicht bereit, die Initiative anderen zu überlassen.
„Wir sind zunächst mit der Tatsache konfrontiert, dass das Datenschutzgesetz verletzt wurde. Darf ich Sie fragen, wie Sie die persönlichen Daten Ihrer Beamten und Angestellten hier verwalten?"
Der Vorwurf brachte das Kollegium aus dem Konzept, was er beabsichtigt hatte.
Er hörte sich die Beteuerungen und Ausführungen des Direktors und der Sekretärin eine Zeitlang an und unterbrach sie dann: „Festzuhalten bleibt, dass vier Schüler Ihrer Schule,

der Zehnten Klasse, Frau Kinkel am Donnerstag, dem 6.6., Tag ihrer Ermordung, in ihrer Wohnung aufgesucht haben." Ein deutlicher Ruck ging durch das Kollegium, dann erstarrten die Mienen.

„Wie kamen die Schüler an die Anschrift ihrer Lehrerin? Und was war so dringend, dass sie sie privat aufsuchen mussten?"

Er wandte sich an Margit Gerke: „Darüber können Sie uns doch sicherlich Aufschluss geben!"

Margit Gerke bekam rote Flecken im Gesicht und wurde atemlos: „Nein, ich habe nicht... ich wusste nicht...meine Absicht war lediglich..."

Der Direktor mischte sich ein: „Frau Gerke, haben Sie die Schüler aufgefordert, Frau Kinkel aufzusuchen?"

„Ja, das schon... ich habe Ihnen doch erzählt, dass..." Wieland unterbrach das Gestammel:

„Sie haben uns erzählt, Frau Gerke, dass Sie die Schüler aufgefordert haben, das Gespräch mit Frau Kinkel zu suchen. Sie selbst legten großen Wert darauf, dass es zustande kam und wollten, wenn ich mich recht erinnere, darauf dringen, dass Ihre Kollegin ihre Anschuldigungen betreffend des Drogenmissbrauchs zurücknimmt."

„Ja, das stimmt, ich fand, dass man den Verdacht nicht so stehen lassen dürfe..."

„Haben Sie die Adresse von Frau Kinkel an die Schüler gegeben?"

„Nein, das habe ich nicht getan. Ich hatte keine Ahnung, dass die vier sie privat aufsuchen wollten..."

„Festzuhalten bleibt, dass vier Schüler am Tag der Ermordung bei ihrer Lehrerin waren um einen Konflikt mit ihr auszutragen. – Wie war denn das Ergebnis des Gesprächs, Frau Gerke?" Wieland sprach betont kühl.

„Ich weiß es nicht, die Schüler haben sich noch nicht bei mir gemeldet... Ich bin davon ausgegangen, dass sie das tun würden, sobald sie mit Frau Kinkel geredet hätten..."

„Nun, dann sollten wir die vier Schüler selbst dazu hören, finde ich."

„Mein Gott", sagte der Direktor, „das ist ja Wasser auf die Mühlen der Medien! Wenn bekannt wird, dass vier unserer

Schüler am bewussten Tag und wegen des Verdachts von Drogenmissbrauch am Tatort waren..."

„Aber Sie nehmen doch nicht ernsthaft an, dass die vier mit dem Mord etwas zu tun haben?", fragte Dr. Bildt, ebenfalls sehr sorgenvoll.

„Für uns stellen die vier zunächst eine Spur dar, die ins Drogenmilieu führen könnte. Vielleicht gibt es ja Hintermänner, die aktiv wurden... Wir möchten auf jeden Fall mit den vier betreffenden Schülern sprechen." In das entsetzte Schweigen hinein sagte er, mit einem kleinen verbindlichen Lächeln, „sie waren zwar nicht zur Tatzeit in der Wohnung, doch, wie schon gesagt, gibt es vielleicht eine Verbindung zur Drogenszene."

Man beschloss, die Schüler einzeln kommen zu lassen, dazu noch die Klassensprecher aller Klassen, in denen Carmen unterrichtet hatte, um zu verhindern, dass sich der Verdacht allein gegen die vier Betroffenen richtete und um die Situation ganz allgemein etwas zu entschärfen.

Als die drei Beamten mittags die Schule verließen, hatten sie nach ihrem Dafürhalten intensiven psychologischen Anschauungsunterricht hinter sich. Sie wollten sich in einer Stunde wieder treffen, um die Eindrücke gemeinsam zu besprechen.

Kommissar Wieland beschloss sich umzuziehen und in den Flussauen vor der Stadt eine halbe Stunde zu joggen. Er hatte das Gefühl, dass ihm jetzt nichts schmecken würde und hoffte, seine innere Unruhe durch das Laufen loszuwerden.

Zur verabredeten Zeit saßen sie sich in Wielands Büro gegenüber und tranken Kaffee.

Irene Andresen wollte die bedrückte Stimmung auflösen und meinte trocken: „Ich glaube, wir sollten die Geschichte mit den Jugendlichen nicht zu hoch hängen. Schließlich waren sie zur Tatzeit nicht vor Ort. Der Hausmeister hat sie gegen 15 Uhr 45 weggehen sehen, und zu der Zeit war Carmen Kinkel noch sehr lebendig. Ich finde, wir sollten nicht zu viel Energie für die vier aufwenden."

Damit hatte sie natürlich Recht. Wenn man davon ausging, dass die vier nicht wirklich als Täter in Betracht kamen, relativierte sich der unangenehme Eindruck, den sie bei ihrer Befragung hinterlassen hatten.

„Irgendwie kann ich Carmen Kinkel verstehen, dass sie mit den Schülern, zumindest mit den drei Knaben, Probleme hatte." Wieland schaute seine Kollegen auffordernd an. Irene blätterte in ihren Aufzeichnungen.

„Da ist zunächst Tobias Mäuerle, wirkt sehr altklug, betont immer wieder, wie wichtig es sei, einen Konflikt zu bereinigen, miteinander zu sprechen, gesprächsbereit zu sein, Vertrauen zu schaffen, die Beziehung Schüler-Lehrer weiter zu entwickeln etc. Klingt alles sehr erwachsen, Pädagogen-Jargon, würde ich sagen, und nicht auf seinem Mist gewachsen."

„Ja, wirkte alles ziemlich unaufrichtig, sehr aufgesetzt. Aber die Lehrer sind total darauf abgefahren...", ergänzte Erik. „Er weiß, was die gerne hören wollen..."

Besonders was Margit Gerke hören will, dachte Wieland, wahrscheinlich hat er sie zitiert, ohne dass diese es gemerkt hat. Offensichtlich manipuliert dieser Schüler seine Lehrerin.

„Dann Patrick Polenz", fuhr Erik Gutzke fort, „hat beinahe anarchistische Ansichten. Findet, dass ein Lehrer nicht in die persönlichen Bereiche der Schüler eingreifen darf. Sieht seine Freiheit bedroht durch den Verdacht, den Frau Kinkel geäußert hat. – Ein sehr undurchsichtiger Typ, meines Erachtens der Klügste der Gruppe."

„Seine Augen waren seltsam", meinte Irene, „nicht die Augen, vielmehr seine Art zu schauen. So als wolle er seine Zuhörer hypnotisieren..."

„Kann alles jugendliches Rambo-Gehabe sein", meinte Erik.

„Aber es ist dir auch aufgefallen," konstatierte Wieland nachdenklich und nickte Irene zu. Er fand den Schüler zynisch. „Dieses Argument, dass immer noch die Eltern für die Minderjährigen zuständig seien, ist natürlich eine Farce. Wahrscheinlich haben die Eltern die Erziehung dieses Sohnes schon lange aufgegeben und nichts mehr zu melden."

Erik zuckte die Achseln und fuhr mit Blick auf seinen Block fort: „Christian Döring meinte, Frau Kinkel habe selber Probleme, die sie nicht bewältige, und er finde es nicht richtig, dass die Schüler herhalten müssten, damit die Lehrer ihren

persönlichen Frust abbauen können. – Ganz schön unverschämt, der Junge."
Der Vorwurf hat es in sich, dachte Wieland, er war kaum von der Hand zu weisen, nicht im Falle von Carmen Kinkel, aber auch nicht im Falle fast eines jeden anderen Lehrers, weshalb, das hatte er bemerkt, die Mehrzahl der Anwesenden beschämt die Blicke senkte. Wer war schon frustfrei und hatte noch nie der Versuchung nachgegeben, seinen Unmut bei anderen , insbesondere Untergebenen oder Unterstellten, abzuladen? Wer ohne Sünde ist, werfe den ersten Stein, dachte er.
An allem, was die Schüler vorbrachten, war etwas dran, und doch, es störte ihn... es störte ihn, dass die Lehrerin, Carmen Kinkel, in eine Schieflage geriet, dass das Opfer zur Schuldigen wurde.
Und die Schüler standen als blütenweiße Lämmer da. Vielleicht war es das, was ihm an der Art der Jugendlichen missfiel: diese verdeckten Schuldzuweisungen.
Irene fuhr fort: „Agneta Larsen wirkte auf mich irgendwie verwirrt. Sie äußerte sich zu allem ziemlich unklar. Nach Aussage von Frau Gerke ist sie erst seit kurzem in der Clique und es sei nicht einfach für sie gewesen, in den Kreis der drei Jungen aufgenommen zu werden. Sie könnte eine Mitläuferin sein, die sich vielleicht nur wichtig machen möchte."
Alle schweigen einen Augenblick.
„Ich möchte nicht Lehrerin sein", sagte Irene schließlich leise, „man ist in einer absolut undankbaren Rolle..."
„Das bist du als Polizistin auch", meinte Erik.
„Nein, in der Öffentlichkeit genießt man doch noch so etwas wie Respekt, zumindest wenn man als Polizist Verbrechen aufklärt..."
„Du denkst an die beliebten Kommissare des Fernsehens, Schimanski, Ritter, Bienzle und wie sie alle heißen, nicht zu vergessen Bella Block...", Wieland grinste und fuhr dann resigniert fort, „aber wer würde uns schon mit denen auf eine Stufe stellen..."
„Aber den Lehrer als Helden, den gibt es schlechterdings nirgends. Man ist entweder eine Witzfigur, ein Außenseiter oder eben persona non grata."

„Na, wenn ich mich an meine eigene Schulzeit erinnere", Erik schlug mit der flachen Hand auf den Tisch, „dann kann ich mich wahrhaftig nicht an viel Positives erinnern!"
„Siehst du. Das ist es, was ich meine: das Bild, das die Öffentlichkeit vom Lehrer hat, ist durch und durch negativ. Ihn umgibt nie die Aura des Erfolges, denn jeder Schüler wird seine guten Zeugnisse seiner eigenen Intelligenz oder seinem Fleiß zuschreiben, aber gewiss nicht dem Unterricht oder dem persönlichen Engagement seines Lehrers... Ein Lehrer kann überhaupt keine Erfolge aufweisen, die werden gar nicht gesehen."
„Ich weiß nicht... Wie man hört, sollen in Zukunft Leistungsbeurteilungen der Lehrer möglich sein. In den USA wird das, glaube ich, schon gemacht."
„Ich verstehe, was sie meint", schaltete sich Wieland ein, „es gibt keinen Maßstab für den persönlichen Einsatz eines Lehrers. Die Vermittlung von Fachwissen, von Kulturtechniken kann man sicher evaluieren, aber nicht das, was er ganz persönlich einbringt in seinen Unterricht." Er fuhr gedankenvoll fort: „Die Jugendlichen von heute Morgen haben doch fast alle eines ganz deutlich signalisiert: dass sie Erziehung für überflüssig halten und selbst über sich entscheiden wollen. Sie benutzen unsere Begriffe, zitieren unsere Werte und fordern sie für sich ein, und wenn man ihnen sagt, dass sie noch nicht reif dafür sind, hat man das Gefühl, dass man die eigene Überzeugung aus Gründen des Machterhalts missbraucht.., weil man den Schülern etwas predigt, was man ihnen zugleich verweigert, die Selbstbestimmung."
Irene und Erik kannten die Neigung ihres Vorgesetzten zu ausgedehnten gedanklichen Exkursen und blätterten stumm in ihren Unterlagen..
Schließlich ergriff Irene Andresen wieder das Wort und fasste zusammen: „Alle vier sagen übereinstimmend aus, dass das Gespräch mit Frau Kinkel positiv verlaufen sei. Sie habe zugegeben, über keine Beweise gegen die Schüler zu verfügen und dass es folglich nicht richtig sei, den Verdacht des Drogenkonsums zu verbreiten. Alle sagen, dass man sich ziemlich genau um 15 Uhr 45 freundlich verabschiedet habe. – Ich denke, damit können wir die Sache auf sich beruhen lassen.

Wir müssen nach demjenigen fahnden, der kurz vor 21 Uhr – oder später - geklingelt hat."
Ja, dachte Wieland. Aber ich glaube nicht, dass Carmen Kinkel so schnell nachgegeben hat. Und plötzlich fiel ihm der Spitzname wieder ein, mit dem sie damals gerufen wurde und unter dem auch er sie kennen gelernt hatte: Immanuelle. Aber das war nicht eigentlich als Kompliment gedacht gewesen, weniger ein Hinweis auf den Titel eines damals populären Erotikfilms und die erotische Ausstrahlung oder das sexuelle Interesse der jungen Studentin, sondern war vielmehr eine ironische Replik auf ihre Begeisterung für den idealistischen Aufklärer Immanuel Kant und seine Vernunftlehre.

Die Suche nach einem Pizza-Service, der am Donnerstag Abend eine Lieferung in die Gartenstraße 4 hatte, war ergebnislos verlaufen. Irene Andresen hatte die drei bekannten Gastronomen aufgesucht, aber vom Personal war keine entsprechende Bestellung notiert worden. Alle Angestellten meinten, ihre Auftragslisten wären vollständig, und insbesondere, wenn die Ware zurückgegangen wäre, hätten sie sich an den Vorfall erinnert.
Trotzdem glaubte Wieland nach wie vor, auf der richtigen Spur zu sein. Carmen Kinkel hatte nicht gekocht, aber man wollte zusammen essen. Es war natürlich auch möglich, dass der Besucher – oder die Besucherin – das Essen mitbringen wollte. Aber dann hätten sie es finden müssen. Es sei denn, es war wieder mitgenommen worden, weil es zum gemeinsamen Essen nicht mehr kam. Unter diesen Umständen wäre dieser Besucher wohl der Mörder. Oder aber es handelte sich bei der Verabredung zum Essen um den Besucher oder vielmehr die Besucherin, - eine Frau schien ihm jetzt immer wahrscheinlicher, denn welcher Mann würde schon zubereitetes Essen zu einer Verabredung mitbringen - welche erst nach 21 Uhr geläutet hatte und der nicht mehr geöffnet worden war, so dass sie unverrichteter Dinge mitsamt ihrer Mahlzeit wieder gehen musste.
Könnte Margit Gerke diese Besucherin sein? Hatte Carmen Kinkel sie angerufen, um mit ihr über den Vorfall vom Nachmittag zu sprechen? Andererseits schien die Gerke heute

Vormittag keine Ahnung gehabt zu haben von den Unternehmungen der Schüler am Tatort. Ihre erstaunte, ja fast erschrockene Reaktion war nicht gespielt, dessen war er sich sicher.

Wenigstens war der Trick mit dem Buch gelungen, Konrad Kuhn hatte es tatsächlich kurz in die Hand genommen und gedankenvoll durchgeblättert.

„Nein, ich kenne es nicht, aber ich hatte Carmen um ein grundlegendes Werk zur Theorie der Frankfurter Schule gebeten. Vielleicht war es dieses, was sie für mich bereitgelegt hatte."

Wieland beschloss im Labor anzurufen um nach dem Ergebnis der Untersuchung zu fragen, aber die Kollegen waren überlastet und er würde sich noch etwas gedulden müssen, aber der Gedanke, dass es doch der Kollege Kuhn gewesen sein könnte, der bei Carmen in der Wohnung war, ließ ihn nicht mehr los. Er hatte kaum einen Zweifel, dass die Fingerabdrücke auf dem Buch sich als identisch mit jenen im Schlafzimmer erweisen würden.

Was würden positive Ergebnisse bedeuten? Konrad Kuhn konnte der Besucher um 18 Uhr gewesen sein, aber ebenso derjenige, der vor 21 Uhr eingelassen worden war. Man würde ihn zum Reden bringen müssen, was er, wenn man andeutete, dass man einen Zeugen für seinen Aufenthalt in der Mordwohnung habe, wohl auch tun würde. –

Wieland holte sich eine Flasche Wasser aus der kleinen Kühlbox in seinem Büro.

Die Idee, dass das Essen von dem Besucher mitgebracht werden sollte, ließ ihn nicht los. Was, wenn es doch ein Mann war? Er konnte die Pizza irgendwo abgeholt haben. - Gab es in der Nähe der Kinkelschen Wohnung Lokale, in denen man Gerichte mitnehmen konnte?

Er würde Irene Andresen noch einmal damit beauftragen, dies herauszufinden.

Dann kam der Anruf des Labors. Die Fingerabdrücke auf dem Buch waren identisch mit jenen auf der Weinflasche, einem Wasserglas, auf den Möbeln in Schlafzimmer und Bad und mit dem Abdruck auf der Außenseite der Terrassentür.

Er beschloss umgehend Konrad Kuhn aufzusuchen.

Kuhn wohnte in einem Hochhaus im siebten Stock. Es war inzwischen 19 Uhr, Kuhn war zu Hause und öffnete, er trug einen grünen Jogging-Anzug und Turnschuhe, und Wieland fiel ein, dass er ja Sportlehrer und in seiner Freizeit sicherlich aktiv war. Kuhn reagierte freundlich und bat ihn und Erik Gutzke herein. Er war Mieter eines Eineinhalb-Zimmer-Appartements und erwartungsgemäß spärlich eingerichtet, ein klappbares Futonsofa diente als Couch und Bett, auf Holzböcken lagen übers Eck zwei Arbeitsplatten, auf der einen stapelten sich Bücher, die andere stellte wohl den Esstisch dar, denn sie war bedeckt mit zwei bunten Sets aus abwaschbarem Material. Ein Paar Klappstühle und ein bequemer Bürostuhl standen darum herum. Für die Kleidung gab es einen Einbauschrank in dem kleinen Flur, von dem aus es auch ins Bad ging. Die Wohnung wirkte sehr hell durch die großen Fenster und die Tür, die auf einen winzigen Balkon führte. Die Küche war lediglich eine abgetrennte Nische, hatte aber ebenfalls ein Fenster, und war komplett eingerichtet. Wahrscheinlich gehörte sie zur Grundausstattung der Wohnung. Wieland hatte selbst lange in solch einem Appartement gelebt, das genau auf ein Single-Dasein zugeschnitten schien.
Kuhn bat sie, auf den Klappstühlen Platz zu nehmen.
„Möchten Sie etwas trinken?" Da sie ablehnten, holte er nur für sich selbst ein großes Glas Milch - Buttermilch, der flockigen Konsistenz und dem säuerlichen Geruch nach zu urteilen - aus dem Kühlschrank.
„Herr Kuhn, Sie haben am Donnerstag Frau Kinkel zuhause aufgesucht. Erzählen Sie, wie es dazu kam."
Kuhn schwieg. Schließlich sagte er resigniert: „Sie haben es also doch herausgefunden..."
„Sie sind gesehen worden...", antwortete Wieland vage. Dass Frau Wunsch ihn durch ihren Türspion nur von hinten erspäht hatte, brauchte Kuhn ja nicht zu wissen.
„Herr Kuhn, es wäre besser gewesen, wenn Sie uns gleich die Wahrheit gesagt hätten..."
„Ich habe...", er brach ab.
„Herr Kuhn, erzählen Sie, wie der Abend verlaufen ist."

„Wir waren für 18 Uhr verabredet. Frau Kinkel wollte mir Unterrichtsmaterial zur Verfügung stellen." Wieder verstummte er.
„Wie lange waren Sie mit Frau Kinkel zusammen?"
„Bis gegen 20 Uhr."
„Sie haben die Wohnung um 20 Uhr verlassen?"
„Ja, so in etwa", er zögerte einen Moment, „durch die Terrassentür".
„Ah, wie das?" Sollte sich so der Fingerabdruck auf der Außenseite erklären lassen?
„Mein Auto stand auf der Hauptstraße und ich ging quer über den Rasen, statt den Umweg um das Haus zu machen."
„Sie hatten es also eilig, wollten schnell wegkommen. Warum?"
Wieder zögerte Kuhn. Er trank einen Schluck und wischte sich den Milchrand mit dem Handrücken ab.
„Wovor sind Sie weggelaufen?"
„Ich bin nicht weggelaufen!"
„Nun, wenn es ein erfolgreiches Zusammensein gewesen wäre, dann wären Sie doch sicherlich zum Essen geblieben, Sie hätten etwas miteinander getrunken..."
„Ja, so war es geplant." „Aber?"
Konrad Kuhn war inzwischen sehr blass geworden. Er drehte das leere Milchglas in den Händen und wich den Blicken der beiden Beamten aus.
„Sie hatten eine Auseinandersetzung mit Carmen Kinkel!"
„Nein, nein, es war ein schöner Abend, wir...."
Das Glas war trübe von den Schlieren, welche die Buttermilch hinterlassen hatte.
„Herr Kuhn, es hat keinen Sinn weiter zu schweigen. Wir wissen, dass Sie um 18 Uhr bei Frau Kinkel geklingelt haben. Im Arm hatten Sie" – Wieland konnte der Versuchung nicht widerstehen zu pokern – „ein Mitbringsel, eine Flasche Wein, Rotwein. Frau Kinkel hatte den Tisch gedeckt...Aber dann gab es Meinungsverschiedenheiten und Sie haben die Wohnung auf dem kürzesten Weg verlassen."
Kuhn schüttelte den Kopf. „Nein, wir haben uns nicht gestritten. Es war eher alles so einfach, so überraschend einfach, verstehen Sie."

„Sie waren an dem Abend intim mit Frau Kinkel. Wir wissen, dass sie Geschlechtsverkehr hatte. –" Wieder traf Wieland ins Schwarze.

„Ja." Kuhn atmete tief durch. „Ich hatte das gar nicht erwartet, nicht wirklich erwartet, ich meine, von Carmen nicht gedacht. Aber es ging wie von selbst. Sie nahm mir die Flasche ab, ich folgte ihr in die Küche, sie hatte den Tisch schon gedeckt, für zwei Personen, es wirkte alles so intim und plötzlich – ich umarmte sie, wir küssten uns und dann zog sie mich ins Schlafzimmer und... Selbst in meiner Fantasie hatte ich kaum gewagt mir vorzustellen, dass wir gleich in den ersten Minuten im Bett landen würden... Aber es war, als hätte sich eine Schleuse geöffnet. – Na ja."

„Wie lange ging das?"

„Ich glaube eine Stunde oder länger."

Wieland versuchte sich die Szene vorzustellen. Immanuelle. Er hatte ihr Bild wieder vor sich, die weibliche Figur, die durchscheinende Bluse. Es schien ihm glaubhaft, ja sogar stimmig zu sein, was Kuhn erzählte. Carmen Kinkel hatte eine kaum merkbare laszive Ader gehabt, verborgen hinter ihrer intellektuellen Natur, aber für einen erfahrenen Mann durchaus spürbar.

Eine Facette ihrer Persönlichkeit, die zu der korrekten, pflichtbewussten Lehrerin allerdings nicht so recht passte.

„Und dann, Herr Kuhn? Was geschah dann?"

„Wir haben geredet, sind aufgestanden, ins Bad gegangen. Ich habe mich angezogen und bin weggefahren."

„Einfach so?"

Kuhn schwieg. Seine Hände umschlossen das Glas so fest, dass Wieland befürchtete, er könnte es zerdrücken.

„Sie haben nicht einmal zusammen ein Glas Wein getrunken, Herr Kuhn?"

Noch immer antwortete Kuhn nicht, aber in seinem Gesicht arbeitete es.

Schließlich sagte er zögernd. „Es war vielleicht doch zu schnell gegangen. Ich meine, ich lebe erst seit einigen Wochen von meiner Familie getrennt, und ich wollte...ich wollte nicht...." Er kam nicht weiter.

Sollte die Sache tatsächlich so einfach sein? Wieland überlegte. Waren Carmen und Konrad von der Plötzlichkeit ihrer sexuellen Begierde überrascht worden und schämten sich hinterher dafür?

„Sie behaupten also, die Wohnung um 20 Uhr verlassen zu haben? Nicht durch die Wohnungstür?"

„Nein, über die Terrasse. Ich bin über die Wiese direkt zur Hauptstraße gelaufen, wo mein Wagen stand."

„20 Uhr - war das der Zeitpunkt, zu dem Sie Frau Kinkel zuletzt gesehen haben?"

„Ja. – Ich habe sie da zuletzt gesehen."

Ja und nein, dachte Wieland. Es könnte so gewesen sein, aber Kuhn hatte etwas zu verbergen. Seine Nervosität beruhte nicht auf der vermeintlichen Scham über einen One-Night-Stand.

„Ich wundere mich, dass Sie nicht einmal an das Buch gedacht haben, Herr Kuhn."

„Welches Buch?", fragte er erstaunt.

„Es hätte Ihnen doch mit Leichtigkeit einen guten Abgang verschafft, wenn es Ihnen darum gegangen wäre..."

„Ich verstehe nicht", Kuhn blieb begriffsstutzig und starrte die beiden Kriminalbeamten mit verschwimmendem Blick an. Offensichtlich ging ihm das ganze ziemlich nahe, was Wieland sympathisch fand.

„Nun, das Buch über die Frankfurter Schule. Sie haben es nicht mitgenommen."

„Oh, das...", Kuhn schüttelte verwirrt den Kopf. Also war das Buch überhaupt nicht wichtig, nur ein Vorwand, um an Carmen heranzukommen.

„Wie haben Sie sich getrennt? Mit welchen Worten haben Sie sich verabschiedet?"

„Oh, ich...ich sagte, dass ich leider gehen müsste, ich wollte allein sein, verstehen Sie..."

„Nein. Machte Carmen Kinkel denn Schwierigkeiten?"

„Nein, nein, aber ich wollte nicht, ich wollte nicht..." Kuhn schluchzte tatsächlich trocken auf.

Wieland spürte, dass er nicht weiter kommen würde. Seine Sympathie wandelte sich allmählich wieder in kritische Ungeduld. War Kuhn nicht vielleicht doch nur ein moralischer

Kleingeist? Litt er darunter, dass der Ehebruch das makellose Bild, das er von sich hatte, zerstörte?
Er beschloss, etwas brutaler vorzugehen. „Herr Kuhn, wir brauchen Ihre Fingerabdrücke und eine DNA-Analyse, um sicher zu gehen, dass es Ihre Spermien sind, die wir in der Vagina von Frau Kinkel gefunden haben. Kommen Sie gleich morgen früh ins Präsidium, ich werde einen Termin bei der Gerichtsmedizin für Sie vereinbaren. Anschließend muss Ihre Aussage zu Protokoll gebracht werden."
Wieland verabschiedete sich von Kuhn, der sichtlich um Fassung rang.
Dann fiel ihm noch etwas ein. Er drehte sich um. „Eine Frage noch, Herr Kuhn."
Die Wohnungstür, die schon ins Schloss zu fallen drohte, wurde noch einmal geöffnet.
Kuhns bleiches Gesicht erschien. „Ja?"
„Was wollten Sie eigentlich mit Frau Kinkel zu Abend essen?"
„Essen? Ich verstehe nicht."
„Ja, was wollten Sie essen?"
„Keine Ahnung."
„Sie sagten doch, dass Sie zum Essen gekommen wären, den Wein hatten Sie mitgebracht. Was wollten Sie denn essen?"
Kuhn schüttelte den Kopf, „Carmen hat nichts vom Essen gesagt, nur der Tisch war gedeckt, ja."
„Wonach hat es gerochen? Was hatte Carmen Kinkel vorbereitet?"
Kuhn zog die Schultern hoch. „Nichts, ich habe nichts gerochen. Verstehen Sie, wir haben nicht ans Essen gedacht..."
„Aber später, nach zwei Stunden müssen Sie doch daran gedacht haben!"
„Ich sagte Ihnen doch, dass ich um acht die Wohnung verlassen habe, ohne etwas zu essen."
„Bis morgen dann, Herr Kuhn."

Wieland beschloss, noch einmal in die Wohnung der Toten zu fahren. Sie kam ihm inzwischen ganz vertraut vor, was wahrscheinlich daran lag, dass er die Einrichtungen in ihrer Verschiedenheit mochte. Er warf einen Blick ins fernöstliche Schlafzimmer und spürte eine gewisse Erregung, als er sich die

Szene vorstellte. Was hatte Carmen in Konrad Kuhn gesehen? Einen Partner für schnellen Sex? Immerhin waren die beiden Kollegen und ein intimes Verhältnis am Arbeitsplatz verlief selten unproblematisch, das mussten in ihrem Alter beide gewusst haben. Aber vielleicht waren sie sich sympathisch gewesen? Stand Carmen auf Softies? Nun, auch Roland, sein Bruder, war eigentlich kein Macho...
Wieland ging ins Arbeitszimmer und setzte sich an den Schreibtisch. Karoline von Günderode. Da lag das Buch noch. Er überflog das Kapitel über ihren frühen Tod. Die Dichterin hatte sich selbst erdolcht. Eine seltene Todesart für eine Frau. Viel Mut gehörte dazu, starke Nerven und anatomische Sachkenntnis. Ein Stich direkt ins Herz. Wie bei Carmen. Doch wenn sie dem Vorbild der romantischen Dichterin folgen wollte, hätte man den Dolch finden müssen...
Wäre es denkbar, dass jemand die Waffe entfernt hat? Den Selbstmord als Mord tarnen wollte?
Das schien keinen Sinn zu machen, denn welches Motiv konnte es dafür geben? Und wem wäre damit gedient? Der Toten? Sie vom Makel der Todsünde einer Selbstmörderin befreien? Aber wer glaubte heute denn noch daran?
Frau Wunsch vielleicht?
Lag ihr daran, das Bild von der ordentlichen, pflichtbewussten Lehrerin aufrecht zu erhalten? Würde sie den Selbstmord der von ihr hofierten Nachbarin vertuschen, vielleicht in einer spontanen Reaktion? Aber war Frau Wunsch denn überhaupt kirchlich eingestellt? Und wann hätte sie die Leiche entdecken können? Hatte sie einen Schlüssel zur Wohnung? Davon hatte sie nichts verlauten lassen. Andererseits - wenn Kuhn durch die Terrassentür gegangen war – vielleicht war diese offen geblieben und die neugierige Frau Wunsch hätte nach dem überstürzten Aufbruch des Liebhabers... Aber konnte man denn von Frau Wunschs Wohnung überhaupt in Richtung Hauptstraße schauen? Er stellte sich den Lageplan der Wohnblocks vor. Nein, eher nicht. Die Terrassen gingen nicht auf dieselbe Seite. Frau Wunsch hätte um das Haus herumgehen müssen, wenn sie Kuhns Weggang über den Rasen hätte beobachten wollen. Aus ihrem Küchenfenster sah man lediglich den Plattenweg, der in die Gartenstraße führte.

Wieland rief sich selbst zur Räson. Das waren Spekulationen, die ihn kaum weiterbringen würden. Oder?
Eine sensible Frau, die Dichterin Karoline von Günderode. Enttäuscht von den Männern, in einer desolaten sozialen Situation, ohne Aussicht auf Veränderung. Galt das auch für Carmen?
Es war so leicht, hatte Kuhn gesagt, so einfach, mit Carmen ins Bett zu gelangen. Möglicherweise sah Kuhn das falsch und Carmen hatte tatsächlich konkrete Erwartungen an ihn. Was seine Panik beim Weggang dann auch erklären würde. Hatte sie das, was man früher Torschlusspanik bei Frauen über Dreißig genannt hat? Der Hausmeister und seine Freundin fielen ihm ein und die spöttischen, abwertenden Hinweise auf Carmens Frustrationen.
Er versuchte den Ablauf der Ereignisse noch einmal Revue passieren zu lassen. Die Auseinandersetzung mit den Schülern, deren Versuch, Druck auf die Lehrerin auszuüben. Der Hausmeister, der sich als unverzichtbarer Fachmann in der Wohnung profilierte. Die lauernde Frau Wunsch nebenan, der vergebliche Versuch, ein Privatleben zu führen. Der Kollege, der kommt, um mit ihr ins Bett zu gehen, aber sonst nichts von ihr will. – Reichte das aus für einen Selbstmord?
Schwer zu sagen.
Seiner Meinung nach müsste da noch etwas dazu kommen, Altlasten, wie die zerstörte berufliche Karriere an der Universität, die zerbrochene große Liebe. –
Roland hatte ihm gegenüber nie wieder von ihr gesprochen, und er selbst hatte aus Rücksicht auf Angela, die bald seine Schwägerin wurde, nie nach Carmen gefragt.
Ein Bruch im Leben – sollte er irreparabel gewesen und Carmen Kinkel an den Spätfolgen gestorben sein? Nein, das passte nicht, passte nicht zu der intelligenten Frau, die Carmen Kinkel für ihn war, eine Frau nicht ohne die Fähigkeit zur Selbstironie. Konnte man die dreigeteilte Wohnungs-einrichtung anders als ironisch auffassen?
Noch immer erschien es ihm unglaubhaft, dass die Tote jene Studentin war, der er damals bei seinem umschwärmten Bruder die größten Chancen eingeräumt hatte. War er nicht sogar eifersüchtig auf Roland gewesen? Carmen war damals

faszinierend, von einer Lebendigkeit und Vitalität, die er an der Älteren nicht wiedergefunden hatte. Er erinnerte sich, dass sie einmal mit hennarot gefärbtem Haar erschienen war. Er war an die Tür gegangen um zu öffnen und somit der erste, der sie so sah. Ihr herausforderndes Lächeln. Sie hatte ihn provokativ umarmt und so, Arm in Arm mit ihm, hatte sie die Huldigung der Clique entgegen genommen. Das war der einzige Moment gewesen, in welchem sie ihm nahe gekommen war. Was hatte er damals für sie empfunden?
Er konnte sich nicht erinnern, nur an sein Bedürfnis, sich zu distanzieren, ein Zuschauer bleiben zu dürfen.
Bald würde die Schwester der Toten eintreffen und von der Wohnung, von diesem Zimmer Besitz ergreifen.
Was hoffte er hier noch zu finden?
Einen Abschiedsbrief? Einen Hinweis auf den Mörder?
In der Schublade des Schreibtisches entdeckte er ein in braunes Leder gebundenes Photoalbum. Es enthielt die austauschbaren Bilder des Familienglücks Ende der fünfziger Jahre: Die proper ondulierte dunkelhaarige Mama hinter einem hochrädrigen Kinderwagen aus Peddigrohr; der Vater, im weit geschnittenen Anzug, das blond gelockte Mädchen auf den Schultern; dessen ernstes Gesichtchen wollte nicht zu der übermütigen Geste des Papas, der beide Arme wie zum Tanz erhoben hatte, passen. Das bezopfte Schulmädchen in einer Schürze. Die Strumpfhose mit den ausgebeulten Knien. Weiße Söckchen in schwarzen Lackschuhen, die Haare streng gescheitelt, geflochten zu Affenschaukeln, der Glockenrock mit dem dunkel abgesetzten Streifen am Saum, Blusen mit runden Schulterpassen, dann die Gymnasiastin, stolz mit abgeschnittenen Haaren, einem schmalen Rock mit Kellerfalte. Carmen lachte fast nie.
Ein Bild zeigte die beiden Schwestern zusammen, eine Nahaufnahme beim Fotografen. Hier, im Vergleich mit der dunkelhaarigen, düster dreinschauenden Schwester, erschien Carmen fröhlich und unbeschwert. Die letzten eingeklebten Bilder zeigen Carmen nur noch im Hintergrund des Familienverbands anlässlich von Feiern und Gedenktagen. Von der Studentin, die er kannte, gab es keine Aufnahmen. Vermutlich hat sie das damals als reaktionär bezeichnet: für ein Bild zu posieren und ein Fotoalbum zu führen. Ganz hinten ein großer

Briefumschlag, darin nach Jahreszahl geordnet eine Reihe von Klassenfotos, die Carmen Kinkel in ihrer neuen Rolle als Lehrerin zeigen. Ihr Ausdruck ist gleichbleibend unnahbar, ja unbeteiligt. Nur die Konturen des Gesichts verändern sich, die Kinnpartie wird schlaffer, die Augen liegen tiefer, bekommen Schatten. Dazwischen Bilder des Kollegiums der verschiedenen Schulen, Carmen Kinkel unauffällig darunter. Er findet sie immer heraus, es ist nicht allzu schwer, denn sie lacht nie, kaum dass sie jemals lächelt.
Wie hat sie all die Jahre gelebt?

Die morgendliche Besprechung der drei Kriminalbeamten verlief zäh.
„Glaubst du wirklich an einen Zusammenhang zwischen dem Drogenkonsum der Schüler und der Disko, in welcher die Freundin des Hausmeisters arbeitet?" Irene Andresen klang skeptisch.
Wieland wendete sich an Erik Gutzke. „Geh trotzdem hin, zeig an der Bar die Bilder der Schüler und frag, ob man sie dort kennt, schon mal gesehen hat. Wir haben bisher nichts Konkretes gefunden und können es uns nicht leisten, einer Spur nicht nachzugehen. Wir wissen, dass sich dort Dealer aufhalten, und es könnte immerhin sein, dass die Kids ihren Stoff von dort bezogen haben und den Hausmeister oder dessen Freundin kennen. Am Ende sind sie deswegen in der Wohnanlage herumgelungert. Und vielleicht ist Carmen Kinkel auf diesen Zusammenhang gestoßen."
„Du meinst also, der Hausmeister hatte doch seine Hände im Spiel?"
„Wie auch immer. Wir sollten das prüfen."
„Dann hätten Hausmeister und Schüler zusammen gearbeitet?"
„Dann wären die Gespräche, die Carmen Kinkel am Nachmittag geführt hat, wahrscheinlich ganz anders verlaufen, als die Schüler und Manfred Scheurer uns glauben machen wollen."
„Nein", unterbrach Irene Andresen die Spekulationen der beiden, „nein, umgebracht haben sie die Kinkel jedenfalls nicht, denn um 18 Uhr hat sie noch gelebt, als sie, wie wir jetzt wissen, Herrn Kuhn empfangen hat."

„Wer sagt uns, dass der Mörder nicht zurückgekommen ist? Wir gehen immer von einem Unbekannten aus, der nach 20.45 Uhr geläutet hat. Was, wenn es jemand ist, der zurück gekommen ist?", grübelte Wieland.
„Das gilt dann aber für alle Besucher, Schüler, Hausmeister und Kuhn, jeder könnte zurückgekommen sein, sich unter einem Vorwand neuerlich Einlass verschafft haben..."
„Klingt sogar plausibel", bestätigte Irene. „Ich meine, einen Unbekannten hätte die Kinkel doch zu dieser Zeit nicht mehr empfangen."
„Vielleicht war das sogar verabredet."
„Verabredet war sie möglicherweise mit dem Besucher, der noch später, um 21 Uhr, mehrmals geklingelt hat."
„Ja, aber der kam offensichtlich zu spät."
„Dabei liegen die Zeitpunkte so dicht beisammen – die Besucher könnten sich ohne weiteres begegnet sein!"

Als sie sich am Nachmittag wieder trafen, hatte Erik Gutzke von seinem Besuch in der Disko keine neuen Erkenntnisse zu vermelden: niemand kannte die vier Jugendlichen oder hatte sie schon einmal dort gesehen.
Dagegen wusste Irene Andresen eine wichtige Neuigkeit mitzuteilen: Ein in der Nähe der Wohnung der Toten gelegenes italienisches Restaurant, das auch Speisen zum Mitnehmen verkauft, war am Abend des Mordes von einem Mann aufgesucht worden, der zwei Gerichte bestellte. Er war dem Personal aufgefallen, weil er in offensichtlich guter Stimmung war. Der Angestellte, der das Essen einpackte, Pizza, Salat und Tiramisu für zwei Personen, erinnerte sich, dass er eine anzügliche Bemerkung gemacht habe, die der Mann mit einem zustimmenden Lachen quittierte: dass Essen und Liebe zusammen gehörten, egal in welcher Reihenfolge. –
„Konnte er den Mann beschreiben?"
„Ja, und es könnte Konrad Kuhn sein: groß, schon etwas älter, graue Locken, sympathisch."
„Besorg dir ein Foto von Kuhn und zeig es dem Angestellten!"
Irene Andresen stand auf. „Was bedeutet es, wenn es Konrad Kuhn war?"

„Es bedeutet zunächst einmal, dass er nicht die Wahrheit gesagt hat. Zumindest hat er uns etwas verheimlicht."
Wieland erinnerte sich, dass er genau das gefühlt hatte.
„Um wieviel Uhr fand dieser Einkauf in dem Restaurant statt?"
„"Der Kellner sagt gegen halb neun. Der Mann musste cirka 10 Minuten auf das Essen warten. Um die Zeit zu verkürzen, hat er ihm einen Grappa auf Kosten des Hauses eingeschenkt, was er nicht abgelehnt habe, er sei gehobener Stimmung gewesen. Es heißt, dass er gegen 20.45 Uhr mit dem Essen das Restaurant verlassen hat."
„Wie weit ist das Lokal von Carmen Kinkels Wohnung entfernt?"
„Mit dem Auto kaum 10 Minuten. – Das heißt, die Zeiten könnten stimmen: Er verlässt die Wohnung vor 20.30 Uhr, fährt zur Pizzeria, wartet dort 10 Minuten, fährt zurück..."
„...und ist gegen 21 Uhr mit der Pizza zurück. Er läutet zwei Mal, aber sie macht nicht mehr auf."
„Warum, um alles in der Welt, hat Konrad Kuhn uns das nicht erzählt?!"
„Erik, wir brauchen eine Durchsuchungserlaubnis. Ich glaube, wir sollten den Herrn einmal etwas unter die Lupe nehmen."

Konrad Kuhn schien nicht überrascht, den Kommissar und seinen Mitarbeiter wieder vor der Tür stehen zu sehen.
Sie setzten sich wie beim letzten Mal auf die Klappstühle. Kuhn schenkte sich diesmal einen Wodka ein. Die Flasche, die auf dem Tisch stand, war bereits zu einem Drittel geleert, aber Kuhn machte keinen betrunkenen Eindruck.
„Herr Kuhn, wir wollen uns in Ihrer Wohnung umschauen. Besonders interessiert uns der Inhalt Ihres Mülleimers... Wann haben Sie ihn zuletzt geleert?"
„Oh, ich ... gestern glaube ich, ja, gestern."
„Wohin bringen Sie Ihren Müll?"
„Es gibt eine Müllklappe draußen im Flur. Immerhin ist das Haus ja zehn Stockwerke hoch, und da wäre es doch lästig, wenn die Mieter ihren Müll immer nach unten bringen müssten. Deshalb gibt es einen Müllschacht und eine Klappe auf jedem Stockwerk."
„Das macht die Sache für uns nicht einfacher, Herr Kuhn."

Kuhn zuckte bedauernd die Schultern und grinste schief.
„Herr Kuhn, Sie haben uns verschwiegen, dass Sie mit Frau Kinkel Pizza essen wollten, genauer einmal Pizza rustica und einmal Pizza arrabiata, dazu Salat Nizza und als Nachtisch Tiramisu!"
Kuhn trank das Glas in einem Zug aus. „Also haben Sie auch das herausgefunden", sagte er schwer ausatmend.
„Herr Kuhn, Sie haben uns gestern nicht die Wahrheit gesagt!"
„Ich habe Carmen nicht getötet!"
„In diesem Fall wäre es gut, wenn Sie mit uns zusammen arbeiten würden!"
„Nein, das wäre nicht gut für mich, denn, sehen Sie, ich habe kein Alibi..."
„Aber möglicherweise haben Sie kein Motiv, Herr Kuhn!"
Kuhn fuhr sich mit einer Hand über die Augen. „Nein, sicherlich, ich, ich hätte kein Motiv gehabt..."
„Erzählen Sie uns jetzt wahrheitsgemäß wie der Abend mit Frau Kinkel verlaufen ist!"
Wieder dreht er das leere Glas in den Händen und umklammerte es so fest, dass Wieland fürchtete, er könnte es zerbrechen.
„Wir waren hungrig und Carmen sagte, dass es beim Italiener in der Jagemannstraße gute Pizza gebe, die man auch mitnehmen könne. Wie ich Ihnen schon sagte, ich bin über die Terrasse zu meinem Auto und drei Straßen weiter zu „Daniele" gefahren, so heißt das Lokal. Ich war guter Dinge, der Abend war... ich meine, Carmen und ich haben uns wirklich gut verstanden, ich freute mich auf das gemeinsame Essen, das auch gut zu sein versprach."
„Wie spät war es, als sie zurückkamen?"
„Ich weiß es nicht genau. Es muss gegen 21 Uhr gewesen sein."
„Früher oder später?"
„Eher etwas später würde ich sagen. Ich fand nicht gleich einen Parkplatz, musste dann noch einige Schritte zu dem Lokal laufen. Die hatten dort einen Mordsbetrieb, scheint ein gutes Restaurant zu sein. Jedenfalls musste ich einige Zeit warten."
„Erzählen Sie weiter! Was geschah, als sie zurück kamen?"

„Ich parkte mein Auto, aber nicht mehr an derselben Stelle wie zuvor. Jemand anderer hatte sich da hingestellt. Ich fuhr also die Hauptstraße ein Stück weiter hinunter, parkte dort ein und ging dann zum Haus zurück."
„Wieder über den Rasen zur Terrasse?"
„Nein, ich kam jetzt von weiter unten, so dass ich den normalen Weg über die Hauszufahrt nahm."
„Das heißt, sie gingen zur Eingangstür des Hauses?"
„Ja. In dem Moment dachte ich gar nicht daran, dass ich wieder über die Terrasse gehen könnte. Ich meine, ich hatte die Tüten mit dem heißen Essen dabei, und der kürzere Weg war der zur Haustür. Also läutete ich."
„Die Eingangstür war geschlossen?"
„Ja, sie war zu. Ich läutete zweimal, aber Carmen machte nicht auf."
„Was dachten Sie?"
„Zunächst dachte ich, sie sei vielleicht noch im Bad...und ich wartete. Sie musste das Läuten gehört haben."
„Und dann?"
Er zuckte die Schultern. „Dann dachte ich, dass sie es sich vielleicht anders überlegt hat."
„Wie? Dass sie Sie nicht mehr sehen wollte?"
Wieder zuckte er hilflos mit den Schultern, den Kopf hielt er gesenkt, den Blick auf seine Hände gerichtete, deren Knöchel hell hervortraten.
„Nun ja, ich war plötzlich ziemlich ernüchtert und dachte, dass ich mir da etwas eingebildet haben könnte. Für Carmen war das alles vielleicht gar nicht so, so...gut gewesen. Vielleicht fand sie mich lächerlich."
„Aber immerhin war sie eine Kollegin, sie hätte mit Ihnen doch darüber gesprochen und Sie nicht einfach so vor verschlossener Tür stehen lassen!"
„Na ja, sie machte jedenfalls nicht mehr auf und irgendwie musste ich mir das doch erklären!"
„Und was haben Sie weiter getan?"
„Ich bin nach Hause gefahren."
„Mit dem Essen?"
„Mit dem Essen. Das meiste wanderte in den Müllschacht."

„Ist Ihnen etwas aufgefallen, als Sie vor dem Haus standen? Haben Sie jemand gesehen?"

„Nein, nichts...niemand."

„Wir werden morgen im Präsidium ein neues Protokoll verfassen, Herr Kuhn."

„Hoffentlich stimmen Ihre Aussagen diesmal!" Eriks Stimme klang scharf.

Kuhn sackte auf seinem Stuhl sichtbar zusammen.

„Wenn Ihre Aussage wahr ist und Sie unverrichteter Dinge nach Hause gegangen sind, dann müssten wir im Müllcontainer die Reste des Essens finden können. Wie war es denn verpackt?"

„In Aluminium-Tellern und flachen Styropor-Schachteln. Der Name des Restaurants stand darauf."

„Sie haben alles zusammen weggeworfen?"

„Ja."

„Zwar beweist das nicht Ihre Unschuld, denn Sie könnten trotzdem im Haus gewesen sein... aber immerhin, wenn wir die Reste im Müll finden, wäre erklärt, warum wir kein Essen bei Carmen Kinkel finden konnten, obwohl der Tisch gedeckt war."

Bei ihrer Rückkehr fanden sie eine Mitteilung von Irene Andresen vor. Der Angestellte des Restaurants hatte Konrad Kuhn nach einem Foto als den Mann identifiziert, der am Mordabend die Pizza mitgenommen hatte.

„Das heißt, dass es keinen Streit zwischen den beiden gegeben hat. Kuhn hat die Wohnung nicht fluchtartig, sondern eilig verlassen, um bald wieder zurückzukehren und den schönen Abend mit seiner attraktiven Kollegin fortzusetzen", sagte Erik und es klang etwas bissig.

„Ja, demnach hatte er kein Motiv, Carmen Kinkel umzubringen. Sie hat ihn weder unter Druck gesetzt noch hat sie ihn rausgeschmissen."

„Ja, aber er hätte Carmen Kinkel vorher umbringen können."

„Und wäre dann in der Absicht zum Italiener gegangen, ein mögliches Motiv zu verschleiern? – Für so kaltblütig halte ich ihn nicht!"

„Nein, ich auch nicht", stimmte Kommissar Wieland zu.

„Trotzdem ist es seltsam, dass er so schnell aufgegeben hat, findest du nicht?"
„Na ja, sehr selbstbewusst scheint er nicht zu sein. Ich kann mir schon vorstellen, dass er einfach schockiert war, als die Kinkel nicht mehr aufgemacht hat."
Wieland schüttelte den Kopf. „Es hätte ihr ja auch irgend etwas zugestoßen sein können, daran hätte er doch denken müssen! – Moment! Hat Carmen Kinkel nicht einen Anrufbeantworter? Vielleicht hat er ja versucht sie telefonisch zu erreichen! Damit hätte er fast so etwas wie ein Alibi."

Die Kollegen von der Spurensicherung bestätigten, dass der Anrufbeantworter von Carmen Kinkel eingeschaltet war. Aber auf dem Band war nur eine drei Tage alte Nachricht gespeichert, ein Anruf der Stadtbibliothek, in welchem mitgeteilt wurde, dass ein Buch, für das sie sich hatte vormerken lassen, inzwischen eingegangen war: ein Kriminalroman, der Name des Autors sagte Wieland nichts. Seit diesem Zeitpunkt waren keine Anrufe mehr registriert worden, auch keine „stummen".
„Ich möchte Kuhn zu gern fragen, warum er nicht daran gedacht hat, anzurufen und nachzufragen, was los ist!"
„Morgen, Herr Kommissar, morgen." Erik schaute demonstrativ auf die Uhr. Er hatte Recht.

Kuhn erschien pünktlich um 9 Uhr. Es war der letzte Schultag vor Pfingsten und er hatte sich vom Unterricht befreien lassen.
Der Lehrer sah aus, als habe er in der Nacht kein Auge zugemacht. Seine Haut war fahl und glänzte, auf der Stirne stand Schweiß.
Wieland beschloss, die Situation zunächst zu entkrampfen und bot ihm Kaffee an, aber Kuhn lehnte ab.
„Unsere Leute von der Spurensicherung haben tatsächlich im Müllcontainer Ihres Hauses Essensbehälter von „Daniele" gefunden mit den Resten der besagten Gerichte. Insoweit scheint Ihre Aussage von gestern stimmig."
Kuhn nickte bloß.
Nachdem die relevanten Fragen gestellt und zusammen mit Kuhns Antworten in den PC getippt worden waren und das

Protokoll von Erik Gutzke zur Unterschrift vorgelegt wurde, schaltete sich Wieland wieder ein.
„Eine Sache beschäftigt mich noch, Herr Kuhn."
Der Angesprochene zuckte merklich zusammen.
„Haben Sie denn gar nicht daran gedacht, dass Carmen Kinkel etwas zugestoßen sein könnte, als sie Ihnen die Tür nicht mehr geöffnet hat?"
Kuhn schüttelte stumm den Kopf.
„Sie könnte im Bad ausgeglitten sein, sich verletzt haben...Sie werden sich doch nicht nur Ihrer verletzten Eitelkeit gewidmet haben, Herr Kuhn! Schließlich unterrichten Sie Religion! Haben Sie sich denn gar keine Sorgen um Ihre Geliebte gemacht, die Sie gerade eben erst – vor einer guten halben Stunde – in Hochstimmung verlassen hatten?!"
Wieder schüttelte Kuhn den Kopf.
„Sie haben in Ihrer Wohnung Telefon, Herr Kuhn."
Wieder begnügte er sich mit der Zeichensprache, nickte ohne den Kopf zu heben.
„Als Sie zuhause waren, hatten Sie da nicht das Bedürfnis, Carmen Kinkel anzurufen und nachzufragen, was los sei?"
„Herr Kuhn, beantworten Sie diese Frage!"
„Nein, nein ich habe Carmen nicht angerufen."
„Das verstehe ich nicht, Herr Kuhn, das verstehe ich beim besten Willen nicht!"
Aber aus Kuhn war weiter nichts herauszubekommen.
Er unterschrieb das Protokoll und war entlassen.

„Er ist der Hauptverdächtige", sagte Kommissar Wieland langsam.
„Sein Verhalten ist nicht schlüssig", stimmte Erik Gutzke zu, „aber bedenke, er hat kein Motiv."
„Zumindest keines, das wir kennen", bestätigte Wieland seufzend.
Der Fall, der so wenig spektakulär schien, entpuppte sich als vertrackt.
„Wir sollten die Alibis aller Personen, die am Mordtag mit Carmen Kinkel zu tun hatten, überprüfen."

Wieland schwieg. Hatte Erik Recht und er verrannte sich in etwas, nur weil der Verdächtigte mit der Wahrheit immer nur portionsweise heraus kam?

„Kuhn ist in keiner einfachen Lage, schließlich ist er noch verheiratet. Die Ermordete war seine Kollegin und seit neuestem seine Geliebte. Ich kann mir vorstellen, dass es ihm peinlich ist, wenn das alles bekannt wird. Könnte ja sein, ihm liegt noch etwas an seiner Ehe." Erik sprach ruhig und bedächtig.

Wieland nickte. „Ja, Kuhns Frau würde mich auch interessieren. Du kannst ja mal bei ihr vorbei gehen und unverfängliche Fragen stellen..."

„Unverfängliche Fragen?" Erik klang mehr als skeptisch.

„Na, frag sie, ob sie die Ermordete gekannt hat."

Erik Gutzke musste grinsen. „Genau. Wenn sie nicht dumm ist, wird sie merken, dass sie ein Mordmotiv haben könnte: Eifersucht!"

„Das wohl nicht, denn wenn ich Direktor Haußmann richtig verstanden habe, dann hat sie sich von Kuhn getrennt. Mithin hätte sie keinen Grund zur Eifersucht, wenn ihr Mann fremd geht. – Aber du hast natürlich recht. Oft ändern Frauen ihre Einstellung um 180 Grad, wenn der eben fallengelassene Partner eine Neue auftut."

Erik nickte beifällig und mutmaßte, dass sein Chef wohl auch schon einschlägige Erfahrungen gesammelt haben musste.

„Ich könnte eine Tasse frischen heißen Kaffee brauchen." Erik stand auf.

In diesem Moment öffnete Irene Andresen heftig die Tür. Ihrem Gesicht war anzumerken, sie brachte Neuigkeiten.

„Ich habe gerade mit Dahlmeier von der Spurensicherung gesprochen. Er hat eine interessante Entdeckung gemacht!"

Sie legte die mitgebrachte Mappe ihrem Chef auf den Tisch, ohne sie zu öffnen, zog sich einen Stuhl heran und begann zu berichten.

„Wir wissen, dass die Fingerabdrücke, die sich auf der Terrassentür befinden, von Konrad Kuhn stammen. Wir haben bisher angenommen, dass sie dort hin kamen, als er die Wohnung gegen 20.00 Uhr durch diese Tür verließ. Die Tür geht nach innen auf, und wir stellten uns vor, dass Kuhn das

Glas der Tür im Hinausgehen berührt hat, also mit seiner rechten Hand, denn nur der rechte Flügel der Tür war geöffnet. In Wirklichkeit aber", Irene holte tief Luft, „in Wirklichkeit aber stammt der Abdruck von Kuhns linker Hand, und zwar so, als ob er von außen gegen die Tür gedrückt hätte."
Alle drei schwiegen einen Moment.
„Das kann ein dummer Zufall sein", meinte Erik schließlich.
„Vielleicht hat er sich in der Tür umgedreht."
„Oder er ist doch ums Haus herum und zur Terrasse gegangen, als Carmen auf sein Läuten hin nicht reagiert hat." Wieland war sich sicher, dass es so gewesen sein musste. Kuhn war nicht einfach nach Hause gefahren, wie er glauben machen wollte, sondern hat versucht herauszufinden, was los war, warum Carmen ihm nicht mehr öffnete.
„Fahren wir hin", sagte er knapp.

Es war noch keine zwei Stunden her, dass Kuhn das Präsidium verlassen hatte. Diesmal erschrak er sichtlich, als er wieder die Beamten vor der Tür fand.
Stumm bat er sie herein.
Kuhn war nicht allein, in seinem Bürosessel saß eine Frau, um die vierzig, klein, drahtig, das vermutlich getönte rötlich-braune Haar kurz geschnitten, so dass es keck vom Kopf abstand, in den Ohren hatte sie mehrere kleine Stecker. Sie trug einen engen Jeansanzug mit einer schwarzen Bluse.
„Das ist meine Frau. Stella, Kommissar Wieland und seine Mitarbeiter."
Wieland schüttelte ihr die Hand. Das Zusammentreffen gab ihm die Gelegenheit, die Befragung von Kuhns Frau gleich selbst vorzunehmen.
„Sehr erfreut, Sie kennen zu lernen. Sie haben sicherlich von Ihrem Mann gehört, dass wir ihn im Zusammenhang mit dem Mord an seiner Kollegin, Frau Kinkel, vernehmen. – Haben Sie Carmen Kinkel auch gekannt?"
Stella Kuhn sah ihn skeptisch an. „Nein, eigentlich nicht. Ich erinnere mich zwar an einen Betriebsausflug des Kollegiums, der erste und der letzte, an dem ich teilgenommen habe, nebenbei bemerkt, da ist sie mir vorgestellt worden. Aber wir haben uns nicht miteinander unterhalten. Ich war als

Ehepartnerin ja nur ein Anhängsel und für die neue Kollegin völlig uninteressant. Nein, wir kannten uns persönlich nicht."
„Hat Ihr Mann Ihnen von Carmen Kinkel erzählt?"
Stella Kuhn lehnte sich zurück und brachte den Sessel zum Wippen.
„Mein Mann hat nie über seine Kollegen gesprochen. Er hat sein Berufsleben ganz allein geführt, verstehen Sie, ohne seine Familie."
„Ihre Trennung – hängt die damit zusammen, dass Ihr Mann Sie nicht hat Anteil nehmen lassen...?"
Stella Kuhn schüttelte den Kopf und setzte sich gerade auf.
„Das ist zu kurz gegriffen. Ich wüsste auch nicht, warum ich Ihnen die Szenen einer Ehe hier aufzählen sollte! Aber eines kann ich Ihnen sagen: Wenn Sie glauben, dass mein Mann etwas mit dem Mord zu tun hat, dann irren Sie sich! Er ist zu keinerlei Gewaltausübung fähig, das dürfen Sie mir glauben! Gewalt, Druck, Kampf, Streit – das liegt nicht in seiner Natur. Eher zieht er sich zurück und leidet. Ein überaus defensiver Mensch, Herr Kommissar, das kann ich Ihnen sozusagen aus erster Hand bescheinigen!" Sie warf ihrem Mann herausfordernde Blicke zu, denen Kuhn aber geflissentlich auswich.
„Vielen Dank für diese Aussage, Frau Kuhn. – Wir hätten noch etwas mit Ihrem Mann zu besprechen."
Sie stand so heftig auf, dass der Sessel nach hinten gegen die Tischplatte knallte.
„Lass dich nicht unterkriegen, Konny! Ich rufe dich heut Abend noch an."
„Grüß die Kinder von mir."
Kerzengerade, auf hohen Plateausohlen marschierte die kleine Person aus dem Zimmer und ließ die Wohnungstür geräuschvoll ins Schloss fallen.
Ein Energiebündel, dachte Wieland. Da haben sich wieder einmal Feuer und Wasser gepaart.
„Setzen Sie sich", sagte Kuhn und wies auf die beiden Klappstühle. Er selbst blieb stehen, lehnte sich an den Türstock, die Hände in den Hosentaschen vergraben. Er trug noch den Anzug, in dem er auf das Revier gekommen war, hatte nur das Jackett geöffnet und die Krawatte abgelegt.

„Herr Kuhn, Sie sagten heute Morgen aus, dass Sie nach Hause zurückgekehrt wären, als Frau Kinkel Ihnen trotz mehrfachen Läutens nicht geöffnet hat."
Er nickte.
„Sie haben auch nicht versucht, Frau Kinkel telefonisch zu erreichen und zu ihrem Verhalten zu befragen."
Er nickte wieder.
„Ich glaube, Sie haben Frau Kinkel nicht mehr angerufen, weil Sie bereits wussten, dass sie tot war."
Kuhn gab seine lässige Haltung auf und setzte sich langsam auf den Stuhl, den seine Frau gerade so schwungvoll verlassen hatte.
Nach mehreren Sekunden des Schweigens sagte er mit tonloser Stimme: „Ja. Das stimmt."
„Herr Kuhn, ich muss Sie bitten mit aufs Revier zu kommen. Dort können Sie dann auch einen Anwalt bestellen. Sie haben mehrfach unsere Untersuchungen durch Ihre Falschaussagen behindert und sich selbst in die Lage des Hauptverdächtigen gebracht. Kommen Sie mit! Packen Sie sich Waschzeug und Wäsche ein, ich weiß nicht, wie lange Sie bei uns bleiben werden!"

Wieland fühlte sich seit einiger Zeit deprimiert. Midlife-Crisis? Er lächelte sich selbst ironisch im Spiegel zu. Damit wäre ich etwas früh dran, dachte er sarkastisch.
Er wusste, dass seine Niedergeschlagenheit eher andere Gründe hatte. Der Mord an Carmen Kinkel war unaufgeklärt geblieben, und er fühlte dafür so etwas wie Schuld, als hätte er ein Versprechen nicht gehalten.
Der Fall lag mittlerweile fast zwei Jahre zurück, andere Verbrechen hatten seinen Einsatz gefordert, Erik Gutzke war befördert worden und würde demnächst versetzt werden, Irene Andresen bald in den Mutterschaftsurlaub gehen. Er bedauerte die Auflösung der kleinen Crew, sie hatten sich gut ergänzt, obwohl sie im Falle von Carmens Tod versagt hatten.
Es war Freitagabend, ein freies Wochenende stand ihm bevor, von dem er noch nicht wusste, wie er es gestalten sollte. Nur eines war sicher, er verspürte wenig Lust, es mit Menschen zu verbringen, die ihm nichts bedeuteten, und das hieß, er würde die nächsten Tage allein sein.
War das das Problem: niemanden zu haben, keinen Freund, keine Freundin? Er hatte sich noch nie einsam gefühlt, sondern immer in dem Bewusstsein gelebt, dass er, wenn er nur wollte, jeden freien Abend mit vielen Menschen verbringen könnte. Machte er sich etwas vor? Hatten sich die Zeiten geändert, ohne dass er es gemerkt hatte?
Die Frauen, die gern mit ihm ausgegangen waren, hatten inzwischen feste Beziehungen, das stimmte. Zwar gab es da den einen oder anderen neuen Flirt in der Kneipe, aber nichts mit Perspektiven.
Er beschloss zunächst zu duschen. Zeit gewinnen, dachte er wieder selbstironisch. Ach was, ich bleibe genauso gern zu Hause! - Nur hatte er auch für einen gemütlichen Freitagabend zu Hause keine Vorkehrungen getroffen, wie er beunruhigt feststellte. Er hätte gleich nach

Dienstschluss noch das bestellte Buch abholen und Einkäufe machen sollen, dann gäbe es jetzt etwas, worauf er sich freuen konnte.

Als er die Dusche abstellte, hörte er gerade noch das letzte Klingeln des Telefons. Pech gehabt, dachte er, und gab sich keine Rechenschaft darüber, wer zu bedauern war, der Anrufer, der ihn nicht erreicht hatte, oder er selber, weil er eine Chance verpasst hatte. Eine Chance wozu? Auch darüber wollte er nicht nachdenken.

Der Teilnehmer hatte aufgelegt, bevor sich der Anrufbeantworter einschalten konnte. Das könnte bedeuten, dass er es später noch einmal versuchen will, dachte Wieland und beschloss endgültig, den Abend zu Hause zu verbringen. Er zog sich eine alte Jeans und einen dicken Pullover an, Bademantel besaß er keinen, denn er fand dieses Kleidungsstück widerlich, besonders wenn es dunkelrot und blau gestreift war, er käme sich darin vor wie ein verklemmter Erotomane.

Im Kühlschrank fand er noch eine halbe Flasche Rotwein. Hartkäse, schwarze Oliven, getrocknete Tomaten, eingelegte Peperoni waren auch da, nur frisches Brot fehlte. Aber immerhin, der Abend war in mancher Hinsicht gerettet.

Er zog sich den Stapel Tageszeitungen heran, um die letzten Ausgaben, die er nur überflogen hatte, noch einmal durchzugehen.

Da läutete das Telefon wieder.

Roland, sein Bruder, meldete sich.

„Nett, dass du anrufst. Wie geht's euch? Was machen die Knaben?" Immer wenn er an seine beiden kleinen Neffen dachte, plagte ihn das schlechte Gewissen. Er war kein guter Onkel.

„Angela liegt wieder im Krankenhaus. Die Ärzte machen uns wenig Hoffnung."

Angela, seine Schwägerin, hatte Krebs. Vor einem Jahr hatte man ihr eine Brust abnehmen müssen, aber auch die anschließende Chemotherapie hatte das Fortschreiten der Krankheit nicht aufhalten können. Vermutlich vertraute Angela zu lange naturärztlichen Heilmethoden. Sie hatte unbedingt eine Amputation zu vermeiden wollen.
„Das tut mir leid."
Obwohl Roland für ihn schon lange nicht mehr der große bewundernswerte Bruder war, fiel es ihm nicht leicht, offen mit ihm zu reden. „Wie tragen es die Buben?"
„Erstaunlich gelassen. Es ist ja für sie nichts Neues mehr. Ich glaube allerdings nicht, dass sie den Ernst der Lage wirklich begriffen haben. Aber es ist sicher besser so. Ich will sie nicht zu früh auf das Unvermeidliche hinweisen."
Bezeichnend, dass wir nicht von Renée reden, der ältesten Tochter, dachte Wieland. Renée hatte am Tag nach ihrem achtzehnten Geburtstag ihr Elternhaus verlassen, um nicht mehr zurückzukehren. Sie soll irgendwo in Norddeutschland studieren, in Hamburg heißt es, Soziologie und Politische Wissenschaft. Von ihrer Familie will sie nichts hören und sehen. Eigentlich war es der Konflikt mit der Mutter, der das Mädchen aus dem Haus getrieben hat, dachte Wieland. Er hatte sich früher nicht vorstellen können, dass sich Mutter und Tochter so sehr ablehnen, ja hassen können. Alles, was Angela repräsentierte, war für Renée ein Gräuel und Anlass, genau das Gegenteil davon zu tun. Sie ärgerte die kleine, zierliche, stets gepflegt aussehende Mutter mit lautem burschikosem Benehmen, verzichtete auf Kleider, Strumpfhosen, Pumps, BHs, trug weite lila Latzhosen, die ihre große, kräftige Gestalt betonten, Birkenstock-Pantoffeln, färbte sich die Haare blauschwarz oder rostrot und trug unförmige selbstgenähte bunte Rucksäcke.
Als Angela vor mehr als zwanzig Jahren überraschend mit Renée schwanger wurde, heiratete Roland die kleine

Lehrstuhl-Sekretärin und brach die eben erst begonnene Beziehung zu Carmen wieder ab. Aber von Geburt an war es so, als wollte das Kind durch sein Benehmen zeigen, dass es nicht willens war, ein Opfer, das die Eltern seinetwegen meinten gebracht zu haben, mit dankbarem Gehorsam zu vergelten. Insbesondere ihrer Mutter räumte Renée kein Recht auf Teilnahme an ihrem Leben ein. Vielleicht tat sie gut daran, überlegte Wieland, sich der Alibi-Funktion für die Ehe der Eltern zu verweigern: sollten die zusehen, wie sie ihr Handeln verantworten konnten.

Aber das Bild stimmt nicht ganz, räsonierte er, ein wirkliches Opfer hatte damals nur Roland gebracht, für Angela war es ein Sieg. So haben wir anderen das jedenfalls empfunden. Er erinnerte sich an manch gehässige Bemerkung über die ach so berechnende, hinterhältige Lehrstuhlsekretärin, die er aus den Unterhaltungen der weiblichen Fans des Doktor phil. Roland Wolf Wieland aufgeschnappt hatte. Angela war hübsch, ohne Zweifel, und wohl auch tüchtig in ihrem Job, aber sie konnte Roland intellektuell nicht das Wasser reichen. Was ihn offenbar nicht daran gehindert hatte, eine intime Beziehung mit ihr anzufangen, obwohl sie beide am selben Lehrstuhl beschäftigt waren und die Universität eine einzige Gerüchteküche ist. Damals hatte sein Bruder ihm Rätsel aufgegeben. Er hatte Freunde sagen hören, dass es Roland um die Überwindung des „Klassenstandpunkts" gegangen sei, dass er das bürgerliche Elite-Denken habe negieren wollen, indem er eine Beziehung unterhalb seines „Standes" eingegangen sei. Es war nicht zu leugnen, dass sich Roland gegenüber den Studenten in der Rolle des klassenpolitischen Märtyrers mitunter gefallen hatte, aber letztlich musste es um die Art der Beziehung zwischen ihm und Angela selbst gegangen sein. Roland konnte nicht so naiv gewesen sein, die Folgen

seines Handelns nicht vorauszusehen, sondern wusste, dass er den Preis dafür zu zahlen hatte. Billig war er nicht davongekommen. Nicht nur die Beziehung zu der attraktiven und klugen Studentin mit den vielversprechenden Karriereaussichten musste er aufgeben, nein, er hatte sich, als Angela schwanger wurde, auch entschlossen, auf die eigene wissenschaftliche Laufbahn zu verzichten und einen Brotberuf zu ergreifen. Niemand hat das so recht verstehen können, weder die Eltern noch Rolands renommierter Doktorvater. Das Kartenhaus einer „kritischen Existenz" war angesichts der Banalität der Wirklichkeit zusammengebrochen.
Und jetzt, im Nachhinein, dachte Wieland düster, kann man sagen, dass sich der Verzicht nicht gelohnt hatte. Das Kind, um das es damals ging, war den Eltern früh abhanden gekommen, die junge Frau krank geworden, am Ende sogar verstümmelt und ohne Hoffnung auf Heilung. Welche Perfidie des Schicksals! Oder ging es um eine höhere Gerechtigkeit?
„Im Augenblick sind die beiden Jungs vor allem an ihrem Club interessiert. Fußball ist unser Leben...," hörte er seinen Bruder in seine Gedanken hinein mit gewollt lustigem Tonfall sagen.
„Kinder sind mitunter mutiger im Umgang mit dem Tod als wir Erwachsene, Roland. Sie machen sich weniger vor als wir..."
„Meinst du? - - - Hast du eigentlich noch etwas über die Ermordung von Carmen in Erfahrung gebracht?", wechselte Roland plötzlich das Thema. „Es mag dich überraschen, aber ich musste in letzter Zeit oft an uns denken, wie wir damals waren und wie alles gekommen ist."
Da haben sich unsere Gedankenkreise berührt, dachte Wieland.
„Nein, der Fall ging ungelöst zu den Akten."

„Du hast damals den Kollegen, diesen Kuhn, verdächtigt, nicht wahr?"

„Ja, das stimmt. Dabei wusste ich eigentlich, dass er nicht der Typ dafür war. Aber er war der einzige Verdächtige, den wir hatten."

„Ich hab früher geglaubt, dass du wegen Carmen eifersüchtig auf mich warst."

Wieland spürte, wie ihm das Blut zu Kopf schoss. „Wie kommst du denn darauf? Du weißt doch genau, dass ich mit deiner Clique nichts zu tun haben wollte. Ihr wart mir damals viel zu renitent, das passte nicht für mich."

„Um in Carmen verliebt zu sein, musste man nicht eine politische Meinung mit ihr teilen", antwortete Roland spitz. „Es ist mir wieder eingefallen, als du dich so bemühtest, den Kollegen des Mordes zu überführen, man konnte spüren, dass du selbst nicht völlig von seiner Schuld überzeugt warst, aber - eine Rechnung mit ihm offen hattest, wegen seiner Affäre mit Carmen -."

„Mein Gott, Roland, bist du jetzt unter die Psychologen gefallen?!" Sein Bruder konnte doch nicht im Ernst meinen, was er sagte! Es war viel wahrscheinlicher, dass er indirekt von sich selbst sprach, von seinen eifersüchtigen Fantasien. – Aber natürlich würde er ihm das unter den gegebenen Umständen nicht vorhalten können. -

„Er wurde zuletzt nicht einmal angeklagt, nicht wahr, denn ihr hattet keine Beweise – stimmt's?"

Wieland erinnerte sich mit Unbehagen an diesen Fehlschlag, die Schlagzeilen und Ankündigungen in der Presse, die Termine, den Stress und das deprimierende Ergebnis. Entlassung aus der U-Haft. Matt verteidigte er sich: „Überall in der Wohnung waren seine Fingerabdrücke und er hat zugegeben, später am Abend noch einmal zurückgekehrt zu sein. Sein Fingerabdruck war außen an der Terrassentür, Indiz dafür, dass er diese nach

innen aufgestoßen hat. Aber natürlich behauptete er, dass Carmen zu diesem Zeitpunkt bereits tot war."
„Ja, ich weiß das alles, außerdem habe ich mit ihm gesprochen. Als er aus der Untersuchungshaft entlassen wurde, habe ich ihn angerufen."
Richard Wieland verschlug es die Sprache. „Du, du hast mit Konrad Kuhn gesprochen?"
„Ja. Es war nicht schwer, seine Adresse ausfindig zu machen."
„Das hast du mir aber bislang verschwiegen! - Und was hast du ihm gesagt? Weiß er, dass du mein Bruder bist?"
„Nein. Aber vermutlich kam er selber darauf. Danach gefragt hat er mich allerdings nicht."
„Und er hat dir von dem letzten Abend mit Carmen Kinkel erzählt?" „Ja."
Wieland war immer noch verblüfft. Und er spürte, wie sich langsam ein Unbehagen in ihm breit machte. Er empfand die Tatsache, dass sein Bruder sich inoffizielle Kenntnisse vom Tatort verschafft hatte, wie ein Eindringen in die eigene Intimsphäre. Er war nicht bereit, seine Bilder von der toten Carmen, von ihrer Wohnung, ihrem Umfeld, mit Roland zu teilen.
Konrad Kuhn war der einzige Mitwisser und sollte es bleiben.
Vor seinem inneren Ohr hörte er wieder die leise, oft gestammelte Aussage Kuhns, Worte, denen er damals mit Beklemmung gelauscht hatte, sah Bilder in rascher Folge auftauchen, die er tief in seinem Gedächtnis verborgen glaubte.

„...Natürlich war ich beunruhigt, als Carmen nicht öffnete. Nach einer Weile fiel mir die Terrassentür ein, dass die vielleicht noch offen stand und Carmen mich möglicherweise sogar auf diesem Weg zurückerwartete. Ich ging also ums Haus herum, fand die Türe geschlossen, aber als ich dagegen drückte, ging sie auf, sie war nicht verriegelt. Die Vorhänge waren zugezogen. Ich schob also die Tür nach innen auf und schob mich mitsamt meinen Papiertüten mit dem Essen durch den Vorhang. Ich sah Carmen auf der Couch sitzen. Sie saß ganz entspannt da, weit zurückgelehnt, und ich dachte zuerst, sie sei eingenickt, denn sie rührte sich nicht. Sie hatte sich umgezogen, ihr Haar war noch feucht von der Dusche. Auf dem Tisch standen die Weinflasche und die zwei Gläser. Ich sagte etwas zu ihr, dass ich wieder da sei, oder so ähnlich. Einen Augenblick lang dachte ich, dass sie lächelte. Ich stellte die Tüten auf den Tisch und beugte mich zu ihr, und da erst fiel mir auf, dass sie sich nicht regte, und ich entdeckte die Verletzung, den Stich durch die Bluse hindurch. Ich sah fast kein Blut, da war kaum Blut, und irgendwie wollte ich zunächst nicht glauben, was ich sah. Ich rief ihren Namen, aber ich wagte nicht sie anzurühren. Meine Hände zitterten so, dass ich sie nicht anfassen konnte. Sie sah noch genau so aus, wie vor einer Stunde, als ich sie in den Armen gehalten hatte, so verletzlich und gleichzeitig verschlossen. Sie hatte jetzt eine andere Bluse an, die war durchsichtig, und ich konnte ihren weißen Büstenhalter sehen, und ich wusste, dass ... Aber sie lag da auf der Couch, auf diesen Seidenkissen, und gab keinen Laut mehr von sich. Verstehen Sie, da war ihr Körper, den ich..., aber sie war tot, einfach tot."

Waren das Kuhns Worte gewesen? Oder waren sie nur ein Konstrukt seiner eigenen Vorstellungskraft?

„Woher wussten Sie, dass sie tot war, Herr Kuhn?"

„Ich wusste es nicht wirklich. Doch, ich meine, ich wusste es schon, aber ich hätte nicht sagen können warum. Etwas an ihr war so endgültig. Das, was ich zuerst für ein Lächeln gehalten hatte, war eher ein schmerzlicher Zug

um den Mund. Er schien mir zu sagen: es ist vorbei. Ich kann es nicht erklären."
All diese Details, dachte Wieland, sind es meine eigenen Gedanken und Empfindungen, die ich Kuhn in den Mund lege?
Wie hatte er damals versucht Kuhn festzunageln? Der Schwachpunkt in dessen Aussage war die Flucht gewesen. – Er erinnerte sich.
„Sie haben die Tote nicht berührt, Herr Kuhn?"
„Nein. Ich – konnte nicht."
„Keine Wiederbelebungsversuche?"
„Nein. Ich sah, wie es aus der Wunde tropfte, ganz wenig. Es war ganz wenig Blut auf der Bluse. Nur ein Tropfen. Verstehen Sie, es war wie im Märchen."
War das nicht auch sein Gedanke gewesen: Schneewittchen. Weiß wie Schnee, rot wie Blut. Als ob ein tödlicher Zauber eingetreten wäre.
„Verstehen Sie. - Ich glaube, ich hatte einen Schock."
„Was haben Sie dann getan?"
„Ich habe die Wohnung wieder verlassen."
„So wie Sie sie betreten haben?"
„Ja. Die Papiertüten habe ich ganz automatisch mitgenommen. Dann die Türe wieder zugezogen."
„Wir haben keine Fingerabdrücke auf dem kleinen Außengriff der Tür gefunden, Herr Kuhn."
„Ja. Ich – ich habe ein Taschentuch benutzt. Zu dem Zeitpunkt war mir klar, dass es sich um ein Verbrechen handelte und dass ich wohl der erste am Tatort war. Ich fühlte ein wildes Verlangen in mir, fortzulaufen, mich unsichtbar zu machen, als hätte ich den Ort nie betreten, verstehen Sie. Deshalb habe ich den Türgriff nicht berührt. Eine irrationale Handlung, die ganze Wohnung war schließlich voll von meinen Fingerabdrücken, aber ich stand unter Schock."

„Warum glauben Sie, dass Sie unter Schock standen? Wie hätten Sie denn sonst reagiert, Herr Kuhn?"
„Normalerweise hätte ich auf jeden Fall den Notarzt geholt oder die Polizei angerufen. Aber ich konnte nicht klar denken. Es war wie ein Spuk, was ich erlebte. Es schien mir alles nicht wirklich zu sein. Und gleichzeitig war da eine Bewusstseinsebene, die sich allmählich einschaltete, und die sagte, sieh zu, dass du in diese Sache nicht involviert wirst. Das hat mit dir gar nichts zu tun. Halte dich raus. Du kommst nur in Schwierigkeiten. Denk an Stella und die Kinder. Denk an die Schule. Lass dich nicht hineinziehen. Das bist nicht du gewesen. Du hast keine Verantwortung dafür. - Mein Kopf funktionierte wie eine Maschine."
„Und dann?"
„Bin ich nach Hause gefahren. Die Essenstüten habe ich in den Müllschacht geworfen. Und dann saß ich die ganze Nacht da und versuchte an nichts zu denken."

„Warum", fragte Wieland seinen Bruder, „warum hast du ihn angerufen?"
„Ich habe Carmen sehr gemocht."
Oh verdammt, dachte Wieland, oh verdammt. „Ich habe eigentlich nie verstanden, warum ihr euch getrennt habt."
„Du weißt doch, Renée war unterwegs..." Die Stimme seines Bruders klang müde, so als ob er sich diesen Grund selbst viel zu oft vorgesagt hatte.
„Trotzdem, Roland. Es hätte Alternativen gegeben!"
„Angela schien mir so hilflos, so schutzlos. Sie wäre damit nicht fertig geworden. Und ich wollte nicht feige sein, sondern dazu stehen..."
Hatte es heute noch Sinn, seinem Bruder zu widersprechen? Ihn auf die Härte hinter der vermeintlichen Zartheit dieser Frau aufmerksam zu machen? Darauf, dass

es mutiger sein kann, einen Fehler zuzugeben, als zu versuchen ihn positiv zu wenden?
„Und von heute aus betrachtet – würdest du sagen, dass deine damalige Entscheidung richtig war?"
Wieland wusste, die Frage war nicht fair, aber er stellte sie trotzdem. Er stellte sie auch für Carmen, das spürte er plötzlich ganz deutlich.
Zögernd antwortete sein Bruder. „Wir haben die Kinder...aber nimmt man sie einmal aus, obwohl das natürlich nicht geht, aber angenommen man könnte die Frage beantworten nur für Angela und mich...ich glaube, dann war es damals eine falsche Entscheidung."
Die unverblümte Ehrlichkeit der Antwort erschreckte Wieland. „Glaubt Angela das auch?"
„Sie weiß es, innerlich, will es aber nicht wahrhaben. Sie lässt den Gedanken nicht zu. Vielleicht deshalb der Krebs."
Wieland spürte plötzlich tiefes Mitleid mit seinem Bruder. Wie einengend und bedrückend die Ehe der beiden all die Jahre gewesen sein musste. Irgendwann war für Roland die Rolle als Beschützer, Retter und Tröster wahrscheinlich zur Zwangsjacke geworden. Aber Angela hatte ihm keinen Ausweg gelassen, wie auch sich selbst nicht, dachte er. Sie hat sich letztlich selbst am meisten geschadet. Gerechtes Schicksal.
Ungerechtes Schicksal. Ob Carmen dies alles auch gewusst oder doch geahnt hatte?
„Hattet ihr später noch Kontakt miteinander, Carmen und du?"
„Nein. Nie. Das war ihre Bedingung: Alles oder nichts. Sag nein, und du siehst mich nie wieder."
Wer sagt, dass die Frauen das schwache Geschlecht sind, dachte Wieland.

„Vielleicht wäre es sonst anders gekommen", fuhr sein Bruder fort. „Wenn Carmen nicht alle Brücken hinter sich abgebrochen ..., wenn ich Zeit gehabt hätte..."
Zwischen zwei Mühlsteine geraten, das Bild drängte sich Wieland auf.
Und nun, da die Frau, die die Trennung der beiden bewirkt hatte, dem Tode nahe war,. unterhielten sie sich über den vorausgegangenen Mord an der anderen. Wieland musste zugeben, er beherrschte seine Rolle in der Untersuchung von Carmen Kinkels Tod nicht besser als sein Bruder vor zwanzig Jahren die seine als Liebhaber.
„Ich habe das Gefühl, etwas gut machen zu müssen", sagte Roland in seine Gedanken hinein. Touché. Wieland spürte wie ein sarkastisches Lächeln über sein Gesicht flog und wischte es schnell weg: „Du meinst, weil beide Wieland-Brüder im Schicksal der Carmen Kinkel eine unrühmliche Rolle spielten?"
„Ja. – Es hat mich damals seltsam berührt, dass du den Fall bekommen hast." –
Und es lässt ihn nicht los, dass ich den Mord nicht habe aufklären können, dachte Wieland.
„Was hat dir denn Konrad Kuhn erzählt?"
„Nicht viel." Roland machte eine Pause. „Ich habe ihn gefragt, wer seiner Meinung nach Carmen umgebracht haben könnte."
"Ah!" Eine interessante Methode, einen Mörder zu finden, dachte Wieland. Frage die Verdächtigen! „Und? Was meinte er?"
„Er wollte zunächst nicht damit heraus, entschuldigte sich, druckste herum. Schließlich meinte er, bei den Jugendlichen sei etwas im Busch."
„Er glaubt im Ernst, dass die vier Kids ihre Lehrerin umgebracht haben?"

„Er hat natürlich keine Beweise und es war ihm peinlich genug, das überhaupt auszusprechen. Aber er schien irgend etwas zu wissen, was ihm Anlass zu seiner Vermutung gab." Roland schwieg und wartete.
Aber Richard Wieland wusste nichts zu sagen. Es war ihm nur allzu bewusst, dass in der damaligen Aufklärung des Falles einiges schief gelaufen war. Irgend etwas mussten sie alle übersehen haben, aber er wusste bis heute nicht, was. Oder war dieser Gedanke nur ein Klischee aus den Fernseh-Krimis: Das Unterbewusstsein kennt bereits den Täter, weil es die Welt ohne die rosarote Brille wahrnimmt, die wir brauchen, um die Wirklichkeit zu ertragen?
Rolands leise Stimme drang wieder an sein Ohr. „Richard. Könntest du nicht die Akten noch einmal durchgehen?"
„Roland, ...ich...Das hat doch keinen Sinn! Wir haben uns damals alle die Köpfe zerbrochen und wieder und wieder die Fakten geprüft. Es hat keinen Zweck, Roland!"
„Richard, ich bitte dich darum. Im Namen von Carmen. Und auch im Namen von Angela."
Er machte eine Pause. Wieso Angela, dachte Wieland.
„Bitte, Richard, sprich noch einmal mit Konrad Kuhn."
Wieland schüttelte stumm den Kopf, was sein Bruder natürlich nicht sehen konnte, aber ahnen mochte.
„Ich weiß, es ist viel Zeit seitdem vergangen. Damals, als Kuhn die Bemerkung machte, habe ich auch nicht allzuviel darauf gegeben. Ich hatte immer nur das Bild vor mir, wie Carmen, nachdem sie mit ihm im Bett war, angekleidet auf der Couch sitzt, getötet durch einen einzigen Stich ins Herz. Die Vorstellung weckte seltsame erotische Assoziationen in mir, ich stellte mir damals immer vor, dass sie von einem Mann getötet worden sein muss, was du ja auch glaubtest. Und ich fühlte mich

schuldig, so als ob ich selbst den Mord an ihr begangen hätte."
Ja, das Herz, dachte Wieland. Du denkst, du hast ihr das Herz gebrochen. Aber so war das nicht. Nein, Carmen hatte weiter gelebt, sich Liebhaber genommen, wenn sie wollte, sie verdiente gut, lebte sorglos in sicheren Verhältnissen, war anerkannt bei den Kollegen.
„Erst viel später", fuhr Roland fort, „wurde mir richtig bewusst, was Kuhn eigentlich gesagt hatte. – Richard, habt ihr damals die Alibis aller Verdächtigen überprüft?"
Wieland erinnerte sich sofort, dass er das routinemäßig vorgehabt hatte, war sich aber nicht mehr sicher, ob es auch ausgeführt worden war, weil sich die Ermittlungen dann auf Kuhn konzentriert hatten.
„Richard! Tu mir den Gefallen und schau in den Akten noch einmal nach. Und sprich mit Kuhn! Richard, hörst du. Bitte sprich mit Kuhn über seine Vermutung. Er weiß irgend etwas."
„Wenn er etwas weiß, so wäre damals der gegebene Zeitpunkt gewesen, es zu sagen. Das hätte ihm vermutlich etliche Tage Untersuchungshaft erspart. – Ich sehe in dem ganzen keinen Sinn, Roland."
„Trotzdem, Richard, tu mir den Gefallen, bitte."
„Warum erst jetzt?"
„Angela stirbt."
Hieß das, der Bruder brauchte keine Rücksicht mehr zu nehmen? Oder wollte er Tabula rasa machen? „Na schön. Ich nehme mir die Akte noch einmal vor. Hat Kuhn noch dieselbe Adresse, weißt du das?"
Roland schwieg ein paar Sekunden. „Er muss weggezogen sein. Unter seiner alten Nummer ist er nicht mehr zu erreichen."
Aha. Seinem Bruder schien es wirklich ernst zu sein.
„Nun, das lässt sich herausfinden. Du machst dir wirklich Gedanken, wie?"

„Ja, das muss ich wohl...du etwa nicht?" Die Frage klang unüberhörbar aggressiv.
„Grüß Angela von mir, und die Kinder." „Danke."
„In zwei Monaten bin ich in Göttingen, da komme ich bei euch vorbei."
„Schön. Wir freuen uns."
Eigentlich beschämend, dachte Wieland, nachdem er aufgelegt hatte, es brauchte eine Tagung in Göttingen, damit er seinen Bruder und dessen Familie besuchte.

Am Samstag fuhr Richard Wieland ins Büro, um sich, wie versprochen, die Akten noch einmal vorzunehmen.
Es stimmte, man hatte sich allzu sehr auf den Hauptverdächtigen Konrad Kuhn konzentriert und andere Spuren nicht weiter verfolgt. Als der dann aus der Untersuchungshaft entlassen wurde, standen er und seine Kollegen vor einem Scherbenhaufen, aus dem sich kein neuer Verdacht mehr konstruieren ließ.
Wie hatte das geschehen können? Was ihm immer geholfen hatte, die kniffligsten Fälle zu lösen, sein Vorstellungsvermögen, hatte ihm diesmal einen bösen Streich gespielt und ihn an der Aufklärung definitiv gehindert: seine persönliche Betroffenheit in dem Fall war sein Problem, und er konnte nicht einmal genau beschreiben, worin dieses Persönliche wirklich bestand. Nicht darin jedenfalls, dass Carmen Kinkel die Geliebte seines Bruders gewesen war. Die Frau hatte damals wie heute Instinkte in ihm geweckt, über die er sich nicht wirklich klar werden konnte. Den Wunsch nach Nähe, oder vielmehr, eine vorhandene Nähe erleben dürfen. Den Wunsch, sich der inneren Verbundenheit zu versichern? Die worin bestand? In einer Seelenverwandtschaft?
Aber warum führte ihn diese dann nicht zu ihrem Mörder, sondern zu Konrad Kuhn?

Es stimmte, Kuhn war weggezogen. Ob er seitens der Schulbehörde versetzt worden war oder gar darum gebeten hatte, wusste Wieland nicht, aber die Tatsache, dass er eine beträchtliche Entfernung würde zurücklegen müssen, wenn er mit Kuhn persönlich sprechen wollte, machte ihn missmutig. Die laufenden Untersuchungen und Ermittlungen ließen ihm keine Zeit, sich mit dem alten Fall zu befassen, so dass er einen Teil seiner Freizeit würde opfern müssen.
Er konnte aber das Gespräch mit Kuhn auf später verschieben und sich zunächst noch einmal mit den anderen Verdächtigen beschäftigen.
Die Alibis, das bewiesen die Akten, waren nur teilweise überprüft worden, aber diejenigen, bei denen nachgefragt worden war, stimmten.
Ein Besuch in der Disco „Crazy", in welcher die Freundin des Hausmeisters, Susanne Bohn, beschäftigt war, hatte ergeben, dass deren Aussage stimmte. Ein Kellner bestätigte, dass Manfred Scheurer sie hingebracht hatte, ihre Arbeitszeit begann um 22 Uhr, Manfred war um 23 Uhr, nachdem er an der Bar noch etwas getrunken hatte, wieder nach Hause gefahren.
Laut Aussage, waren die beiden vorher zusammen, konnten sich also nur gegenseitig das Alibi für die Tatzeit bezeugen. Sie wollen zusammen ab 20 Uhr fern gesehen haben, einen alten „Kommissar" auf einem der dritten Programme. Susanne konnte das Ende des Films gerade noch abwarten, weil sie sich schminken und umkleiden musste, wofür sie ungefähr eine halbe Stunde brauchte. In dieser Zeit war sie im Bad, Manfred saß währenddessen allein vor dem TV-Gerät. Da die Fahrzeit zur Disko ca. 20 Minuten beträgt, liegt die Zeit, in der die beiden nicht zusammen waren, zwischen dem Ende des Films um 21 Uhr 15 und 21 Uhr 40, der Zeit ihres gemeinsamen

Aufbruchs, also nicht mehr in der Tatzeit, denn Carmen war um kurz nach 21 Uhr von Kuhn tot aufgefunden worden, weshalb die beiden als Verdächtige ausschieden - immer unter der Voraussetzung, dass sie sich keine falschen Alibis gaben und das Verbrechen nicht zusammen geplant und vor 21 Uhr ausgeführt hatten und auch Kuhns Aussage die Zeiten betreffend auf der Wahrheit beruhte.

Margit Gerke hatte den Abend in einem Fitness-Studio verbracht, in der Nähe ihrer Wohnung, am Stadtrand. Dort will sie sich bis circa 21.30 Uhr aufgehalten und mit relativ vielen Menschen Kontakt gehabt haben, da sie gern an der Bar steht um ein Glas Mineralwasser oder einen Protein-Shake zu sich zu nehmen. Gekommen sei sie um 19 Uhr, habe zunächst ihr Übungsprogramm absolviert und dann, als das Studio immer voller wurde, an den Gesprächen an der Bar teilgenommen. Wann genau sie das Fitness-Studio verlassen habe, wisse sie nicht mehr, sie sei aber auf jeden Fall um 22 Uhr wieder zu Hause gewesen, da habe sie das TV-Gerät eingeschaltet, um sich einen Spätfilm anzuschauen. Der Weg vom Studio zu ihrer Wohnung beträgt mit dem Wagen gute fünf Minuten. Auch Margit Gerke schied damit aus dem Kreis der Verdächtigen aus.

Es sei denn, ihre Angaben waren falsch und niemand hatte ihr kurzes Weggehen in der Tatzeit vor 21 Uhr bemerkt, dachte Wieland. Gerkes Alibi war nicht überprüft worden.

Auch die Frau von Konrad Kuhn war gefragt worden, wie sie den Donnerstagabend verbracht hatte, und sie konnte als Zeugen für ihr Alibi ihren Liebhaber nennen. Da auch dieser verheiratet war, hatten sie sich ein Hotelzimmer genommen, in dem sie die halbe Nacht zusammen waren. Die Aussage von Frau Kuhn wurde von ihrem Geliebten und vom Hotel-Portier bestätigt, der die Buchung

nachweisen konnte. Die eifersüchtige Ehefrau als Mörderin schied damit aus.
Frau Wunsch hatte kein Alibi. Sie hat den Abend allein in ihrer Wohnung verbracht, mit niemandem gesprochen und niemanden angerufen.
Die Schüler waren – wohl aus Gründen der pädagogischen Pietät – gar nicht nach einem Alibi für die Tatzeit gefragt worden.
Wenn etwas dran war an der Aussage, die Kuhn seinem Bruder gegenüber gemacht hatte, nämlich dass die Schüler in der Sache drinsteckten, dann liegt das Versäumnis der Untersuchung hierin, dachte Wieland. Wir haben die Jugendlichen wie unschuldige Kinder behandelt, die Frage ist nur, ob zu Recht.

Wieland war, was eigentlich selten passierte, früh nach Hause gekommen, nach einem Arbeitstag, der wenig Überraschungen geboten hatte.
Nach dem Duschen ging er in die Küche und schenkte sich ein Glas Rotwein ein und nahm es mit ins Wohnzimmer, wo er es sich auf seinem Liegesessel bequem machte. Er schlug das Buch, einen Sammelband mit Gedichten aus der Epoche der Romantik, das seit Monaten auf dem kleinen Beistelltisch lag, an der eingemerkten Stelle auf. Er fand die Zeilen sofort:
„Wer so ganz in Herz und Sinnen
Konnt' ein Wesen lieb gewinnen,
O! den tröstet's nicht,
Dass für Freuden, die verloren,
Neue werden neu geboren:
Jene sind's doch nicht."

Karoline von Günderode hatte sie geschrieben - aus Enttäuschung über den Bruch ihrer Beziehung zu Clemens

Brentano? Oder war es Savigny, dem sie nachtrauerte? Hätten die Worte auch von Carmen kommen können, trauerte auch sie der Vergangenheit nach? Liebte sie Roland noch immer? - Es stimmte, auch sie hatte etwas Unbedingtes in ihrem Wesen, wie die romantische Dichterin.
Damals, als Achtzehnjähriger, hatte ihn das erschreckt, er fühlte sich ihr unterlegen, sie schüchterte ihn ein. Ihre Art, die Dinge zu Ende zu denken und zu Ende zu führen, entsprach der damaligen Radikalität, jener Haltung, die immer an die Wurzel des Übels gehen wollte. Sie war Ausdruck einer neuen intellektuellen Elite, die mit Kritik in der Öffentlichkeit brillierte und Kompromisse als Zweckrationalismus ablehnte.
Immanuelle. Wie gut der Name zu ihr passte.
Nicht nur wegen Immanuel Kant. Wieland musste lächeln. Carmen Kinkel war nicht wie Kant in einem weltabgeschiedenen Ort versauert. Wie die Dichterin. Karoline von Günderode hatte sie mehrere Erfahrungen mit Männern gemacht, sie war kein altjüngferlicher Typ gewesen, obwohl... Es hatte etwas Herbes in dem Gesicht gelegen, Bitterkeit gepaart mit Verletzlichkeit, als sie tot auf den seidenen Kissen in ihrer Wohnung lag.
Dein Ja sei ein Ja, dein Nein sei ein Nein. Das war ein Wort aus der Bibel. Konnte man unter der eigenen Kompromisslosigkeit leiden?
Oder unter den Kompromissen, zu denen man sich genötigt sieht? Besteht darin unsere Schuld: dass wir andere zu Kompromissen zwingen?
Wohin verirrte er sich?
Er stand auf, leerte das Glas und brachte es in die Küche.
Ein Blick auf die Uhr sagte ihm, dass er, wenn er Konrad Kuhn heute noch anrufen wollte, das jetzt tun sollte. Es war nicht schwer gewesen, den neuen Aufenthaltsort von Kuhn zu erfahren. Der Direktor der Schule, Haußmann,

hatte ihm bereitwillig berichtet, dass Kuhn beim Ministerium einen Antrag auf eine Versetzung gestellt hatte. Dem Ersuchen war stattgegeben worden. Kuhn lebte jetzt in einer Kleinstadt im Fichtelgebirge, unterrichtete dort an einem humanistischen Gymnasium.
Wieland kehrte zurück in sein Wohnzimmer und wählte die Nummer.
Nein, es war noch nicht zu spät, der Teilnehmer meldete sich. „Kuhn".

„Herr Kuhn, guten Abend, entschuldigen Sie die späte Störung. Hier spricht Wieland von der Kripo in D. Wir haben uns während der Ermittlungen im Mordfall Carmen Kinkel kennen gelernt..." Was so ausgedrückt ein falsches Bild ergab, Wieland war sich dessen peinlich bewusst, schließlich hatte er Kuhn vor Gericht bringen wollen.
„Kommissar Wieland?", Kuhns Stimme klang weder erstaunt noch ablehnend. Wie mochte er inzwischen aussehen, wie mochte er leben? Ob er eine neue Frau gefunden hatte?
„Herr Kuhn, ich würde mich gern noch einmal mit Ihnen über die Vorgänge im Zusammenhang mit dem Mord an Carmen unterhalten."
„Halten Sie mich immer noch für den Mörder?" Kuhns Stimme lag jetzt eine Tonlage höher.
„Nein, nein, Herr Kuhn. Es ist eher so, dass wir einen Hinweis bekommen haben, dass Sie selbst einen Verdacht haben..."
Warum sagte er nicht klipp und klar, dass dieser Hinweis von Roland kam und Carmen Kinkel in ihrer beider Leben früher eine Rolle gespielt hatte?
Kuhn antwortete nicht.
„Dieser Anruf ist nur halb dienstlich, Herr Kuhn, und ich bitte Sie um ein Gespräch, das ganz inoffiziell gehalten

werden kann, wenn Sie dies wünschen. Wie gesagt, es geht um den Verdacht, den Sie selbst geäußert haben..."
„Ist Rolf Wieland ein Verwandter von Ihnen?"
„Roland Wolf." Wieland schluckte. Roland veränderte seit einer heftigen Auseinandersetzung mit dem Vater seine beiden Vornamen. Sie seien ihm zu national, zu germanisch, der Endreim auf –land und der Stabreim auf W. Er gehöre nicht zur Wotans-Sippe, hatte er gelästert. Es war wieder einmal um die Einstellung des Vaters zum Nationalsozialismus gegangen. Immer bemüht, sich von dessen Ansichten zu distanzieren, nannte er sich gern Rolf.
„Ja, er ist mein Bruder."
„Er hat Ihnen von unserem Gespräch erzählt?"
„Ja. - Von meinem Bruder wissen Sie sicherlich, dass er Carmen Kinkel früher, als sie noch studiert hat, kannte."
„Ja, das hat er erzählt."
„Ich hätte die Gelegenheit Sie morgen in Selb zu treffen, wenn Sie bereit wären, Ihre – Überlegungen - mit mir durchzusprechen."
„Sie wollen eigens hierher kommen? – Ich glaube nicht, dass sich die Fahrt für Sie lohnt, Herr Kommissar. Im Grunde weiß ich überhaupt nichts..."
Das, dachte Wieland, befürchte ich schon die ganze Zeit, aber jetzt, da ich die Sache angefangen habe, werde ich sie auch zu Ende führen.
„Mein Bruder und ich fühlen uns Carmen gegenüber verpflichtet, Herr Kuhn. – Ich könnte am frühen Nachmittag, gegen 14 Uhr, bei Ihnen sein. Würde Ihnen das passen?"

„Sie sind nicht der einzige, der Schuldgefühle gegenüber Carmen hat", sagte Konrad Kuhn und wies mit der Hand

auf einen bequemen Sessel. „Ich mache mir immer wieder Vorwürfe, damals nicht den Notarzt geholt zu haben, obwohl ich weiß, dass das unsinnig ist, denn die Gerichtsmedizin sagte ja, sie sei gleich tot gewesen, denn der Stich ging direkt in die linke Herzkammer und verletzte auch die Herzscheidewand. Und trotzdem..."
Konrad Kuhn hatte sich äußerlich ein wenig verändert. Er trug das Haar kürzer, hatte etwas an Gewicht zugelegt, wirkte insgesamt weniger zerfahren als früher.
Muss für ihn eine harte Zeit gewesen sein, dachte Wieland mit schlechtem Gewissen, die Trennung von der Frau, die einen Liebhaber hat, der Verlust der Kinder, der Versuch, sich zu beweisen, dass man noch Manns genug ist... und dann das, die Frau ermordet, die man gerade noch geliebt hat und des Mordes an ihr verdächtigt. –
Kuhn wohnte nicht mehr so beengt, hatte sich andere Möbel zugelegt. Wieland sah sich unauffällig um. Die Einrichtung hatte Stil. Der Lehrer schien ein Faible für Antiquitäten zu haben.
„Die meisten Morde sind irrationale Handlungen und lösen auch irrationale Gefühle aus. – Sie sind weggezogen, haben versucht, Distanz zu gewinnen..."
„Ja. Meine Frau wollte die Scheidung und das Sorgerecht für die Kinder. An der Schule war meine Position nach der Untersuchungshaft unhaltbar geworden – trotz meiner Freilassung. Die Eltern und die Schüler, verstehen Sie. Der Beruf ist schwer genug, ich wollte nicht noch mehr Angriffsfläche bieten." Er lachte trocken auf. „Was wollen Sie trinken? Sie sind ja nicht dienstlich hier, ein Bier? Wein? Oder etwas Härteres?"
Wieland lehnte dankend ab. Sich jetzt gemeinsam zuzuprosten kam ihm zu vertraulich vor. So nahe wollte er Konrad Kuhn eigentlich nicht kommen.
„Sie haben gegenüber meinem Bruder einen Verdacht geäußert..."

„Verdacht ist zuviel gesagt, Herr Kommissar. Mir ist nur später eingefallen, dass niemand Ihnen von dem Messer und der Messerstecherei auf dem Schulhof erzählt hat."

„In der Tat, davon höre ich zum ersten Mal." Wieland beugte sich nach vorn. „Erzählen Sie: wann war das, wer war daran beteiligt?"

„Es war nur wenige Wochen vor dem Mord an Carmen. Es gab eine Konferenz deshalb, Direktor Haußmann hat sicher alles protokollieren lassen. Tobias Mäuerle ist damals auf Kevin Thiel, einen 8.-Klässler, losgegangen. Den Grund für den Streit wollte keiner der Schüler verraten, es ist auch weiter nicht viel passiert, Thiel wurde lediglich der Ärmel aufgeschlitzt. Aber es hätte natürlich schlimmer kommen können. Die Tatwaffe war ein Butterfly-Messer, und selbstverständlich ist es verboten, so etwas mit in die Schule zu bringen."

„Sie wollen mir sagen, dass einer von den Schülern, die Carmen am Nachmittag der Mordnacht besucht haben, ein gefährliches Messer besaß, das er auch als Waffe einsetzte?"

„Ja. – Was natürlich gar nichts bedeuten muss."

„Ich verstehe nicht, warum im Verlauf der Untersuchung nie davon die Rede war!"

„Tja, wir hatten es wohl zum Teil vergessen, zum Teil verdrängten wir es auch, weil der Gedanke, dass unsere Schüler ihre Lehrerin ermorden, doch zu ungeheuerlich ist..." Kuhn ging taktvoll darüber hinweg, dass die Tatsache, dass sich die Ermittlungen auf ihn selbst konzentrierten, wohl dazu beigetragen hatte, die Schüler in den Hintergrund zu drängen.

„Ich werde mir Einblick in das Sitzungs-Protokoll verschaffen!"

„Das wird kein Problem für Sie sein." Kuhn öffnete einen alten Herrenschrank, dessen dunkle Lasur mit vielen feinen Rissen durchzogen war. Er hatte die Bar darin untergebracht. „Wollen Sie jetzt vielleicht einen Schluck?" Er hielt ihm eine Flasche Wodka entgegen. Wieland schüttelte den Kopf, worauf Kuhn sich selbst ein Glas halb voll einschenkte und einen großen Schluck nahm.

„Halten Sie es denn für möglich, dass Mäuerle - dass die Schüler Carmen umgebracht haben?"

„Ich denke immer wieder darüber nach. Sehen Sie, es gab da einen Konflikt zwischen Carmen und der Klasse, einem Teil der Klasse, ich meine diese Clique um Mäuerle. Die Atmosphäre war sehr gespannt. Und heute ist mir viel klarer als damals, dass Carmen nicht bereit war, nachzugeben. Sie konnte etwas sehr Kühles, Forderndes an sich haben, wenn sie überzeugt davon war, im Recht zu sein. Ich glaube es fiel ihr schwer, Kompromisse zu suchen. Deshalb wäre es schon möglich, dass sich die Angelegenheit zwischen ihr und den Schülern hochgeschaukelt hat. Sie wollte die Jungs festnageln, und die sahen für sich keinen anderen Ausweg als Carmen zu bedrohen. Und dann ist die Sache entgleist, den Jugendlichen aus dem Ruder gelaufen...So dass der Mord vielleicht nur im Affekt geschah..."

„Das würde bedeuten, dass die Schüler am selben Abend noch einmal zurückgekommen sind. Wenn das stimmt – dann hätten Sie und die Schüler sich ja nur knapp verfehlt! Laut Ihrer Aussage, sind Sie gegen 21 Uhr zurückgekommen und fanden Carmen tot."

Kuhn leerte sein Glas. Wie früher drehte er es unruhig in den Händen.

„Man hat nie die Tatwaffe gefunden, nicht wahr?"

„Leider. Ein Butterfly käme aber durchaus in Frage. Wieso hat man es dem Schüler damals nicht abgenommen?"

„Soweit ich mich erinnere, gab es auch damals keine Tatwaffe. Das heißt, wir Lehrer konnten ihrer nicht

habhaft werden. Irgendwie ist es Mäuerle und seinen Kumpels gelungen, das Ding verschwinden zu lassen."
„So ist es letztlich die Waffe, das verschwundene Messer, das Ihren Verdacht genährt hat?"
Kuhn fuhr sich mit beiden Händen durchs grau melierte kurze Haar, das jetzt weniger lockig war. „Ja. Und...", er zögerte, „die Tatsache, dass sich die Clique aufgelöst hat."
„Dafür muss nicht ein gemeinsam verübter Mord verantwortlich sein. Auch so hat die Situation die Jugendlichen sicherlich nicht wenig belastet, und es fällt nicht schwer sich vorzustellen, dass die Gruppe dem psychischen Druck auf Dauer nicht gewachsen war. Schließlich standen die vier ja fast genauso am Pranger wie Sie."
Kuhn hob die Schultern und ließ sie wieder fallen. „Mehr habe ich nicht zu bieten, Herr Kommissar."

Auf der Rückfahrt beschloss Wieland, umgehend Direktor Haußmann aufzusuchen. Sollten sich wirklich neue Erkenntnisse aus dem Konferenzprotokoll der Schule ergeben, würde er den Fall neu aufrollen.
Dass damals unterblieben war, auch die Schüler nach ihrem Aufenthalt zur Tatzeit zu befragen, war allerdings mehr als bloß ein Lapsus. Wie hatte das geschehen können? Er rief sich die Gesichter der Jugendlichen wieder in Erinnerung, aber es wollte ihm kaum gelingen. Nur der Eindruck, den sie damals auf ihn gemacht hatten, fiel ihm wieder ein: sie hatten so selbstsicher, so bestimmt gewirkt. Fast suggestiv, so als wollten sie dauernd sagen: Glaubt es nur Leute, so war es. Wie Schauspieler.
Plötzlich stand er im Stau. Es musste einen Unfall gegeben haben, denn nichts ging mehr. Seufzend schaltete er das Autoradio ein.

Er kam mit großer Verspätung nach Hause und fühlte sich schlecht gelaunt, was ihm erst bewusst wurde, als ein Hemdenknopf absprang, weil er sein tailliertes Hemd, das sich schlecht aufknöpfen ließ, heftig über den Kopf gezogen hatte.

Haußmann empfing ihn in seinem Büro, in dem sich nichts verändert hatte. Auch die Schule, der pompöse Altbau, der hässliche, funktionale Neubau, waren so, wie er sie in Erinnerung hatte. Nur die Schülerzeichnungen in den Fluren schienen ausgetauscht worden zu sein. Statt der schwarz-weißen Tusche-Zeichnungen hingen jetzt Farbstudien an den Wänden.
Haußmann selbst, kaum gealtert, gab sich betont höflich.
„Ich hätte nicht gedacht, dass wir uns in dieser Sache nach so langer Zeit noch einmal sprechen würden ... dabei...es ist ja nur allzu verständlich ... bedauerlich, dass der Fall nie geklärt werden konnte..."
Wieland ließ sich das Protokoll über die Messerstecherei im Schulhof geben.
„Ich kann keinen Zusammenhang zwischen den beiden Vorfällen sehen, Herr Kommissar. Sollte da dennoch...das wäre mir ausgesprochen..."
Hatte Haußmann auch früher schon nur in unvollständigen Sätzen geredet?
„Ich hoffe ebenfalls, dass Sie durch Ihr Schweigen unsere Untersuchungen nicht behindert haben." Haußmann hob hilflos die Schultern.
Er würde das Konferenzprotokoll mitnehmen und noch genauer studieren. „Was ist aus den Schülern, die damals den Konflikt mit Frau Kinkel hatten, geworden?"
„Tobias Mäuerle hat nach der 10. Klasse unsere Schule verlassen. Weil er das Klassenziel nicht erreichte, ist er

auf die Realschule gewechselt, um dort die mittlere Reife zu erwerben."
„Hier in der Stadt?"
„Ja, auf der Städtischen Realschule."
„Und, wie gab er sich?"
„Die Kollegen sagten, er sei ein Außenseiter, suche oder finde keinen Anschluss. Aber Realschüler grenzen sich wahrscheinlich von Ex-Gymnasiasten ab..."
„Und die anderen?"
„Nur Patrick Polenz ist noch bei uns, und er macht uns viele Sorgen; fehlt häufig, verletzt immer wieder unsere Schulordnung, lässt sich nichts sagen... Ein kluger Kopf, sicherlich, aber unfähig zur Selbstdisziplin. Man kommt nicht an ihn ran. Möglich, dass er Drogen nimmt. Die Leistungen sind hart an der Grenze...aber er hat immer gute Argumente als Ausreden bei der Hand. Ob er das Abitur schaffen wird, ist fraglich. Er käme nächstes Schuljahr in die Kollegstufe II..."
„Und die anderen haben alle die Schule verlassen? Auch Christian Döring und das Mädchen, wie heißt sie noch, Agneta Larsen?"
„Christian Döring hatte zu Beginn der 11. Klasse einen totalen Leistungsabfall. Die Eltern haben ihn daraufhin von der Schule genommen und, soviel ich weiß, in ein Internat gegeben, eine Privatschule mit dem Anspruch der besonderen Pädagogik – wenn Sie wissen, was ich meine..." Wieland nickte bloß. Ressentiments unter Pädagogen – das ging ihn nichts an.
Haußmann zögerte. „Tja, und Agneta...."
„Was ist mit ihr?"
„Sie hat sich das Leben genommen, vor ungefähr einem Jahr."

Wieland schlug die Mappe mit dem Protokoll zu und nahm einen Schluck Tee. Er konnte Haußmann verstehen, die Schüler waren damals um die 15 Jahre alt und der Vorfall auf dem Pausenhof eine Routineangelegenheit. Ähnliches spielte sich an allen Schulen immer wieder ab. Niemand war wirklich zu Schaden gekommen, die Streitenden hatten sich irgendwie arrangiert. Worum es wirklich gegangen war, blieb im Dunkeln: Geheimnis der Pubertierenden. Was besagt, dass sie Konflikte haben, über die sie nicht mit den Erwachsenen reden können. Und vielleicht wäre es auch heute, nach zwei Jahren, noch zu früh, die Jugendlichen zu befragen. –
Das verschwundene Messer.
Wahrscheinlich ist die Untersuchung dilettantisch geführt worden. Tobias Mäuerle hat es sicherlich unbeobachtet verstecken können: in einem der Pflanzenkübel auf dem Pausenhof, in den Abfallkörben...Die Polizei war ja nicht zugezogen, eine Strafanzeige nicht erstattet worden... Nur Carmen Kinkel schien sich überhaupt mehr Gedanken über den Vorfall und über die Schüler gemacht zu haben. Für alle anderen war es reine Routine, nichts, was sie zu besonderen Aktivitäten hätte veranlassen können...
Steckte etwas dahinter?
Was könnte überhaupt dahinter stecken? In Frage kämen eigentlich nur Drogen oder eine andere Form der Kleinkriminalität.
Aber keiner der Schüler war irgendwie aktenkundig geworden; es lag nichts gegen sie vor.

Auch die Larsens hatten die Stadt verlassen, erst vor drei Monaten. Er würde wieder reisen müssen, wenn er die Familie besuchen wollte. Aber zunächst konnte er sich die Akte und die Fotos vornehmen, denn Agnetas Selbstmord war natürlich dokumentiert worden. Er beschloss seinen

Sonntagvormittag mit der Aktenlektüre im Kommissariat zu verbringen.

Sie hatte sich am 6. Juni vorigen Jahres, einem Donnerstagnachmittag, in der Badewanne die Pulsadern aufgeschnitten. Als sie gefunden wurde, war sie bereits zwei Stunden tot.
Das Mädchen hatte sich ins Badezimmer eingeschlossen; als die übrigen Familienmitglieder nach und nach zu Hause eingetroffen waren, merkte man allmählich, dass im Bad etwas nicht stimmte. Agneta reagierte auf das Klopfen und Rufen nicht. Sie hatte einen kleinen Radiowecker laufen und auch den Warmwasserhahn nicht ganz abgedreht, so dass es leise plätscherte. Irgendwann wurde den Familienangehörigen, den Eltern und einem jüngeren Bruder, das Schweigen Agnetas unheimlich. Der Vater machte sich daran, das Schloss aufzubrechen.
Sie fanden Agneta tot in rötlich gefärbtem Wasser. Die Ablaufsicherung verhinderte das Überlaufen der Wanne trotz des nachfließenden warmen Wassers. Die Leiche war irgendwann nach unten gerutscht; aber die Lunge enthielt kaum Wasser, Agneta war nicht ertrunken, sondern verblutet, sie hatte sich zwei sehr kräftige Schnitte beigebracht. In einem Wasserglas auf der Ablage fanden sich Spuren von Phenyläthylamin, einer Droge, welche in der kalifornischen Hippieszene der 70er Jahre Furore gemacht hatte. Sie bewirkte eine stark veränderte Wirklichkeitswahrnehmung. Wieland betrachtete die Fotos, die von der Spurensicherung gemacht worden waren. Agnetas Gesicht wirkte friedlich und gab – wie so oft bei den Toten – nichts preis.
Die Vernehmungen der Kollegen bestätigten den Verdacht des Selbstmords. Auf dem Messer waren Agnetas Fingerabdrücke gefunden worden. Alle Familienmitglieder hatten für die Tatzeit ein Alibi.

Gründe, weshalb die Tochter aus dem Leben schied, konnten die Eltern nicht nennen. Das Verhältnis der Geschwister war distanziert, es gab laut Aussage der Mutter, kaum Kontakt zwischen ihnen.
Die Tatwaffe war ein Klappmesser. Es wurde neben der Badewanne auf den Fliesen gefunden. Über seine Herkunft konnte niemand etwas aussagen.

Wieland strich sich übers Kinn und spürte die spitzen, harten Stoppeln unter seinen Fingerkuppen. Das leise Knistern verriet, dass er sich am Morgen nicht rasiert hatte.
Er klappte die Mappe zu und beschloss nach Hause zu fahren und den Rest des Wochenendes noch irgendwie zu genießen. Er wollte Joggen.
Die für den Sonntagsdienst eingeteilten Kollegen nickten ihm zu, als er das Büro verließ.
Nächstes Wochenende würde er nach Hamburg fahren: Familie Larsen war nach Norddeutschland zurückgekehrt. Er könnte über Göttingen fahren. – Nein, lieber nicht. Die Vorstellung, während der neuerlichen Ermittlungen im Mordfall Carmen Kinkel mit der todkranken Angela zusammenzutreffen, war ihm unangenehm. Er würde ihr den wahren Grund seiner Reise verschweigen müssen, aber er hatte keine Lust, in dieser Sache zu schwindeln.
Wieland merkte, wie der Gedanke der neuerlichen Rücksichtnahme gegenüber Angela sein Blut in Wallung brachte, dabei gab es jetzt sicherlich bessere Gründe als jemals zuvor, sie mit der gebührenden Vorsicht zu behandeln. – Trotzdem!

Er bereute nicht, sich für den Zug entschieden zu haben. Der Intercity-Express vermittelte eine Atmosphäre von Hightech und Luxus, von Effizienz und Bequemlichkeit.

Es war ziemlich still in dem Großraumwagen, Fahrgeräusche waren kaum zu hören, die Menschen unterhielten sich nur mit gedämpften Stimmen.
Das Essen im Speisewagen war auch nicht schlechter als in manchen Lokalen und genauso teuer.
Als er zu seinem Platz zurückkehrte, stellte er fest, dass er Gesellschaft bekommen hatte. Ein älterer Herr – Herr war der passende Ausdruck, dachte Wieland – hatte ihm schräg gegenüber auf dem unbelegten Sitz Platz genommen. Er verbeugte sich leicht in Wielands Richtung: „Sie gestatten...". „Selbstverständlich." Wieland räumte seine Zeitungen und Zeitschriften zusammen.
Der neue Fahrgast vertiefte sich zunächst in das Faltblatt, in dem die Reiseroute beschrieben war und zog dann ein dickes Buch aus einer Umhängetasche aus Nylon, wie sie für Bordgepäck auf Flugreisen üblich war.
Er mochte um die sechzig sein, war gut gekleidet, wenn auch sehr konservativ, in dem für alte Männer so typischen Grau und Beige.
Wieland warf einen Blick auf den Buchtitel. „Im Namen des..." Weiter kam er nicht, das Lesezeichen sorgte dafür, dass sich das Buch an der richtigen Stelle, ziemlich in der Mitte, öffnete, und der Alte hielt es nicht hoch genug, als dass er den Titel unauffällig hätte zu Ende lesen können. Es schien sich aber eher um ein Sachbuch als einen Roman zu handeln, der relativ einfarbigen Aufmachung des Umschlags nach zu urteilen.
Die konstante Bewegung, die gedämpften Töne und Farben, das Bewusstsein, sich um nichts kümmern zu müssen, machten ihn schläfrig.
Er öffnete seine Augen erst wieder beim nächsten Halt, als sich die automatischen Türen schnaufend öffneten und schlossen und wieder öffneten und die Stimme, die die Zugverbindungen ansagte, hereindrang und mit ihr neue

Fahrgäste auf der Suche nach einem Sitzplatz möglichst ohne Nachbar.

Sein Gegenüber hatte zu lesen aufgehört. Das Buch lag jetzt geschlossen auf dem freien Sitz. Er las „Im Namen des demokratischen Staates".

„Kennen Sie es?", fragte ihn der ältere Herr und wies auf den Buchdeckel.

Er war Wielands Blick gefolgt.

„Nein, ich glaube nicht." Wieland fühlte sich ertappt. Er wusste auch nicht, ob er überhaupt ein Gespräch mit seinem Platznachbarn beginnen wollte. Aber da er so offensichtliches Interesse für dessen Lektüre gezeigt hatte, konnte er jetzt nicht unhöflich sein.

„Worum geht es denn?"

„Um die Verbrechen des Staates", war die knappe Antwort. Des demokratischen Staates, ergänzte Wieland in Gedanken. War er in nächste Nachbarschaft zu einem Extremisten geraten? Rechtsextremisten, wenn schon, dem Alter und Aussehen nach zu urteilen, aber man konnte sich täuschen. Vielleicht war sein Gegenüber Altstalinist?

„Schwer vorstellbar", murmelte Wieland.

„Überzeugen Sie sich!" Der Alte deutete auf das Buch.

„Papier ist geduldig", wich Wieland aus. Er schämte sich, mit dieser Floskel geantwortet zu haben, denn er spürte, er wurde damit seinem Gegenüber nicht gerecht.

„Sie gehören zu denen, die nur das glauben, was offiziell verkündet wird?" Der Alte sah ihn scharf an. „Dabei müssten gerade Sie wissen" – er warf einen Blick auf Wielands Zeitungen -, dass nichts so leicht manipulierbar ist wie die öffentliche Meinung! Die ganze Geschichte der Demokratie ist ein Beweis dafür! Nur aus dem Widerstand zur öffentlich verkündeten Meinung hat sich die Gesellschaft weiter entwickelt."

„Sie vergessen, dass das vor-demokratische Verhältnisse waren; das, was Sie sagen, mag gelten für Monarchien, Diktaturen, jede Form von Oligarchie, wenn Sie wollen, aber unter den jetzigen demokratischen Verhältnissen ist das anders. Die Prämissen sind andere."
„Glauben Sie das wirklich?" Der Alte schüttelte den Kopf und sagte mit einem leichten Lächeln: „Warum sollte sich der Mensch geändert haben? Damals wie heute gibt es das Verlangen nach Macht, nach Einfluss, nach unkontrollierbarer Herrschaft..."
„Die Meinungsfreiheit, die Pressefreiheit ist der beste Schutz vor solchen Bestrebungen!"
„Wenn Sie das glauben, sollten Sie dieses Buch lesen!"
Sie waren in ihrem kurzen Disput wieder am Anfang angekommen.
„Das Buch beweist, dass dieser Schutz nicht funktioniert."
Der Alte reichte es ihm herüber und Wieland nahm es zögernd in die Hand. Er hatte keine Lust, sich mit abstrusen Theorien auseinander zu setzen, obwohl der andere natürlich Recht hatte: Wenn man an die Presse- und Meinungsfreiheit glaubte, durfte man auch nicht im eigenen Kopf zensieren, sondern musste abweichende Gedanken zulassen und zur Kenntnis nehmen.
Trotzdem hatte er keine Lust, sich mit unglaubhaften Verschwörungstheorien zu beschäftigen.
Er überflog das Inhaltsverzeichnis: Die Kubakrise. Die Kennedy-Morde. Uwe Barschels Tod im Hotel. Der Golfkrieg. Das Attentat vom 11. September.
„Gib dem Volk den Titel „Souverän" und überschwemme es mit einer Fülle von unzusammenhängenden Nachrichten und seichten Unterhaltungssendungen, bring Hollywood ins Fernsehen und du wirst erleben, dass es in seine Unmündigkeit zurückfällt, ohne es zu bemerken", las er auf einer der ersten Seiten. „Anders ist nicht zu

erklären, dass das Volk sich mit so vielen ungeklärten Vorfällen und Verbrechen, sich widersprechenden Deutungen der Ereignisse der Weltgeschichte abgefunden hat."

Wieland schlug das Buch wieder zu und reichte es seinem Nachbarn zurück. „Ich ziehe andere Schlussfolgerungen als Sie. Natürlich gibt es Unerklärtes und Unerklärliches" – wie sollte ich als Kriminalpolizist das nicht wissen, er lächelte leicht ironisch – „aber das rechtfertigt meines Erachtens nicht eine Theorie der Weltverschwörung des Weltjudentums, der Freimaurer oder wessen auch immer."

„Sie weigern sich, diesen Gedanken zu denken?" Wieder blickte der Alte ihn scharf an.

Er hat Recht, dachte Wieland, ich weigere mich diesen Gedanken zu denken, denn er würde die Welt, in der ich lebe, ad absurdum führen.

„Weil nicht sein kann, was nicht sein darf?"

„Sie verwenden Argumente, die zur Errichtung der Demokratie führten. Jetzt haben wir die Demokratie, und ich glaube, dass sie sich selbst zu schützen weiß."

„Da glauben Sie viel."

Wieland versuchte wieder ein leicht ironisches Lächeln. Er hatte sich von Berufs wegen dem Zweifel verschrieben, und doch: War es nicht so, dass er eher den Menschen in Frage stellte und nicht das System, dem zu gehorchen er sich entschlossen hatte, dem Rechtsstaat und einer Vorstellung von Gerechtigkeit, von gesellschaftlicher Ordnung?

Aber war es denn irrational, einem System zu vertrauen und zu gehorchen, das sich als aufgeklärt und sich weiter selbst aufklärend verstand, das beanspruchte reformierbar zu sein?

„Glaube an die Vernunft, wenn Sie denn schon unbedingt von Glauben sprechen wollen..."

Jetzt war es Wieland, der den Alten fest ins Visier nahm: „Es ist nicht vernünftig, an der Vernunft selbst zu zweifeln. Denn...", er zögerte einen Augenblick, weil die Worte, die er jetzt sagen wollte, ihm so bekannt vorkamen, „... sie kann sich immer selbst korrigieren."
„Dann lesen Sie, lesen Sie!" Der Alte zischte beinahe. „Und wenn es nur 5 % des Inhalts sind, die es nach Maßgabe Ihrer Vernunft wert sind, ernsthaft in Erwägung gezogen zu werden, so hätte es sich doch gelohnt – für die sich selbst aufklärende Vernunft?!"
Sein Gesprächspartner war ein Eiferer. Wieland musste diesmal gegen seinen Willen lächeln. Wer von ihnen beiden war denn nun der Gläubige, der Missionar?
„Letztlich ist es eine Frage der Einstellung, der Haltung", hörte Wieland sich sagen. „Ich vertraue darauf, dass die Wahrheit ans Licht kommt – früher oder später." Wichtig ist nur, dachte er, dass ich sie dann erkenne.
„Sie tut es, sie tut es!" Der Alte klopfte auf sein Buch.
Wieland hatte das Bedürfnis aufzustehen und seinen Platz zu verlassen. Das sah zwar so aus, als ob er klein beigegeben hätte, aber die Nähe des anderen war ihm unangenehm geworden.
Das war das Fatale bei den Gesprächen zwischen Reisenden, man konnte sich nicht voneinander trennen, wann man wollte, sondern war dem Fahrplan unterworfen und musste es mit einander aushalten, in beklemmendem Schweigen oder gar stummer Feindseligkeit. Oder aber man würde bedauern, dass der andere einen wieder verlassen musste, weil man noch gar nicht die Tiefe einer Begegnung hat ausloten können. – Er dachte an die Frau, die während der ersten drei Stunden Fahrt neben ihm gesessen hatte.
„Entschuldigen Sie mich, ich möchte mir etwas die Füße vertreten." Wieland schob sich an seinem Gegenüber vorbei. Er registrierte dessen Nicken, sonst zeigte der alte

Herr keine Reaktion. Offenbar fühlte er sich auch nicht als Sieger des Disputs.

Das kurze Gespräch hatte ihn an die Auseinandersetzungen mit seinem Vater erinnert, die Roland und er früher hatten. Obwohl ihre Rufnamen damals nicht selten waren, hatten sie sich geniert, als im Geschichtsunterricht Hitlers Wagner-Kult Thema war und die Eltern auf diese Namensgebung angesprochen. Er dachte, was er schon oft gedacht hatte: Wahrscheinlich ist Roland deshalb so links gewesen und bin ich zur Polizei gegangen, weil wir die unverändert nationale Weltanschauung in unserem Elternhaus nicht akzeptieren konnten.

Richard Wieland machte sich wieder auf den Weg in den Speisewagen. Zwar verspürte er weder Durst noch Hunger, doch hatte er das Gefühl sich bewegen zu müssen. Im Gang blieb er stehen und warf eine Blick auf die Landkarte, auf der die Bahnrouten verzeichnet waren, registrierte die Werbesprüche, eingerahmt wie Bilder, und nahm die elektronische Anzeige der Fahrgeschwindigkeit zur Kenntnis.

Im Gehen war die Neigung des Zuges deutlicher spürbar, er musste mit seinem Körper dagegen halten.

Der Speisewagen war nicht voll besetzt und er fand schnell einen Platz und bestellte Kaffee.

Die Frau mochte schon um die fünfzig gewesen sein, zwar sehr gepflegt, groß und schlank, doch sie wirkte reif, auf eine besondere Art, die, so überlegte er, mit ihren braunen Augen zu tun haben könnte. Menschen mit braunen Augen wirken meist klug, lebensklug, um es genauer auszudrücken, nicht eigentlich intellektuell. Das waren wohl eher die Blauäugigen... Braune Augen strahlten Warmherzigkeit aus. Warmherzig, ja, das war sie gewesen, seine unbekannte Reisegefährtin für drei Stunden.

Worüber hatten sie sich unterhalten? Er wusste es gar nicht mehr so genau. Über dieses und jenes. Sie verstand es, sich auszudrücken, war gebildet, auf gewisse Weise vornehm und geschmackvoll. Nicht ohne Humor.
Wie waren sie nur ins Gespräch gekommen? Doch, er erinnerte sich, es ging um den Artikel in der Zeitschrift, den sie auch gelesen hatte und auf den sie ihn ansprach. Die Schelte der 68er Generation. Mit welchen Idealen sie angetreten und woran sie gescheitert ist – zwangsläufig scheitern musste. Manches an der Kritik kam ihm, dem Jüngeren, richtig vor, die Überzogenheit und Realitätsferne der Ansprüche, die zwanghafte Spontaneität, die direkt zur Haltung der nachfolgenden Fun-Generation führte.
Seine Gesprächspartnerin schien dagegen all diese Urteile zu hinterfragen; ganz offensichtlich war sie selbst eine Betroffene, Mitglied dieser Generation.
Es war ein Genuss, ihr zuzuhören, allein ihrer Stimme, der Art, wie sie sprach, zu lauschen, dem etwas langsamen, trägen Tonfall bei gleichzeitig deutlicher Artikulation. So spricht ein Mensch, der ernst genommen wird, der sich selbst ernst nehmen kann.
Ich spreche anders, dachte Wieland, ganz anders. Ihm hörte man nicht automatisch zu, wenn er redete. – Aber was hatte sie gesagt?
Es gab eine andere, neue Art der Verbindlichkeit hinter all der propagierten Spontaneität und dem inszenierten Revoluzzertum. Es ging um die individuelle Authentizität. Man war, so hatte sie gesagt, eigentlich dauernd im Erklärungsnotstand: alles wurde hinterfragt, alles musste begründet werden. Er erinnerte sich an ihr Lächeln dabei.
„Unser Leben war anstrengend."
Den Ausdruck „umsonst gelebt", den die Medien kreiert haben, um die Identitätskrise der DDR-Bürger nach der Wiedervereinigung zu beschreiben, und den der Verfasser

des Artikel auch auf die gescheiterte 68er Generation anwandte, fand sie schrecklich.

„Jedes Leben passt zu dem, der es führt," hatte sie behauptet.

Sie hat Recht, dachte er und kehrte das Schlagwort Adornos aus der Zeit der Studentenrevolte um: Es gibt ein richtiges Leben im falschen. - Immer. Wenn man nicht moralisch verurteilte, dann konnte man diesen authentischen Kern, diese Stimmigkeit hinter den vielen Schichten der Anpassung und des Kompromisses in jedem Leben finden. – Aber schloss der Versuch der Studenten, authentisch zu sein, die Verantwortung für die politischen Verbrechen ihrer Zeit einfach aus? – Er seufzte. Zugfahrten waren philosophische Reisen.

Seine Gedanken kehrten zum Anlass seiner Reise zurück: Auch Roland konnte nicht all die vielen Jahre über nur ein „falsches Leben" geführt haben. -

Wie mochte sich Roland nach der Trennung von Carmen gefühlt haben? Hatte er gelebt in dem Bewusstsein, ein Opfer gebracht, Schuld auf sich geladen, eine falsche Entscheidung getroffen zu haben?

Er konnte sich nichts dergleichen vorstellen. Sein Bruder musste Angela auf eine Weise geliebt haben, nur das würde ihn all die Jahre gehalten haben. Dessen war Wieland sich sicher.

Teil III: Böses Blut

Er hatte bei den Larsens seinen Besuch telefonisch angekündigt und erklärt, dass es im Zusammenhang mit dem Mord an Frau Kinkel Hinweise gebe, die vermuten lassen, dass die ehemaligen Schüler der Lehrerin mehr von der Sache wüssten. Aus langjähriger Erfahrung erwartete Wieland nicht, bei den Eltern viel Unterstützung für sein Anliegen zu finden, aber er hatte nicht damit gerechnet, auf eine Familie zu stoßen, in der man fremd nebeneinander herlebte, so dass das gemeinsame Gespräch von vornherein zum Scheitern verurteilt war.

Die Larsens wohnten in einem kleinen Einfamilienhaus in einem der Renommierbezirke Hamburgs. Zwischen den Villen nahm sich das Häuschen mit dem kleinen Grundstück, auf dem nur einige alte Obstbäume standen, eher bescheiden aus. Der Vater war in einer der großen Versicherungen Deutschlands beschäftigt und seine Versetzung ein beruflicher Aufstieg, wie er Wieland schon am Telefon zu verstehen gegeben hatte. Frau Larsen, eine große, dunkelhaarige Frau, begrüßte ihn und bat ihn herein. Die Mutter, die einen reizvollen Kontrast zum nordischen Typus des Vaters darstellte, war als Direktrice bei einer italienischen Modefirma beschäftigt, die eine Reihe von Boutiquen betrieb, und sollte eine weitere in Hamburg eröffnen. Der jüngere Bruder von Agneta, Yann, besuchte ein humanistisches Gymnasium, und war in der siebten Klasse. Yann wurde erlaubt, wieder auf sein Zimmer zu gehen.

Das erstaunliche war, dass man in der Familie im Grunde nichts von einander wissen wollte. Jedenfalls hielt der Vater dem Kommissar die Unmöglichkeit seines Anliegens sofort klar vor Augen. „Jeder lebt hier sehr für sich. Ich meine, das ist doch der moderne Lebensstil, dass sich jeder sein eigenes Wirkungsfeld, seinen Freundeskreis sucht." –

„Natürlich sind wir hier als Familie...der letzte Rückhalt...Ich meine, wenn es sein muss, dann sind wir natürlich für einander da..." Die Stimme der Mutter war leise. Für Agneta hatte es die Familie als Zufluchtsort offenbar nicht gegeben.

„Wir wollen uns nicht selbst stigmatisieren durch den Freitod unserer Tochter. Verstehen Sie: wir halten es für falsch, ihren Tod zu einem traumatischen Ereignis für die ganze Familie zu machen, denn wir haben uns keine Schuld vorzuwerfen."

Frau Larsen ergänzte die Statements ihres Mannes: „Es war Agnetas Entschluss..."

„Was mir aufgefallen ist", unterbrach Wieland die Rechtfertigungen der Eltern, „Agneta hat keinen Brief hinterlassen, nichts, worin sie ihre Tat begründet hätte. Die meisten Selbstmörder tun dies."

Schon nach den ersten abgegebenen Statements waren seine Gastgeber wieder aufgestanden, Frau Larsen stand mit ihrem Glas Mineralwasser am Fenster und begann Unregelmäßigkeiten in den Vorhangfalten auszugleichen, Herr Larsen war an die Bar getreten und prüfte mehrere Flaschen auf ihren Inhalt. Schließlich entschloss er sich, den Rest Sherry auszutrinken. Er bot Wieland keinen Alkohol an, aber Frau Larsen hatte gleich nach der Begrüßung ein kleines Tablett mit einem Teegedeck vor ihn gestellt. Auch Wieland goss sich jetzt etwas ein, es war grüner Tee, sehr hell, aber aromatisch.

„Die Polizei hat keinen Brief gefunden", antwortete Larsen knapp.

„Und Sie, haben Sie noch etwas gefunden, eine Botschaft von Agneta, die eine Erklärung sein könnte?"

Die Mutter schüttelte stumm den Kopf.

„Was wäre denn für Sie eine mögliche Erklärung für Agnetas Entschluss?"

Wieder schüttelte Frau Larsen den Kopf. Sie blickte aus dem Fenster, in den Garten, auf die alten Obstbäume wahrscheinlich.

„Wir können es nicht wissen. Agneta hat sich uns nicht mitgeteilt." Das war wieder der Vater.

„Erzählen Sie mir von Agneta. Was für ein Mensch war sie? Mit wem war sie befreundet?"

„Agneta war ... sehr für sich."

„Sie hat uns keinen Anteil an ihrem Leben nehmen lassen."

Wieland war nicht gesonnen, die Phalanx der Abwehr, welche die Eltern aufbauten, zu akzeptieren.

„Agneta war zum Zeitpunkt ihres Todes minderjährig. Sie können mir doch nicht erzählen, dass Sie als Eltern damals nicht gewusst haben, wohin sie geht, wer ihre Freunde sind?! Noch waren Sie für sie verantwortlich!"

„Haben Sie Kinder?" Die Mutter wandte sich ihm zu.

„Nein", erwiderte Wieland knapp und war nicht bereit sich durch diese Frage in die Defensive drängen zu lassen. „Mich interessieren die Fakten! Mit wem war sie befreundet?"

„Mit..." „Wir dachten..." Beide redeten gleichzeitig und brachen ab. Sie starrten sich einen Moment stumm dann. Dann fuhr die Mutter fort: „Wir dachten, sie sei mit einem Mädchen aus ihrer Klasse besonders befreundet, Nikole, Nikole Berner. Sie saß in der Schule neben ihr. Wenn sie abends oder an den Wochenenden fort ging, dachten wir immer, sie sei bei Nikole oder mit Nikole unterwegs. Ein nettes Mädchen, gute Verhältnisse."

„Aber dem war nicht so?", hakte Wieland ein.

„Ja. Irgendwann kamen wir darauf, dass unsere Annahme falsch war."

„Hat Agneta Sie angelogen?"

„Wenn Sie so wollen...Wir kamen darauf, als sich Yann sein Bein gebrochen hatte. Mein Mann war beruflich unterwegs und ich musste mit dem Jungen ins Krankenhaus. Es war ein komplizierter Bruch, ich richtete mich darauf ein, dort zu übernachten, jedenfalls wollte ich Agneta mitteilen, was passiert war und dass niemand zu Hause wäre. Ich suchte die Telefonnummer von Berners und rief an. Man war dort sehr erstaunt..."

Frau Larsen schluckte. Ganz offenbar war ihr die Erinnerung an die Situation immer noch peinlich. „Agneta war nicht dort."

„Die Mädchen hatten etwas zusammen geplant?"

„Nein, Nikole war zu Hause. - Ich hatte Frau Berner am Apparat. Sie ließ durchblicken, dass die beiden sich wohl gänzlich auseinander entwickelt hätten ...und dass es sie aber freuen würde, wenn Agneta ...wenn sie sich wieder einander annäherten."

„Haben Sie auch mit Nikole gesprochen?"

„Ja. Ich fragte sie, ob sie eine Ahnung habe, wo ich Agneta erreichen könnte. Sie reagierte sehr zurückhaltend und sagte in eigentümlichen Tonfall, Agneta könne man nicht erreichen, deshalb habe ich mir die Formulierung gemerkt."

„Aber Sie haben nicht gefragt, was die Freundin damit meint?"

„Nein. Es ging ja nicht um Agneta. Ich musste mit Yann ins Krankenhaus..."

„Haben Sie später Agneta dazu befragt?"

„Ja. Wir fragten sie, wo sie gewesen sei. Sie antwortete, bei Nikole."

„Und?"

„Wir haben sie nicht verhört, Herr Kommissar, wie Sie zu erwarten scheinen!", schaltete sich der Vater ein. „Sie wollte uns nicht sagen, wo sie war. Das hatten wir zu akzeptieren."

„Das akzeptieren Sie, als Eltern einer Minderjährigen?"

„Sie haben keine Kinder! Man kann aus Kindern die Wahrheit heutzutage nicht mehr herausprügeln. Und Ihre Verhörmethoden lehnen wir ab. Agneta wollte uns nicht sagen, wo sie war. Basta!"
Larsen stellte das Sherry-Glas so heftig auf dem Marmortisch ab, dass alle zusammenzuckten.
„Agneta hat Sie angelogen."
„Ja. Weil sie das Gefühl hatte, antworten zu müssen! Man provoziert doch die Kinder nur zum Lügen, wenn man sich mit Gewalt in ihr Leben einmischt, wenn man sie zum Reden zwingen will."
Jetzt redete wieder Frau Larsen. „Wir haben immer gesagt, dass wir einander vertrauen wollen."
„Und", Wieland konnte nicht verhindern, dass Sarkasmus in seiner Stimme mitschwang, „und was hatten Sie vor zu tun, wenn Ihr Vertrauen missbraucht würde?"
„Wir glaubten nicht, dass das geschehen konnte. Wir dachten, weil wir so offen sind, würde genau das nicht eintreten..."
„Wir wollten unseren Kindern keine Angst machen, nicht drohen und erpressen!" Larsen warf Wieland gifte Blicke zu. „Aber Sie sollten da nicht mitreden, Herr Kommissar. Von Kindererziehung haben Sie keine Ahnung!"
„Sie ließen also alles beim Alten, stellten Agneta nicht zur Rede? Fragten nicht, wo sie wirklich die Nacht verbracht hatte?"
„Nein! Wir hatten unsere Tochter bei einer Notlüge ertappt. Es käme uns nie in den Sinn, sie jetzt zu demütigen, zu erniedrigen, zu einem Schuldbekenntnis zu zwingen!"
„Was geschah weiter?"
„Ich musste mich viel um Yann kümmern, ihn zur Reha fahren, hatte auch beruflich viel zu tun. Mein Mann war damals häufig auf Geschäftsreisen, die Firma schickte ihn öfters in die neuen Bundesländer." Frau Larsen warf

ihrem Mann einen kurzen Blick zu. „Und dann passierte der Mord an der Lehrerin."
„Agneta hat davon erzählt?"
„Wenig. Es stand ja alles in der Zeitung, kam im Regionalfernsehen."
„Wie verhielt sich Agneta zu der Zeit?"
„Nun...sie war sehr still. Vielleicht stiller noch als sonst. Sie verlor ganz den Kontakt zu ihrem Bruder."
„Wir hielten das für normal", schaltete sich Larsen wieder ein. „Schließlich war sie mit den Jungs befreundet, die diesen Konflikt mit der Lehrerin hatten. Die war zu streng, wenn Sie mich fragen, das macht nur böses Blut. So kann man heute nicht mehr erziehen! Und wir glaubten, dass sie all diese Ereignisse eben verarbeiten müsse. Die Befragungen durch das Kollegium, die Polizei..."
Die Mutter ergänzte: „Yann stand zu der Zeit sehr im Mittelpunkt. Ich meine, wir machten uns Sorgen, ob er wieder richtig würde laufen können, Sport treiben... Manchmal hatte ich den Eindruck, dass Agneta ein wenig eifersüchtig auf ihn war...und sich deshalb kaum mehr mit ihm abgab."
„Was erzählte Agneta denn von den Vorfällen in der Schule, von den Besuchen der Clique bei Frau Kinkel?"
„Sie sprach nicht darüber."
„Haben Sie sie denn nicht gefragt?"
Wieder Larsen: „Wir boten ihr ein Gespräch an!" – „Das sie ablehnte?"
Beide Eltern schwiegen, schließlich antwortete die Mutter: „Sie wollte mit uns nicht darüber reden, das mussten wir akzeptieren."
Wieland konnte sich die Situation lebhaft vorstellen: Agneta, Liebes, möchtest du mit uns darüber sprechen? Agneta verzweifelt den Kopf schüttelnd. - Und das war's. Konnte man so Kinder erziehen?

„Wir haben sie in Ruhe gelassen. Wir hielten das für das Beste: ihr die Möglichkeit geben, erst einmal selbst mit sich ins reine zu kommen."

„Wir glaubten", ergänzte die Mutter, „dass Agneta dann schon von selber an uns herantreten würde..."

„Aber das geschah nie", schlussfolgerte Wieland trocken. Die Eltern schwiegen.

„Und der Bruder? Hat er seine Schwester nicht zu den Vorfällen befragt?"

„Er ist um Einiges jünger als seine Schwester und konnte kein Gesprächspartner für sie sein. Damals war er gerade erst zehn geworden."

Die drei Erwachsenen schwiegen einen Moment.

Dann meldete sich der Vater aggressiv zu Wort: „Und warum glauben Sie, dass Agneta mit dem Tod der Lehrerin zu tun haben könnte? Weil sie Selbstmord begangen hat? Interpretieren Sie ihren Freitod als Schuldeingeständnis?" Nun war es Larsen, in dessen Stimme der Sarkasmus vibrierte..

„Wir gehen lediglich einem Hinweis nach, den wir bekommen haben."

„Nach all der Zeit...!"

Ja, manchmal dauert es lange, bis die Wahrheit ans Licht kommt, dachte Wieland. Aber er sagte das nicht laut. Diese Sentenz musste in den Ohren anderer banal klingen, für ihn war es fast so etwas wie ein Glaubensbekenntnis. Dass sich die Wahrheit letztlich immer durchsetzte – man musste sie nur erkennen.

„Sie hat immer so ne Scheiß-Musik gehört", erklang plötzlich eine Stimme aus dem Hintergrund.

Alle drei drehten sich erstaunt um. Niemand hatte den Jungen kommen hören, niemand wusste, wie lange er schon - verborgen hinter dem Raumteiler zur Essnische - da gestanden und dem Gespräch heimlich gelauscht haben mochte.

„Was meinst du mit Scheiß-Musik?", fragte Wieland.
„Na, so Black Metal und so. So Teufelszeug. Von Satan und seinen Jüngern."
„Du hörst solche Musik nicht?"
„Ne. Ich steh mehr auf Reggae." Der Junge schüttelte zur Bekräftigung seine Rastalocken.
„Und deine Schwester...?"
„Wie ich schon sagte!"
„Aber du hast da mal reingehört?"
„Klar. Ich war ja viel zu Hause, konnte oft nicht in die Schule, wegen des Beins. Da bin ich mal in ihr Zimmer und habe mir ihre CDs ausgeliehen."
„Und Agneta war wütend darüber?"
„Ja. Stinkesauer. Sie hat sich aufgeführt...als wäre ich ins Allerheiligste eingebrochen, oder so."
„Aber dir hat die Musik sowieso nicht gefallen?"
„In der Schule haben sie gesagt, dass, wenn man die rückwärts spielt, dass dann so Sprüche, also so magisches Zeug drauf sei..."
„Und, hast du sie rückwärts gespielt?"
„Wie denn?! – Aber das ist eh alles Quatsch. Damals hab ich das geglaubt, das von den Verwünschungen und so... Und Agneta wurde richtig wütend." Er zuckte die Achseln.
„Aber gute Musik war das nicht."
„Hast du die CDs noch?"
Yann blickte seine Eltern an.
„Wir haben, als wir umgezogen sind, alle Sachen von Agneta weggegeben..." Die kühl abwehrende Stimme der Mutter.
„Wir haben dich gefragt, Yann, ob du etwas davon behalten willst!" Der aggressivere Vater.
„Und? Hast du ein Andenken an deine Schwester?"

Der Junge hatte sich abgewandt und ging wieder zu der Treppe, auf der er zu Beginn des Gesprächs verschwunden war. Wie war er herunter gekommen?
Er antwortete nicht.
„Kannst du dich an die Namen der Gruppen erinnern, die deine Schwester damals gehört hat?"
Nun blieb er stehen und schaute Wieland an. „Satan's Disciples. Werwolf. Und so. -
Macht einen ganz krank im Kopf."
„Und du kannst mir nicht mal so eine CD leihen?"
„Nee. - Keine gute Musik." Er schüttelte heftig seine verfilzten Locken und verschwand wieder.
„Wenn ich Sie richtig verstanden habe, dann haben Sie keine CDs Ihrer verstorbenen Tochter aufgehoben?"
„Richtig," antwortete Larsen knapp.
„Hatten Sie denn den Eindruck, dass Agneta sich mit Satansimus beschäftigt?"
„Nein, nein, überhaupt nicht. Das lag ihr fern."
„Sie war, wenn ich mich recht erinnere, immer schwarz angezogen, das passt zu der Szene, genauso wie die Musik, Punk oder Black Metal... Haben Sie Fotos, auf denen Agneta so zu sehen ist?"
„Wenige. Agneta hat es gehasst sich fotografieren zu lassen. Bei vielen Anlässen war sie auch gar nicht dabei, hat sich entschuldigt. Aber ich könnte mal nachschauen..." Frau Larsen wandte sich an ihren Mann: „Erinnerst du dich an den 80. Geburtstag deiner Mutter?"
Während sie zum Schrank ging und ein chinesisches Lackkästchen herausnahm, erläuterte sie: „Sie hat als kleines Kind ihre Oma geliebt und war auch oft bei ihr. Uns ging es damals finanziell noch nicht so gut, wir mussten beide viel arbeiten, und die Mutter meines Mannes nahm sich ihrer Enkelin gern an. Es war ihre erste Enkeltochter, und sie hat sie gehörig verwöhnt..."

Frau Larsen nahm wieder Platz, öffnete das Kästchen. Sofort quollen Fotos heraus und rutschten über den Tisch. Sie fing sie wieder ein und versuchte sie zu sortieren.
„Hier, das war vor zwei Jahren, noch bevor Yann seinen Beinbruch hatte. Wir waren alle zu Besuch bei Granny in Lübeck. Hier ist Agneta zu sehen, sie mochte ihre Großmutter wirklich sehr." - Frau Larsen reichte ihm ein Foto, auf dem er das Mädchen wiedererkannte. Sie stand hinter der sitzenden Großmutter und hatte ihre Arme um sie gelegt. Agneta lachte nicht, sondern schaute sehr ernst. Ihr Kopf war von kurzem, abstehendem Haar bedeckt, das sicherlich gefärbt war, denn es wirkte nicht echt in dieser gleichmäßig tiefen Schwärze. Sie war auch geschminkt, mit einem dunklen Kajalstift hatte sie sich die Augen umrandet, die Wimpern waren schwer getuscht, der Mund war ebenfalls fast schwarz. Von der Kleidung konnte man lediglich die langen Ärmel eines schwarzen T-Shirts sehen; auf der Brust musste etwas Weißes, ein Bild oder Logo sein, aber es war nicht zu erkennen, was es darstellte, denn es wurde durch die alte Dame und ihren Lehnstuhl verdeckt. Agnetas Großmutter lächelte entspannt in die Kamera. Um ihre so düster – ja, dachte er, düster ist das richtige Wort – dreinblickende Enkeltochter schien sie sich keine Sorgen zu machen.
„Hier, das wird Sie interessieren! Ein Klassenfoto! Da, auf der Rückseite steht es, 9. Klasse."
Wieland fand Agneta nicht sofort. Sie war damals ganz unauffällig, trug ihr braunes Haar lang, nach hinten gebunden. Sie hatte einen kurzen Trägerrock an und eine helle Bluse. Im Gegensatz zu manchen ihrer Klassenkameraden war sie nicht geschminkt. – Sie musste sich im folgenden Jahr sehr verändert haben. – Der Erwachsene, der an der Seite stand, war nicht etwa Carmen Kinkel, sondern ein Mann: Konrad Kuhn. Mit ganz kurzen Haaren, noch nicht grau meliert. Wie lange kannte er die

Klasse schon? Warum war er mit auf dem Bild? War er früher der Klassenbetreuer bewesen?
Wieland ging die Reihen der Schüler nach den Jungen durch. Auch hier: noch viele relativ unbeschwerte Kindergesichter. Fettiges Haar, was aber auch vom Nassgel herrühren konnte, Pickel, tiefhängende Skaterhosen. Einer machte heimlich hinter dem Kopf seines Nachbarn mit der Hand ein Zeichen, das musste Christian Döring sein. Es sah aus, als setze er dem anderen Hörner auf, denn er streckte nur die beiden äußeren Finger nach oben, die mittleren hielt er eingeknickt. Aber wieso einem Vierzehnjährigen Hörner aufsetzen? Wahrscheinlich kannten die Kids gar nicht die Bedeutung der Redensart, dachte Wieland. Der Gehörnte müsste Tobias Mäuerle sein.

„Agneta muss sich im darauffolgenden Jahr sehr verändert haben", sprach er seine Gedanken aus.
„Ja", die Mutter zögerte, „das haben wir auch beobachtet, aber das gehört ja dazu, dass die Jugendlichen sich eine Szene suchen zum Abnabeln von zuhause."
„Das ist doch nichts Außergewöhnliches", schaltete sich der Vater ein. „Die meisten Kids laufen so schräg herum, und wenn ich an meine Zeit zurückdenke, die Schlaghosen, die bestickten indischen Hemden...das war wichtig, das musste sein! – Sie sehen ja, wenn man einmal die Revolte geprobt hat, kann man später um so vernünftiger sein!" Er lächelte, selbstgefällig, empfand Wieland. Hier würde er nicht weiter kommen.
Auf der Fahrt mit dem Mietauto zum Hotel dachte er resigniert: Habe ich überhaupt etwas erreicht?
Die Musik. „Satan's Disciples", „Werwolf".
Er beabsichtigte, seine Nichte Renée zu besuchen. Vielleicht konnte die ihm sogar weiterhelfen.

Er hatte sich für eine kleine Pension entschieden, die am Stadtrand lag. Die Zimmerpreise in der City waren sehr hoch, aber seiner Nichte wollte er auch nicht einfach auf die Pelle rücken. Schließlich wusste er nicht einmal, ob sie allein lebte und ob er willkommen wäre. Um sich mit ihr zu treffen, beschloss er, sie zunächst einmal anzurufen. Die Nummer hatte ihm netterweise Irene Andresen besorgt.
Sie meldete sich nach dem dritten Läuten: „Renée".
„Tach". Warum verfiel er in Hamburger Slang? „Renée, hier ist Richard." Da sie nicht reagierte, setzte er hinzu: „Dein Onkel Richard". Er hatte das Wort Onkel etwas übertrieben betont und hoffte, es klänge ironisch genug für seine Nichte, die sich nichts aus Formalitäten und familiären Bindungen machte.
„Onkel Richard?" Renée klang überrascht.
„Ja, ich bin hier in Hamburg, dienstlich, und ich dachte, ich melde mich mal bei dir."
„Du hast hier zu tun?" Ihre Stimme klang zweifelnd. „Oder geht es um Angela?"
Wusste sie, wie es um ihre Mutter stand? Es schien so. Rolf würde dafür gesorgt haben, dass sie das Nötige wusste.
„Nein." Er zögerte einen Moment: was, wenn sie es doch nicht wusste? Er beschloss, ganz unverfänglich die Information anzubringen. „Du kennst ja sicherlich den letzten Stand, dass sie wieder im Krankenhaus ist. Es steht nicht gut um sie... Aber das wirst du ja alles durch Roland wissen. Nein, ich habe beruflich hier zu tun. Wollen wir uns nicht treffen? Ich lade dich zum Abendessen ein. Einverstanden?"
„Hat Roland dich geschickt?"
„Nein, Renée, ich bin wirklich aus dienstlichen Gründen in Hamburg. Aber ich hätte dich gern gesehen. Ich fahre

morgen früh wieder zurück. Wann hast du Zeit für deinen Onkel, Mädchen?"
„Heute Abend – das ginge schon, ja. Wo?"
„Das überlasse ich dir. Ich kenne mich in Hamburg nicht aus."
Er erklärte ihr, wo er wohnte und sie beschlossen, sich im Zentrum treffen.

Sie waren in einem argentinischen Steak-House verabredet, das er ohne Schwierigkeiten fand.
Die Einrichtung war schlicht, dunkles, schweres Holz, teilweise geschnitzt und mit schweren schwarzen Eisenbeschlägen verziert. Die roten Vorhänge unterstrichen zusätzlich den Kontrast zu den grob verputzten, weiß gekalkten Wänden. Aus den Lautsprechern ertönte leise Tango-Musik, auf einem Bandoneon gespielt. Während er sich noch umsah, öffnete sich hinter ihm die Eingangstür und eine junge Frau kam herein, in der er sofort seine Nichte erkannte.
„Renée!" Er umarmte sie.
Sie hatte sich verändert. Der Drang, zu provozieren, aufzufallen, hatte sich offensichtlich Dank der räumlichen Entfernung zum Elternhaus gelegt. Sie trug einen langen Jeansrock zu einer kurzen braunen Lederjacke, darunter eine weiße Bluse, deren Kragen sie aufgestellt hatte. Das Haar war nach wie vor sehr kurz geschnitten, aber nicht mehr rot, sondern wieder blond, vielleicht etwas aufgehellt, dachte er.
Sie hatte ein schön geschnittenes Gesicht, geschwungene, dunkle Augenbrauen, durch das kurze Haar gut zur Geltung gebracht. Renée sah Angela ähnlich, das war ihm vorher nie aufgefallen, aber sie hatte nicht das Puppenhafte ihrer Mutter, sondern wirkte, obwohl sie weder besonders groß noch korpulent war, auf gewisse Weise robust. Vielleicht lag das an den Augen, das waren

nicht Angelas rehbraune Augen, sondern die der Wielands: kühle, graue Augen, und ihr Mund war nicht klein und herzförmig, sondern eher breit, ein großzügiger Mund.
Als sie jetzt lächelte, zeigte sie eine Reihe starker weißer Zähne.
„Nun, zufrieden *Onkel* Richard?!" Sie betonte das Wort ebenso spöttisch wie er.
„Du siehst gut aus. – Wo wollen wir sitzen?" Sie standen immer noch in der Nähe des Eingangs. Aber jetzt näherte sich ihnen ein Kellner.
„Guten Abend. Sie suchen einen Platz? Haben Sie reserviert? Nur für Sie beide oder erwarten Sie noch jemanden? Ist es Ihnen hier recht?"
Der Kellner, passend in den Farben weiß und schwarz gekleidet, mit einer roten Schärpe um die Taille und roten Biesen an den Hosennähten, führte sie zu einem kleinen Tisch in einer Nische.
„Ich hoffe, es gibt hier noch etwas anderes zu essen als blutige Steaks," sagte Wieland.
„Und ob. Ich kann dir Verschiedenes empfehlen. Lass uns mal schauen, was die Tageskarte bietet."
„Du kommst öfter hier her?"
Sie schüttelte den Kopf. „Eher selten. Zu teuer. Aber manchmal finden hier vom Lehrstuhl aus Einladungen statt. Der Besitzer des Lokals gilt als politisch korrekt..."
„Ah!" Es schien sich nicht allzu viel geändert zu haben an den Universitäten. Man verkehrte in den gesellschaftlichen Kreisen, die zu der politischen Einstellung des Professors und seiner Assistenten passten.
„Das heißt", fasste er seine Überlegungen zusammen, „du studierst immer noch Politologie mit Schwerpunkt Südamerika?"
„Nein", sie zögerte einen Moment, „ich habe das Hauptfach gewechselt."

Als er nichts sagte, fuhr sie fort: „Ich studiere jetzt deutsche Literatur im Hauptfach. Politologie und Soziologie sind meine Nebenfächer."
Das überraschte ihn, aber er ließ sich nichts anmerken. Sie hatte also die berufliche Richtung ihres Vaters eingeschlagen, sich den klassischen Geisteswissenschaften zugewendet. Ob sie seine Begabung geerbt hatte?
„Hast du bereits einen Beruf im Auge, weshalb du gewechselt hast?"
Sie hob die Achseln und meinte mit schräg gelegtem Kopf „Journalismus vielleicht."
„Dann solltest du dich bald um Praktika kümmern. So weit ich weiß, kommt es in dem Beruf hauptsächlich auf die Connections an, die man hat oder auch nicht hat..."
Renée reagierte auf seine Worte etwas bedrückt. „Ich wollte in den letzten Semesterferien ein Volontariat machen, habe aber keinen Platz bekommen." Sie seufzte. „Die Stellen sind verdammt rar."
Er überlegte, ob er ihr helfen könnte, aber nach Hamburg hatte er keine Beziehungen.
Sie bestellte das Essen für sie beide in makellosem Spanisch.
Er lächelte sie aufmunternd an: „Aber dein Spanisch pflegst du weiter!"
„Ja, ich hatte mir auch schon überlegt, ob ich es zu meinem Hauptfach machen soll, aber dann habe ich mich doch für Deutsch entschieden, das ist von den Voraussetzungen her günstiger, denn ich will versuchen, auf die Journalisten-Schule zu kommen."
Er wusste von der Einrichtung des renommierten Verlagshauses. „Du willst also die Universität verlassen?"
„Ja, wenn ich genommen werde. Die Aufnahmekriterien sind sehr streng."

Er erinnerte sich, darüber etwas gelesen zu haben. Es wurde erwartet, dass die künftigen Journalisten bereits Recherchen unternommen und Reportagen verfasst haben. Ob diese Artikel auch veröffentlich worden sein mussten, wusste er allerdings nicht.
„Nur Mut! Finde heraus, ob es für dich taugt!"
Das Essen wurde gebracht. Zunächst eine scharfe Bohnensuppe, anschließend Tortillas mit köstlichen Fleisch- und Gemüse-Füllungen. Da sie beide nicht Auto fahren mussten, hatte er auch Wein bestellt. Aber beide sprachen eifrig dem Wasser zu, das der Kellner in einer großen Karaffe auf den Tisch gestellt hatte, ebenso dem köstlichen, warmen Maisbrot, denn die Speisen waren kräftig gewürzt.
Zum Nachtisch bestellten sie beide Kaffee.
„Und du, Onkel Richard, was bringt dich nach Hamburg?"
„Ein unaufgeklärter Mordfall. Du wirst dich wahrscheinlich nicht mehr daran erinnern können. Er fiel in die Zeit, als du von Zuhause ausgezogen bist. Der Mord an der Lehrerin, Carmen Kinkel."
„Doch, ich erinnere mich vage. Hat Roland sie nicht von früher gekannt?"
„Ach, das weißt du?"
„Sie haben zu Hause darüber geredet. – Und der Mörder ist nicht gefasst worden?"
„Nein. Wir hatten einen Verdächtigen, mussten ihn aber aus der Untersuchungshaft wieder frei lassen, weil nicht einmal die Indizien für eine Anklage reichten."
„Und warum bist du nun in Hamburg?"
„Es gibt einen Hinweis, dass die Schüler, die am Mordtag ihre Lehrerin aufgesucht haben, doch mehr in den Fall verstrickt sein könnten, als wir zuerst angenommen haben. Das Mädchen aus der Clique hat Selbstmord begangen, die Familie ist dann nach Hamburg gezogen.

Ich habe sie hier besucht, weil ich hoffte, etwas über den Hintergrund und die möglichen Motive der Tat herausfinden zu können."
„Offenbar ohne viel Erfolg", schlussfolgerte sie mit aufmerksamen Blick auf sein Gesicht.
„Nun, ja, es gibt einen Hinweis. - Kennst du dich mit Satanismus aus? Oder mit der Musik, die in der Szene gespielt wird?"
„Wenig. Warum? Hat das mit den Jugendlichen zu tun, die in den Mord verwickelt sind?"
„Das Mädchen hat sich offenbar damit beschäftigt. Sie hörte einschlägige Musik und war entsprechend gekleidet."
„Ich habe nie Kontakt zu dieser Szene gehabt", meinte Renée, „ich kenne auch niemanden, der dazu gehört. Das war mir immer zu dekadent." Sie lachte verlegen. „Ich bin, glaube ich, mehr für die gesellschaftliche Veränderung, den politischen Kampf, obwohl..." Sie brach ab.
Offenbar gab es doch etwas, das ihren Optimismus gebrochen und zu dem Studienfach-Wechsel beigetragen hatte.
„Du würdest dich wundern, in Hochschulkreisen beschäftigt man sich durchaus seriös, so wird jedenfalls behauptet, mit diesen mystischen Strömungen. Man untersucht ihre Geschichte, die weit zurückreicht, bis in die Romantik, soviel ich weiß, wenn man das Mittelalter mal unberücksichtigt lässt. „Die andere Seite des Traums ist der Albtraum, der Bruder des Schlafes der Tod. Die Nachtseite der Romantik," zitierte Reneée. „ Ich habe eine Kommilitonin, die sich mit der Literatur zum Vampirismus beschäftigt. Vergleichende Literaturwissenschaft. Die wichtigsten Werke sind auf Englisch erschienen, glaube ich."

Karoline von Günderode fiel ihm ein, sie war eine Dichterin der Romantik.
„Es gibt eine kleine Gruppe an der Hochschule, die sich intensiv mit diesem Thema beschäftigt. In jedem Semester werden Seminare dazu angeboten, und ein fester kleiner Kreis von Leuten geht hin. Kann sein, dass sie selber etwas mit der Szene zu tun haben. Die meisten von ihnen schauen jedenfalls recht exotisch aus." -
„Du warst selbst noch in keiner dieser Veranstaltungen?"
„Ach, ich habe mal reingeschaut. Aber diese Gier nach dem Zeitgeist, dem aktuellen Phänomen, das man zum griffigen Thema einer Doktorarbeit machen kann, ist mir zuwider. Für mich ist das nur ein Randgebiet der Literaturwissenschaft, ich möchte erst auf breiterer Basis studieren. Das Grundstudium umfasst so viele Pflichtveranstaltungen, dass ich genug zu tun habe."
„Dass so etwas überhaupt möglich ist an einer Universität..."
„Ach, der Dozent gibt sich sehr kritisch und ironisch. Er signalisiert Distanz zu seiner Materie, scheint aber tatsächlich sehr viel zu wissen, ist Anglist, kennt sich jedenfalls auch in der englischsprachigen Popkultur gut aus. Charles Manson und der Mord an Sharon Tate. Das muss dir doch ein Begriff sein?!"
Zweifellos. Der Satanismus war nicht erst ein Phänomen neuerer Zeit.
„Kirchner, so heißt der Dozent, er macht selbst Witze über seinen Namen, ist so etwas wie eine Kultfigur an der Uni, jedenfalls in gewissen Kreisen."
Er schaute sie aufmerksam an. Sie schien Distanz gewonnen zu haben zu ihrer Umgebung, eine Eigenschaft des Erwachsenen, dachte er, die den parteiischen Enthusiasmus der Jugend, das Pro- oder Contra-Engagement, ablöst.

„Es wird überhaupt viel über Esoterik und Okkultismus debattiert. Die künftigen Deutschlehrer besuchen Seminare zu „Harry Potter", Tolkien gilt als eine Koryphäe auf dem Gebiet der Fantasy-Literatur." Sie verzog ihren Mund. „Na und die Politologen beschäftigen sich mit den Freimaurern und verschiedenen Verschwörungstheorien. Den Vogel schießen zur Zeit die Philosophen ab, die behaupten, dass es so etwas wie „Wirklichkeit" nicht gibt." –
Du meine Güte, dachte er, da werden die jungen Menschen aber ganz schön gebeutelt! Gab es überhaupt etwas, das in eine positive Richtung wies?
Als schien sie seine Gedanken gelesen zu haben, fuhr sie fort. „Die normalsten Menschen findet man unter den Informatikern und Betriebswirtschaftlern – wenn es einem nichts ausmacht, dass es denen vor allem ums Geld und die Karriere geht." –
„Und in welcher Nische hältst du dich auf?"
Sie zuckte die Schultern. „Im Moment bin ich ein Wanderer zwischen den Welten."
Ihr früheres Weltbild von Gut und Böse musste in der Tat erschüttert worden sein. Aber das war vielleicht nicht schlecht, vielleicht sogar eine sichere Grundlage für eine spätere, reifere Weltanschauung. – Besaß er selbst eigentlich eine solche?
„Wenn ich dich recht verstanden habe, nimmt man in der Forschung diese gesellschaftlichen Phänomene also ernst?"
„Ja und nein. Sobald die Phänomene, wie du sagst, in der Gesellschaft offenbar werden, unterliegen sie sofort der Relativierung oder Trivialisierung. Dafür sorgen die Medien, die gesellschaftlichen Diskurse. Der Okkultismus müsste sicherstellen, dass er im Verborgenen bleibt; sonst kann er nicht überleben, nicht bei dem Hang, alles Neue zu kommerzialisieren. Ein Beispiel: Wer weiß noch, dass

dies", sie hob ihren Arm und spreizte Ringfinger und Zeigefinger von der zur Faust geballten Hand ab, „ursprünglich das Zeichen für das Böse, den Teufel selbst, war? Die Kids heute verwenden es, ohne etwas über seine Herkunft zu wissen, als wäre es ein weiteres Symbol für Fun."
„Moment. Dieses Zeichen ist das Symbol des Bösen?" Die Hörner, dachte er, natürlich, der Teufel war schließlich der Gehörnte schlechthin.
„Ja, aber es ist total trivialisiert. Es bedeutet im Grunde nichts mehr. Und so läuft es heute immer ab: der Markt bemächtigt sich aller Erscheinungen der Subkultur und benützt sie für seine kommerziellen Zwecke."
Damit hatte sie zweifellos recht.
„Die seriöseren Wissenschaftler beschäftigen sich folglich mit dem Okkultismus auch unter dem Aspekt des gesellschaftlichen Wandels und untersuchen die gesellschaftlichen Diskurse, die darüber stattfinden. Nur in der Literaturwissenschaft gibt es eine kleine Gruppe, die glaubt, zu den Wurzeln, den Quellen zurückkehren zu können, indem sie verschlüsselte alte Texte zu dechiffrieren versucht."
Das erinnerte ihn an die Alchimisten von früher, welche die Formel zur Entdeckung des Goldes gesucht hatten. – Nur suchte man jetzt nicht mehr nach Gold, sondern nach Spuren von Pech und Schwefel. -

Als er am nächsten Tag mit dem Zug zurückfuhr, war er darauf bedacht, sich von den Mitreisenden abzugrenzen. Zu sehr beschäftigte ihn das, was Renée gestern noch erzählt hatte. Gegen Ende ihres gemeinsamen Abends wurde doch noch über Angela und deren Erkrankung gesprochen. Roland hatte, wie Wieland vermutete, seine

Tochter von dem negativen Verlauf der Krebsbehandlung der Mutter informiert, sie wusste Bescheid.
„Es wundert mich eigentlich nicht, dass sie Krebs bekommen hat," hatte Renée gesagt. „Meine Mutter hat etwas Zwanghaftes an sich, was einem die Luft zum Atmen nehmen kann. Aber sie schadete damit nicht nur sich selbst, sondern auch ihrer Umgebung. Sie ist überaus suggestiv. Ich kenne keinen Menschen, der so sehr versucht, zu manipulieren..."
Sie lachte freudlos auf. „Da sprechen wir von Geheimwissenschaft und all dem Teufelszeug – dabei beruht das Böse oftmals nur auf einem Charakter, der sich selbst absolut unkritisch gegenüber steht – aus welchen Gründen auch immer!"
„Du meinst, ihre psychische Disposition war so angelegt, dass sie andere Menschen für ihre Zwecke manipulieren musste?" Erschrocken stellte er fest, dass er die Vergangenheitsform gewählt hatte, aber Renée schien es nicht bemerkt zu haben.
„Sie braucht immer die totale Kontrolle. Um sie haben zu können, denkt sie sich das ganze Leben vorher aus, entwirft ein Konzept, das sie dann versucht durchzusetzen."
„Ist das nicht ein wenig naiv? Es gehört doch zu den Grunderfahrungen des Erwachsenen, dass er sein Leben nicht in der Hand hat." –
Renée schüttelte den Kopf: „Das ist wie eine Manie bei ihr. Was sage ich – Manie - man könnte sogar sagen, Magie, ihre Magie. Ihr Wollen und Wünschen ist so stark, dass man sich dem kaum entziehen kann. Irgendwie gelang es ihr immer, dass alle dabei mitmachten, die Umstände so zu gestalten, dass sie es ihr ermöglichten, zum Ziel zu gelangen." Renée verzog ihr Gesicht. „Sie war...eine Hexe, um beim Thema zu bleiben."
„Übertreibst du nicht ein bisschen?" „Vielleicht."

„Immerhin ist sie an eine Grenze gestoßen."
„Ja, ich glaube sie ist erkrankt, als ihr klar wurde, dass mein Vater sie vielleicht gar nicht wirklich liebt, sie nicht so liebt, wie sie es sich gewünscht hätte."
„Ach? Das weißt du?"
„Sie hat Carmen Kinkel gehasst. Und ihr bestimmt mehr als einmal den Tod gewünscht."
„Ist dir bewusst, was du da sagst?!"
„Ich kenne meine Mutter." „Renée!!"
„Nein, ich glaube nicht, dass sie sie tatsächlich umgebracht hat. Das wäre nicht ihr Stil gewesen. Aber wenn Gedanken töten könnten..."
„Wirst du deine Mutter besuchen?"
Sie schwieg einen Augenblick. „Ich weiß es noch nicht. Mein Vater hat erzählt, dass sie gesagt hat, ich solle nicht kommen, das erwarte sie nicht. Vielleicht ist das nur ein Trick, um mich zum Widerspruch zu reizen, damit ich komme. Vielleicht ist es aber auch ernst gemeint, wahrscheinlich kann sie es nicht ertragen, dass ich sie jetzt so sehen muss..."
„Mein Gott, Renée, was hat dir diese Frau getan, dass du sie so hassen musst?"
„Nichts, nichts, was nicht schon verheilt ist. Ich bin nicht ihr Opfer. Aber ich bin – ihr Feind. Irgendwann ist mir das klar geworden: wir sind Feinde. Sie hat das auch gewusst."
„Und dein Vater? Wie geht es ihm damit?"
„Er hat einmal zu mir gesagt, dass es so etwas wie eine charakterliche Unverträglichkeit zwischen mir und meiner Mutter gäbe. Ich glaube, er hat das akzeptiert."

Das Gespräch mit seiner Nichte hatte Wieland erschüttert. Die junge Frau nötigte ihm Achtung ab: sie wagte es ungeheuerliche Dinge auszusprechen und schaffte es, mit ihnen zu leben. Etwas Gerades, Standhaftes war in ihrem

Wesen, das ihn beeindruckte. Irgendwie erinnerte sie ihn an Carmen Kinkel.

Angela würde sterben, Carmen war bereits tot. Gab es einen Zusammenhang?
Obwohl ihn der Gedanke in Gegenwart seiner Nichte entsetzt hatte, überlegte er: Wäre es möglich, dass Angela nach D. gefahren war, um Carmen zu töten? – Aber was sollte das, nach all der Zeit? Konnte man da noch von Rache reden? Aber war Rache überhaupt das richtige Wort? Schließlich war Carmen eher ein Opfer von Angela als umgekehrt. Oder etwa nicht? Vor zwei Jahren wusste Angela bereits von ihrer Krebserkrankung, vielleicht ahnte sie auch, dass sie nicht glimpflich davon kommen würde. – Wollte sie „die andere" mit in den Tod nehmen?
Nun, er könnte jedenfalls einmal nach den Alibis für die Mordnacht fragen. Obwohl: wer würde sich nach so langer Zeit erinnern? Roland. Roland würde es wissen. – Aber das war alles Unsinn. Sein Bruder hätte ihn informiert, wenn er Angela in Verdacht hätte. – Oder? Etwa nicht?
Was spekulierte er da zusammen! Der Sachverhalt war doch ein völlig anderer.
Wenn Roland fürchten müsste, dass seine todkranke Frau in Verdacht geraten könnte, hätte er nicht dafür gesorgt, dass die Polizei die Ermittlungen wieder aufnahm,. – Nein. Angela kam als Mörderin nicht in Betracht. –

Aber Kuhn auf dem Klassenfoto war eine Überraschung gewesen. Der Lehrer kannte die Klasse mit den schwierigen Kindern vermutlich schon länger. Was hat es zu bedeuten, dass er sich nie diesbezüglich äußerte? Ob er sie in Sport oder Religion unterrichtet hatte? Möglicherweise in beiden Fächern, wenn er der Klassenbetreuer gewesen war.

Und was die Verbindung zum Satanismus angeht: als Religions-Lehrer könnte er davon gewusst haben. Obwohl – damals, als das Foto gemacht wurde, in der 9. Klasse, sahen alle noch recht harmlos aus.
Was müssten jetzt die nächsten Schritte sein?
Ein Telefonat mit Roland?
Die Befragung der anderen Schüler, an erster Stelle stand Patrick Polenz, der als einziger an seiner Schule geblieben war.
Ein Nachhaken bei Konrad Kuhn war unumgänglich: Wie gut kannte er die betreffenden Schüler wirklich?
Und immer wieder die Romantiker, ihre morbide Lebensanschauung, sich hingezogen fühlen zu den Schattenseiten der menschlichen Seele. Er würde sich diese Biografie über die Günderode, welche er damals in Carmen Kinkels Wohnung gefunden hatte, besorgen.
Am Ende, fantasierte er, hat sich Carmen selbst umgebracht, Karoline zum Vorbild genommen: ein einziger Stich in die Brust. – Aber wer hatte dann das Messer? Die Hausdurchsuchungen hatten nichts ergeben. Andererseits wusste er inzwischen: es war nicht das erste Messer, das verschwunden ist.
Er wollte nicht seine ganze freie Zeit opfern und die notwendigen Fahrten aus eigenen Mitteln bestreiten für einen Fall, der offiziell unabgeschlossen „ruhte". Aber noch gab es keinen konkreten Anlass, ihn wieder aufzurollen. Deshalb konnte er nur das Nächstliegende tun, den Schüler Patrick Polenz, der noch am Ort war, aufsuchen.
Aber zunächst wollte er einen gemütlichen Sonntagabend zu Hause verbringen, den hatte er, so befand er, redlich verdient.

Irene Andresen, die in ihrer Schwangerschaftskleidung betont kess aussah – es musste an den breiten Faltenwürfen liegen, den Trägern und farbigen Blusen, die ihn an einen Clown erinnerten – begrüßte ihn am Montagmorgen. „Na, wie geht's der jungen Dame in Hamburg?" Irene kannte die Hintergründe von Renées Auszug.
„Sie mausert sich. Die Trotzphase ist wohl endgültig vorbei."
„Und bei Larsens? Haben Sie etwas erreicht?"
Er berichtete ihr kurz vom Verlauf des Besuches und resümierte:
„Die Eltern nehmen für sich das Etikett „modern" in Anspruch, im Grunde aber bilden sie gar keine Familie im üblichen Sinne mehr; sie sind...", er suchte nach dem passenden Begriff, den er letztens in der Zeitung gelesen hatte, „jeder von ihnen ist seine eigene Ich-AG. Man macht, was man will, und achtet nur darauf, im Rahmen des gesellschaftlich Tolerablen zu bleiben." Nachdenklich meinte Irene: „Es gibt ja vielleicht einen Zusammenhang zwischen dem Durchschneiden der Pulsadern und dem Satanskult. Das Vergießen von Blut ist, soweit ich weiß, ein sakraler Akt." Das mochte, was Agneta anging, stimmen.
Aber welches Motiv für den Mord hätten die Jugendlichen gehabt? Nein, dachte er, die Frage ist falsch: wenn es sich um irgendeine Form von Satansimus handelt, dann gibt es kein Motiv, das der Ratio zugänglich ist. Dann mordet man aus Lust. Allerdings schwer vorstellbar bei Fünfzehnjährigen!
„Ich werde mit Patrick Polenz reden. Möglich, dass er nach der langen Zeit bereit ist, mehr preiszugeben."

Er rief bei den Polenz' zu Hause an und bat um ein Gespräch mit Patrick. Der Vater reagierte sehr zurückhaltend, ließ Wieland aber dann doch kommen. Er würde seinem Sohn Bescheid sagen.
Die Familie lebte in einer Reihenhaussiedlung und war offenbar weniger gut gestellt, als die meisten Eltern von Patricks Mitschülern.
Er wurde an der Tür vom Vater empfangen, einem nur mittelgroßen, drahtigen Mann. Die Mutter, ebenfalls hager, sah, obwohl gebräunt und blondiert, sogar verhärmt aus.
Das Wohnzimmer, in das er geführt wurde, war mit schweren Eichenmöbeln möbliert. Wie aus dem Versandhaus-Katalog, dachte Wieland.
„Darf ich Ihnen etwas zu trinken anbieten? Bier? Wein? Oder dürfen Sie nicht, wenn Sie im Dienst sind?"
„Vielleicht lieber Tee oder Kaffe?", schaltete sich Frau Polenz ein.
„Tee wäre nett, danke." Wieland nahm in einem der klobigen Sessel Platz.
„Ich sorge mal dafür, dass Patrick auftaucht." Der Vater verließ das Zimmer und Wieland, allein gelassen, schaute sich um. Obwohl alles so gediegen wirkte, war die Atmosphäre nicht gemütlich, sondern eher steif. Vielleicht lag es daran, dass alles so perfekt aufgeräumt war. Tatsächlich wie in einem Schaufenster, dachte er.
Da kam Patrick. Er wirkte in diesem Raum völlig fehl am Platze. Der Junge war um einiges gewachsen, seine Gesichtszüge hatten nichts Kindliches mehr. Gekleidet war er in schwarzes Leder, unter der Weste trug er ein langärmeliges schwarzes Sweatshirt, um den Hals und beide Handgelenke sowie an den Fingern Silberschmuck, Gliederkettchen mit verschiedenen Kreuzsymbolen und Ringe in Form von Drachen oder Schlangen. Die

dunkelblonden Haare waren gelb gefärbt, vorne kurz, hinten zu einem dünnen Zopf geflochten.

Ohne Wieland, der aufgestanden war, die Hand zu reichen, ließ er sich in den anderen Sessel fallen. „Was steht an?"

„Wir haben neue Hinweise bekommen im Mordfall Kinkel, denen wir nachgehen. In diesem Zusammenhang habe ich einige Fragen an Sie."

Frau Polenz trat mit einem Tablett ein. „Ich habe mir erlaubt, Ihnen ein Stück Kuchen zu bringen, Herr Kommissar, ich habe heute gebacken." Der Mohnkuchen sah sehr lecker aus. „Vielen Dank, Frau Polenz. Es macht Ihnen doch nichts aus, dass Sie und Ihr Mann während unserer Unterhaltung nicht anwesend sind?"

„Ich weiß nicht. – Was meinst du, Patrick?"

„Mir egal." Die Mutter verließ achselzuckend das Wohnzimmer.

„Es handelt sich ja nicht eigentlich um ein Verhör, sondern eher um ein informelles Gespräch. Vor allem eine Frage hätte ich gern geklärt: Wo waren Sie an dem Abend, als der Mord geschah?"

„Was?"

„Wo waren Sie, als Frau Kinkel ermordet wurde?"

„Sie wollen ein Alibi? Nach der langen Zeit?!"

Patrick hatte seine langsame, gedehnte Redeweise inzwischen nicht abgelegt, sondern eher noch intensiviert durch einen starren Blick und eine stoische Haltung.. Wieland erinnerte sich, dass der Junge schon vor zwei Jahren diesen weggetretenen Eindruck gemacht hatte, und dass er damals nicht sicher war, ob das nur eine Attitüde war, ein Spiel... Jetzt, angesichts des fast erwachsenen Jugendlichen, schien es ihm, als käme tatsächlich eine kalte, emotionslose Natur zum Vorschein. Oder nahm Patrick regelmäßig Drogen? Das war nicht auszuschließen.

„Es war ja kein Tag wie jeder andere, Patrick. Sie werden das sicher noch wissen."

Der Junge überlegte einen Augenblick, dann entschloss er sich zu reden: „Wir waren noch zusammen, sind n'bisschen rumgehangen in der Stadt und anschließend sind wir zu Gustav."

„Gustav? Wer ist das?"

„Hat 'nen Schuppen, in dem wir uns manchmal getroffen haben."

„Sie waren fünfzehn und abends schon in Kneipen?"

„Ach, nun machen Sie sich mal nicht ins Hemd. Gustav schenkt auch Cola und Saft aus, wenn's sein muss."

„Und Gustav und die anderen aus der Clique würden das bestätigen?"

„Was? Das mit dem Cola und dem Saft?"

„Sie wissen, was ich meine: Ihr Alibi."

„Logisch. Wir waren ja zusammen."

„Klar." Wieland sah ihn scharf an. „Und was ist mit dem Messer?"

„Was?"

„Mit dem Messer!"

„Da müssen Sie schon Agneta fragen! – Ach, verdammt!"

„Wieso muss ich Agneta fragen?"

Patrick fixierte ihn. „Na, die hat sich doch mit einem Messer umgebracht, oder?"

„Was meinten Sie mit: Ach verdammt?"

„Na eben, dass sie sich umgebracht hat."

„Es war aber doch gar nicht von Agneta die Rede, sondern von Frau Kinkel."

„Weiß ich, woran Sie denken, wenn Sie von einem Messer reden? Ich denke dabei an Agneta." Er lächelte zynisch: „Die Gedanken sind frei, Sie wissen schon."

„Wenn ich Ihren Gedanken folge, dann ist das Messer, mit dem Frau Kinkel ermordet wurde, identisch mit demjenigen, das Agneta benutzt hat, als sie sich die Pulsadern aufschnitt?"

„Sie halten wohl nichts von Gedankenfreiheit, wie? Steht im Grundgesetz, wissen Sie."

Patrick ließ sich auf keine weitere Erklärung ein.

Im Nachhinein war Wieland überrascht, dass dem Jungen der sprachliche Lapsus überhaupt passiert war. Die Konzentrationsschwäche könnte von den Drogen kommen, dachte er, ein intelligenter Junge, der sich langsam aber sicher sein Hirn kaputt machte.

Er musste das Alibi überprüfen. Ob es glaubhaft war, würde von diesem Gustav abhängen, der die Kneipe betrieb, denn wenn der sich genau an den 6. Juni vor zwei Jahren erinnerte, dann war etwas faul, dann hatte es eine Absprache zwischen den Schülern und dem Wirt gegeben. Es sei denn, der Wirt hatte registriert, dass an diesem Abend etwas anders war als sonst und sich deshalb den Tag gemerkt. Konnte er sich aber an nichts erinnern, war Patricks Albi allerdings auch nicht viel wert.

Als Wieland das Gespräch mit Patrick noch einmal rekapitulierte, schoss ihm der Gedanke durch den Kopf, dass der Hinweis auf Agneta gar kein Versprecher von Patrick gewesen sein könnte, sondern ein ironischer Hinweis auf einen Zusammenhang, den die Polizei nicht wahrgenommen hatte.

Wieland schlug die Mappe mit dem Laborbericht zu. Es bestürzte ihn, dass niemand aufgefallen war, dass das Messer, mit dem Agneta Larsen Selbstmord verübte, das Messer, das man vor der Badewanne gefunden hatte, durchaus die Waffe gewesen sein konnte, mit der Carmen Kinkel getötet worden war: Länge und Breite der Klinge stimmten in etwa überein. Aber niemand hatte die mögliche Verbindung gesehen, niemand hatte untersucht,

ob die Stichwunde Carmens und das Suizid-Werkzeug zusammenpassten.
Nun, Selbstmorde unter Jugendlichen fielen nicht in sein Ressort. Das mochte zu seiner Entschuldigung dienen.
Trotzdem: dass er gar nichts von Agnetas Selbstmord mitbekommen hatte? Wie war das möglich? Womit war er beschäftigt gewesen? Welcher andere Fall hatte ihn so in Beschlag genommen, dass nichts in ihm reagiert hatte, als er Zeitungsberichte gelesen oder andere darüber reden gehört hatte?
Nein, er wusste, es war seine Frustration darüber gewesen, dass man Kuhn wieder hatte laufen lassen müssen. Er hatte ihn immer noch für den Täter gehalten und diese Fixierung hatte ihn für andere Verdachtsmomente blind gemacht..
War also Agneta Larsen die Mörderin? Der Fall nun geklärt?

Sie saßen im vertrauten Kreis zusammen, wie damals: Irene Andresen, Erik Gutzke und Richard Wieland.
„Klar ist doch wohl, dass Agneta den Mord nicht allein begangen hat. Die anderen waren ja mit dabei!" Erik Gutzke war auf Bitten Wielands zu dieser Besprechung in seine alte Dienststelle gekommen. Die neue Verantwortung schien sich auf seine Figur zu schlagen: Er hatte um etliche Kilo zugenommen. Vielleicht Stress mit den neuen Kollegen, mutmaßte Wieland. Ihm war zu Ohren gekommen, dass die Besetzung der vakanten Stelle durch Gutzke von den niederen Dienstgraden vor Ort nicht fraglos akzeptiert worden war.
„Die drei Jungen werden versuchen, die Sache der Toten anzuhängen", mutmaßte Irene. Sie verbrachte die letzten Tage vor dem Schwangerschaftsurlaub im Dienst und war etwas kurzatmig geworden.

Wieland betrachtete sie manchmal besorgt. Zwar machte sie schon längst keinen Außendienst mehr, trotzdem fand er, dass die Umgebung der Verbrechensverfolgung für ein Kind, das auf die Welt kommen wollte, eher abschreckend sein musste. Aber Irene winkte immer lachend ab: „Ich habe gelernt, die Dinge nicht zu nah an mich herankommen zu lassen!"

Freilich, das hatten sie alle gelernt, wenn nicht theoretisch in der Ausbildung, dann doch später, in der Praxis.

„Außer dem Messer haben wir keinen Hinweis auf die Täterschaft der Schüler. Und selbst dies ist kein ausreichendes Indiz für eine Anklage."

„Wir haben damals, als die Spuren noch frisch waren, versäumt, die Schüler schärfer ins Visier zu nehmen", gab Wieland zu. „Jetzt dürfte es schwierig sein, in der Beweisaufnahme weiter zu kommen."

„Ja, wir haben nicht einmal Alibis verlangt für die Zeit nach ihrem Besuch bei der Kinkel."

Irene seufzte. „Aber es fällt mir einfach schwer in Betracht zu ziehen, dass Jugendliche einen Mord planen und begehen! Selbst wenn sie ausgeflippt sind und schwierig..."

„Wir haben uns damals zu sehr auf den Lehrer konzentriert, den Kuhn," konstatierte Gutzke.

„Aber der ist raus aus der Sache. - Obwohl er uns als Täter ganz gut gefallen hätte..."

Ja, das ist ganz offensichtlich das Problem, dachte Wieland. Das Problem, das darin bestand, dass sie sich die Schüler als Täter nicht vorstellen wollten, dafür aber umso mehr den Lehrer und Kollegen.

„Wir müssen die Akten noch einmal durchgehen, die von Agneta Larsens Selbstmord und die von Kinkel. Vielleicht gibt es Hinweise, die bisher übersehen wurden, weil man an einen Zusammenhang gar nicht dachte."

„Und wir müssen das Alibi überprüfen für den Aufenthalt der Gruppe nach ihrem Besuch bei Carmen Kinkel am Nachmittag. Patrick Polenz hat ausgesagt, dass sie in einer Kneipe waren, „Bei Gustav", so heißt das Lokal. Vielleicht kann sich der Wirt noch an die Schüler erinnern."

„Bei Gustav" war ein drittklassiger Schuppen, eine Bierkneipe mit Resopaltischen und dunkel gebeizten Holzbänken an den verräucherten Wänden und lag am Stadtrand, in einem Viertel, in welchem Menschen wohnten, die in der nahegelegenen Fabrik arbeiteten und abends gerne mal einen zur Brust nahmen. Wie kamen die Gymnasiasten in so eine Kneipe?
Sicherlich, nicht alle stammten aus wohlhabendem Haus, Patrick Polenz etwa, trotzdem. Das Milieu passte nicht.
Es war noch früh am Abend, 19 Uhr, doch das Lokal war gut besetzt, fast ausschließlich von Männern vor Schnaps und Bier. An der Wand gab es eine alte Jukebox. Jemand hatte einen deutschen Schlager aus den 60ern aufgelegt, den er kannte: „Geh nicht vorbei, als wär' nichts geschehn..."
Wieland war sich nicht schlüssig: Sollte er nur als Gast auftreten und beobachten oder den Wirt als Ermittler nach den Ereignissen von damals befragen?
Er bestellte ein Pils und setzte sich seitlich an die Theke, so dass er das Lokal und die Besucher gut im Blick hatte.
Der Wirt war ein massiger Mensch mit einer glänzenden Glatze, die sein feistes, rotes Gesicht unangenehm zur Geltung brachte. Obwohl bestimmt schon über fünfzig, hatte er etwas von der bedrohlichen Ausstrahlung eines Skinheads. Doch das mochte täuschen. Die Arbeiter schienen sich ganz wohl zu fühlen bei Gustav; um ein gehobenes Ambiente war es ihnen kaum zu tun, dachte

Wieland, sie tranken nach Feierabend ihr Bier und verschwanden bald darauf nach Hause zu ihren Frauen, ihren Familien.

Gegen 20 Uhr war es merklich ruhiger geworden. Der Wirt machte den Fernseher hinter der Theke an und die Gäste, die noch da waren, verfolgten die Abendnachrichten.

Danach schaltete der Wirt wieder aus. Das soeben Gehörte sorgte für Unterhaltungsstoff, aber man schien sich schnell einig zu werden in der Beurteilung der Regierungspolitik. „Alles Lügner und Betrüger." „Machen den Staat kaputt." „Ins Gefängnis sollte man die stecken." „Die Jugend hat keine Chancen." „Bei der Arbeitslosigkeit. Mein Sohn sucht seit einem Jahr nach einer Lehrstelle..."

Wieland beschloss, sich nicht als Polizeibeamter zu erkennen zu geben. Wie kamen die Jugendlichen in diese Kneipe? Irgend etwas stimmte nicht, aber was, das konnte er nur durch Beobachtung herausfinden; der Wirt würde nichts verraten.

Um nicht weiter aufzufallen, beschloss er, für heute das Lokal zu verlassen. So könnte er öfters wiederkommen, unter einer fremden Identität, als Vertreter beispielsweise, der vorübergehend in der Stadt zu tun hat. Er könnte für die Mitgliedschaft in einem Buch-Club werben oder für den Kauf einer 20-bändigen Enzyklopädie... Wieland unterdrückte ein Grinsen. Der damit verbundene Frust musste auf die Anwesenden, die wahrscheinlich nur die Boulevardzeitung lasen, überzeugend wirken.

Er bezahlte seine beiden Pils und trat nach draußen. Morgen oder übermorgen würde er etwas später kommen, um beobachten zu können, was sich dann in der Kneipe noch abspielte.

Es wäre vielleicht auch gar nicht schlecht, den neuen Mitarbeiter, Holger Heraus, einzusetzen. Dann könnte

man die Kneipe rund um die Uhr beobachten. Leider hatte der Dienststellenleiter den Antrag auf Wiederaufnahme der Untersuchung im Mordfall Kinkel abgelehnt: „Der Steuerzahler verlangt Rechenschaft darüber, womit wir unsere Zeit verbringen... Das, was Sie mir da liefern, Wieland, reicht nicht für eine Begründung zur Aktivierung des Falls!" Das bedeutete, dass sie außerhalb ihrer Dienstzeit ermitteln mussten. – Vielleicht gelang es ihm den Neuen zu überreden, seine freien Abende für die gute Sache zu opfern. Ehrgeizig schien er zu sein und darauf bedacht, Engagement zu zeigen.
Wieland stieg in sein Auto und war überraschend schnell in der Innenstadt. So abgelegen lag die Kneipe gar nicht, eher versteckt und nur Insidern bekannt, dachte er. Vielleicht waren die Jugendlichen zufällig auf Gustav gestoßen und hielten das Milieu für cool. Andererseits passte eine Arbeiterkneipe wirklich nicht zu Jugendlichen, die sich anarchistisch gebärdeten. So viel er wusste, hatten Arbeiter nichts mit Anarchos, Autonomen oder mit Punks am Hut.

Er fuhr nach Hause und ging zu Bett. Morgen erwartete ihn ein anstrengender Arbeitstag, denn er Fall Schmiederer, eine Entführung mit Erpressungsversuch, stand kurz vor dem Abschluss. Mal sehen, ob er überhaupt dazu kam, abends bei Gustav wieder ein Pils zu trinken. –

Er hatte richtig vorausgesehen. Auch Holger Herhaus war nicht abkömmlich, und so mussten seine „privaten" Ermittlungen zunächst wieder ruhen. Vielleicht ist die Kneipe ja auch eine Sackgasse, dachte er entmutigt. Gestern Abend, im Milieu dieser Stammtischatmosphäre, hatte er geglaubt, eine heiße Fährte gefunden zu haben, aber heute, umgeben von seinen Büromöbeln aus Stahl und Glas, den gepflegten Topfpflanzen – Irene Andresen schwor auf Hydro-Kultur – den effizienten Telefonanlagen und Computern, die unaufhörlich klingelten und summten, kam ihm seine Intuition unwahrscheinlich vor. Gab es das denn überhaupt noch: eine solche Arbeiterkneipe? Hatte er sich da nicht etwas zusammenfantasiert?

Vielleicht sollte er zuerst einen Besuch bei Nikole Berner machen, wie er es sich in Hamburg, bei Larsens, schon vorgenommen hatte. Möglich, dass das Mädchen mehr über ihre ehemalige Freundin wusste, als sie deren Eltern glauben machte. Er würde vorher anrufen müssen, um einen Besuchstermin zu vereinbaren.
Aber er hatte Pech. Nikole befand sich mit ihrem Französisch-Leistungskurs auf Besuch in der bretonischen Partnerstadt. Sie würde erst zum Wochenende wieder zurück sein. Die Mutter, die am Telefon war, hatte sekundenlang geschwiegen, als er sein Sprüchlein von den neuen Erkenntnissen im Mordfall Kinkel aufgesagt hatte. „Wie kommen Sie auf Nikole?", fragte sie dann, „sie gehörte nicht zu den Schülern, die Probleme mit Frau Kinkel hatten."
„Nein, das ist richtig. Aber Ihre Tochter war mit Agneta Larsen befreundet."
„Ja. Ich verstehe. Rufen Sie am besten noch einmal an, wenn Nikole zurück ist. Sie soll selbst entscheiden, ob sie mit Ihnen sprechen will."
Etwas veranlasste Wieland weiter zu fragen: „Und Sie, Frau Berner, haben Sie eine Meinung zu den Vorfällen?"
„Ich? – Ja, sicher. Ich habe mich immer gefragt, warum sich niemand um das Mädchen kümmert! Aber jetzt ist es ja zu spät. Sie ist tot. Und niemand kann ihr mehr helfen."
Sie sprach von Agneta.
„Wer hätte sich Ihrer Meinung nach um Agneta kümmern sollen? Die Polizei?"

„Wieso die Polizei? Ich meine die Eltern! Die sind doch in erster Linie für ein Kind verantwortlich! Man darf solche Sachen doch nicht der Schule und den Lehrern überlassen!"
„Was meinen Sie mit solchen Sachen, Frau Berner?!"
„Agneta war hochgradig gefährdet. Ich meine nicht nur durch Drogen. Irgendwie hatte sie sich ein ganz verrücktes Weltbild zurechtgezimmert. Ich weiß das von Nikole. Die Lehrer haben zwar versucht mit ihr darüber zu reden, aber offenbar ohne Erfolg! Mir erschien das auch zu dilettantisch. Das Mädchen hätte in therapeutische Behandlung gehört!"
Wieland spürte, wie ihm ein Schauer über den Rücken lief. War das endlich die Spur, die lang gesuchte, die schließlich doch zu Konrad Kuhn führte?
„Frau Berner, ich möchte mich auch mit Ihnen unterhalten. Was wissen Sie über den Zustand von Agneta und inwiefern haben die Lehrer versucht, mit ihr zu reden? Was war damals eigentlich wirklich los?"
„Das müssen Sie Nikole fragen. Was ich weiß, habe ich Äußerungen von ihr entnommen und eins und eins zusammengezählt. Sie wollten ja meine Meinung hören. Fragen sie Nikole, wenn Sie Näheres wissen wollen. Rufen Sie meinetwegen am Sonntag an, sie wird es Ihnen nicht übel nehmen. Schließlich war sie einmal mit Agneta befreundet gewesen."
Wieland verabschiedete sich nachdenklich.
Die Lehrer! Welche Lehrer? Die unbeirrbare Carmen Kinkel oder der windelweiche Konrad Kuhn? Die borniert Margit Gerke? Und was gab es mit Agneta zu bereden? Etwas, das nur sie betraf und den Rest der Clique nicht? Das war doch eher unwahrscheinlich! Oder ging es um die Suizid-Gefährdung?

Am Freitagabend konnte Wieland sich um 20 Uhr endlich frei machen und beschloss kurzerhand direkt von der Dienststelle zu Gustav zu fahren. Er erwartete, die Kneipe am letzten Arbeitstag gut besucht zu finden und seine Erwartungen wurden nicht enttäuscht. Die Straßen rund um das Lokal waren zugeparkt und er musste seinen Wagen ziemlich weit weg abstellen.

Eigentlich habe ich geglaubt, die Stammkundschaft wohne in der unmittelbaren Umgebung, überlegte er.

Die Fahrzeuge waren Mittelklasse-Fabrikate, aber außer aufgeklebten Fußballclub-Emblemen fiel ihm nichts weiter auf.

Das Lokal war wider Erwarten nicht voll besetzt; doch dann hörte er laute Stimmen und ihm wurde zum ersten Mal bewusst, dass es noch ein Nebenzimmer gab. Die Tür war geschlossen. Ein Verein? Ein Club? Eine geschlossene Gesellschaft jedenfalls. Er setzte sich so an den Tresen, dass er einen Blick in den Raum würde werfen können, wenn die Bedienung die Tür öffnete.

Sollte er damit beginnen, seine falsche Identität aufzubauen oder lohnte es sich nicht mehr, da er von Nikole Berner vermutlich viel aussagekräftigere Informationen bekommen konnte? Er beschloss es bleiben zu lassen: Ein Rollenspiel war nichts für einen wie ihn, einen deutschen Wallander, der immer nur er selbst sein konnte. Erleichtert bestellte er ein Pils.

„Viel los heute", sagte er mit einer Kopfwendung zu der geschlossenen Tür. Der Wirt grunzte nur zustimmend. Wieland musste deutlicher werden: „Welcher Verein sorgt denn da für Stimmung?"

Gustav sah ihn mit blassen blauen Augen an. „Der Ortsverein." „Ortsverein?" Wieland wusste, dass die politischen Parteien Ortsvereine bildeten. Um welche mochte es sich handeln? Die SPD, ehemals klassische Arbeiterpartei?

Er überlegte. Wenn sich die sozialdemokratischen Mitglieder des Ortsvereins trafen, dann hätte er an deren Autos doch Parteiabzeichen, Partei-Slogans gefunden, Bekundungen der Treue zur Gewerkschaft, zum Sozialstaat. Nichts dergleichen war ihm aufgefallen. - Aber auch alle anderen Parteien versorgen ihre Mitglieder mit Aufklebern und billigen Accessoires, dachte er. Welcher Partei also konnten die sich hier hinter geschlossenen Türen Versammelnden angehören? - Vorausgesetzt, die Autos gehörten den Anwesenden im Hinterzimmer. Das wollte er sich zuerst noch einmal bestätigen lassen.
„Hab mir schon gedacht, dass heute etwas los ist, hier. Alles zugeparkt", wendete sich Wieland wieder an den Wirt. Der spülte und trocknete Gläser ab und quittierte Wielands Bemerkung wieder nur mit einem zustimmenden Laut.
Also eine Partei, die Wert darauf legt, im Dunkeln zu operieren. Das könnte zusammen passen: das Stammlokal der Neo-Nationalen Partei NNP und eine Gruppe von Schülern, die sich ebenfalls am Rande der bürgerlichen Wertvorstellungen bewegte, die herrschende Gesellschaft als verlogen erlebte und ihre eigenen anarchistischen Impulse dem kapitalistischen Kommerz entgegensetzen wollte.
Wieland beschloss endgültig auf sein Vertreter-Image zu verzichten und Gustav nach den Jugendlichen zu befragen. Das würde ihn schneller ans Ziel bringen, jetzt, da er sich des Zusammenhanges sicher war. Und die Situation war günstig: Mit der umstrittenen Partei im Nebenzimmer war der Wirt vielleicht bereit, die gewünschten Informationen preiszugeben.
Wieland zog seinen Ausweis heraus und sagte gleichzeitig: „Es geht um Ereignisse, die zwei Jahre zurückliegen."

„Lange Zeit", kommentierte Gustav. Seine Haut mochte noch eine Spur röter geworden sein, ansonsten blieb der Ausdruck seines Gesichts unbewegt.
„Eine Gruppe von Schülern, Gymnasiasten, hat sich hier bei Ihnen getroffen."
„Kann schon sein, dass mal welche da waren."
„Erinnern Sie sich an den 6.6., abends?"
„Sollte ich?" „Waren die Jugendlichen hier?" „Wie soll ich das noch wissen!"
„Waren Erwachsene dabei, wenn sie sich trafen?"
„Hier sind immer Erwachsene dabei", knurrte der Wirt.
„Sie verstehen, was ich meine: Als sich die Gruppe bei Ihnen traf – ich nehme an da drinnen", Wieland wies auf die Tür zum Nebenraum, „waren Erwachsene dabei? Lehrer vielleicht?"
„Woher soll ich das wissen? Ob das ein Lehrer war?"
Wieland atmete tief durch. „Beschreiben Sie mir den Mann!"
„Du meine Güte, das ist zwei Jahre her! Ein Mann eben, groß, schlank, dunkelhaarig."
Die Beschreibung könnte passen. Schade, dass er kein Foto dabei hatte!
„Wie oft haben sie sich getroffen?"
„Anfangs häufiger. Der Mann kam dann seltener."
„Wann haben die Treffen aufgehört?"
„Vor gut einem Jahr, würde ich sagen."
„Was hat denn die übrige Kundschaft von den Jugendlichen gehalten? Die passten doch gar nicht hierher."
Der Wirt zog die Stirn kraus. „Wieso nicht?" Das klang beinahe aggressiv. „Alle, die selbstständig denken können und kein Stroh im Kopf haben, sind bei Gustav willkommen!"
Nun, das war ein Bekenntnis – und fast ein Eingeständnis, dachte Wieland.

„Kommen Sie morgen Vormittag, gegen 9 Uhr, aufs Revier. Morddezernat II, Wieland, ich möchte dass Sie die Personen anhand von Fotos identifizieren."
„Worum geht's eigentlich? Ein bisschen deutlicher sollten Sie schon werden, wenn Sie wollen, dass ich was rauslasse!"
„Sie sollen nur die Jugendlichen und den Lehrer identifizieren. Möglich, dass die Gruppe in eine Sache verwickelt ist, die wir untersuchen."
Wieland legte das Geld für sein Pils auf den Tresen.
„Morgen um 9", sagte er und verließ das Lokal. Sehr zufrieden mit sich. Konrad Kuhn! Hatte er es nicht immer gewusst?!

Der gemütliche Feierabend war wohlverdient, zumal er das ganze Wochenende Dienst haben würde.
Wieland duschte, zog alte Jeans und einen Pullover an und öffnete eine Flasche Wein. Aus seiner Plattensammlung wählte er Musik von Monteverdi. Dann öffnete er das Buchpaket, das er beim Hereinkommen vor der Tür gefunden hatte. Die Bestellungen per Internet liefen prompt und reibungslos. Mal sehen, ob er gut gewählt hatte: „Clemens Brentano. Ein Männerschicksal unter Frauen". Der Autor versprach keine wissenschaftliche Abhandlung, sondern eher eine einfühlsame Annäherung an den romantischen Dichter, das war Wieland gerade recht. Aber letztlich war es der Titel, der ihn fasziniert hatte. Brentano war ein Freund der Karoline von Günderode gewesen. – Er starrte auf das Bild auf dem Schutzumschlag: ein schmales Männergesicht mit unregelmäßigen Zügen, eher unsympathisch, weil ... er suchte nach dem richtigen Wort ... ambivalent. Dann schlug er das Buch auf.

Am nächsten Morgen lag ein dickes Kuvert in seinem Post-Eingangskorb. Der Brief wies keinen Absender auf, aber der Poststempel nannte Hamburg und das Datum von vorgestern.
Wieland griff zu seinem Brieföffner aus Ebenholz und schlitzte den Umschlag auf. Eine DINA3-Fotokopie, mehrmals zusammengefaltet, lag darin. Abgelichtet waren handschriftliche Aufzeichnungen, gut leserlich, da mit schwarzer Tinte verfasst, doch das Schriftbild war ungewöhnlich. Erst beim zweiten Blick erkannte er, dass alle Buchstaben in einer schnörkeligen Druckschrift geschrieben waren und es keinen Unterschied zwischen Klein- und Großschreibung gab.
Es könnte sich bei der Kopie um die Ablichtung eines Tagebucheintrags handeln, dachte Wieland. Es gab keine Anrede, aber auch kein Datum, nur eng geschriebenen Text.
Renée kam als Absenderin nicht in Frage, sie wäre nicht anonym geblieben und ohne ein persönliches Wort. – Also musste der Umschlag von den Larsens kommen, von Frau Larsen oder dem Jungen, Yann, der vielleicht mehr wusste und begriffen hatte, als seine Eltern ahnten.
Noch bevor er dazu kam, die Bögen zu entziffern, meldete die Sekretärin Gustav Niedermeier.
Der Wirt! Er hatte ihn fast vergessen. Wieland stand auf, um die Mappe mit den Fotos zu holen. Von Kuhn gab es gute Aufnahmen, von den Schülern allerdings nur Vergrößerungen eines Klassenfotos. Und es gab ein Bild der toten Agneta Larsen; das hatte er selbst in die Kinkel-Mappe gesteckt.
Niedermeier nahm Platz; er wirkte, wie gestern, stoisch und unbeeindruckt von der Umgebung, der Präsenz vieler Polizei-Beamter in Uniform..

„Wer waren die Schüler, die damals in Ihr Lokal kamen? Welche Erwachsenen begleiteten sie? Schauen Sie sich die Bilder an!"
Das Klassenfoto zeigte die 10. Klasse zum Schuljahresende, also nach dem Tod von Carmen Kinkel. Zum Glück fehlte niemand, obwohl Agneta ihr Gesicht halb unter den schwarzen Strähnen zu verbergen trachtete, welche die eine Seite ihres Kopfes bedeckten; die andere Seite war kahl. Die gesuchten Jugendlichen standen nicht als Gruppe zusammen, sondern getrennt. Es würde nicht leicht sein, die richtigen herausfinden.
„Der hier", Niedermeier wies auf Christian Döring, „der hier war dabei. Ich erinnere mich an ihn, weil er älter zu sein schien als die anderen und Bier bestellte."
„Das Mädchen hier, die war auch dabei. Sah auch damals schon so aus. Die Jungs waren nicht so extrem, aber die..." Niedermeier schüttelte den Kopf. Agneta hatte er also auch wiedererkannt.
„Es waren nicht immer gleich viele, die kamen, mal waren es mehr, mal weniger. Der hier war meistens dabei." Er zeigte auf Patrick Polenz mit der blonden Igelfrisur. Tobias Mäuerle war der nächste, auf den er wies. „Er kam oft mit dem zusammen."
„Zu den Erwachsenen." Wieland schob dem Wirt ein Foto des Kollegiums zu, das in der Schulzeitung vor Ferienbeginn erschienen war. Niedermeier studierte das Bild gründlich.
„Der hier war am Anfang immer dabei. Er schien so etwas wie der Leiter der Gruppe zu sein. Später kam er seltener, dann gar nicht mehr. – Einmal war auch eine Frau dabei. Könnte die hier gewesen sein." Er tippte auf Margit Gerke.
„An welchem Wochentag traf sich die Gruppe bei Ihnen?"

„In der Regel war das am Montag, da war das Nebenzimmer frei. Aber später, als die Lehrer nicht mehr dabei waren, kamen die Jugendlichen unregelmäßig. Saßen herum, quatschten. Oft schien es mir als warteten sie nur aufeinander, um dann noch anderswo hinzugehen."
„Können Sie sich erinnern, ob die Jugendlichem am Donnerstag, dem 6. Juni vor zwei Jahren in Ihrem Lokal waren?"
„Donnerstag, 6. Juni, ist mir nicht in Erinnerung, nein."
„Nun, ich habe ehrlich gesagt auch nicht damit gerechnet, dass Sie das noch wissen. Es sei denn, an dem Tag wäre etwas vorgefallen..."
„Nein, wie schon gesagt."
Wieland war davon abgesehen mit der Identifizierung sehr zufrieden. „Wissen Sie, worum es bei den Treffen ging?"
Der Wirt zögerte. „Sie hielten es ziemlich geheim. Wenn ich kam, um die bestellten Getränke zu bringen, schwiegen sie meist."
„Aber irgendein Wort werden Sie doch aufgeschnappt haben?"
„Musste irgendwas mit dem Unterricht zu tun haben. Religion. Sekten."
„Wie kam die Gruppe überhaupt dazu, Ihr Lokal für die Treffen zu wählen? Kannten Sie jemand aus der Gruppe schon vorher?"
Wieder zögerte Niedermeier. „Der Lehrer war schon vorher ein paar Mal da."
„Gehörte er zu den Mitgliedern des Ortsvereins?"
„Was meinen Sie?" Der Wirt stellte sich dumm.
„Sie haben mich schon verstanden! Gehörte er zu den Mitgliedern des Ortsvereins?"
„Das müssen Sie die schon selber fragen, ob der Mitglied ist."

„Ja, das sollte ich. Ich werde mich sofort um diesen Ortsverein kümmern. Sie kennen nicht zufällig den Namen des Vorsitzenden?"
Niedermeier merkte, dass er sich selbst eine Falle gestellt hatte.
„Früher schien der Lehrer Interesse am Verein zu haben. Später kam er dann nicht mehr."
Nun, das war doch schon etwas! Die Aktivitäten des Konrad Kuhn wurden immer dubioser!
Aber eines verstand Wieland nicht: Warum hatte Kuhn seinem Bruder einen Hinweis gegeben, der über die Schüler direkt zu ihm selbst führen musste? Das war nicht nachvollziehbar.
Andererseits: Hatte er überhaupt einen Hinweis gegeben oder war es nicht vielleicht Roland gewesen, der aus den Äußerungen Kuhns etwas herausgelesen hatte?
Wieland entließ Niedermeier mit dem Hinweis, dass weiter ermittelt werden würde und er mit späteren Befragungen zu rechnen habe.
Was, fragte sich Wieland zunehmend erregt, hatte sich vor zwei Jahren unter den Schülern, zwischen Lehrern und Schülern abgespielt?
Die Mitglieder der Clique schauten auf dem Klassenfoto seltsam unbeteiligt in die Kamera. Während andere lächelten, eine ernste Miene zeigten oder posierten, verbargen sie ihre Gefühle hinter einem unbewegten Gesichtsausdruck.
Aber Wieland wusste: Niedermeiers Identifizierung der Schüler und des Lehrers war der erste Schritt zur Wiederaufnahme der Untersuchung, und nun zum nächsten!
Wieland griff nach der Fotokopie auf seinem Schreibtisch. Und begann zu lesen, der Text begann unvermittelt:
Der tag war gekommen. ich fühlte mich schwerelos, losgelöst von allem und allmählich begann die kraft in

mir zu wachsen. Alle wussten, dass ich es war, die den auftrag bekommen hatte. Das pendel des druiden hatte ausgeschlagen. Und obwohl ich auch angst in mir fühlte, ob ich der aufgabe gewachsen sein würde, spürte ich eine wilde freude in mir aufsteigen. ich würde es sein, die die grenze überschritt! tod, wo ist dein stachel? Ich liebe das versinken im schwarz, in der grundlosen tiefe, im undurchdringlichen dunkel. Nichts kann mich mehr beeindrucken, nichts kann meine sehnsucht erfüllen als der schwarze tod, der mich einhüllt und wärmt mit seiner samtenen decke, die er über mich breitet. Ich liebe dich, tod! du bist mein führer in die andere existenz, die nichtexistenz.
Aus diesen gedanken schöpfte ich kraft. Als wir uns im schulhof trafen, überreichte mir tammuz das messer. Alle liebten mich in diesem augenblick und schickten mir ihre kraft. heimlich tauschten wir die zeichen aus. im wäldchen war es kühl und wir teilten das mescalin unter uns auf. Es war zeit. die stunde meiner bestimmung nahte. Jetzt könnte ich sagen wie der am kreuz: mein gott, mein gott, warum hast du mich verlassen. Alles ging schief. die alte vettel schlich dauernd herum. der feind zeigte sich cool als engel des lichts. dann tauchte noch der klempner auf. Ich fieberte, zitterte innerlich, aber ich konnte nichts tun, die hand war wie gelähmt und wir mussten wieder gehen und die christenheit triumphierte. Pol pot war sehr ärgerlich, er fand seine theorie bestätigt, dass weiber nicht für den kultus taugten. aber dann kam Kaiphas und wir erkannten das omen: wir hielten wacht. Ich war beinahe am ende. Sollte mein dämon mir noch eine chance geben? Wir waren bereit, ich war bereit, mein schicksal erfüllte sich. Es fügte sich alles: Kaiphas kam rechtzeitig zurück. Er wurde unser blutzeuge. nun kann er den dunklen gott nicht mehr verleugnen. Tammuz hat mir geholfen. er sagte, dass nicht er, sondern ich die aufgabe

erfüllt hätte, ich sei es gewesen, er habe nur den arm geliehen. Ich bin aufgenommen, ich bin ein erlöser. alle waren da: Anubis hat sie geschickt, damit sie meine tat sehen: sogar die alte und emGi.
Dann veränderte sich die Schrift etwas, wurde lesbarer. Ein neuer Abschnitt, vielleicht erst beim Kopieren angefügt, wieder ohne Datumsangabe.

Ich fühle, dass ich es nicht mehr lange hier aushalte, sie haben mich bei Gründgens so bedeutsam angeschaut. Ich weiß selbst, nun muss der letzte schritt folgen, alle wissen es. und ich wünsche mir so sehr, dass Anubis mich zu sich nimmt, jetzt, da ich die grenze doch überwunden habe. Was soll ich noch hier? In diesem zwischenreich? Alles ist fremd geworden, ich bin ausgetreten aus der welt, nun muss ich noch ankommen in meiner ewigen heimat. Aber er will, dass ich von selbst komme. Oh, ich sehne mich nach dir, nach der ewigen vereinigung, verschmelzung. Der kuss des todes ist der längste und süßeste kuss, der gedanke erfüllt mich mit entzücktem schauder. Hülle mich in deinen samtschwarzen mantel, der so weich ist, so weich und unendlich. „Und meine Seele spannte weit ihre Flügel aus, flog durch die dunklen Lande nach Haus..." So soll es sein.

Wieland musste tief Luft holen, er hatte während er die Zeilen überflog, den Atem angehalten. Das gab es doch gar nicht?! War das ein Geständnis? War das eine Anklage? Ein Aufzählen von Zeugen?
Wenn er den Text richtig interpretierte, dann handelte es sich um Tagebuchaufzeichnungen von Agneta Larsen. Ihr Bruder musste etwas von den Habseligkeiten seiner Schwester beiseite geräumt haben, bevor die Eltern Tabula rasa machten. Besaß er das Original? Es wäre das wichtigste Beweisstück! – Aber taugte es überhaupt als

Beweismaterial? Wer waren Tammuz, Kaiphas, emGi, Gründgens? Waren das nicht einfach nur Kindereien? Es gab nur eine Möglichkeit das herauszufinden: er musste mit Kuhn sprechen und anschließend noch einmal nach Hamburg fahren!

Zuhause erwartete ihn ebenfalls Post aus Hamburg: ein wattierter Briefumschlag, abgesandt von seiner Nichte. Er enthielt eine CD und einen kurzen Begleitbrief:

Lieber Richard, Onkel,
zufällig bin ich auf diese Sängerin gestoßen. Sie gilt als Geheimtipp. Die Stimme ist phänomenal. Zu den Texten will ich mich lieber nicht äußern, die Musik bringt nichts Neues, gewöhnlicher Grunge. Du solltest dir aber auf jeden Fall das sechste Stück anhören.
Oder hast du den Fall schon gelöst?
Ich fahre in den Semesterferien nach Kolumbien.
Hasta la vista.
Renée

Kolumbien, mein Gott, dachte er: Konnte sie nicht einfach auf die Kanarischen Inseln fahren? Drogenmaffia, Entführungen von Touristen, Guerilla – die Begriffe schossen ihm durch den Kopf. Offensichtlich war es mit dem politischen Engagement bei Renée doch nicht vorbei. Ob nicht doch ein Mann dahintersteckte? Ein Kommilitone, ein linker Hochschullehrer? Sollte sich die Geschichte wiederholen? – Aber Renée war ein kluges und selbständiges Mädchen!

Die Sängerin der CD nannte sich Persephone. Er erinnerte sich vage an den griechischen Mythos, wonach die junge Schöne von dem besitzgierigen lüsternen Hades, dem

Gott des Todes, in die Unterwelt entführt worden war. Schwarz-weiße Schminke und eine asymmetrische Frisur aus kurzen und langen zu Stacheln verklebten schwarzen Haaren verbargen die Identität der Person, die Persephone war.
Der Titel von Nummer sechs lautete „Dracula's love".
Er beschloss, sich das ganze später anzuhören und erst einmal zu duschen und sich umzuziehen. Außerdem hatte er Hunger.
Auf dem Anrufbeantworter waren zwei Gespräche verzeichnet. Während er sich auszog, hörte er sie ab.
Roland teilte ihm mit, dass es mit Angela zu Ende gehe. Er verbringe die letzten Stunde bei ihr in der Klinik. Sie liege jetzt nicht mehr auf der Onkologischen, sondern auf der Intensivstation, Hauptgebäude 1. Stock, Zimmer 118.
Das war Rolands indirekte Art ihn auf die Möglichkeit hinzuweisen, seine kranke Schwägerin noch einmal zu besuchen.
Nicht Angelas wegen, aber seinem Bruder zuliebe würde er versuchen sich in den nächsten Tagen frei zu machen. Vielleicht könnte er auch Renée treffen. Sie würde unter diesen Umständen wohl doch einen Besuch bei ihrer Mutter machen, ehe sie nach Kolumbien flog.
Der zweite Anruf kam von Kirsten Ingmar, einer neuen jungen Kollegin, einer studierten Psychologin, die derzeit dem Dezernat für Drogenkriminalität zugeteilt war.
Er hatte sie kennen gelernt, als er sich die Akte über Agneta Larsens Selbstmord geben ließ. Sie war ausnehmend hübsch und schien auch recht gescheit zu sein, zumindest kannte sie sich in der Psyche von Jugendlichen aus. Ihrer Meinung nach verzichten jugendliche Selbstmörder immer dann darauf, einen Abschiedsbrief zu schreiben, wenn die Depression oder die Entfremdung von der Umwelt so groß geworden ist, dass es nicht einmal mehr einen einzigen Menschen gibt, dem man sich

erklären möchte. „In diesen Fällen sind zuerst die Worte zwischen den Menschen gestorben", so hatte sie sich ausgedrückt. Die Isolation sei vollkommen und der Delinquent erlebe sie auch so: als vollkommen, und habe nicht das Bedürfnis sie noch einmal zu durchbrechen.
In Anbetracht der Familienverhältnisse von Agneta schien ihm die Schlussfolgerung keineswegs überzogen. Aber er würde ihr die Tagebuchaufzeichnungen zu lesen geben, sofern sie sich als authentisch erwiesen.

Kirsten hatte eine angenehm dunkle, fast rauchige Stimme, die zu ihrem hellen karottenroten Haar und den Sommersprossen in reizvollem Kontrast stand.
„Sie fragten kürzlich nach dem jüngeren Bruder von Agneta Larsen. Ich habe noch einmal darüber nachgedacht. Kinder verstehen oft viel mehr als wir Erwachsenen glauben. Ich würde mich gerne noch einmal mit Ihnen über den Fall unterhalten. Sie haben Glück: ich habe heute eine Menge eingekauft und bin gerade beim Kochen. Wenn Sie Lust auf Paella haben: Rufen Sie mich zurück, damit wir ausmachen können, welchen Wein Sie mitbringen sollten!"
Wieland beschloss die Einladung anzunehmen. Das veränderte sein Abendprogramm, aber was versäumte er schon? Dagegen: Wie lange hatte er mit keiner Frau mehr zu Abend gegessen? Und Kirsten Ingmar versprach eine gute Gesprächspartnerin zu sein. So viel jedenfalls glaubte er als sicher voraussagen zu können.

Wieland schlief lange in den Sonntagmorgen hinein und musste sich beeilen, um noch in angemessener Zeit im Amt zu sein. Sein Schlaf war tief und traumlos gewesen und er fühlte sich erholt und entspannt. Zweifellos lag das an dem netten Abend mit Kirsten.

Er verzichtete auf das Frühstück zu Hause, um noch beim Konditor vorbeizufahren. Die Kollegen, die mit ihm Dienst hatten, würden sich auch über frische Croissants freuen.

Wenn das Wochenende weiter ruhig blieb, konnte er seine neuesten Erkenntnisse bezüglich des Mordes an Carmen zusammenfassen und weitere Schritte überlegen.
Am Nachmittag würde er Nikole Berner anrufen und einen Gesprächstermin vereinbaren.
Die Fotokopie aus Hamburg wollte er Kirsten zu lesen geben. Gleich morgen früh würde er sie ihr im Dezernat für Jugendkriminalität vorbeibringen. Sie schien wirklich etwas von der Szene zu verstehen. Wenn auch der alte Mordfall nicht durchgehend Mittelpunkt ihrer Unterhaltung gewesen war. – Kirsten hatte ihn geschickt dazu gebracht, von sich zu erzählen. Und von seinem Bruder. Wieland seufzte. Dann konzentrierte er sich wieder auf seine Arbeit. Es standen eine neuerliche Befragung von Konrad Kuhn und den Larsens an. Das hieß, er musste wieder reisen.
Vielleicht ließ sich ein Besuch bei Angela mit den Dienstfahrten verbinden.

Als er wie ausgemacht am Sonntagabend bei Berners anrief, war Nikole selbst am Apparat. „Ja, ich weiß Bescheid, meine Mutter hat mich informiert." „Nein, ich glaube nicht, dass ich Ihnen weiterhelfen kann." „Ja, sicher, wenn Sie meinen."
Nikole musste am Montag in die Schule und konnte sich erst am Nachmittag mit ihm treffen Sie wolle ins Präsidium kommen, da sie anschließend in der Nähe Geigenunterricht habe, und sie vereinbarten 15 Uhr.
Der Tag verlief, wie erwartet, ruhig. Wieland fragte sich, ob er Kirsten anrufen sollte. Er könnte mit einer

Gegeneinladung aufwarten. Nein, nichts forcieren, dachte er, das hatte Zeit bis morgen.

Es war ganz nett, dass sich wieder mal etwas in seinem Privatleben tat. Eine Kollegin zwar, das hatte er bisher tunlichst zu vermeiden gesucht, denn nichts sprach sich so schnell herum wie Affären im Büro und belastete damit die Zusammenarbeit. Andererseits konnte er bei ihr wenigstens auf Verständnis für seine unregelmäßigen Dienstzeiten hoffen... Mal sehen.

War er überhaupt verliebt? Er wusste es nicht.

Die Sache mit Carmen ging zu Ende, dessen war er sich sicher. Die Vergangenheit würde ins Reich des Vergessens absinken. Zeit, dass auch privat bei ihm etwas Neues begann?

Der Montag begann hektisch. Gegen 9 Uhr wurde eine Leiche am Flussufer gefunden, ein Mann, offenbar war er seit Stunden im Wasser gelegen und irgendwie an Land getrieben worden.

Wieland schickte seine Leute aus, um selbst an einer Schlussbesprechung in dem Entführungs- und Erpresserfall teilzunehmen; der Hauptkommissar wollte die sehr komplexe Beweisaufnahme noch einmal durchsprechen, um noch heute die Akte der Staatsanwaltschaft übergeben zu können. Da, wie sich dabei herausstellte, noch einiges zu verbessern und zu präzisieren war, hatte Wieland kaum Zeit gefunden, bei Kirsten vorbeizugehen, um ihr schnell eine Kopie von Agnetas Tagebuchaufzeichnungen in die Hand zu drücken mit der dringenden Bitte, sie zu lesen. Die Gegeneinladung musste er verschieben auf einen passenderen Augenblick.

Es gelang ihm jedoch, um 15 Uhr in seinem Büro zu sein, um Nikole Berner zu empfangen.

Ein großes, blondes Mädchen mit Zöpfen. Die kindliche Frisur kontrastierte mit ihrem reifen, fraulichen Gesicht.

"Eine Achtzehnjährige, die voll erwachsen ist", dachte er und beobachtete, wie sie den Geigenkasten sorgfältig neben den Tisch stellte.

„Nikole, ich habe nicht viel Zeit und Sie wahrscheinlich auch nicht, deshalb will ich gleich zur Sache kommen. Zwei Fragen habe ich an Sie: Wissen Sie, warum Frau Kinkel ermordet wurde? Gibt es einen Zusammenhang mit Agnetas Selbstmord?"

Nikole war sehr blass geworden und suchte nach Worten. Offenbar hat sie die Direktheit seiner Fragen überrascht. Vielleicht sollte er etwas weiter ausholen?

„Es gab eine Gruppe, die sich mit Herrn Kuhn in einem Lokal regelmäßig getroffen hat. Waren Sie dabei?"

„Ich war anfangs mal dabei, ja."

„Worum ging es?"

„Wir sind im Religionsunterricht auf Fragen gestoßen, die uns nachhaltig beschäftigten und Herr Kuhn bot an, außerhalb des Unterrichts mit uns weiter darüber zu sprechen."

„Konkreter, Nikole: Welche Fragen?"

„Es ging um das Böse. Dass es leichter ist an den Teufel zu glauben als an Gott, weil das Böse deutlicher in Erscheinung tritt."

„Warum haben Sie aufgehört, zu den Treffen zu gehen?"

„Es entwickelte sich so etwas wie eine Faszination an dem Bösen. Alle brachten Material, aus dem Internet, Bücher, Zeitschriften, wo es um die Berührung mit dem... Unheimlichen ging. Das wurde mir unangenehm. – Ich komme aus einem ziemlich christlichen Elternhaus." Sie wagte ein kleines Lächeln.

„Wie weit ging die Beschäftigung mit dem Okkultismus? Begann man selber satanistische Praktiken auszuüben?"

„Möglich. Ich bin dann nicht mehr hingegangen."

„Welche Rolle spielten Ihre Lehrer, zum Beispiel Herr Kuhn?"

„Anfangs haben er und Frau Gerke..."
„Frau Gerke war auch dabei?"
„Soviel ich weiß."
„Und Kuhn?"
„Ich fand, dass er die Sache nicht richtig anpackte. Ehrlich gesagt, hatte ich eigentlich von Anfang an nicht viel von den Treffen erwartet, weil er zu wenig bringt...nur immer offen für alles ist...sich ein wenig anbiedert, wenn Sie verstehen, was ich damit meine."
„Agneta gehörte zum festen Kreis derjenigen, die sich regelmäßig trafen?" - „Ja."
„Ging Ihre Freundschaft deshalb in die Brüche?"
„Sie hatte plötzlich neue Freunde. Früher war ich die einzige gewesen, die engeren Kontakt mit ihr pflegte. Sie war immer sehr zurückhaltend gewesen, eine Außenseiterin. Aber dann bekam sie wohl eine feste Position in dem Zirkel, das musste ihr sehr viel bedeuten. Jedenfalls schien sie kein Interesse mehr an mir zu haben..."
„Agneta hat sich verändert in der Zeit?"
„Ja, sie ging plötzlich extrem nach außen, ich meine mit ihrer Frisur, ihrer Kleidung. Das geschah von einem Tag zum anderen. Aus der grauen Maus wurde eine Provokation."
„Wie reagierte die Schule, die Lehrerschaft auf diese Veränderung?"
„Ich finde zu positiv. Zumindest Frau Gerke. Sie fand Agnetas Entwicklung toll. Jedenfalls habe ich das aus ihren Worten herausgelesen. Sie meinte, das gehöre zum Jungsein dazu, dass man sich gegen die bürgerlichen Wertmaßstäbe auflehnt. Sie hat – nach meinem Empfinden – Agneta fast hofiert. Als hätte sie jetzt Respekt vor ihr. Genauso Herr Kuhn."
„Wie war Agnetas Verhältnis zu Frau Kinkel?"
„Anfangs, glaube ich, ganz gut oder neutral. Als sie dann mit ihrer Clique zusammen war, hat sich das geändert. Sie

hat manchmal mitgemacht, wenn die anderen versuchten den Unterricht zu stören. Sie hat dann irgend etwas nachgeplappert, um zu zeigen, auf wessen Seite sie steht."
„Warum hat sich Agneta umgebracht?"
„Ich weiß es nicht, nicht wirklich. Natürlich habe ich mir Gedanken darüber gemacht - mein Eindruck war, sie hatte zwar jetzt einen festen Freundeskreis, schien dort akzeptiert zu sein, sogar eine wichtige Rolle zu spielen, aber ich glaube nicht, dass das, was dort geschah, gut für sie war. Wahrscheinlich hat die Beschäftigung mit dem Okkultismus Agneta schließlich in eine Depression getrieben. Denn, ich meine, stellen Sie sich vor: wenn es nichts Gutes gibt, nichts, worauf man hofft und woran man gerne glauben möchte..."
Nikole brach ab. Es fiel ihr offensichtlich schwer, passende Formulierungen für ihre Ansichten zu finden. Sie setzte neu an:
„Verstehen Sie mich nicht falsch. Ich meine nicht, dass man unbedingt an den christlichen Gott glauben muss. Ich finde, dass meine Eltern da zu ...engstirnig sind, aber wenn es gar nichts Positives gibt, wenn man kein Vertrauen in die Zukunft hat, dann kann man eigentlich nur depressiv werden. Das ist meiner Meinung nach mit Agneta passiert."
„Haben Sie versucht mit Agneta darüber zu sprechen? Oder mit den Lehrern? Mit anderen aus der Gruppe?"
„Nein... das war nicht möglich."
Er wollte, dass sie weiter sprach. Aber Nikole schaute stumm vor sich hin.
„Das war nicht möglich?", griff er ihre Worte auf.
Sie schüttelte den Kopf. „Nein. Sie war nicht ... ansprechbar."
„Nicht erreichbar."
Nikole warf ihm einen kurzen Blick zu und nickte.
„Sie nahm Drogen?"

„Das habe ich mir zumindest gedacht. Ich meine, in der Gruppe gab es einige, denen ich das ohne weiteres zutraute, von denen man gehört hatte, dass sie Kontakte zur Drogenszene haben..."
„Wussten die Lehrer davon?"
Nikole zuckte die Schultern. „Vielleicht nicht mehr als ich. Vermutungen."
„Sie kommen in der Schule gut zurecht? Welche Leistungskurse haben Sie?
„Französisch und Musik." Bei diesen Worten schaute sie auf ihre Armbanduhr.
„Sie haben uns sehr geholfen, Ihre Aussagen bestätigen andere Zeugenbeobachtungen. Ich hoffe, wir dürfen uns wieder an Sie wenden, wenn wir noch Fragen haben."
Er stand auf und auch Nikole erhob sich und bückte sich nach ihrer Geige. „Vielen Dank. Und weiterhin viel Erfolg, Nikole."

Wieland griff zum Telefon, um Konrad Kuhn anzurufen. Der war der Schlüssel zur Aufklärung des Verbrechens. Nikole Berner hatte letztlich nur seine Vermutungen und Überlegungen bestätigt, aber Beweise nicht erbringen können.
Konrad Kuhn war nicht zu Hause.
Sein nächster Anruf ging nach Hamburg.
Er hatte Glück. Der Teilnehmer meldete sich als „Yann".
„Guten Tag, Yann. Hier Kommissar Wieland aus D. Du hast mir per Post ein wichtiges Dokument geschickt, Yann."
Er war sich sicher, dass es nicht die Mutter oder gar der Vater war, welche ihm bei seinen Ermittlungen helfen wollten.
„Ja."
„Du hast Agnetas Tagebuch gefunden?"
„Ja."

„Wo hast du es gefunden, Yann?"
„Es ist nur ein großes Schulheft. Von Agnetas Sachen wollte ich das Kinder-Lexikon haben. Sie hatte alle Bände von „Wer, was, wie". Früher hat sie immer darin gelesen. Und als ich dann ein Buch öffnete, fiel das Heft heraus."
„Hast du es deinen Eltern gezeigt?"
„Nein, die wissen nichts davon."
„Du hast mir nur einige, wenige Seiten kopiert, Yann."
„Mehr steht nicht drin. Es ist wohl der Schluss."
„Und du hast kein weiteres Heft gefunden?"
„Nein." „In den anderen Bänden?" „Nein. Ich habe nachgesehen. Vielleicht hat sie es nicht gemerkt." „Was gemerkt, Yann?" „Dass sie ein Heft vergessen hat zu vernichten."
„Du glaubst sie hat ihre Tagebuchaufzeichnungen vernichtet?". „Ja. Sie hat sie einmal alle in ihre Schultasche gepackt, die war ganz voll und schwer, deshalb ist es mir aufgefallen."
„In die Schultasche? Sie hat ihre Tagebücher mit in die Schule genommen?"
„Mit zu ihren Freunden."
Das konnte stimmen, dachte Wieland, denn ihm fiel ein, dass sich die Clique oft nach der Schule getroffen haben musste.
„Das Tagebuch ist ein wichtiges Beweisstück, Yann. Die Polizei braucht das Original, solange bis alles aufgeklärt ist, der Mord an der Lehrerin und der Selbstmord deiner Schwester. Ich werde einen Hamburger Kollegen beauftragen, bei euch vorbeizukommen und das Heft abzuholen. Selbstverständlich bekommst du es nach der Untersuchung wieder zurück." „Ja."
„Soll ich deine Eltern informieren, oder willst du das selbst tun?"
„Sie schicken einen Polizisten vorbei?"

„Ja, Yann. Aber deine Eltern müssen wissen, dass du uns Agnetas Aufzeichnungen übergibst."
„Na, das kann der ihnen dann ja erklären."
„"Gut Yann. Und vielen Dank für deine Unterstützung. Das hat uns einen großen Schritt weiter gebracht."
„Agneta ist in den Mord verwickelt, nicht wahr?"
„Ja, Yann, es sieht so aus."
„Ich habe gemerkt, dass sie verrückt geworden ist. Sie war so ganz anders als früher." Die Stimme des Jungen überschlug sich. Wieland fühlte, dass das nicht nur am Stimmbruch lag.
„Sie hatte wohl die falschen Freunde, Yann. Wir werden herausfinden, was passiert ist."

Der Kommissar seufzte: Hoffentlich hat die Hamburger Kripo ebenso gute Jugendpsychologen wie wir hier! Er musste mit Kirsten über den Jungen sprechen. Auf keinen Fall konnte er tatenlos zusehen, wie Yann ein Trauma entwickelte oder in Schuldgefühle versank.

Endlich! Zufrieden verließ Wieland das Büro seines Chefs. Der Hauptkommissar war beeindruckt von seinen bisherigen Untersuchungsergebnissen und veranlasste die neuerliche Vorladung von Konrad Kuhn.

Kirsten kam mit der Fotokopie in sein Dienstzimmer.
Sie setzte sich stumm auf den Besucherstuhl ihm gegenüber.
„Was hältst du davon?"
„Es ist einerseits erschütternd in seiner Naivität, andererseits..."
„...bedrückend, was die Konsequenz betrifft", vollendete Wieland ihren Gedanken. „Du hältst es also für ein Beweisstück?"

„Das Original, ja. Natürlich sind die Namen Decknamen, eher Spitznamen, finde ich. Das ganze mutet teilweise dilettantisch an, ich kann keine okkulte Richtung entdecken, keine definitive Strömung. Kaiphas! Das war der jüdische Hohepriester, der dafür sorgte, dass Jesus verurteilt wurde! Ich habe bis jetzt noch nie gehört, dass Juden in der satanistischen Bewegung auftauchen. Insofern sie die historischen Gegner des Christentums sind, ergäbe es allerdings schon einen Sinn. Andererseits sind der ägyptische Anubis und der babylonische Tammuz heidnische Gottheiten und wahrhaftig keine Freunde der Juden aus dem Alten Testament. Das Ganze scheint so aberwitzig und irreal, völlig abstrus – wenn es nicht die Toten gäbe." –
„Und die anderen Namen?"
„Ich bin nicht schlüssig geworden. Aber es sind ja nicht nur Namen, die in dem Text genannt werden Da ist eine Abkürzung: emGi und ein Schimpfwort: alte Vettel. Aber du wirst es sicher herausbekommen. Ich muss weiter. Im Augenblick haben wir auch alle Hände voll zu tun. Du hast sicher von der Drogenrazzia im „Crazy" gehört."
Kirsten verabschiedete sich mit einem leichten Winken und verließ sein Büro.
Das „Crazy"! Das war die Kneipe, in welcher die Freundin des Hausmeisters bediente!
„Unsere kleine Stadt", dachte er sarkastisch.

Irene Andresen betrat sein Zimmer. Es war ihre letzte Arbeitswoche und sie wirkte erschöpft.
„Die Leiche aus dem Fluss ist identifiziert", sagte sie leise.
Wieland starrte sie einen Augenblick an. Nein, das kann nicht sein, dachte er, das gab es nicht, solche Zufälle gab es nicht!
„Irene!"

„Es ist Manfred Scheurer."
Er hatte den Atem angehalten und stieß ihn jetzt heftig aus. Einen Moment lang hatte er befürchtet, der Tote könnte Kuhn sein. Wieland schüttelte den Kopf.
„Scheurer!"
Laut Bericht der Gerichtsmedizin war der Mann ertrunken. Aber wie kam er voll bekleidet in den Fluss? Keine sichtbare Gewaltanwendung, hatte es im Bericht geheißen. Aber noch waren nicht alle forensischen Untersuchungen abgeschlossen.
Irene ließ sich schwerfällig auf einen Stuhl sinken.
„Es scheint, als wolle sich das Verbrechen von damals selbst aufklären", meinte sie leise.
„Wie? Durch neue Verbrechen?!"
Sie ging nicht auf seinen aggressiven Ton ein. „Als ob sich der Kreis schließt..."
Es wird gut für Irene sein, wenn sie den Dienst hinter sich hat, dachte er.
Kuhn war für Montag vorgeladen. Irene würde nicht mehr dabei sein. Sie schien auch keinen Wert darauf zu legen.

Susanne Bohn öffnete ihm die Tür. Man sah ihr an, dass sie geweint hatte, ihr Gesicht war verquollen, die Augen rot geädert. Ihre Aufmachung unterschied sich deutlich von der früheren, sie war ungeschminkt, trug Jeans, darüber einen dicken, langen Pullover und an den Füßen grob gestrickte Wollsocken.
„Frau Bohn, ich weiß nicht, ob Sie sich noch an mich erinnern können: Wieland, Kommissar Wieland vom Morddezernat. Wir hatten miteinander zu tun anlässlich der Ermordung Ihrer Nachbarin, Frau Kinkel."
Die Frau nickte nur und ließ ihn ins Zimmer.
„Die laufenden Ermittlungen führt das Dezernat für Drogenkriminalität, mein Kollege Stüber, den Sie ja

inzwischen kennen gelernt haben. Ich würde Sie gerne noch einmal zu den Vorfällen befragen, die zwei Jahre zurückliegen, denn der Fall Kinkel wird gerade eben wieder neu aufgerollt. – Es könnte auch einen Zusammenhang geben zwischen dem Tod Ihres Lebensgefährten und dem Mordfall beziehungsweise der Wiederaufnahme unserer Untersuchungen des Kinkel-Mordes."
Susanne Bohn schüttelte stumm den Kopf.
Sie hatte ihre Hände in die langen Ärmel des Pullovers geschoben und presste die verschränkten Arme fest an sich, als friere sie.
„Hat Manfred Scheurer Drogen für die Schüler von Frau Kinkel beschafft?"
„Nein, mit den Schülern hatte er nichts zu tun."
Wieland bekam keine Informationen von der jungen Frau, die unter Schock zu stehen schien.
Sie beharrte darauf, dass Manfred Scheurer keine Rauschgiftgeschäfte mehr machte.
Als er wieder in sein Auto steigen wollte, warf er noch einen Blick in die Runde. Die Wohnanlage hatte sich etwas verändert, Büsche und Sträucher gewährten Schutz zur Hauptstraße hin und ein neuer weißer Anstrich zu dunkel gebeizten Türen und Fensterrahmen gab den beiden Wohnblocks den Anschein von Rustikalität. Auch die Bäume der Allee, die hinauf zum Friedhof führte, waren gewachsen, und Wieland beschloss spontan, den Weg zu gehen, den Carmen Kinkel damals genommen haben musste, als sie anfing spazieren zu gehen. Nach wenigen hundert Metern erblickte er einen kleinen Park, der vernachlässigt wirkte, ein Aufenthalt für Penner, konstatierte er mit Blick auf eine halb verrottete Bank und den überquellenden Abfallkorb, um den sich eine Batterie Weinflaschen sammelte. Aufmerksam studierte er das Gebüsch: wo mochten die Obdachlosen nächtigen? Er fand den gut verborgenen Ort, ein fast kreisrunder Fleck mit

einer Feuerstelle in der Mitte, zumindest wiesen schwarz verkohlte Holzreste und rußige Steine darauf hin. Ob die Schüler, die ihre Freistunden außerhalb des Schulgeländes verbachten, die Stelle kannten? Er kroch durchs Gebüsch. In der letzten Zeit schien niemand mehr hier gewesen zu sein. Er scharrte mit der Schuhspitze in den verkohlten Resten. Plötzlich stutzte er: da war ein kleines Stück angekohlter Karton, sah aus wie ein Buchdeckel. Er bückte sich, um mit einem Stöckchen in der Asche zu stochern und fand ein weiteres Stückchen Pappe, an dem noch etwas von dem farbigen Einband zu erkennen war, ein rot-schwarz marmoriertes Fetzelchen Glanzpapier. Vermutlich war das Zeug schwer brennbar, ungünstig zum Anzünden eines verbotenen offenen Feuers mitten in der Stadt. Außerdem war der Boden hier feucht, denn es war dämmrig, es fiel kaum Sonnenlicht durch die Bäume. Wie lange mochte das Stückchen Pappe hier schon liegen? Es erinnerte ihn an etwas, er hatte Ähnliches schon einmal gesehen, in der Papierwarenabteilung im Supermarkt. Ein Notizbuch, Tagebuch?
Sollte man den Ort von der Spurensicherung untersuchen lassen? Aber mit welcher Begründung nach der langen Zeit? Ihm wurde bewusst, was er damals alles versäumt hatte zu prüfen.

Drei Tage später erschien Kuhn zur vorgegebenen Zeit.
Wieland reichte ihm nicht die Hand, sondern wies nur auf den Stuhl, der ihm gegenüber stand.
„Bitte."
Kuhn sah schlecht aus, als ob er wenig geschlafen hätte, und er schien plötzlich abgenommen zu haben, denn er wirkte hager, fast ausgezehrt.
„Wir haben neues Beweismaterial, was die Ermordung von Carmen Kinkel angeht. Agneta Larsen hat Tagebuch

geführt. Und wir haben das Zeugnis einer Person, die Sie als denjenigen wiedererkannt hat, der mit einer Gruppe von Schülern regelmäßig „Bei Gustav" zusammen traf, um sie in okkulte Praktiken einzuweihen."
Wieland wusste, dass das, was er sagte, nicht ganz der Wahrheit entsprach, er bluffte, aber er hatte keine Lust, sich wieder auf Kuhns windelweiches Spiel einzulassen.
„Wie kam es zu den Treffen in der Kneipe?"
Stockend begann Kuhn. „Es fing ganz harmlos an. Ende der 9. Klasse war im Unterricht die Frage nach dem Bösen aufgetaucht. Die Schüler waren sehr interessiert, wollten viel wissen, manche schienen sich schon mit dem Okkultismus beschäftigt zu haben, fremde Worte und Begriffe tauchten auf, verbotene Einweihungsriten wurden genannt, vieles nur angedeutet... Jedenfalls sprengte das den Rahmen des Unterrichts und ich selbst, fasziniert von dem Thema, bot den Schülern für das nächste Schuljahr ein Treffen außerhalb der Schule an. Aber nach den Sommerferien waren wir nur noch eine kleine Gruppe, die weiter an dem Thema arbeiten wollte."
„Das Lokal?"
„Kannte ich von früher. Ich..." Er gab sich offensichtlich einen Ruck. „Ich habe mich – aus pädagogischen Gründen - eine Zeitlang für rechtsextreme Strömungen interessiert, wollte Genaueres erfahren. So kam ich in das Lokal. Jedenfalls fragte ich Gustav, ob er uns das Nebenzimmer einmal wöchentlich zur Verfügung stellen könnte. Zu mir nach Hause konnte ich die Jugendlichen nicht einladen, Sie wissen ja, meine Ehe... Und wir wollten ungestört sein. Ich meine, man kann über geheime Dinge nicht vor ... unbedarften Menschen, ich meine in der Öffentlichkeit, reden. – Jedenfalls, es ließ sich alles ganz gut an. Die Kneipe lag günstig..."
Und eignete sich hervorragend für Dinge, die das Licht scheuen, dachte Wieland.

„Wer nahm alles an den Treffen teil?"
„Nun, Schüler aus der 10. Klasse. Viele blieben dann im Laufe der Zeit weg, wie das in freiwilligen Arbeitsgruppen so ist, aber es bildete sich ein fester kleiner Kern..."
„Tobias Mäuerle, Christian Döring, Patrick Polenz, Agneta Larsen." Zählte Wieland auf.
Kuhn nickte. „Letztlich ja."
„Frau Gerke?"
Kuhn warf ihm einen schnellen Blick zu. „War nur kurz dabei. Sie fand meine Initiative zwar gut, wollte aber nicht so viel Zeit in die Sache investieren. Manchmal kam sie nach ihrem Fitness-Training noch auf ein Glas vorbei..."
Natürlich! Dass er nicht darauf gekommen war! Die Kneipe lag so günstig, dass Margit Gerke vom Fitness-Studio aus problemlos vorbeischauen konnte. Das Neubaugebiet, in welchem sie lebte, schloss direkt an den alten Stadtteil an.
„Welches Interesse hatte Frau Gerke, zu Ihnen und den Schülern in die Kneipe zu kommen?"
„Ein pädagogisches. Sie war Vertrauenslehrerin an der Schule und sehr bemüht, Kontakt mit den Schülern zu halten."
„War da nicht auch ein ganz persönliches Interesse? Hatten Sie nicht ein Verhältnis?" Wieland wollte sich nicht hinhalten lassen.
„Nun, wir waren einmal zusammen, aber das war mehr zufällig. – Sie war nicht mein Typ. Ich steckte gerade in den größten Problemen mit meiner Frau, die auch sehr dominant ist, und Margit – sie wollte zu viel. Ich meine, damals hoffte ich noch, meine Ehe retten zu können." –
„Margit Gerke gehörte also nicht zum inneren Kreis?"
„Nein."
„Wer ist Anubis?"

„Wie?"
„Anubis!"
Kuhn schüttelte den Kopf.
„Ist das nicht Ihr Deckname? Anubis, der ägyptische Gott der Toten, dem man gehorchen muss! Das sind Sie gewesen, Kuhn! Sie waren der geheime Anführer, der Leiter der Gruppe! Sie haben die Jugendlichen mit den okkulten Praktiken vertraut gemacht! Und außerdem antisemitisches Gedankengut verbreitet!"
Kuhns Interesse für den Neonazismus war vielleicht nicht nur pädagogisch motiviert.
Aber jetzt hob Kuhn abwehrend die Hände. „Nein, so war das nicht. Ich bin nicht national und ich bin kein Okkultist. Ich war neugierig, mich trieb ein gewisses wissenschaftliches Interesse, auch meine pädagogische Verantwortung. Aber ich gebe zu, dass die Sache eine immer stärker werdende Faszination auf mich ausübte. Ich verlor die Distanz dazu, das stimmt. Aber die Schüler selbst waren mir bei weitem überlegen, an geheimem Wissen, das sie über dunkle Quellen aus dem Internet bezogen. Sie probierten alles Mögliche, sprachen Zauber aus, mixten sich nach alten Hexenrezepten Rauschmittel zusammen...Und manchmal schienen sie Erfolge zu erzielen, aber ab einem gewissen Zeitpunkt behielten sie ihr Wissen für sich, gaben es mir nicht Preis."
„Sie haben an okkulten Riten partizipiert, Herr Kuhn."
„Ja, ich glaubte mitmachen zu müssen, wollte die Schüler nicht allein lassen."
„Sie tragen die Verantwortung für das, was geschah."
„Nein, das kann man so nicht sagen. Ich war schon bald kein Eingeweihter mehr. Sehen Sie, die Dinge entwickelten sich, ich hatte keinen Einfluss mehr darauf. Das Böse erwies sich als so viel stärker als das Gute. Es war wie ein Sog, der die Schüler mitriss. Die Vorstellung von der Möglichkeit absoluter Macht... Ich forschte nach

einem Gegengewicht, deshalb mein Interesse für die Aufklärung, die Verstandeslehre, die Kommunikationstheorie. Aus diesem Grund suchte ich auch den Kontakt zu Carmen. -"

„Und für die Gruppe - wann und wie kam Carmen Kinkel ins Spiel?"

„Ich hatte den Eindruck, dass die Schüler schon öfter, indirekt, von ihr geredet hatten, als jemand, den sie... weg haben wollten. Mir wurde klar, dass sie Carmen meinten, aber ich war schon nicht mehr regelmäßig dabei, verfolgte das nicht weiter. Anderes war wichtiger. Ich hatte herausgefunden, wie meine Frau meine Abwesenheit ausnutzte...und ja, ich wollte sie beobachten, herausfinden, mit wem sie sich traf und wo..."

„Was, glaubten Sie, hatten die Jugendlichen mit Carmen Kinkel vor?"

„Einen Fluch über sie aussprechen."

„Sie wollten sie umbringen?"

„Nein, das glaube ich nicht. Es hätte ja genügt, dass sie die Schule verlässt..."

„Und dann begannen Sie selbst eine Affäre mit ihr!"

„Ja, das kam für mich fast überraschend. Sie hat mir schon immer gefallen, aber ich habe mir keine Chancen bei ihr eingeräumt. Deshalb, also, ich meine, ich war in wirklich guter Stimmung an dem Abend..."

„Sie kamen nicht auf die Idee, dass die Jugendlichen Ihre Beziehung zu Frau Kinkel ganz anders deuten könnten? Dass Sie ein Überläufer sind, ein Kollaborateur?"

„Mein Gott, nein!"

„Wer ist Kaiphas?"

„Kaiphas? - Sie meinen den jüdischen Hohenpriester, der ein Mitglied seines eigenen Stammes verriet, als er Jesus den Römern auslieferte?"

Wieland spürte regelrecht, wie sein Gehirn schaltete: ein Verräter, ein Opportunist!

„Sie, Herr Kuhn, Sie selbst sind Kaiphas gewesen für die Jugendlichen."
„Ich verstehe nicht..."
„K. wie Konrad, wie Kuhn, wie Kaiphas."
Nun war es nicht mehr schwer, auch die anderen Namen zu enttarnen.
Anubis – A wie Agneta. Agnetas Dämon: ein Gott der Toten.
emGi – natürlich: M.G. – die Anfangsbuchstaben von Margit Gerke. Kirsten hatte Recht, die Namen waren eher Spitznamen, machten ihre Besitzer lächerlich. MG, auf englisch, das Maschinengewehr! Und Gustav wie Gründgens, Gustaf Gründgens, der Schauspieler, der es mit den Nazis hielt und ein berühmter Darsteller des Mephisto aus Goethes „Faust" war. -
„Sie wussten also, dass die Jugendlichen etwas planten, haben aber tatenlos zugesehen, wie sie Rauschmittel einnahmen und dunkle Pläne schmiedeten. Was geschah am Mordtag?"
„Ich wusste nicht, dass die Jugendlichen in der Nähe waren, dass sie das Haus schon seit Wochen beobachteten. Erst Carmen hat mir davon erzählt, an dem Abend, aber ich nahm es nicht ernst. Ich wollte einfach nur glücklich sein..."
„Sie haben durch Ihre dilettantische Art des Umgangs mit dem Okkultismus die Jugendlichen in diese Sache hineingetrieben! Als Sie merkten, wie ernst die Schüler die Sache nahmen, sind Sie einfach ausgestiegen und haben die Kinder allein gelassen! Genau das haben Sie getan, Herr Kuhn! Das Gegenteil von dem, was Sie sich und uns weismachen wollen! Sie sind für den Mord an Carmen verantwortlich!"
„Wenn Sie mich moralisch dafür verantwortlich machen wollen – ich kann Sie nicht daran hindern. Vielleicht bin ich es ja auch. Aber gewollt habe ich das nicht! Und ich

war nicht dabei als es geschah! Als ich mit der Pizza zurückkam..."

„Was war, als Sie mit der Pizza zurückkamen?! Reden Sie endlich!"

„Die Jugendlichen waren im Zimmer. Sie standen um Carmen herum, so dass ich sie selbst nicht gleich sah. Niemand schien überrascht darüber, dass ich auftauchte. Sie traten zur Seite und ich konnte Carmen sehen, wie sie auf dem Sofa saß, mit diesem leicht ungläubigen Lächeln im Gesicht. Dann sah ich das Messer in Mäuerles Hand. Ich schrie: Nein, um Gottes Willen! Was tut Ihr! Gebt das Messer her! Polenz wandte sich kalt lächelnd zu mir um: Zu spät, sagte er. Ich wusste gleich, Carmen war tot. Es war mir nicht möglich, mich zu bewegen. Ich stand immer noch da, mit der Pizza in der Hand. Dann reichte Mäuerle das Messer weiter an Polenz, der gab es Döring, dann bekam es Agneta. Sie nahm es und verbarg es in ihren langen schwarzen Stiefeln. Plötzlich war jemand an der Terrassentür. Die alte Frau von nebenan. Sie rief: Frau Kinkel, Frau Kinkel, ist alles in Ordnung bei Ihnen? Ihre Schüler... Sie wollte ihrer Nachbarin wohl zu Hilfe kommen und wollte herein, aber die Jugendlichen bildeten eine Phalanx, versuchten ihr den Blick auf die Tote zu verwehren und drängten sie hinaus. Ich weiß nicht, was sie gesehen hat. Jedenfalls scheint sie kein Wort über die Szene verloren zu haben, als sie ihre Aussage machte. Ich glaube, sie hatte Angst vor den Jugendlichen. Später wurde mir klar, dass sie das Läuten gehört haben musste und nachsehen wollte, was los war. Carmen war wohl gerade im Bad gewesen und konnte nicht öffnen. Sie hatte für mich die Terrassentür aufgelassen, nur die Vorhänge zugezogen. Frau Wunsch, so hieß sie doch, die Nachbarin, muss sich ein Herz gefasst haben und um das Haus herumgegangen sein. Die Jugendlichen haben die alte Frau vermutlich einge-

schüchtert. Jedenfalls brachten sie sie zurück in ihre Wohnung.
Ich war allein mit der Toten im Zimmer und Panik packte mich. Das alles habe ich nicht gewollt! Aber ich wusste auch, dass ich irgendwie mit drin steckte. Den Rest kennen Sie. Ich verließ das Zimmer über die Terrasse, wischte die Spuren weg, die ich zuletzt glaubte hinterlassen zu haben. Und dann..."
Kuhn lachte nervös auf. Er hatte fast in einem Atemzug gesprochen, wie ein Getriebener.
„Sie werden es nicht glauben, aber draußen, wo ich meinen Wagen geparkt hatte, sah ich plötzlich Margit Gerke auf mich zukommen. Ich flüchtete in mein Auto und brauste davon. Ich habe keine Ahnung, was sie dort wollte."
„Sie haben sie nicht gefragt?"
„Nein. Ich fand die Begegnung beängstigend. – Später hörte ich dann von ihrem Alibi, dass sie im Training war, und ich dachte mir, ich könnte mich getäuscht haben. Schließlich war ich ziemlich durcheinander."
„Wir werden das Alibi von Frau Gerke überprüfen lassen."
Kuhn sah sehr schlecht aus. Ihm war wohl klar, was auf ihn zukommen würde.
Aber was hatte Margit Gerke in der Nähe des Tatorts zu suchen gehabt? Wieso hatte sie sich ein falsches Alibi besorgt?
Wieland ließ die Aussage von Kuhn tippen und legte sie ihm dann zur Unterschrift vor. Für eine sofortige Verhaftung reichte sie nicht aus, aber eine Anklage wegen Mittäterschaft, wegen Missbrauchs seiner pädagogischen Stellung würde die Staatsanwaltschaft in jedem Fall erheben.
Wieland spürte einen zunehmenden Druck im Kopf. Er verabschiedete sich von Kuhn. Dieser setzte noch einmal

zu einer Verteidigungsrede an; unbeholfen und umständlich brachen die Worte aus ihm heraus:
„Herr Kommissar, Sie zweifeln an meinen Motiven, aber ich wollte das alles wirklich nicht. Ich befand mich in einem Teufelskreis, ohne es zu wissen. Das Böse hat, wie man so sagt, obsiegt, ich konnte mich nicht wehren, konnte nur flüchten. Sie mögen mich dafür verachten, aber niemand sollte die schwarze Magie verharmlosen."
„Aha, der Teufel ist an allem schuld! Der muss jetzt herhalten für das Verbrechen!"
Kuhn schüttelte hilflos den Kopf.
„Immerhin habe ich zu Ihrem Bruder über die Schüler gesprochen, über das Messer, das damals im Pausenhof verschwand..." Kuhns Stimme klang leise und bittend.
Das stimmt, dachte Wieland, vermutlich hat Carmens Tod auch ihn nicht zur Ruhe kommen lassen. Aber ob der späte Hinweis sich strafmildernd auswirken würde, musste das Gericht bei der Urteilsfindung entscheiden.

Soweit deckten sich die Schilderungen Kuhns jedenfalls mit den Aufzeichnungen Agnetas; so konnte, so musste es gewesen sein. Und es gab noch eine Zeugin, die man würde befragen können, die Kuhns Aussagen bestätigen konnte: die „alte Vettel" aus Agnetas Tagebuch, Frau Wunsch. Auch sie hatte damals geschwiegen. Er würde Holger Herhaus beauftragen, mit Frau Wunsch Kontakt aufzunehmen.

Am nächsten Tag stellte sich heraus, dass Margit Gerke eine geborene Scheurer war. Manfred war ihr jüngerer Bruder, und es konnte sein, dass sie ihn am Abend des Mordes besucht hatte. Man würde Scheurers Freundin dazu befragen und vor allem herausfinden müssen, weshalb Margit Gerke diesen Besuch verheimlichen wollte und weshalb auch Scheurer und Susi Bohn nichts davon hatten verlauten lassen.

Möglich, dass die Frau vermeiden wollte, mit dem Mord in Verbindung gebracht zu werden, weil sie sich ganz zufällig in der Nähe des Tatortes aufhielt, möglich auch, dass sie die Beziehung zu dem Ex-Kriminellen, der ihr Bruder war, nicht offen legen wollte. Laut Kuhns Aussage und Agnetas Tagebuch-Aufzeichnungen war sie am Ort gewesen; keiner hatte jedoch behauptet, dass sie mit dem Verbrechen unmittelbar etwas zu tun hatte.

Oder doch? Er beschloss, sie als nächstes aufzusuchen.

Im Laufe des Tages, an dem Wieland versuchte, die Fäden festzuhalten und stramm zu ziehen, um zu endgültigen Schlussfolgerungen zu gelangen, erhielt er einen weiteren Anruf von seinem Bruder.

Angela war gestorben. In der vergangenen Nacht war es, trotz reichlich verabreichter Schmerzmittel, zu einem qualvollen Ende gekommen.

Rolands Stimme klang sehr ruhig und gefasst. „Es kam ja nicht überraschend, im Grunde haben wir alle darauf gewartet, Angela mit großem inneren Widerstand, ich eher mit dem Wunsch, dass es schnell gehen möge. Die Beerdigung findet am Donnerstag statt, um 14.30 Uhr am Westfriedhof. Wirst du kommen können?"

Richard hatte ein schlechtes Gewissen: die Frage war zu vorsichtig formuliert. Fürchtete Roland, auch diesmal keinen Beistand von seinem Bruder zu erhalten?

„Natürlich komme ich. Leider hatte ich dieser Tage unglaublich viel zu tun. Auch wegen Carmens Tod. Du selbst hast ja den Stein wieder ins Rollen gebracht...Aber das erzähle ich dir später. Ich werde Donnerstag da sein. – Ist Renée auch verständigt?"

„Sie ist gestern Morgen gekommen."

Weiter sagte Roland nichts und damit war wohl klar, dass es zu einer Aussprache oder Versöhnung von Mutter und Tochter nicht gekommen war.
Würde Renée auch in Zukunft damit leben können? Die Toten haben es einfach, dachte Wieland, sie gehen, aber die Lebenden bleiben und werden im Laufe der Zeit erfahren, dass sich Perspektiven verändern, und dieser Prozess rückt die Vergangenheit oft in ein anderes Licht und verlangt eine neue Beurteilung des Geschehenen, was nicht selten sehr schmerzhaft ist.

Holger Herhaus hatte in Erfahrung gebracht, dass Frau Wunsch in dem Jahr nach Carmens Tod ihre Eigentumswohnung verkauft hatte und in ein Seniorenwohnheim gezogen war. Eine vernünftige Entscheidung, dachte Wieland, der sich erinnerte, wie fixiert die alte Frau auf ihre junge Nachbarin gewesen war. Dort würde sie die Betreuung erhalten – hoffentlich! – die sie sich wünschte.
Herhaus würde sie problemlos ausfindig machen können. Frau Wunsch gehörte zu den besser Gestellten, die sich im Alter noch etwas leisten konnten, und es gab nicht allzu viele exklusive Wohnheime für Senioren in der Stadt.
So wie die Dinge jetzt standen, war, nach Aussage Kuhns, Tobias Mäuerle der Mörder von Carmen Kinkel, aber zweifellos handelte es sich auch um eine gemeinschaftlich vollbrachte Tat. Konrad Kuhn würde sich seiner Verantwortung nicht entziehen können.
Ob man allerdings Tobias wirklich als Mörder überführen konnte? Laut Kuhn hielt er zwar das Messer in der Hand, aber Agneta war ja des Glaubens, sie selbst habe die Tat verübt. Wie hatte sie es formuliert: Tammuz habe nur das Know-how geliefert, seinen Arm geliehen... Das beinhaltete in jedem Fall seine Mittäterschaft – vorausgesetzt,

er wurde als Tammuz enttarnt. Aber „seinen Arm leihen" konnte auch heißen, dass er buchstäblich das ausführende Organ war. Würde das Gericht dieser Auslegung folgen? Würden Agnetas von widersprüchlichen Gefühlen geprägte Aufzeichnungen vor Gericht der sezierenden Analyse eines Verteidigers standhalten?
Wo befand sich Tobias Mäuerle inzwischen? Laut Auskunft des Direktors hatte er die Schule verlassen, nachdem es zu einem erschreckenden Leistungsabfall gekommen war. –
Das war der nächste Schritt: Tobias Mäuerle mit den Aussagen von Agneta, Kuhn und hoffentlich auch Frau Wunsch zu konfrontieren. Vielleicht waren die anderen Jugendlichen bereit, gegen ihn auszusagen, wenn sie dadurch Vorteile für sich selbst erlangen konnten. Standen sie überhaupt noch in Kontakt mit einander? Oder hatte die Tat sie – wie der Direktor vermutet hatte – getrennt?

Die Razzia im „Crazy" hatte kaum Rauschgift zu Tage gefördert, aber zwei Männer waren im Besitz von nicht geringen Mengen von Anabolika. Der eine von ihnen war Trainer in einem Fitnesscenter. Wieland war kaum überrascht, als er die Adresse las: Es handelte sich um das Studio, das Margit Gerke besuchte. Hatte sich Manfred Scheurer jetzt auf das Geschäft mit verbotenen Hormon-Präparaten geworfen? War er deshalb zu Tode gekommen?

Aber mit Emanuelles Tod hatte das nichts mehr zu tun. Sie war gestorben als Fahnenträgerin des Lichts der Aufklärung gegen die Dunkelheit.
Er wusste, dass sein Lächeln eher traurig als sarkastisch war.

Kurz vor Dienstschluss kam Holger Herhaus ins Büro gestürzt.

„Fehlanzeige!", stieß er hervor und warf sich in den Besucherstuhl.

„Inwiefern? Schießen Sie los!", forderte ihn Wieland überrascht auf.

„Frau Wunsch ist tot. Vor zwei Wochen gestorben. Herzinfarkt."

„Das gibt's doch nicht! Das ist jetzt die zweite Person in diesem Mordfall, die uns wegstirbt!"

„Halten Sie das für keinen Zufall?", fragte Herhaus.

„Doch, es muss Zufall sein. Es ist schwer vorstellbar, dass ein und derselbe Mörder hinter dem Tod von Manfred Scheurer und Frau Wunsch steckt. Das ist völlig unsinnig. – Aber was für eine Art Zufall! Unglaublich."

„Jedenfalls kam die Herzattacke bei Frau Wunsch nicht völlig überraschend. Sie hatte vorher schon immer wieder über Beschwerden geklagt. Allerdings hatte der Arzt eher psychosomatische Ursachen vermutet und keine auffallenden organischen Schäden ausmachen können, obwohl Frau Wunsch nicht mehr die Jüngste war. Aber es gibt keinen Zweifel an der Todesursache: Herzinfarkt. – Vielleicht hat sie sich über irgendetwas aufgeregt? Sie lebte zuletzt sehr zurückgezogen, selbst ans Telefon ging sie nur, wenn ihre Tochter anrief."

Pech, dachte Wieland, eine Zeugin weniger, welche die Jugendlichen zur Tatzeit am Tatort gesehen hatte.

„Frau Gerke, warum haben Sie uns nicht darüber informiert, dass Manfred Scheurer Ihr Bruder ist und Sie am Abend des Mordes an Carmen Kinkel bei ihm waren?"

„Konrad Kuhn hat also ausgesagt?"

Wieland beobachtete kühl, wie die Frau versuchte Überlegenheit vorzuspiegeln. Das letzte Jahr musste für Margit Gerke nicht sehr erfolgreich verlaufen sein, denn sie schien gealtert, was sie durch viel Make-up versuchte wettzumachen. Aber vielleicht war es genau das, was sie älter und verbittert aussehen ließ.

„Sie haben Herrn Kuhn damals gesehen, als er in sein Auto einstieg?"

„Ja. Ich sagte mir, dass er bei Carmen gewesen sein musste. Das war ein ziemlicher Schock für mich, denn eigentlich war er doch mit mir zusammen..."

„Wann waren Sie mit Kuhn intim gewesen?"

„Das war einen Monat vorher gewesen." „Und seitdem...?" „Konrad bekam wohl Angst, Angst vor seiner Frau, dass die etwas erfährt und seinen Seitensprung für ihre Zwecke nutzt. Jedenfalls hat er mir erklärt, dass es zu früh sei, schon von einer neuen Beziehung zu sprechen. Ich hielt das für typisch, die Angst, sich festzulegen."

„Haben Sie Kuhn auf seinen Besuch bei Kinkel angesprochen?"

„Ich hätte das sicherlich getan, wenn Carmen nicht ermordet aufgefunden worden wäre. So fürchtete ich zuerst, er hätte etwas damit zu tun, obwohl ich mir das bei Konrad nicht wirklich vorstellen konnte. Jedenfalls schwieg ich. Ich wusste auch nicht genau, ob er mich gesehen hatte."

„Sie hätten damit doch ein Druckmittel gegen ihn in der Hand gehabt, Frau Gerke!"

Sie wich beharrlich seinen Blicken aus. „Haben Sie ihm nie zu verstehen gegeben, dass Sie sein Alibi auffliegen lassen könnten? Schließlich haben Sie ihn gegen 21 Uhr 15 von der Kinkelschen Terrasse über den Rasen zu seinem Auto laufen sehen, nicht wahr? Sie hätten ihm doch deutlich machen können, dass Sie ihn nicht verraten würden, da Sie ja ...eine Beziehung hatten?"

Margit Gerke zuckte die Achseln. „Weil er mich offenbar nicht gesehen hatte, hielt ich es für besser nichts zu sagen. Schließlich musste ich erst mal lernen damit umzugehen, dass er wirklich mit Carmen etwas hatte. Ich hätte das nie für möglich gehalten!"
„Und vielleicht hatten auch Sie etwas zu verbergen an diesem Abend...Denn Ihr eigenes Alibi stimmte ja ebenfalls nicht!"
Sie schwieg.
„Warum haben Sie an dem Abend Ihren Bruder besucht?"
Sie seufzte. „Nun, weshalb besucht man seinen Bruder? Ich wollte ihn einfach mal sehen, mit ihm reden."
„Von wann bis wann waren Sie bei ihm?"
„Ich kam gegen 21 Uhr 15, der Fernsehkrimi war gerade zu Ende und Susi ging um sich umzuziehen. Ich bin vielleicht eine viertel Stunde geblieben, dann brachte Manfred seine Freundin zur Arbeit."
„Herr Kuhn hat Sie also zu dem Zeitpunkt gesehen, als Sie in der Gartenstraße ankamen."
„Ja, so muss es wohl gewesen sein. Er stieg ins Auto und fuhr schnell weg."
„Wen haben Sie sonst noch in dem Wohngebiet gesehen?" „Niemand. Ich bin sonst niemandem begegnet."
„Überlegen Sie gut, Sie sind von anderen Personen gesehen worden. Wem sind Sie noch begegnet?"
„Niemandem, wirklich. Ich hatte es eilig, ich wusste ja, dass Manfred seine Freundin zur Arbeit fahren muss. Außerdem hat mich der Anblick von Konrad beschäftigt... Also ich habe niemanden gesehen."
Schade, dachte Wieland, keine Zeugin, welche die Anwesenheit der Schüler zur Tatzeit am Tatort hätte bestätigen können.
„Warum haben Sie sich für den Abend ein falsches Alibi besorgt?"

„Es ist kein falsches Alibi. Ich bin anschließend noch einmal ins Studio gegangen, weil ich nicht allein sein wollte, nicht, nachdem ich Konrad bei Carmen gesehen hatte. Also bin ich wieder ins Studio gefahren und habe dort noch etwas getrunken."
„Sie waren aber in der Zwischenzeit außerhalb gewesen, was seltsamerweise niemand bemerkt hat."
Margit Gerke zögerte einen Moment. Wieland beschloss nicht mehr locker zu lassen:
„Was wollten Sie bei Ihrem Bruder?"
„Es war ganz privat, deshalb wollte ich nicht darüber sprechen. Mein Bruder trainierte seit einiger Zeit. Er hatte es sich in den Kopf gesetzt, einmal an der Body-Builder-Landesmeisterschaft teilzunehmen. Ich wollte ihm den Kontakt zu meinem Trainer vermitteln."
„Nur den Kontakt zum Trainer? Oder waren Sie nicht vielmehr ein Kurier und überbrachten Ihrem Bruder verbotene Aufbaupräparate? Und meldeten anschließend Ihrem Kontaktmann im Studio, dass die Übergabe geklappt hat?"
„Das ist eine Unterstellung! Dazu werde ich mich nicht äußern."
„Wo hat Ihr Bruder trainiert?"
„Er hat sich im Keller der Wohnanlage einen Fitnessraum eingerichtet, mit Erlaubnis der Eigentümer, so viel ich weiß. Es war sein Hobby, allerdings hielt ich die Teilnahme an der Meisterschaft für eine fixe Idee von ihm."
„Wie erklären Sie sich den Tod Ihres Bruders?"
„Er konnte nicht schwimmen."
„Er konnte nicht schwimmen?!"
„Nein. Er hatte Angst vor dem Wasser, schon als Kind. So viel ich weiß, hat sich daran nichts geändert."
„Ein Stoß ins Wasser war somit für ihn lebensgefährlich..."

„Ja, man hat ihn auf diese Weise... umbringen können."
„Sie glauben also nicht an einen Unfall?"
Gerke schwieg mit gesenktem Blick.
„In der Nacht vor dem Tod Ihres Bruders wurde bei einer Razzia in der Diskothek „Crazy" eine erhebliche Menge des verbotenen Muskelaufbaupräparats gefunden. Auch in den Taschen Ihres damaligen Trainers, Frau Gerke!"
„Ich sagte Ihnen doch, dass ich vor zwei Jahren einen Kontakt herstellen wollte. Was daraus entstanden sein mag, geht mich nichts an. Ich trage nicht die Verantwortung für das, was erwachsene Männer tun!"

Mehr war aus Margit Gerke nicht herauszubekommen. Als Angehörige des Toten hatte sie außerdem das Recht, Aussagen zu verweigern.
Nun, dann mussten sie sich bei der Überführung von Carmens Mörder mit Kuhns Aussagen und Agnetas Tagebuch begnügen.
Immerhin war Licht ins Dunkel gekommen, die Täter waren deutlicher in Erscheinung getreten, Motive klarer geworden, obwohl diese in der Unterwelt ihren Ursprung zu haben schienen.
Ganz aufgeklärt würden die Hintergründe der Tat wohl nie werden. Warum hatte sich Carmen mit einem Softie wie Kuhn eingelassen? Und war Kuhn wirklich so wenig Herr der Lage gewesen, ein Scheiternder in seiner Rolle als Ehemann, als Pädagoge, als Geliebter?

Holger Herhaus hatte ihm die Adresse der Mäuerles beschafft. Tobias lebte bei seiner Mutter. Frau Mäuerle lehnte ein Gespräch des Kommissars mit Tobias rundweg ab. Sie könne nicht einsehen, welchen Sinn das machen solle nach der langen Zeit.

„Ihr Sohn ist bald achtzehn, so viel ich weiß wird er nächsten Monat volljährig. Es macht noch viel weniger Sinn, das nötige Gespräch bis dahin aufzuschieben. Das erweckt nur einen etwas seltsamen Eindruck, Frau Mäuerle... Sie wollen unsere Ermittlungen doch sicherlich nicht behindern."
„Ich stimme unter der Bedingung zu, dass ich anwesend sein kann."
„Das halte ich nun wiederum nicht für sinnvoll. Aber wenn Sie darauf bestehen, können wir es ja zunächst einmal zu viert versuchen. Ein Kollege von mir wird mit dabei sein. – Wir kommen morgen Abend, gegen 19 Uhr. Passt Ihnen das? Und sorgen Sie bitte dafür, dass Tobias anwesend ist."
Frau Mäuerle schien der Typus der überbehütenden Mutter zu sein. Es würde nicht leicht sein, sie außen vor zu halten. Doch dann versprach alles viel einfacher zu werden, als der Kommissar zu hoffen gewagt hatte.
Tobias weigerte sich, in Gegenwart seiner Mutter zu sprechen. Er umarmte sie, küsste sie neckisch auf den Hals und schob sie zur Tür.
Frau Mäuerle, eine attraktive Frau, verstand es, sich auffallend zu kleiden. Sie trug einen langen braun-gelben Kaftan mit hohen Schlitzen an der Seite und hatte ihr schwarzes Haar in einen dazu passenden Turban gewickelt. An den Ohren baumelten lange, ebenholzfarbene geschnitzte Figuren, sicherlich afrikanischer Herkunft. Der Ethnolook stand ihr, die Erdfarben passten zu ihrem elfenbeinfarbenen Teint, der sich jetzt allerdings dunkler färbte: sie war sichtlich gekränkt über das Verhalten Ihres Sohnes. Verärgert zog sie die Tür ziemlich heftig hinter sich zu.
Tobias war ein gut aussehender Junge. Er ähnelte seiner Mutter nicht direkt, jedoch besaß er ihre erotische Ausstrahlung. Sein Haar war dunkelblond und lockig, was

durch einen Stufenschnitt gut zur Geltung kam, das Gesicht ebenmäßig geschnitten, die Züge fast mädchenhaft zart mit einer makellosen Haut, ein Gesicht wie aus Porzellan, dachte Wieland. Gekleidet war Tobias in feines weißes Leder, die Hose schien maßgeschneidert, ebenso wie die auf Taille geschnittene Weste. Das Hemd war aus dunkelgrauer Naturseide und stand am Hals weit offen. Doch am beeindruckendsten war die Ausstrahlung des jungen Mannes. Er wirkte überaus sinnlich, lasziv, seine Augen, die keineswegs besonders groß waren, eher sogar klein, glänzten träumerisch verschlafen. Der volle rote Mund schien ständig zu lächeln.
Tobias Mäuerle sah nicht aus wie ein Mörder. Aber wie musste ein Mensch, der gemordet hatte, überhaupt aussehen?
„Darf ich Sie fragen, was Sie gerade machen? Sie gehen noch zur Schule?"
„Ich bereite mich auf die Aufnahme in die Fachoberschule vor."
„Das heißt, Sie haben die Mittlere Reife erworben und wollen jetzt das Fachabitur erwerben? – Wo bereiten Sie sich denn vor?"
Mäuerles Stimme klang verhältnismäßig hell und er sprach leise, aber mit deutlicher Artikulation: „Ich bereite mich in einem privaten Lerninstitut auf die Aufnahmeprüfung vor."
Das bedeutete, dass der Schnitt des Mittlere-Reife-Zeugnisses für die Übernahme an die Fachoberschule nicht gereicht hatte. Mäuerles schulische Leistungen waren ganz offensichtlich schwach, wie der Direktor hatte verlauten lassen. Aber an Selbstbewusstsein schien es ihm nicht zu mangeln. Wieland beobachtete den jungen Mann, der sehr selbstsicher auf der Ottomane lag, die Füße mit den hellen Lederschuhen, die wie von Hand gefertigt aussahen, kokett gekreuzt.

Alles in allem musste sich die Mutter finanziell gut stehen, wenn sie ihren Sohn so edel ausstaffieren und ihm eine Privatschule nur für die Vorbereitung auf die Aufnahmeprüfung in die FOS finanzieren konnte.
Als hätte der Junge seine Gedanken erraten, sagte er lässig: „Ich arbeite nebenher als Dressman." Das mochte nun auch das teure Outfit erklären.
„Herr Mäuerle, wir ermitteln wieder in dem Mord an Ihrer früheren Lehrerin, Frau Kinkel. Wir haben neue Hinweise erhalten, welche die Beweislage entscheidend verändert haben."
„Das heißt, Sie können Herrn Kuhn nun doch überführen?" Tobias zeigte höfliches Interesse.
„Nein, das nun gerade nicht! Er ist nicht der eigentliche Täter, wie Sie ja wissen..."
„Nicht?" Mäuerle zog zwei fein geschwungene Augenbrauen hoch. „Ich weiß gar nichts. Um ehrlich zu sein, die Zeit auf dem Gymnasium liegt für mich weit zurück. Wenn ich daran denke, wie wir damals waren, in der Klasse, im Konflikt mit Frau Kinkel, dann kommt mir das im Nachhinein alles schrecklich kindisch vor. Sie werden das auch nicht ernst nehmen können..."
„Ernst genug für eine Untersuchung in einem Mordfall, Herr Mäuerle!"
Tobias zuckte kaum merklich zusammen.
Dann lächelte er gewinnend. „Glauben Sie mir, das tut mir alles herzlich leid, was damals war. Wir haben Frau Kinkel das Leben wirklich nicht leicht gemacht, aber so ist man nun mal, mitten in der Pubertät. Dafür werden Sie doch sicher Verständnis haben."
Wieland gab Holger Herhaus, der ihn begleitete, einen Wink, und der reichte ihm eine Mappe. „Wir haben, wie gesagt, neue Erkenntnisse, Herr Mäuerle." Wieland tat so, als suche er nach einem bestimmten Schriftstück. „Was sagt Ihnen der Name Tammuz, Tobias?"

„Tammuz?" Mäuerles Stimme vibrierte leicht. „Ist das nicht eine babylonische Gottheit?"
„Ganz recht. T wie Tobias, Tammuz."
Mäuerle schlug jetzt die Beine übereinander und lehnte sich tiefer zurück. „Soll das ein Kreuzworträtsel werden, Herr Kommissar?"
„Sie wissen, wie wir auf den Namen gekommen sind?"
„Steht im Lexikon, nehme ich an."
„Genau. Wie auch die Namen Anubis und Kaiphas."
„Senkrecht oder wagrecht, Herr Kommissar?"
„Beides, wenn Sie wollen. Das Markenzeichen des Gottes war ein großes T, ein Kreuz, damals allerdings ein Phallussymbol..."
„Wie passend", Tobias Mäuerle gab sich erheitert.
In der Tat, dachte Wieland, und ließ kein Auge von der lässig hingestreckten Gestalt des schönen jungen Mannes.
„Können Sie uns sagen, wo Sie am Abend des Mordes an Frau Kinkel waren?"
„Du meine Güte, nein, wie soll ich das noch wissen! Das ist zwei Jahre her."
„Aber es war kein Tag wie jeder andere, nicht wahr? Sie und Ihre Freunde haben Ihre Lehrerin zu Hause aufgesucht. Schon den ganzen Nachmittag und auch am Abend haben Sie sich in der Nähe ihrer Wohnung aufgehalten."
„Beim besten Willen kann ich mich daran nicht mehr erinnern. Ich sagte Ihnen ja schon, dass für mich diese Zeit weit zurück liegt. Der Mensch verändert sich, Herr Kommissar."
„Sie werden sich doch sicherlich noch daran erinnern können, wohin Sie mit Ihren Freunden gegangen sind, nachdem Sie bei Frau Kinkel waren!"
Mäuerle zuckte die Achseln. „Nach Hause, vermutlich, nachdem wir uns noch ein bisschen in der Stadt herumgetrieben haben."

„Ich meine später, am Abend."
„Ich weiß es wirklich nicht mehr." Tobias Mäuerle stand auf. „War es das, was Sie mich fragen wollten? Pech für Sie, dass ich Ihnen keine besseren Auskünfte geben kann."
Er bewegte sich in Richtung der Zimmertür und Wieland und Herhaus standen auf, um ihm hinaus zu folgen.
„Die Situation, Herr Mäuerle, zwingt uns, Sie mit aufs Revier zu bitten. Wir werden Ihre Aussage dort zu Protokoll nehmen."
Mäuerle machte eine schnelle Bewegung, dann jedoch sagte er gleichmütig: „Wenn es der Sache nützt..."
„Übrigens: Gehen Sie manchmal noch zu Gustav?"
Das helle Licht des Flurs schien Tobias Mäuerle direkt ins Gesicht. Wieland kam es vor, als verengten sich die Augen leicht, doch ansonsten blieb Mäuerles Gesicht maskenhaft unbewegt.
„Ich hatte nie einen Freund dieses Namens".
Frau Mäuerle trat aus einem der hinteren Zimmer ebenfalls in den Gang. Aus der Tür, die sie hinter sich offen gelassen hatte, klangen afrikanische Rhythmen. Wirklich stilecht, dachte Wieland spöttisch.
„Wir müssen Tobias mit aufs Revier nehmen, Frau Mäuerle. Wir machen ein Protokoll seiner Aussagen. Wenn Sie wollen, können Sie Tobias einen Anwalt besorgen." Wieland gab sich keinerlei Mühe, die Aggressivität in seinem Ton zu mäßigen.
„Aber warum denn das? Was ist passiert, Tobias?"
„Ihr Sohn hat ein schlechtes Erinnerungsvermögen. Wir werden ihn mit einigen Dingen konfrontieren müssen. Vielleicht hilft das seinem Gedächtnis auf die Sprünge."
„Mach dir keine Sorgen, Rita", sagte Tobias zu seiner Mutter und küsste sie auf die Wange.
„Sie können mir nichts anhaben, das weißt du."

Wieland war doch etwas verblüfft, als er am übernächsten Tag in seiner Post ein afrikanisches Fetischpüppchen fand. Er zeigte es Kirsten, die ihn gerade in seinem Büro besuchte. „Glaubst du daran?"
Kirsten nahm ihm das kleine, bunte Ding aus der Hand. Der Tod, der ihm angekündigt wurde, war die Strangulation. „Nein. Nicht an Magie. Aber an ernst gemeinte Drohungen."
Wieland dachte an Frau Mäuerle: Ob sie ihm den Fetisch mit der Post geschickt hatte?
Tobias hatte sich geweigert auszusagen und sich hinter seiner Unwissenheit verschanzt. Nun oblag es der Staatsanwaltschaft, die nächsten Schritte zu unternehmen.

„Jetzt fehlt uns noch der Döring. Christian Döring besucht das Internat in Reichertshausen. Soll ich unseren Besuch für morgen ankündigen?" Holger Herhaus griff bereits zum Telefonhörer.
Der Leiter des Internats empfing sie in seinem Büro. Er war ein großer, massiger Mann mit einer ungesunden roten Gesichtsfarbe, die in Kontrast zu seinem dichten grauen Haar stand, das sehr kurz geschnitten in Wirbeln um seinen Schädel stand. Er schien nervös zu sein, und auch nach den Bewegungen im Haus zu urteilen, dem häufigen Türschlagen und den lauten Stimmen auf dem Gang, schien etwas Außergewöhnliches vorgefallen zu sein.
„Christian Döring, sagten Sie? Ja, der ist seit ungefähr zwei Jahren bei uns. Hatte ziemliche Defizite in einigen Fächern, die er aber ausgeglichen hat. Sie wollen ihn sprechen?"
„Es geht um Vorfälle an seiner früheren Schule, den Tod seiner Lehrerin. Mittelbar also auch um die Gründe für

seinen Aufenthalt hier bei Ihnen. – Was halten Sie von Döring?"

„Nun, wie ich schon sagte..." „Ich meine als Mensch, als Persönlichkeit."

„Er ist nicht weiter auffällig, eher zurückgezogen. Tut was man von ihm erwartet. Bei den Mitschülern genießt er ziemlich hohen Respekt."

„Worauf führen Sie das zurück?"

„Tja. Das weiß man manchmal wirklich nicht und fragt sich... Er ist zum Schülervertreter der Oberstufe gewählt worden, schon letztes Jahr, kaum dass er bei uns war. Es muss an seinem Wesen liegen..."

„Können Sie es beschreiben?"

Dem Direktor war unbehaglich, er lief nervös im Zimmer auf und ab, während Wieland und Herhaus ihn von ihren Besucherstühlen aus beobachteten.

„Er ist emotionslos, immer sachlich und distanziert. Möglich, dass das die Schüler beeindruckt. Wahrscheinlich halten sie ihn für cool, was er seinem Wesen nach tatsächlich auch ist. Er ist weder ein besonders guter Schüler und auch kein Ass im Sport. Aber er hat ein selbstsicheres Auftreten, gerade auch den Lehrern gegenüber. Nicht, dass er unverschämt wäre ...eher vermittelt er den Eindruck, dass man gut daran tut, ihn ernst zu nehmen."

Es klopfte. Die Sekretärin aus dem Vorzimmer steckte den Kopf durch die Tür: „Entschuldigen Sie vielmals, ich weiß, Sie wollten nicht gestört werden, aber wir haben jetzt das ganze Gelände durch. Ohne Ergebnis."

„Ich habe es befürchtet, Frau Kern. Versammeln Sie die Kollegen im Lehrerzimmer, wir werden dort gemeinsam weitere Maßnahmen erörtern."

„Probleme, Herr Direktor?"

Der Mann fuhr sich mit der Hand durch seinen wilden Haarschopf. „Wir vermissen seit heute Morgen einen

Jungen. Vermutlich hat er schon in der gestrigen Nacht heimlich das Haus verlassen. So etwas kommt leider immer wieder vor."
„Ein besonderer Junge?" „Ein Sorgenkind, wenn Sie so wollen. Sehr sensibel, oft überfordert mit dem Internatsbetrieb hier. Aber die Eltern haben beide keine Zeit für ihn und waren nicht dazu zu bewegen, ihn herauszunehmen."
„So dass Sie befürchten müssen, er ist jetzt ausgerissen."
„Ja, im besten Falle ist er ausgerissen." „Und im schlimmsten?"
Der Direktor hob die Schultern. „Das will ich mir lieber nicht vorstellen."
„Nun, unser Erscheinen hier fällt auf einen ungünstigen Zeitpunkt. Wir wollen Sie nicht davon abhalten, Ihren Verantwortlichkeiten nachzukommen. – Können wir mit Christian Döring sprechen?"
„Ja. Ich werde ihn holen lassen."
Der Direktor beauftragte seine Sekretärin damit und wandte sich wieder den beiden Kriminalbeamten zu. „Ich wäre gern bei dem Gespräch anwesend, aber wenn Sie mich entschuldigen könnten..."
Wieland war es recht.
Christian Döring war groß und schlank. Er trug die Internatsuniform, die man hier, nach englischem Vorbild, eingeführt hatte, eine graue Flanellhose, einen grünen Pullunder mit dem aufgestickten Emblem der Schule, darunter ein weißes Hemd. Döring war sehr blass, ein Eindruck, der von den blonden Haaren und Brauen herrühren mochte und den die hellblauen, ausdruckslosen Augen verstärkten. Trotz der eher durchschnittlichen Erscheinung, erfüllte er den Raum mit seiner Präsenz, Wieland konnte es nicht anders ausdrücken. Der junge Mann strahlte Autorität aus - und Kälte.

„Sie waren am Tag des Mordes mit Ihren Freunden bei Ihrer Lehrerin, Frau Kinkel. Was haben Sie von ihr gewollt?"
„Sie hatte sich angemaßt über uns zu urteilen. Wir wollten ihr nahe bringen, dass sie dazu kein Recht hatte."
„Was meinen Sie mit „nahe bringen"?"
Döring schwieg einen Moment und sagte dann mit seiner spröden, emotionslosen Stimme: „Wir verlangten von ihr, dass sie ihre pädagogischen Aufgaben ernst nimmt."
„Sie sprechen in Rätseln, Herr Döring. Was genau verstehen Sie unter den Aufgaben von Frau Kinkel?"
„Ich denke, genau das, was auch Frau Kinkel darunter verstand."
„Nämlich was genau?"
„Sie sollte uns so ernst nehmen, wie wir es verdienten."
Eine zweideutige Antwort in Anbetracht der Sachlage.
„Wie verbrachten Sie den Rest des Tages, insbesondere den Abend?"
„Das kann ich Ihnen nicht sagen."
„Heißt das, Sie wissen es nicht mehr? Oder wollen Sie nichts sagen?"
„Spielt das denn eine Rolle?"
Wohl nicht, gab Wieland innerlich zu. Man konnte den Jungen zu keinem Geständnis zwingen.
„Sie könnten uns helfen, ein Verbrechen aufzuklären."
„Ein Verbrechen? Das sehe ich anders. Frau Kinkel hat ihr Ende selbst heraufbeschworen. Jeder, der sie kannte, wird zu dieser Schlussfolgerung kommen. Und wieso ist eine Konsequenz dann ein Verbrechen?"
Wieland schauderte unwillkürlich. Kein Mord konnte den Täter rechtfertigen, das war seine Überzeugung.
Aber ganz offensichtlich dachte der junge Mann, der in lässiger Haltung vor ihm stand, anders. Döring hatte sich geweigert, Platz zu nehmen, so dass Wieland ständig in

Versuchung war, seinerseits aufzustehen, um dem Blick des Jungen auf gleicher Ebene zu begegnen.
„Was sagt Ihnen der Name Anubis?"
Ein schneller Blick aus kalten Augen traf ihn.
„Sie haben mit Agneta gesprochen?"
„Agneta ist tot."
Döring zuckte die Achseln. „„Agneta hatte leider erhebliche Probleme, die niemand von den Erwachsenen wahrnehmen wollte. Es war so eine fixe Idee von ihr, sich mit Anubis zu identifizieren. Sie war todessüchtig. Aber das werden Sie uns damals kaum Sechzehnjährigen nicht anrechnen können, dass wir Agneta aus ihren Obsessionen nicht heraushelfen konnten."
„Sie nahmen Teil an der Arbeitsgruppe, die Herr Kuhn ins Leben gerufen hat. Es ging dabei um die Macht des Bösen..."
„Zweifellos." Döring nahm immerhin seine Hände aus den Hosentaschen und verschränkte sie vor der Brust.
„Glauben Sie an die Macht des Bösen?"
„Sie ist evident."
„Wie meinen Sie das?" „Sie brauchen sich nur in der Welt umzusehen."
„Und wollen Sie etwas dagegen unternehmen, Herr Döring?"
„Das scheint mir die falsche Schlussfolgerung zu sein."
„Sie meinen, Sie würden es vorziehen, die Macht des Bösen noch weiter zu befördern?"
„Frei nach Goethes „Faust" ist es der böse Geist, der stets das Gute schafft."
„Das Gute im Fall von Frau Kinkel?" Wielands Stimme klang schärfer als beabsichtigt, aber er fühlte sich unbehaglich und diesem jugendlichen Demagogen aus Gründen, die er nicht durchschauen konnte, nicht gewachsen.

Döring schien seine Gefühle zu erraten, denn er verbeugte sich spöttisch: „Ein schneller Tod nach einer glücklich verbrachten Stunde."

Auch Döring bekam eine Vorladung und würde seine Aussagen noch einmal zu Protokoll geben müssen. Es schien eher unwahrscheinlich, dass die beiden, Polenz und Döring, Tobias Mäuerle, den mutmaßlichen Mörder, belasten würden. Aber das war das Problem der Staatsanwaltschaft.
Mit Kuhns Aussage und Agnetas Aufzeichnungen, so kryptisch sie sein mochten, glaubte Wieland der Anklage genügend Beweismaterial geliefert zu haben.

Am nächsten Tag las er in der Zeitung, dass ein Internatschüler Selbstmord begangen habe. Bedauert wurde das Schicksal des Jungen, dessen Eltern mit ihrer beruflichen Karriere beschäftigt waren und seine Bitten, ihn aus dieser Schule zu nehmen, ignoriert hatten. Man hatte die Leiche in einer alten Burgruine gefunden, 20 Minuten Fußweg vom Internat entfernt.
Nachdenklich strich sich Wieland übers Kinn.
Seine beiden kleinen Neffen, Michael und Martin, fielen ihm ein, die jetzt Halbwaisen waren. Roland hatte davon gesprochen, die Jungen in ein Internat zu geben. – Die Bilder von seinem letzten Besuch in Göttingen stiegen in ihm auf und er glaubte wieder das dumpfe Unbehagen zu verspüren, das ihn während seines ganzen Aufenthalts nicht verlassen hatte.
Die Stimmung auf der Beerdigung und im Hause seines Bruders war seltsam bedrückt gewesen, nicht Schmerz und Trauer beherrschten die Atmosphäre, sondern Niedergeschlagenheit und Apathie. Hatte Angelas Todes-

kampf ihre Angehörigen so mitgenommen? Selbst Renée wirkte abweisend und in sich gekehrt. Dabei kam der Tod doch für keinen in der Familie überraschend, sondern musste, das glaubte er den Worten seines Bruders entnommen zu haben, als Erlösung angesehen werden. Hätte er sich als Bruder und Onkel intensiver um die Hinterbliebenen – so waren sie ihm in der Tat erschienen – kümmern sollen? Aber der Fall Kinkel, der kurz vor dem Abschluss stand, verlangte, dass er nach D. zurückkehrte, so dass er an dem traditionellen „Leichenschmaus" nicht teilnehmen konnte.
Er beschloss Renée anzurufen, die inzwischen wieder in Hamburg sein musste.
Er hatte Glück, sie meldete sich mit ihrem Vornamen.
„Hier Richard." Wieder schien es ihm, als wäre diese Begrüßung zu vertraulich, und er wollte schon zu einer Erklärung ansetzen, wer er sei, aber da sagte sie bereits: „Oh, Onkel Richard! Wie gut. Ich habe in den letzten Tagen gedacht, ich sollte dich mal anrufen..."
„Wie geht es, dir Renée?"
„Nun. Ja."
„Angelas Tod beschäftigt dich", sagte Wieland rasch, um dem Gespräch schneller die Richtung zu geben, die es nehmen sollte.
„Ja. – Es war ein hartes Stück."
„Wie meinst du das?"
„Nun, immerhin meine erste Tote. – Bei dir mag das ja anders sein, Onkel Richard..." Sie versuchte scherzhaft zu sprechen, doch es gelang ihr nicht, die Stimme kippte ihr weg.
„Nein, der Tod von Menschen, die man kennt, die einem nahe stehen, ist etwas völlig anderes." Er schwieg, wartete.
„Sie ist so - - - schwer gestorben", fuhr Renée schließlich leise fort.

„Ja, das hat mir Roland schon am Telefon gesagt, sie kämpfte bis zuletzt."

„Das finde ich furchtbar", brach es aus Renée heraus, „das habe ich mir nicht vorstellen können, dass es einem Menschen so schwer fallen könnte zu sterben, ich meine einem todkranken Menschen! Der doch seit langem schon leidet und dessen Lebensqualität..." Sie verstummte.

„Was glaubst du, weshalb hing sie so am Leben?"

„Das ist es ja! Wenn sie etwas hätte gut machen wollen, wenn sie noch eine Chance bekommen wollte, um etwas einzurenken... Aber das war es nicht, Onkel Richard! Denn dann hätte sie doch in den allerletzten Augenblicken gezeigt, dass es ihr leid tut! Ich habe so darauf gewartet."

„Deine Mutter und du, ihr habt euch nicht ausgesprochen?"

„Nein. Als sie mich sah, sagte sie nur: Ich dachte mir schon, dass du diesmal kommst. Das war alles."

„Sterbende haben oft mit sich zu tun, Renée."

„Sie hat auch Martin und Michael kaum wahrgenommen, als wäre sie gar nicht die Mutter der beiden."

Was konnte er seiner Nichte Hilfreiches sagen?

„Vielleicht hätte sie wirklich noch etwas Zeit gebraucht, die ihr das Schicksal aber nicht zugestanden hat, Zeit, um mit sich und euch ins Reine zu kommen."

„Du meinst, dass sie deshalb nicht sterben wollte, weil sie...?"

„Sie hätte noch einen inneren Weg zurücklegen müssen, und das war ihr nun verwehrt."

„Du meinst, das war es, weshalb sie am Leben bleiben wollte?"

Wieland hatte nicht das Gefühl, dass seine Worte ein großer Trost waren, aber was konnte er sagen?

Vor seinem inneren Auge stand sein Bruder, sehr hager geworden, so dass man ihn schon nicht mehr als schlank und gutaussehend bezeichnen konnte, mit tief liegenden

Augen und scharfen Kerben zwischen Nase und Mundwinkel.

Als sie sich nach der Beerdigung verabschiedeten, hatte er gesagt: „Wir alle haben gehofft, dass Angela am Ende zu sich kommt, dass ihr bewusst wird, was geschieht."

„Sie war doch bei Bewusstsein?"

„Ja. Durchaus. Aber sie war wie immer", die Falten im Gesicht seines Bruders vertieften sich, „sie lebte in ihrer Vorstellungswelt. Wir wollten uns von ihr verabschieden, wirklich Abschied nehmen, verstehst du. Die Buben waren so tapfer!"

Die Erinnerung an seine beiden Söhne, die so stumm und gefasst die Ereignisse über sich ergehen ließen, nahm ihm die Stimme, doch dann fuhr er heiser fort: „Aber wie kannst du Abschied nehmen, wenn der andere gar nicht ans Fortgehen denkt? Wenn er die Trennung verdrängt und bis zuletzt von nichts anderem spricht, als dem Alltag, den es so nicht mehr geben wird?!"

Roland waren Tränen in den Augen getreten und es machte ihm Mühe, Haltung zu bewahren. Sie hatten sich lange umarmt, bevor Wieland in seinen Wagen gestiegen und zurückgefahren war. Im Grunde hatte Roland dasselbe beklagt wie seine große Tochter: Angela hatte den Abschied an ihre Familie delegiert, sie war nicht bereit gewesen, den Schmerz mit ihnen zu teilen.

Aus Egoismus? Unfähigkeit?

Letztlich war die Antwort ohne Belang; wichtig war, den Lebenden zu helfen, Gefühle von Trauer zu entwickeln, damit sie sich von der Toten würden lösen können.

„Du meinst, sie ist nicht so weit gekommen in ihrem Leben, wie sie hätte kommen müssen?", drang Renées leise Stimme an sein Ohr.

„Ja, so könnte man sagen, und sie hat das vielleicht – unbewusst - gespürt."

„Glaubst du an Wiedergeburt, Onkel Richard?"

„Ich weiß nicht, nein, ich glaube eher nicht, obwohl der Gedanke manches für sich hat."
„Weil man sich vorstellen kann, dass die Entwicklung nicht zu Ende ist, dass es einmal weiter geht und man eine weitere Chance bekommt?"
„Ja. Der Gedanke ist irgendwie tröstlich, findest du nicht? Und dann machen wir alles besser, als im diesmaligen Leben!"
„Du wirst nicht wieder Morde aufklären müssen!"
„Genau. – Aber du, hast du dir denn überlegt, ob es für dein nächstes Leben vorteilhaft ist, wenn du jetzt nach Kolumbien fährst? Bedenke, in welche Dinge du verwickelt werden kannst!"
„Ach Onkel Richard! Betrachte es lieber als eine Bußfahrt für meine Sünden!"
„Die Katholiken sollten unbedingt die Wiedergeburt als Dogma aufnehmen, dann täten sie sich mit ihrem sündigen irdischen Leben entschieden leichter", knurrte er und bewirkte Heiterkeit am anderen Ende der Leitung, was ihm sehr willkommen war.

Als Wieland am nächsten Morgen ins Dezernat kam, tat er dies mit dem befreienden Gefühl, etwas abschließen zu können. Auf seinem Tisch fand er die Protokolle in Reinschrift, er brauchte sie nur noch abzuzeichnen, dann konnte der Vorgang an die Staatsanwaltschaft weitergeleitet werden. Carmen Kinkel würde zuletzt doch Gerechtigkeit widerfahren. In seiner Erinnerung war sie nur noch ein blasser Schemen. Sie mochte zu ihrer Zeit eine Herausforderung für ihre Umgebung gewesen sein, als Frau und als Lehrerin; ihr ungeklärter Tod war dies auch für ihn gewesen, doch was diesen anging, hatte er, so glaubte er, seine Aufgabe erledigt.

Er blickte auf die Uhr: Zeit, Kirsten Ingmar anzurufen, um sich mit ihr für den Abend zu verabreden. Schließlich war sie Expertin auf dem Gebiet der Jugendszene...
Doch er konnte sie im Büro nicht erreichen, sie war unterwegs.

Als die Vormittagspost hereinkam, griff er zur Zeitung. Sein Blick fiel auf die fette Überschrift eines relativ kurzen Berichts: „Wurde Internatsschüler ermordet?" Er überflog die nächsten Zeilen mit wachsender Erregung: „Die Polizei, die zunächst von dem Selbstmord des depressiven Schülers ausgegangen war, stieß bei ihren Ermittlungen auf einige Ungereimtheiten, die einen Mord nicht mehr ausschließen lassen. Schlüsselfigur scheint der Schüler D., Vertreter der Schülermitverwaltung, der im Zimmer des Toten angetroffen wurde, als er dessen Sachen durchsuchte. Äußerungen seiner Klassenkameraden legen nahe, dass der Tote, ein sehr sensibler und körperlich zart entwickelter Junge, von einigen dominierenden Schülern gemobbt worden sein soll."
Wieland ließ die Zeitung sinken und wählte erneut Kirstens Nummer. Sie sei noch immer außer Haus.

Kurz darauf erhielt er einen Anruf von dem Kollegen aus Reichertshausen und wurde um Zusammenarbeit gebeten. An der Leiche des Jungen waren mehrere ältere Schnittwunden an der Brust entdeckt worden, nicht lebensgefährlich zwar, aber man habe trotzdem inzwischen begründete Zweifel an der Theorie, dass er sich selbst von der Burgmauer gestürzt habe. Offenbar gab es eine mobbende Bande von Jugendlichen an der Schule, deren Anführer, der Schüler Döring, verweigere jedoch jede Auskunft, aber man habe in Erfahrung gebracht, dass er, Wieland, in Zusammenhang mit einem ähnlichen Todesfall gegen ihn ermittle...

Wieland fuhr in das Internat. In Dörings Zimmer hatte man mehrere Werke über die Kelten und keltische Mythen sowie Schriften über Geheimbünde und Verschwörungen entdeckt. Döring wurde wiederholt vernommen.
Eine Schuld am Tod des Mitschülers konnte ihm bislang nicht nachgewiesen werden.
Noch hofften die Kollegen, dass der Tote einen Hinweis hinterlassen hatte, Mitschüler meinten, dass er Tagebuch geführt habe, obwohl es bislang keinen Abschiedsbrief gab.

Erst am Abend saß Wieland in seinem Wohnzimmer Kirsten Ingmar gegenüber, die ihre Schuhe abgestreift und sich auf das rote Leder-Sofa gekuschelt hatte. Vor ihnen auf dem Couchtisch aus Acrylglas standen zwei gefüllte Rotweinkelche.
Wieland, der in dem Liegesessel ihr gegenüber Platz genommen hatte, schlug das Buch über den romantischen Dichter Clemens Brentano an der eingemerkten Stelle auf und las ihr mit etwas unsicherer Stimme die verräterischen Worte vor, die Clemens an seine Geliebte, Karoline von Günderode, gerichtet hatte:

„Öffne alle Adern deines weißen Leibes, dass das heiße schäumende Blut aus tausend wonnigen Springbrunnen spritze, so will ich sehen und trinken aus den tausend Quellen, trinken, bis ich berauscht bin und deinen Tod mit jauchzender Raserei beweisen kann. Drum beiß ich mir die Adern auf, will dir es geben, aber du hättest es tun sollen und saugen müssen. Öffne deine Augen nicht, Gunderödchen, ich will dir sie aufbeißen."

Stumm blickten sie sich an.

Die Leuchtanzeige des CD-Players sprang auf track no. 6, doch Wieland vergaß, den Ton für Persephone aufzudrehen.